Hamam Balkania
巴尔卡尼亚浴室

时代出版传媒股份有限公司
安 徽 文 艺 出 版 社

Acknowledgement

The translation of this book has been made possible with the financial support from the Ministry of Culture and Information, Republic of Serbia

Република Србија
Министарство културе и информисања

“塞尔维亚当代文学精选”系列

Hamam Balkania
巴尔卡尼亚浴室

BAERKANIYA YUSHI

【塞】弗拉蒂斯拉夫·巴亚茨 著
朱跃 许磊 译

时代出版传媒股份有限公司
安徽文艺出版社

图书在版编目(CIP)数据

巴尔卡尼亚浴室/(塞)弗拉蒂斯拉夫·巴亚茨著;朱跃,许磊译.—合肥:安徽文艺出版社,2015.12

(塞尔维亚当代文学精选)

ISBN 978-7-5396-5499-7

Ⅰ.①巴… Ⅱ.①弗… ②朱… ③许… Ⅲ.①长篇历史小说-塞尔维亚-现代 Ⅳ.①I543.45

中国版本图书馆 CIP 数据核字(2015)第 189228 号

引进图书合同登记号:12151520

Hamam Balkania

"塞尔维亚当代文学精选"系列中文版,由塞尔维亚贝尔格莱德乔治波蒂卡出版社与中国安徽文艺出版社携手打造。

出 版 人:朱寒冬　　出版策划:朱寒冬

责任编辑:刘冬梅 刘 畅　　装帧设计:张诚鑫

出版发行:时代出版传媒股份有限公司 www.press-mart.com

安徽文艺出版社 www.awpub.com

地 址:合肥市翡翠路 1118 号 邮政编码:230071

营 销 部:(0551) 63533889

印 制:合肥中德印刷培训中心印刷厂 (0551)63813778

开本:880×1230 1/32 印张:12 字数:360 千字

版次:2015 年 12 月第 1 版 2015 年 12 月第 1 次印刷

定价:36.00 元

(如发现印装质量问题,影响阅读,请与出版社联系调换)

Contents
目　录

译 者 序

《巴尔卡尼亚浴室》2008 年 6 月由塞尔维亚阿黑佩拉格出版社正式出版。原文为塞尔维亚语。从 2008 年 6 月到 2012 年 10 月，先后 7 次再版。该书自出版以来，获奖无数，颇得业界好评。2008 年，在斯科普里，获得巴尔卡尼卡文学奖，该奖项被誉为“巴尔干诺贝尔文学奖”；同年，在贝尔格莱德，该书被塞尔维亚广播电视文化和艺术编辑部评为十本最畅销的书之一，并获得最畅销小说金奖；2009 年，该小说被评为塞尔维亚 2008 年度最佳小说，并获伊斯多拉·塞库利奇奖；2010 年，在班加卢卡，获得科西奇飞羽奖；同年，获得科西奇优秀创作奖。此外，2012 年，作者获得终身文学成就以及文学与文化贡献奖；2013 年，获散文艺术奖；2014 年，作者获得中国国家新闻出版广电总局颁发的“第八届中华图书特殊贡献奖”。

目前，《巴尔卡尼亚浴室》已被翻译成十几种语言，分别在保加利亚(2009)、克罗地亚(2009)、马其顿共和国(2010)、土耳其(2011)、德国(2011)、希腊(2011)、斯洛文尼亚(2012)、意大利(2012)、埃及(2013)、英国(2014)、美国(2014)和中国(2015)等国家出版。此外，已签约即将出版的国家还有法国、阿尔巴尼亚和挪威等。

德国《柏林日报》记者亚莱克桑大·兹凡诺维奇(2011)认

为《巴尔卡尼亚浴室》是一部杰作，具有现代感，也具有历史感。意大利著名文学批评家高夫莱多·佛非（2012）认为这部小说是我们这个时代最雄心勃勃的小说之一。塞尔维亚著名的《信息周刊》的文学批评家提毫米尔·布拉幺维奇教授（2008）称这部小说可以与塞尔维亚诺贝尔文学奖得主伊沃·安德里奇的最后一部小说《欧麦·帕夏·拉塔斯》相比。加拿大国际笔会主席约翰·拉尔斯顿·索尔（2013）在评论这部小说时写道：

> 确实是一部优秀的小说——很难想象是如何创作而来。全新的叙事方式完全吸引了我。……在读这本小说时，我必须慢慢品读——仔细品味其中的内容——然而，心情的激动与紧张伴随着我的整个阅读过程。我喜欢这本书。

作者弗拉蒂斯拉夫·巴亚茨 1954 年出生于南斯拉夫塞尔维亚的贝尔格莱德。曾经在贝尔格莱德大学南斯拉夫与世界文学系研究语文学，也做过新闻记者和翻译。目前从事文学创作和出版工作，是塞尔维亚著名的文学家，也是塞尔维亚乔治波蒂卡出版社创始人（1993），现任出版社社长、总编。2008 年到 2010 年期间，兼塞尔维亚笔友中心副主席。

弗拉蒂斯拉夫·巴亚茨发表过两篇诗歌作品：《通往人民之路》（1972）和《俳句诗之道》（1988）；出版短篇小说三部：《牛背上的欧洲》（1988）、《梦幻沿岸商船》（1992）和《旅行者的美食》（2012）；长篇小说有：《竹书》（1989）、《黑箱》（1993）、《欣迪敦的德鲁伊特》(1998)、《传记逃亡》(2001)、《欧洲快车》(2003)、《巴尔卡尼亚浴室》(2008)等。

《巴尔卡尼亚浴室》原著为塞尔维亚语,2009年由美国著名学者兰德尔·A. 梅杰译成英语,并在塞尔维亚乔治波蒂卡出版社出版。兰德尔·A. 梅杰1959年出生于美国德克萨斯州,曾就读于贝勒大学,获得古典语言和宗教学学士学位,后来在瑞士浸会神学院学习,获得神学学士学位。读硕士时主攻应用语言学,并获得塞尔维亚诺维萨德大学应用语言学硕士学位。1986年以后,兰德尔·A. 梅杰一直居住在塞尔维亚,在塞尔维亚诺维萨德大学人文学院教授翻译研究、信息技术与翻译等课程。由于生活在塞尔维亚近30年,兰德尔·A. 梅杰十分精通塞尔维亚文化以及语言,先后翻译了十几部塞尔维亚小说与散文,包括塞尔维亚著名文学家斯维提斯拉夫·巴沙拉的小说《骑车人的阴谋》,为塞尔维亚文化走向世界做出了重要贡献。

2014年8月,安徽文艺出版社朱寒冬社长出席了在北京举办的第21届北京国际图书博览会,并于27日与塞尔维亚乔治波蒂卡出版社签订了本书的版权引进协议。去年冬天,安徽文艺出版社社长助理刘冬梅女士打电话给我们,希望我们能接下这部小说的翻译任务。在阅读完这部小说后,我们深深地被作者的叙事技巧所吸引,被书中的故事所震撼,便欣然接受了此项翻译任务。

我们以兰德尔·A. 梅杰的英语版为蓝本,把这部小说译成汉语。这对我们翻译团队来说,是个非常有趣的经历。在翻译过程中为了尽量减少翻译信息的耗损和误译，我们与塞语原作者弗拉蒂斯拉夫·巴亚茨和英文译者兰德尔·A. 梅杰教授保持着密切的通讯往来。弗拉蒂斯拉夫·巴亚茨的母语虽然是塞尔维亚语，但是他对英语非常精通，这使得我们三方的沟通十分顺畅，沟通的内容大到对文本的宏观理解，小到对专名和单词拼写的核对以及对代词回指的确认。对于英译本中我们感到有疑惑的地方，通过三方的讨论，在尊重英译文的基础上，都充分考虑了塞语原作者的意图。

《巴尔卡尼亚浴室》以平行推进的叙述模式展开，一面以科卡·米玛尔·希南与穆罕默德·帕夏为主线，追溯历史，一面以奥尔罕·帕穆克与 V. B. 为中心，谈古论今。这是一部关于浴室、水与人的灵魂的书；一部关于领袖人物的书；一部关于政治的书；一部关于友谊的书；一部关于二元对立与统一的书；一部关于个人、民族和国家身份认同的书；一部关于不同城市、不同文明与不同世界之间相互对撞的书；一部关于摧毁与建设的书；一部关于死亡与再生的书；一部关于奥斯曼帝国的书；一部具有历史价值与文学价值的书。

作为译者，我们似乎也沐浴在浴室的水中，努力消除身体上的痛苦和精神上的纷扰，实现自我身份与心灵的超越。这里，我们不愿意过多地介绍和阐释书中的故事，唯恐我们的任何阐释都是对原作的一种误读。更不愿意在读者中置入一种先入为主的观点，影响读者独立品味其中的意义，解读其中的奥秘。但是可以确信的是《巴尔卡尼亚浴室》在中国的出版必将有力地推动中国与塞尔维亚的文化交流以及传统友谊。

感谢弗拉蒂斯拉夫·巴亚茨先生和兰德尔·A. 梅杰教授在整个翻译过程中给予我们的及时和无私的帮助；感谢汪倩、张瑶、周慧和苗婷婷同学的参与并翻译了四万字以上的内容；感谢安徽文艺出版社为中国与塞尔维亚文化交流所搭建的平台，并在《巴尔卡尼亚浴室》的编辑与出版过程中默默付出的辛勤劳动。

朱跃　许磊

2015 年 4 月于安徽大学龙河校区

The Hamam or the Skill of Living

公共浴室或生存的技能

短语“大自然的奥秘”大家耳熟能详，它很有可能来源于古希腊唯物主义哲学家伊壁鸠鲁（前341—前270）。理由是，他相信“如果不了解自然，就无法沐浴快乐之光”，并在此基础上建立了自己的伦理道德体系和幸福观。他认为，至善即至悦。把上述种种假设设立为目标，并非让人们寻欢作乐，追求粗俗的快感，或者面对美食，贪饕成性，这只是那些不理解他的人得出的结论。相反，他根本的意图是消除身体上的痛苦和精神上的纷扰。

获取精神安宁要建立在自然主义和个人主义的基础上。

伊壁鸠鲁坚持享乐主义的信仰，即使在亚历山大帝国瓦解的黑暗时代，他也没有动摇分毫（伊壁鸠鲁曾目睹过帝国的辉煌与权势）。帝国的瓦解并未带来任何可供享乐的结果。尽管如此，他仍然宣称“那些不能治愈人类创伤的哲学家的言论都是空话。因为，正如那些不能治愈疾病的药物一样，不能抚慰心灵创伤的哲学同样一无是处”。

所以，只要他懂得如何避免身体上的伤害和精神上的困扰，只要他视感官享受和精神愉悦（合为一体）为生活中最宝贵的财富，也就是说，只要他懂得真正的生活之道，他就是伊壁鸠鲁的同道。

时至今日,仍有人践行着他的思想。

他的精神之父是居勒尼学派的创始人阿利斯提波(约前435—前355)。他出生于利比亚最美丽、最发达的古希腊人聚居地昔兰尼城。品达曾把此地描绘成地理位置十分优越的山地,山上溪水纵横,可以人工引来灌溉花园。四周风景如画,其间点缀着橄榄园、葡萄园、罗盘草种植园,大片的草地上是成群的绵羊、山羊和骏马,这些马儿是高贵的阿拉伯马的祖先。尽管他们与埃及人和利比亚人战争不断,异常艰苦,但昔兰尼的商贸却一直很发达,是古希腊最富庶的城邦之一。因此,昔兰尼人无须全力劳作,而且他们深谙奢华和享乐之道,"因为他们衣食无忧,生活品位高雅"。昔兰尼城似可看作乌托邦城邦的古代原型,而且可以确定是托马斯·摩尔爵士和托马索·康帕内拉笔下乌托邦社会的原型。

难怪,积极倡导快乐为生活之本的思想家阿利斯提波,就出生在昔兰尼城。诚然,世人一直视他为哲学的先驱,但却给了他另外一个名号:享乐主义。他宣称快乐是唯一的善,而痛苦是唯一的恶。他认为,快乐的感觉表现在运动中:"轻柔的情感运动,如适合扬帆出海的微风,让人满足;剧烈的情感运动,如海上肆虐的风暴,让人心生不满;而缺少情感运动,如风平浪静的海面,则让人缺乏兴趣,满意与否都是别人的事,与己无关。"然而,阿利斯提波从来不相信,整个人类会沦落到只追求短暂的感官愉悦;相反,他教导说,一个由理性支配的智者不会成为快感的奴隶,而是能控制快感。他用自身的实例证明了自己的立场。交际女郎莱斯与他的关系非同一般,但他却发表了那句最著名的言论:"我拥有莱斯,但她却不拥有我。"

与此观点十分相近的是幸福主义伦理学派(以古希腊神话中掌管快乐和幸福的女神命名)。他们相信,快乐和幸福是我们所有行为的动力、原因和目标。而且，着重强调个人主义是各种享乐主义的共性，无论是粗鄙的感官愉悦还是理智的精神享受。

继这些古希腊“享乐学派”之后，历史上不乏追求享乐之人，他们中既有彪炳千秋、名垂青史的历史缔造者，也有默默无闻、被历史遗忘的小角色；他们有的试图成为追求享乐的人，有的想保住追求享乐的权力。不管他们的生活多么艰难，不管他们的民族和国家处于何种危难的境地，他们都始终不忘追寻享乐。他们不遗余力、近乎疯狂地追求满足感，不管他们对享乐主义的理解是多么不着边际、多么荒谬，比如，他们可以拿自己或别人的美貌，甚至是生命取乐。

不说别的，他们起码证明了道德相对主义作用的持久性。

Before the Beginning

开 始 之 前

像其他所有城市一样，维舍格拉德拥有自己真实的生活。然而，它也像少数其他城市一样，拥有自己抽象的生活。我对维舍格拉德玄学的体验始于一九七七年四月。那时，我正在去往城镇的路上，还没有见到那座横跨德里纳河的著名大桥，它让这座城镇在历史上永远占有一席之地。在我的小小俳句笔记本里，这个笔记本我一直保存着，我记录了一篇地理诗式的评论文字“维舍格拉德的石子”，并抄录了我透过车窗看到的一首诗：

一石居间
两杉沐日光，分离
在丛林间。

扎科·齐高贾是东道主，也是我上大学时的好友。他认为建于一五七一年的穆罕默德·帕夏·索科卢（土耳其语的写法）大桥——安德里奇也曾经在作品中提到过它——既有价值又有看头，内容足够了，所以他根本没有带我去看他家乡的其他景点。他根本想象不到我有多重的私心，一想到要和其他人一起欣赏这壮丽的大桥,我甚至感到心里不快活。可是,我哪里会想到,要想更多地了解维舍格拉德及其周边的秘密,还需要将来的体验?没有更进一步的了解,我又怎能真正欣赏这给予的一切?又要讨论某种神秘的亲情关系了。为了融入这种亲情关系,我不得不足足等上二十六年。这么做是值得的。事实上,是伊沃·安德里奇教会了我等待——在重读他的作品的时候。当初做文献研究时,我无法把他的大作和现实生活联系起来。我轻率地忽略了他文中的注解:如建造大桥的缘起——它的实质,以及“建桥所用石材都是从巴尼亚城附近的山中采石厂搬运过来,距城镇步行约一个小时”。而且,波斯尼亚境内最重要的两座桥,至少在文献中是这样描述的:德里纳河上的这座,还有泽帕河上的那座,它们都是用同样的白色石料建筑而成,就是我在俳句诗里提到的那种——大桥倾注了穆罕默德·帕夏·索科洛维奇和尤素夫·易卜拉欣(被土耳其化或穆斯林化的塞尔维亚人)的金钱和爱,他们在安德里奇朴素而智慧的文字中成了永恒,安德里奇一生的座右铭来自其文学作品的主人公:沉默保平安。

我向一位朋友抱怨说,我已经才思枯竭,写不出东西来,他劝我根本不用担心。他有治病的良方。其实,他正在盼望土耳其作家奥尔罕·帕穆克的到来,此人也有相同的症状,所以他可以开一张处方同时医好我们两个人。

有关巴尼亚城和索科卢矿泉疗养地,或是人们口中的维舍格拉德矿泉疗养地,除了它是建造维舍格拉德大桥结晶碳酸钙原料的产地外,我唯一知道的就是,距离城镇约三英里外的这个地方有一处能治病的温泉。穆罕默德·帕夏·索科卢在此处修建了一座带穹顶的土耳其浴室,那是一五七五年,那时的他已近迟暮之年,他想给自己的出生地(多)留下些什么。一份一九三四年的宣传手册上这样写道:放射性水质(海拔一千二百米以上的)可治疗风湿、神经痛和妇科疾病。手册还宣称:矿泉水质对不孕不育的妇女有特别的疗效。“一位不孕的妻子来到矿泉疗养地大喊大叫,然后就得了孩子,附近的村民都摇着头说:上帝做证,要不是她在矿泉疗养院里大声喊叫,念了咒语,恐怕她永远也生不出孩子……”

为了一探究竟,我也穿过茂密的树林,来到这处矿泉疗养地。我戏谑地称它为“铁线蕨”,因为这种稀有的野草看起来很神奇,而且只生长在那里。我非常高兴能在那里遇到我的旧相识——奥尔罕·帕穆克,他是土耳其最知名的作家,土生土长的伊斯坦布尔人。听说他近期也无大作问世,我稍稍有些吃惊,因为他可是出了名的多产作家。如果在他的写作生涯中,偶尔有一段时间没有作品发表,那他下一部作品肯定是个体型健硕的婴儿。

我生孩子没有那么频繁,而且都是中等体格。这就是我的节奏。可是最近几年,我连一个也没有怀上,我真的很着急。所以,我来看看能让水有生育功能的石头到底是什么样子:强大的生育能力让我重燃希望。我脚下的这块石头已经被打磨了四个多世纪!一块斑驳着野草和青苔颜色的石头!这水热而不烫,接近天国的温度。我的身体正在变成一个幽灵!活着,却与死无异!帕穆克和我们的东道主试图隔着水蒸气交谈,但他们说的话却消失在穹顶的玻璃窗前,失去了意义。我们变成了罗恩·弗里克执导的影片《巴拉卡》中的主人公(几只猴子),影片的片名颇有伊斯兰教苏菲派风格:我们各就其位,身体漂浮掠过水面,只见那水面化作一层薄雾,呈现出另一种聚集状态,各种理性主义的形式尽现其中。我们闭上眼睛,但却没有睡着。每每睡意袭来,我便在这强大的水域中奋力前游,头顶的激流从高山倾泻而下,注入这小小的水池中,我听任它冲刷着我的后背。这种醍醐灌顶的感觉从未有过。

我高兴到近乎痴迷。这里汇集了犹太教神秘哲学、禅宗、伊斯兰教苏菲主义、东正教唯美主义、天主教对原罪恐惧的消除以及伊斯兰教的艺术感……正如铁线蕨只能生长在这儿一样,只有这里的水是从五百九十米的高处落下,更为重要的是,只有这里的水承载了三万八千年的历史积淀。悠远的历史已让人们不再怀疑它存在的理由,它有资格向世界言说。

这也让我与过去产生了联系。我在这儿的每一口呼吸都充满历史的气息,如此真实,让人欲罢不能。首先我的灵魂失去了方向,接着是时间的概念,然后我的身体也失去了方向,再然后是空间的概念。这次奇异的灵魂超脱把我变成了一个大大的问号:会不会是一位无比精壮的男子为浴池里的不孕女子提供了服务?这个浴池会不会是那些因不孕而绝望的妇女寻欢作乐的场所?这处隐蔽的浴场一定让那些贝伊、帕夏、维齐尔或苏丹王满意而归,他们是这儿的主人或是客人,管他呢!那些接受水疗和来此洗浴的人,无论男女——他们都说(在失传的文献中有记载),在此山间溪流下寻欢做爱(华氏九十五度)就如同在瓦尔哈拉和占奈的天堂花园里欣赏美景一般,快活无比。

这处公共浴室的位置本是建造商队旅舍的上上之选。这会从旅行者身上赚走多少钱啊!然而,自然(又或是命运)希望它远离旅客的必经之路,因而把它藏匿于高处,那些疲惫的旅客一想到要爬山前往此处,便打消了念头。这就是为什么浴场周围的石头虽然历经几十年,甚至上百年的打磨,却非人力所为。但必须承认,无论何时何地,只要有机会,人类的影响便无处不在:所以,我们很有可能在旧手稿中(通过语言即可辨知,无须引录来源和日期)发现一些与下文类似的引言:“矿泉疗养地的旁边有一座建筑,那是一位著名的投资人在此处经营的一家餐馆,可提供过夜的房间。

建筑的正前方有一座宽敞的阳台,壮美的自然景色可尽收眼底。”

至今我也不知道这位知名的投资人是何许人,不知道他是否是一位个体商人,但他至今仍经营着那家“餐馆”,仍然保留着那座阳台。因为仅仅在这个如天堂般的小浴池中沐浴还不能让人过足瘾,他们还要经过一座小桥,到餐馆的游廊转一转。确实如此。事实上,这是一处悬空的阳台,没有用玻璃封闭起来,它的正下方是一处峡谷,美丽的景色让你遐想万千,思绪飞过了与你比肩的波斯尼亚群山和山涧,心中必有所得。还有美食!除了家常的开胃菜,只需提前一个小时打电话向兹拉蒂博尔预订,你还能品尝到刚从附近激流中打捞上来的鲜嫩的皇家鳟鱼。这种鳟鱼整个冬季都在禁食,现在刚开始吃新鲜的食物。

然而时至今日,我们不能把这家餐馆的现代化建筑与十六世纪的商队旅舍混为一谈。它们完全不同。今天,如果有人想更长时间地享受这些神奇之处,这里有家宾馆,同时也是康复治疗中心,名叫“铁齿蕨”。各种必要的舒适设施这里一应俱全,而且这里也有一个现代化的小浴池,里面自然也注满了温泉水。水中的放射物质来自氡元素,哪里有氡元素,哪里就有医生和理疗师。当然,即使你没有生病或者任何健康隐患,也可以来这里。事实上,你身体健康地去那儿,恰好证明你还没有完全丢弃享乐主义思想。

即使穆罕默德·帕夏本人也没有把这所公共浴室,这处“带着穹顶的温泉疗养地”变成商队旅舍。他把旅舍建在地势较低的地方,“依德里纳河而建,作为索科卢的石头旅馆或商队旅舍,可容纳上万马匹和骆驼”。你认为这些数字夸大其词?我不这么认为。如果真有夸大的成分,也不会与实际情况相差太远。试想一下,在十六世纪七十年代,要建造一座像维舍格拉德境内的那样的大桥,将是多么浩大的工程!在穆罕默德·帕夏时期,维舍格拉德有约七百户人家，一座名叫赛利米耶的清真寺，一处人造喷泉，约三百家店铺，一家小客店（收容所）——专为村里的穷苦人提供食物，一所苦行僧修道院——泰克雅。在索科洛维奇村（村子以这位帕夏的名字命名，又或者这位帕夏的名字以村子的名称命名，这没什么区别），有一座名叫索科洛维奇的清真寺，但还有一块地方是用来修建基督教堂的。传说这位帕夏在那儿为信奉东正教的母亲修建了一所教堂。当然，任何人都会觉得这是理所当然的事情，如果大家知道，一五五七年，时任土耳其国务会议维齐尔的穆罕默德·帕夏亲自下令恢复了位于佩奇的塞尔维亚宗主教区，随后又委任弟弟马卡里耶负责教堂事务，据文献记载，当时“东正教派如一盘散沙，混乱无序，塞尔维亚人由于长期受奴役，民族观念正逐渐衰退”。有历史学家认为，正是由于后者，“这位大维齐尔的一纸政令使塞尔维亚民族免遭灭绝和毁灭的厄运”。这个结论大体与事实吻合，要知道，当时的塞尔维亚人已经失去了自己独立的国家，他们非常看重仅存的国家替代物——塞尔维亚东正教教堂。这也是为什么人们普遍认为穆罕默德·帕夏·索科卢有资格被称为“信仰坚定的穆斯林，同时……他也是坚定的爱国者，他用尊严回报了自己的人民”。他相信自己能让伊斯兰教和自己的祖国波斯尼亚和平相处，让自己的塞尔维亚根脉与东正教的基督教信仰和平共存。

这也是为什么（我是这么认为的），奥尔罕·帕穆克这位土耳其最优秀、最受欢迎，事实上也是最受争议的当代作家，会在如此特别的时间出现在公共浴室，出现在我的面前。如果小说写作有所谓意识形态的话，可以说，他所有作品都是围绕东西方关系展开，并踏着先辈的足迹继续前行的。我不仅阅读了他的优秀作品，更有机会与他展开讨论，从而更加坚定了我的这种想法。还有另外一个原因:他的杰作《我的名字是红》讲述的是奥斯曼帝国的故事(部分涉及穆罕默德·帕夏时期,以及那个时期所产生的种种影响),我从中得知了土耳其国家体系中的种种重要关系——征服的规则以及为帝国艺术而对新领地的征服,其中有些内容我一无所知。帕穆克一心写作,为他人谋利益,他值得拥有一个虚拟的浴池(或许对他来说,是苦行僧式的)。除了其他东西以外,保持外部整洁和灵魂的纯洁再怎么注重也不过分。同样没有止境的还有享乐,或者称之为阿克沙姆路克,"这是波斯尼亚人的传统:夜晚,坐在草坪上,通常是靠近有水的地方,喝喝酒、唱唱歌、聊聊天"。

如果我们不能偶尔到公共浴室好好"享受"一番,我们将会成为什么样的作家呢?前提是我们要同时从享乐主义和哲学的意义上理解"阿克沙姆路克"这个词。

作家有数不清的毛病,其中之一是他们通常会混淆现实与想象。大家所熟知的真实与体验之间界限的消失,根源就在于此。所以,我开始在混乱的时空里邂逅与我息息相关的人;我的意思是,我把生活在五个多世纪前的人们拉进我生活的时代,同时,把我和我的朋友们(或者是书中的人物,二者没什么分别)轻松地带回到五个世纪前。因此,我与他们的偶遇,不管是真实还是虚幻,变得越来越频繁。

作家们总梦想着不受时空限制,任意挥洒文字,这是实现梦想的途径之一。

因为这个梦想,以及其他一些因素,书籍才能得以问世。

The End

结　　尾

他希望有人可以将他杀死。是的，他真是这么想的。就是——坐以待毙。在过去的一年中，那么多他在意的、他挚爱的，从生命中消失了。当然，这绝非偶然。这一切都是精心策划和实施的结果。他必须承认——对手做得天衣无缝，手段高明，找不出任何破绽。他只是不明白，他们为什么要这么做：他们启动了所有机制，花费大量时间、金钱和精力摧毁他珍爱的一切，他们为什么不干脆把他杀死，就解决他一个人？这样不是更省时、省钱、省力吗？

然而，事实上，他心里清楚得很。他们就是想让他不断地问这个问题，由于找不到答案而感到孤立无援，最重要的是，要让他有被抛弃的感觉，从此断了求生的念头。因为亲眼看着他身边的人、亲近他的人和忠于他的人一个个地消失，他一定痛苦万分，而且这种事情接二连三地发生。如果痛快地杀死他，就不能如他们所愿，让他备受煎熬，并亲眼看到他痛苦的样子。说实话，执政几十年，一直高高在上，他早就料到会有今日的衰败，或者与今天差不多的下场。这似乎是这个世界亘古不变的法则：有盛必有衰。无论是谁，爬到权力顶端的那一刻也就看到了谷底。然而，不是每个人都经历过这一连串的不幸。确实,爬到顶峰的人,在继续攀升之前,同样身处谷底。但是否每一个到达顶峰的人都会跌入谷底,这很难说。但他确实跌入了谷底。或者如他们所说,这就是他的命运。或者说,他的衰败实际上是由他自己造成的。

公平地讲,说他倒下,更多的是取它的字面意思。没有人取代他、推翻他,也没有人绕过他对权力进行重新分配(这并不等于没有人策划过这些事情)。他倒在地上,一把尖刀出其不意地插入他的心脏,一刀致命。他躺在一片血泊中,回顾着自己的一生,好像是临终前的总结,想把它牢牢记在心里。

他别无所求,他的心愿已经达成:有人杀死了他。

奇怪,死亡竟也是一种解脱!当然,凶手并非对他动了恻隐之心。在他执政期间,暴力死亡几乎天天发生,早已习以为常;不同的只是病态和残忍的类型或程度。帝国总是需要各种形式的暴力。尽管他是大维齐尔,但无论作为领导者,还是作为普通人(但愿不要发生这样的事情),他绝不草菅人命。这是为了保护体制不得已为之,他这么做甚至不是为了维护个人的权威。这种体制的形成历经了几个世纪,没有任何个人能随意干扰它的运转,更别说去改变它,不管他权势有多大。在战斗中、在战争中、在战役中、在征服中,死亡像日常问候一样司空见惯。在和平年代,也时有发生,只是波及的范围没有那么广。

毕竟,他不仅仅是一位大维齐尔,他之所以出名,还因为他在三位苏丹王的统治下执掌大权!还有谁能办得到?很少有维齐尔能在新苏丹王登基时全身而退,还从没有人能连续辅佐三位苏丹王!生杀大权完全掌握在最高统治者手中:根据不成文的法令,不是每一位新王登基时都要先杀掉自己的兄弟(有些也会杀死自己的骨肉),斩草除根,以绝后患吗?

说他只图一死，也不准确。只能说，死亡并不让他感到意外。他早已参透了生死：再也找不出第二个人比他更了解死亡的因果关系和各种不同的死法。或许他不擅长回答死亡的益处：没有哪位老师或君主曾经传授他这些秘密，因为这些人从不问为什么。

他“想”死也并不意味着他对死亡的“渴望”。抱着这种想法能使他平静地等待自己的命运。这去除了所有不必要的不确定性因素。

然而，现在一切都变得不重要了，特别是一切需要额外时间思考的事情。做任何事情都为时已晚。除了死亡。

The Very Beginning

最　　初

既然我已向自己证明(只有我自己知道的方式),作为作家,我并没有才思枯竭,那么我就可以着手解决眼前的困境了。在已列入写作计划的三本书中,我应该先从哪一本开始呢？我不会再提另外两本备选书,因为很显然,我已经开始动笔写我更中意的那本。当然,选择这本书的原因很微妙,因为在有限的选择中,我也对另外两本书做了大量严肃的准备工作,这些是我开始写作之前必备的工作。

在那些微妙的原因中,那些我统称为“本土—爱国”的因素起了关键作用。事情是这样的,最近和一位同事聊天,谈到了目前一些相互对立的观点和截然相反的意见,例如民族主义和全球主义,我第一次意识到,那些“本土”的忠实捍卫者们虽然没有公开地诋毁我,但实际上,他们却小心谨慎地在背地里称我为“国际人士”(“一位以不使用民族主题而闻名的作家”),而这根本不是实情。事实上,这些年来(直到最近这次新的认识之前),我一直在容忍由别人决定我的文学命运以及由此产生的种种错误结论。真不明白,自己是怎么做到的！如果他们没有读过我的书,那么做用意何在？还是他们读过,但我却依然是一位没有读者的作家？瞧,我只须提醒他们，迄今我已出版五本小说，其中四本中的情节是从贝尔格莱德和（或）我的祖国开始或完全在那儿展开，在我已出版的七本散文集中（当然不包括这本），有六本描述了相同的地貌特征！还是落下了一本，真是惭愧！然而，这种吹毛求疵的事情真是没完没了：也许，从书的本质或传递的信息方面看，这些书太“国际化”，即使书中的本土地理背景和本土情节也改变不了什么。这些书没有达到民族神话的高度，说实在话，这也不是我创作的初衷。

选定的主题隐藏着新的陷阱，不仅体现在创作上，也体现在先前提到的意识形态上。然而，如果一位作家为这些方面做过多的准备，可能他永远也写不出什么（有价值的）东西来。于是，我决定写一位“异化”的塞尔维亚人。让我感兴趣的是这种“异质”，而不是纯粹的“塞尔维亚”部分，尽管我很想那么做。但我无法把它与“异质”部分截然分开。如果我要真正地研究这个主题，真正深入地研究，我必须承认，从本质上说，我真正唯一感兴趣的只是从“同质”向“异质”转化的存在，即转化本身。

因此，我开始研究、调查、搜集、选择、接受和筛选……总而言之，我在积累写作素材。但搜集工作总要有方法可依，至少要能确定工作的步骤。搜集素材的工作贯穿始终，它们会随时出现，然后添加到已有素材中。它们总是像这样不经意地闯进来，好像习惯性地要让作者发现它们。然而，想要发现重要细节，还有其他方法。其中之一是追寻主人公的足迹。所以，这些年来（与其他研究方法同时展开），我基本上走遍了穆罕默德·帕夏·索科卢曾经生活和工作过的最重要的地方，如果不是全部的话：维舍格拉德及其周边地区，以及更广阔的波斯尼亚东部和塞尔维亚西部地区（包括德里纳河，这里是两地的分界线，也是结合处），黑塞哥维那以及杜布罗夫尼克，伏伊伏丁那以及匈牙利中部，其西部地区以及古奥匈帝国的中心——维也纳,保加利亚全境(更准确地说是横跨),奥斯曼帝国曾经的首都——埃迪尔内,然后去了帝国的心脏——古代的和现代的——拜占庭/君士坦丁堡/斯坦布尔/伊斯坦布尔,以及这一地区的所有海域(亚得里亚海、黑海、马尔马拉海以及爱琴海)。我的寻踪之旅在土耳其西南部结束,最后一站是王子群岛。这条线路的全程我走了许多次。波斯是我唯一没有到达的部分。土耳其周边的战事——今天已经不存在的波斯阻碍了我的行程。在此之前,由于塞尔维亚周边的战事,即今天已经不存在的南斯拉夫,我没能回自己的家门口看一看。(贝尔格莱德对我来说至关重要,它也被预先假定为一个地名。不管怎样,整件事情都发生在那里,而且严格来说,很快一切也将在那里结束。)

由于这些旅行,我还同时展开了另外一项研究:参观科卡·米玛尔·希南的建筑杰作,他是我接下来这本书中的二号角色,与穆罕默德·帕夏生活在同一时代。我还拜访了奥尔罕·帕穆克以及和我形影不离的 V. B. ,后两者是我小说构思中的第二对角色,他们出现在小说的平行情节中。

这四人成了同一本书中的角色(事实上,他们被安置在平行的两个章节里),他们被招募进来,按照我的想法密谋改写历史。

Before the Very End

最终之前

当然,在没死之前,他有自己的生活。漫长而又丰富的生活。手握权力,但又缺乏安全感。他的生活既属于他自己也属于其他人。有时,他的生活不由自己主宰。如果单纯是神的旨意——万主之主或上帝的使者,选择会变得很简单:穆哈默德或耶稣基督。或者两者都选。然而,可能是某个人,或者更可能是某种东西会时而主宰他的生活,不给他留任何机会选择自己的归属。

如果不是频繁出现,一再制造麻烦,或许这种情况本身也并不难理解。而且随着年龄的增长,这种情况变得越来越频繁。甚至到了忍无可忍的程度。既然他找不到合理的原因,问题也就无从解决。多年的重担,加上这个秘密的困扰,生活已然变成了一场噩梦。他向死亡一步步地靠近(或者更有可能是他寻死的念头),这可能对他产生了某种影响;感觉死亡临近会改变他的世界观——已经接受并被证明了上千次——是非被颠倒,昔日的信仰完全变成了令他十分厌恶的真相。然而,他连这种真相也无法企及!他想,既然已无力获取任何真相,不如接受最糟糕的真相来得更加容易。

他绝不会考虑以下两种可能的解释。

第一,这可以理解为真主阿拉的意愿！没有人胆敢、也不可能违背他的意愿。公开地。不管怎样,既然这是他内心的独白,因此这与公众无关,也与真主阿拉无关。

第二种解释与上帝不无关系。我们或许可以说,这是他的劫数:命该如此。他不可能接受这种解释,因为这是无能的人为自己的懦弱编造的借口。

他终于体验了真相,啊,多么具有讽刺意味,那是在刀锋没入他心脏的那一刻:他只主宰了自己的一半人生。另一半人生被性格中的另一半主宰,或者,按恰当的顺序表述更好理解,是他性格中与生俱来的部分,即他在塞尔维亚和波斯尼亚时的性格。

他是土耳其人,也是塞尔维亚人。他是塞尔维亚人,也是土耳其人。

死亡。

一切都解脱了。

After the Beginning

开 始 之 后

构思一部小说的结构，它的前提是存在两个开始和两个结尾，或者说是两种开始和结尾。其中一种必须与情节相关：故事在什么时间，以什么方式开始，又在什么时间，以什么方式结束。对于读者来说，这或许是书中最重要的秘密。但对于作者来说，或许另一个秘密更重要，即激励作者的想法是如何开始和结束的。确切地说，是什么样的疑问或问题启发了作者，让他有了创作的欲望，然后把想法或问题落实到创作实践的过程以及如何能让小说有个理想的结尾上。

尽管本书的结构依然只是一个梗概，脉络还不十分清晰，但我知道，有了这些主人公，我就有可能讲述一个意义深远的故事，一个有关身份、多重身份以及身份变化的故事。这可能是所谓的起点，而至于最终的目的，相信大家也能猜到：那些具有双重身份的人，以及与他们有关系的人都经历了什么？

这部小说的创作动力，穆罕默德·帕夏·索科卢——塞尔维亚人称他为穆罕默德·帕夏·索科洛维奇——以我的名义替我决定了写作的根本原因和起因。（我回想起，他们在小学的时候就开始帮助我们为一门高中课程——逻辑课做准备，同时也为我们的生活逻辑做好准备。在备战的过程中，他们教我们如何区别原因和理由。我们中的大多数人都弄不明白，即使听懂了，也是费了好大的劲。尽管如此，经过艰苦的努力，我终于彻底弄清了二者之间的区别：根本原因需要长时间仔细地准备；而起因则是混淆视听的手段，也可以临时给出，因为它仅仅是酝酿已久的计划中一个微不足道的组成部分。他们最喜欢引用的例子是第一次世界大战——奥匈帝国、塞尔维亚、波斯尼亚、萨拉热窝、黑手社以及刺客［爱国者］加夫里洛·普林西普之间的联系。）

就这本小说的写作而言，我写巴伊察·索科洛维奇的根本原因是我发现，在著名的征召幼童入伍过程中（“带血的贡品”），他被带往土耳其，当时他已经年满十八岁（！），已经不是记不起自己出生地的小孩子。我很好奇，他当时年龄已经不小了，为什么会被选中成为一名土耳其禁卫军？对于土耳其人来说，征召年龄偏大的孩子，把他们从父母身边带走，这确实有些反常。在训练新兵时，土耳其人不会强迫他们忘记自己的根脉，但他们推断得没有错，一个人对祖国的记忆越少，情感上的联系就会越淡薄。

以下是我最终决定动笔写穆罕默德·帕夏·索科卢的真正起因和动力：当我研究了所有能够找到的有关这位传奇人物生活和时代背景的资料后，我还是不能下定决心开始写作（另外两本小说还没有完结），然而一件事情彻底改变了这一切。尽管搜集的材料似乎已经无所不包，但我又发现了确凿的证据（来自很多渠道的手稿、画稿、评论、描述），证明在一五七五年前后，穆罕默德·帕夏在贝尔格莱德修建了一处非常著名的商队旅舍和市场，而它们竟然就在我居所的地基下面！那是二〇〇五年，当时我住在这儿，直到今天，我一直住在这里！为什么偏偏在这里！是巧合？我所说的“修建”，是指那是按照他的意愿和命令建造的，他是项目的出资人。这叫赞助,但在日常用语中,我们会说“他雇别人修建”。施工工作由建筑施工者完成,而这里的施工者很可能是一位名叫希南的人。

有了这个发现以后,不管是出于自己的意愿,还是为了自我炫耀,我感觉有必要写点什么把二者合为一体。一开始,我把双重身份纯粹理解为某一个体的双重民族身份和宗教,从而对它的产生感兴趣。随着建筑师希南进入穆罕默德·帕夏的生活,双重身份也有可能存在于两人之间。因此,两者合为一体的双重身份有多种含义:甚至可能把某一单独个体分化成两种不同性格,或者二者间完全(甚至是部分)的相似可以让他们合二为一。

现在回头说说我的住所。这栋建筑的地基位于贝尔格莱德市的多克尔街区,依照佩塔·巴贾洛维奇的设计于一九一四年开始修建(又是第一次世界大战!),整栋建筑于一九二四年完工,整体上是所谓塞尔维亚—拜占庭风格,并混合了维也纳脱离派的元素,在贝尔格莱德,这种建筑风格搭配原本极为少见;无论从字面意义,还是象征意义上说,这里都可称得上是我“言说之地”。如果我愿意再加上一层写作意义,毫无拘束的那种,并且愿意随意表达自己无礼态度的话,我还可以再添加一些别的东西。希南留给后世的历史遗产——奥斯曼—伊斯兰建筑,并非是过去与现在的唯一联系。其他还有:例如,塞尔维亚人名巴杰和巴伊察——他是土耳其未来的维齐尔,他在世时,土耳其国力强盛,是当时最强大的帝国——以及那位塞尔维亚建筑师,巴贾洛维奇和本书作者 V. B. 的姓氏(很久以前,本书作者的姓氏已经在伏伊伏丁那省被玛利亚·泰瑞莎女王德国化了。所以,与巴伊察的名字比较起来,它更接近巴贾洛维奇的姓氏)的文字游戏。另外,我的住所坐落在当时“敌国”文化的遗迹中,它现在的地址是“杜桑国王大街”,街名来自一位塞尔维亚统治者,他十四世纪执政,被称为“大帝”,在他执政期间,他不仅扩大了国家版图,而且创造了塞尔维亚历史上最强盛的时代,正如两个世纪以后,苏莱曼大帝在巴伊察/穆罕默德·帕夏·索科卢的尽心辅佐下为土耳其做出的贡献一样。因此,这是我“言说之处所”,那矗立在房顶的方塔上赫然写着一行大字:这儿(曾经)属于圣·萨瓦社团(塞尔维亚最伟大的圣人,也是最重要的世俗人物)。各种联系不胜枚举(例如,我还没提到那位塞尔维亚的征服者,事实上,他是一位作家,按照他自己的说法,他在二十世纪征服了全世界“读者大军”,因而成为二十世纪最享誉海外的塞尔维亚当代作家。他也曾住在这里)。

历史特别钟爱“之最”:最伟大、最强壮、最强大以及其他“之最”。然而,本书的目的却不同:例如,去追问上一段中提到的“之最”有没有在这儿发生过冲突?他们是否(经常)见面?为什么见面?如果以上问题的答案是肯定的,本书会继续追问在此之前到底发生了什么以及怎么发生的,接着再继续追问方式,甚至还会探讨原因……就本书而言,我产生这些想法的地点——贝尔格莱德市多克尔街区,甚至它的名字也是来源于土耳其语,即使从语言学和字面意思去理解,也同样表明这里是(曾经是)相会之地、聚集之地、保留之地,因为在土耳其语中,它标示了四条路,或者,如果你愿意,也可以理解为十字路口。

总之,这本书收集了所有可能的事件,而且肯定是次要事件。

而同时,历史却依然坚不可摧,如一座丰碑。

Before the End

结尾之前

父亲把家从小城镇搬到了农村的叔叔家,他以为这样可以逃过土耳其人的威胁:土耳其人把塞尔维亚的幼童送到土耳其各地,甚至宫廷里,为的是把他们训练成帝国需要的精锐部队。但是,他并不知道,黑塞哥维那的桑得扎克贝伊·斯坎德·奥诺索维奇已从君士坦丁堡接到命令,每隔几年,在波斯尼亚和黑塞哥维那周边,他要实施征召幼童制度:“为‘血腥贡品’征召千名幼童,并把他们带到各处宫廷……”[1] 这意味着新的问题:一五二一年攻占贝尔格莱德,士兵在围城期间伤亡惨重,之后,幼童征召的数量进一步增加,为了征召天资聪颖的幼童,贝伊(奥斯曼土耳其帝国的决督)不得不把年纪较大的孩子也召集进来,这是从未有过的做法。这项任务执行得很严格,这一次,贝伊对企图庇护子女的父母绝不姑息。像以往一样,有些父母把孩子藏匿在树林里,甚至还有的父母故意使子女致残,他们以为,帝国不会需要这样的孩子。即使有这些极端的事件发生,阿迦们也没有罢手。他们甚至去修道院,把正在读经书、准备成为僧侣的年轻小伙子拖走。其中就有巴杰·索科洛维奇,他被强行从米洛舍沃修道院带回索科洛维奇村,那时的他是东正教神职人员,个子高挑,年近十八,早已不能算是幼童了。

他很博学，除此之外，几乎没有对他有利的因素：他来自一个贵族家庭。“血腥贡品”最中意这种家庭出身的孩子。对奥斯曼人来说，他学习过基督教教义也算不得什么障碍。他的父亲迪米特里杰一度发现他的情况非常特殊：征兵队长穆罕默德·贝伊承认，上边下了特别命令，要征召他的巴伊察入伍，带到帝国的都城。队长安慰说，他的儿子命中注定要去一个重要的地方，注定是做大事的人，他告诉父亲，他之所以这么说，是因为有一个叫索科洛维奇的人指名要巴伊察，这个人大约在二十年前被一架皇家大篷车带走。那个人现在的名字叫德里·哈兹维·帕夏。不久之前，他的弟弟也离开了，他现在的名字叫穆斯塔法。哈兹维在苏丹王的宫廷晋升得很快，现在已经成为帕夏，可以做很多重大的决定。

他的父亲和表亲——米洛舍沃修道院的一名修士，以及修道院的院长博日达尔·高拉兹丹宁本能够说服其中的一名阿迦不要带走巴伊察，但他们并没有苦苦哀求，也没有贿赂，这与上述情况不无关系。最终，作为父亲，他不得不安慰自己，毕竟他保住了两个小儿子。他们带走了一个儿子，以后他就再也不用担惊受怕：土耳其人严格执行着自己的条例，一户只能征召一名男童。

当然，分离之苦在所难免。如果允许在他们中间做比较的话，可以说巴伊察最不容易。他是唯一要离开的人，他珍爱的每一个人都能守在一起（就像老话说的）“抱成团”，所以分别之际，他们不必承受巴伊察身上那份沉甸甸的孤独。而且，背井离乡的他不得不进入一个未知的世界，而他的家人却可以留在属于他们的地方。

在穿越塞尔维亚和保加利亚的漫长旅途中，他脑子里只有渐行渐远的过去，以及等待他的未来。前者让他流泪，后者让他恐惧。

他一路走，一路哭，时而号啕大哭，时而长吁短叹，他已经完全筋疲力尽,最后终于流干了眼泪——眼泪就这样没了。他只能泪往心里流。

如果那时他就知道,他一生中绝大部分时间都会这样度过——独自承受——或许他会感觉好受些! 如果在生命的最后时刻,他对公众大声地说,他一生绝大部分时间都在独自承受一切——没有人会相信他。怎么可能相信他呢? 他可称得上是高寿,尽管他可以活得更长。同时,他的生活备受关注、举足轻重,任何其他生活,或其他人的生活都远不能和他的相比。

统治者的一举一动都备受公众瞩目,帝国的每一个人都看在眼中。不管是真实的,还是想象的,人们总认为他们有很多事情要处理:公开颁布法令法规、在公共场合露面、颁布公告、出访、参战、会见政要、惩治叛逆、出游打猎,天知道还有什么其他的事情,所有这些都让人觉得,这位大维齐尔根本没有时间打理自己的事情,更不可能有自己的私人生活。然而,他有太多时间为自己而活。他公务繁忙(事实上,大部分的公务是由帝国的下属机构完成,并非他亲自处理),而且特别是,每一个人,每一件事都和他的名字有联系,所以只要提到他的名字,就好像他亲自来到了现场,所有这些造成了一种假象:他无处不在。如果真有这样的事情发生,或许那些忠诚于他的大臣会为他难过,他要处理的事情太多了。有传言说君主有替身,原因就在于此:一个人能这么频繁地出现在公众面前,他得有分身术才行,既然这是不可能的事情,就有人开始编造故事,说君主有替身。后来,君主在多个地方同时现身的原因又有了新的解释,例如防止被暗杀。

看到前后驮运货物的马匹和行人一字排开,延伸至远方,他的精神开始集中起来。首先,他显然是回不去了。逃跑也不可行,即使他成功逃脱,他也不知道这份自由会有什么用。他命运的新主人们知道他是谁;他不是被意外选中的幼童,而是经过仔细挑选来到这里的年轻人,他有名、有姓、有家世。实际上,他是奉命离家来到土耳其帝国。确实,他被带往异国不是为了自生自灭,而是为了去征服。他需要机灵点,识时务。正如父亲告诫他的那样,要学会充分利用整体形势,即使不能从中获利。

他祈祷上帝不要抛弃他。他祈祷记忆不要背叛他。在这一刻,"做自己"意味着"牢记一切"。尽管随着时间的流逝,记忆会从他的意识中溜走,进入他的身体,从而建立一种能识别自我的生物记忆(事实上,这就是自我的构成),但是他还是害怕遗忘。他认为,遗忘会让自己不复存在。他不知道,人的身体和大脑一样,也可以读取信息。那时,为了阻止自己接触新的事物,他的身体其实正在读取整个少年时代的全部信息:他的语言、他的信仰、他的父母、他的兄弟姐妹、他在修道院的小屋,并把这些信息储存在身体最遥不可及的地方,为那种语言传达的信息准备一场冬眠,不管这场冬眠会持续多久。这种方式可以确保他的记忆继续下去。

随着时间的流逝,他才开始慢慢理解为什么那些养活他、使唤他、拥有他的主人们——他们所有人——不必过分担心他和同行的其他孩子对过去是否还留有记忆。瞬息万变的事态发展以及接踵而来的新任务都会让这个问题迎刃而解。

Chapter I

第一章

如果作品的部分背景需要以(历史)事实为基础,那么在创作上就少不了故弄玄虚,即使可能只是偶尔为之。例如,我仔细思考了本书创作过程中发生的所有巧合,结果发现,我动笔创作这部小说的时间,恰好是主人公穆罕默德·帕夏·索科卢的"第一身份"——巴伊察·索科洛维奇诞辰(一五〇五年)五百周年。我心里想,好吧,事有凑巧,就让我成为这伟大周年纪念的唯一庆祝者吧。在我自己的国家,我没有发现哪个政府官员意识到这一点(事实上,《政治报》记者,娜塔莎·耶利奇确实在二〇〇五年六月对此有所提及,她的初衷是建议有关当局,呼吁公众,让穆罕默德·帕夏人工喷泉得以重新整修。这座人工喷泉位于贝尔格莱德,早已弃之不用。但她并非政府官员)。那年的十二月,《贝尔格莱德新闻晚报》也在最后时刻向穆罕默德·帕夏致敬,共刊登了由十个部分组成的系列文章,执笔人是伊斯梅特·考堪。

时值他五百周年的诞辰,我在土耳其游历了一段日子,我也没有注意到其间(可以指那一年,也可以指土耳其这个国家)有任何人特别关注这个周年纪念。好像这个难得的机会是专门为我而留,好让我写点什么,巧妙地重提这个重要的日子,不是为大众(至少那时候不是)，而是为我自己。因为，当这本书出版的时候，这个周年纪念早已过去，事实上它将再也不会存在。哎呀，太过分了，我的书还没写完，时间(已经)来不及了。所以，应该好好地控制一下庆祝的情绪，或者至少应该用巧合掩盖一下——多亏事情有了新的转机，它被另外一场庆典所掩盖——新年的到来。

晚会变成了纪念活动。

被新年替代的周年纪念。

化身成为圣诞老人的穆罕默德·帕夏！

听起来很可笑，但却很有可能发生。制造讽刺幽默的是客观环境，而非作家的才华。就像作家写作没有提纲，到头来，小说可能空洞无物。

现在的主要问题是：写作中的巧合是什么？作家喜欢替换、创造、添加、先乘后除、组织、借用……但他最喜欢用的还是建立联系。一旦他付诸实施，一切皆有可能。所以，他对无心之举(失)可能产生的愧疚之情可以像孩子的过失一样被原谅。首先，因为这些(错误)行为事出意外，并非有意为之，它们不是目的，但它们确实在没有预谋的情况下发生了。第二，因为它们的后果不可能严重到不可挽回。即使不可挽回，影响范围也不会太广。第三，人们关注的焦点还是那句老话——祸不单行。最后，真有人会把作家或者作家的文字当回事吗？作家之所以可以随意地建立联系，而不用负责任，这也可算作一条额外的理由，如果不是同时在为我自己辩护的话。

这儿试举一例：在所有应该以现在为主题的章节中(如本章)，至少到目前为止，我一直在和自己对话！这样好不好呢？可能，最终我会意识到，这对本书有好处，尽管现在我对此仍有疑问。为什么我不让那些主人公——如他们所说——自行向前发展呢？或许是因为这不是他们的时代。另一方面……事有凑巧，我也是书中的主角之一(那个首字母缩写为 V. B. 的人)。作为书中的一个角色,我不正是通过相同的自我对话的方式一步步发展的吗？读者不是显然已经开始对他(我)下结论了吗？我的意思是,读者应该下些结论。如果读者不下结论,还有谁会呢？

Chapter 1

第一章

他们在杰德热内停了下来,土耳其语是埃迪尔内,这里是著名的皇家冬季行宫,也是昔日的都城。

稍作休息,满载幼童的大篷车继续向这个国家的内陆进发。巴伊察以及其他一百多名幼童被留在了埃迪尔内。他们的注意力被当地的美景以及商队旅舍外围的奢华所吸引,心里不再想别的事情。他们几乎忘记了漫长的旅途和种种艰辛。摆在他们面前的是人生中的第一个挑战,他们意识不到,也不清楚对他们来说到底意味着什么;他们只是把出发地和目的地做了一番比较,迄今为止,他们还没有机会进入第二层庭院,更不要说商队旅舍内部的第三层庭院了。

他们已经变得手足无措,甚至还没有人为他们提供任何东西。

他们被送到士兵的营房,就在苏丹王侍卫房间的隔壁。几名侍卫负责看管他们——看守说塞尔维亚语,但他们只有执行任务的时候,才会和他们用塞尔维亚语说话:他们不允许私下里说任何事情,更不会提供任何解释。每一位未来的朝臣都应竭尽所能,尽量理解(有多有少,全靠个人)。

在人口统计簿中,除了他们在波斯尼亚和塞尔维亚的相关信息外,还登记了他们新取的土耳其名字。巴杰·索科洛维奇变成了穆罕默德·索科卢。从此以后,他们接到命令,只能应答自己的新名字。他们很快就开始学习土耳其语。他们的课程是逐步学习日常交际用语,但也包括一些必须牢记的概念,他们得到的解释是,日后开始学习《可兰经》的时候,会有人帮他们解释清楚这些概念。他们的语言课程要上一整天,中间穿插着体能训练和少得可怜的三餐。入睡前,巴杰仍然称自己为巴伊察,但这持续不了多久:像其他人一样,疲惫不堪的他很快就会睡着。

最开始的几个月像一阵旋风,过得飞快。一旦他们掌握了足够的新语言,能够无障碍地交流(老师和监管人在场的时候,他们彼此之间交流也必须用新语言),他们开始加强阅读和写作。尽管选拔很早就已经开始,但现在却变得越来越明显:那些最优秀的学生会被挑选去学习不同领域的学术知识,并尽快地学习广博、精深的相关知识。他们学习完立刻接受考核。那些没有达到标准的孩子被分配到其他组,将来只能供职于较低的职位。在学习的不同阶段,天资聪颖的孩子会被选拔出来,当达到一定数量后,那些在某一领域中天资较弱的孩子会被分到要求较低的组里。可是,有一件事情却是明明白白针对他们所有的人:他们的训练都是为了一个相同的目的——他们都要效忠一个主人,且只效忠于他。在那个框架内,他们分工各有不同,但与有利于统一的顺从,以及由此产生的集体愚忠相比,这些差别微不足道。

埃迪尔内的伊玛目通过一场仪式让他们皈依了伊斯兰教,这是一场简陋、高度简化的仪式。他们还行了割礼。这时,他们才能学习真正的宗教和信仰知识,以及名目繁多的大强度军事训练。不久,他们开始花时间学习伊斯兰教课程,研读《可兰经》,并在社区做祷告,投入的时间与他们参加军事演习的时间几乎不相上下。

巴伊察感觉他们要把他打造成一个超人，身体、大脑和精神都能应对各种考验。他并没有浪费体力去反抗，因为他很清楚，即使反抗，该来的还是会来。他这么做，至少会让他心感安慰（或心存幻想）：在决定是否接受这一切的过程中，也有他的参与。

是被迫还是自愿？

仿佛他在用土耳其语思考，用塞尔维亚语幻想。所以，当他在两种语言之间进行双向的自我翻译时，他好像在为真实的自我做准备，让那个自我永远守卫梦想与现实的边界。一直以来，他在陡峭的边沿上竭力维持平衡，这让他想到了集市上走钢丝表演者的技巧。高度越高，摔下的可能就越大，后果也就越严重；不过，如果成功了，收获的利益也就越大。实际上，这些矛盾就是他现在、将来，乃至整个生活的本质，难道不是吗？选择极其有限：他可以随波逐流，或者尽可能身处主流之外。但怎么才能做得到？或者，为什么要这样做？这么做有什么用处？这么做得不到救赎，放弃也不能让他重返家园。他只能像普通的奴隶一样，被迫接受最糟糕的生活条件，没有任何改变的机会，更别提发展或胜利了。接受别人决定自己的生活，是为了确保有朝一日他也许可以重新拿回，至少是部分拿回这份生活的决定权。他自己的生活。

Chapter II

第二章

当年,我曾经的祖国饱受战争之苦,希望这种日子一去不复返。但时间的流逝远没有消除战争的影响。影响之一,乍一看觉得很幼稚,是产生了一种长期存在的新现象:数量与质量之间庸俗的交换。比如——把文学变成数学。我来解释一下。社会的转型期在那些半开化人的眼中也可视为用数字表达一切的尝试,它也被那些抢夺人民和政府财产的人称为"建立基础资本"的副产品,所以,在转型期,对事物分级很有必要。当然,分级离不开数字。对于那些嗜钱如命的人来说,衡量价值的唯一标准就是(曾经是)数字。因此,世间一切都被排好了名次。无论你选择的是什么,只要与其他备选对象的名次进行比较,就可以明白表示出来。

甚至在出版和文学界,各种数字也开始出现。当大部分的数字出现在文字中的时候,它们看起来会有些多余。或许,以下这些数字不在此列:用来表示书的印数或版本数的数字。这些总额数字随处可见,尽管对出版工作非常重要,但它们从来不起决定作用,也不是无可争辩或神圣不可侵的。它们不过是某一整体的普通组成部分,该整体由包括数字在内的多种元素构成,它们构成了整本书的内容和生命。

然而,转型期的事实后面总少不了其他类型的数字,而且数量多得离谱。例如,表示某本书在排行榜上名次的数字——最受欢迎排行、最畅销排行、热读书排行、最现代排行等等。表面看来,是用民主的方式赢得了排位。但这只是一种幻象。我们不免会有这种感觉:人们正在通过使用数字和窃取名次建构转型。

接着是没完没了的测算:某本书在排行榜上逗留了多少周、精装封面多少版、平装封面多少版、手工制作封面多少版、金箔封面多少版、滑稽封面多少版,这些计算蒙蔽了读者的眼睛。接下来是,一周前它排名多少、持续了多少周、得票率是多少,如果是电子投票,投票网站的点击率是多少。然后是各种各样的比较:某本译著的所有数据与其他国家相关数据的比较。然后,整个过程再重复一遍。

还有一些从来不向公众公开的隐藏数据:协议、有约束力的合同、作家交稿的最后期限、作家作品的字数要求(不能多,也不能少)、合同约定各方在可能情况下的可能收益的分配,这意味着不仅仅涉及作家和出版社。甚至包括对不可预知情况的预测。

如果没有履行此类合同中的约束条款,也可以用数字说明:从惩罚细节到收益的损失。这种计算方式比死亡更强大！作者死后七十年内都是采用同样的算法:所有一切仍将计算在内,加、减、乘、除一样不少。所幸,作品存世的时间比作者的寿命长,但计算方法却从不含糊:它们会跟随作者到另一个世界,不允许他撤销自己的权利。他们把与死人算账称为“算快乐账”。

争论还没有到非解决不可的程度——支持还是反对文学与数学联姻以及诸如此类的问题。原因很简单,尽管并非显而易见。确切地说,处在转型期的知识分子失去了社会和文化地位,这让他们猝不及防,随之而来的是困惑、地位的降低以及相当程度的边缘化。除了原有地位和重要性的变化,他们还要面对前所未有的残酷的贫困。在这种濒临抑郁的状态下,文学以及出版界的一些人变成了道德和物质上可以腐败的对象。他们有个响亮的名号——“数学家”。

然而,要不是所有这一切改变了他们的性格特点,或许情形也不至于这么可悲。国家问题、民族归属、语言问题以及新获得独立等问题交织在一起,最终知识分子不得不面对身份的问题。当情形发展到这一步,破坏和建构,建构和破坏就此开始。有关身份。有关其他所有的一切。

Chapter 2

第二章

武术也可以是一副面具，透过它，人们可以看到许多深层次的东西：看似是一种简单粗暴的身体对抗，但却让他们得到了许多精神领悟。例如，为了让自己有勇气，他首先必须理解什么是胆怯；只有当他深刻理解胆怯的含义，才会知道如何摆脱它。然后，他才能理直气壮地说那种新的精神状态已经融入自己的性格当中。

总体上来说，所有训练最关键的地方就是理解身体与灵魂的关系。一旦他意识到二者的联系，他会更加轻松快捷地确立价值观。这是很自然的结果。例如，胆怯与勇气之间的内在关系会让人理解从属与统领的关系。面对挑战，毫不胆怯，但是……他们的老师又将他们提升到更高的阶段——跨越心理的障碍：他们宣称，恐惧也能产生勇气，而且可能比平时更强烈！他们甚至参与其中，亲自示范，以增加教学的真实性。

这些方法能帮助他们更准确地理解目标：他们不是通过教授新的技能让他成为超人（他开始是这么想的），而是要最大限度地激发他体内的潜能，并令其淋漓尽致地发挥出来。看来他们要把他重新塑造成一个素质全面的人。

事实上，后者只针对巴伊察和组内其他少数年轻人。他们注定要接受特殊的任务,这一点无须其他人告知;很多课程只有他们几个参加。然而,或许是因为与其他孩子分开的原因,或许是他们之间有太多相处的时间,又或者他们在这个集体中更有安全感,他们中有些人开始发展一种不同于以往的友谊,这是一种奇怪的相互救助型的友谊,当然,他们只能私下里这么做,因为他们不敢公开这种关系。直到那个特殊时刻的到来。

尽管在埃迪尔内的商队旅舍住了好几年,但巴伊察始终没能见到他的主人。苏丹王整日奔波各处,忙着其他的事情。然而,即使他来到埃迪尔内,君主根本见不着他们,因为当他临近商队旅舍的时候,所有的孩子都将被关在训练房里,被严格看管,只要君主待在那里,外人根本看不到他们。他们得知,有人会定期向苏丹王报告这些帝国未来守护者的最新进展,因为他一直十分关心他们的命运。特使德里·哈兹维·帕夏的突然出现证实了这一点。他们有幸可以见到特使本人。

他既是客人,又是主人。为了迎接他的到来,这些帝国的年轻学生们被立刻组织起来,公开展示所学的技能和知识,所有的人都行官方礼,并身着盛装,欢迎仪式也没有漏掉任何细节。他们的表现让他惊叹,他们掌握了波斯语、阿拉伯语以及历史等方面的知识,从上帝的启示到穆哈默德,他们能背诵《可兰经》中的很多章节。

结束时,他们聚集到帕夏面前,聆听他的讲话。接着,他解散了其他人,只留下十位在各方面表现突出的学生,邀请他们来到旅舍的内院,告诉他们说,他们有资格参观苏丹王的一些房间。他们来到其中的一间,里面没有家具,也没有任何装饰,看起来有些不寻常。这时,帕夏对他们说:

"当我们的君主召集维齐尔来到埃迪尔内,这里就是召开迪万，决定国家大事的地方。就在那上面，靠近这面墙的顶端，屋顶下面一点的地方，你可以看到那扇小小的纱窗，屏风的后面坐着苏丹王，他高高在上，听取大臣们的汇报。”

“就像真主阿拉在高处注视着我们。”巴伊察脱口而出。多数同伴都吃惊地看着他，有些人面带愠色，有些人则露出赞同的表情。

接下来发生的事情着实让他们大吃一惊。德里·哈兹维·帕夏先是遣散了自己的随从和孩子们的守卫，当他们都退到外院的时候，他说起了塞尔维亚语！

“你们的确是帝国的好学生。如果我向君主呈上满意的报告，那就意味着你们所有人很快将奔赴四面八方，根据你们的老师和主管人提供的详细个人信息，你们会被派往世界各地，负责不同的工作。”

他停顿了一下。

然后，他走向巴伊察的一名同伴，他现在的名字叫穆斯塔法，一把把他抱在怀里，轻声对他说：

“我的好兄弟。”

这个孩子有些不知所措，他不知道发生了什么，害怕自己没有听清楚帕夏说的话。帕夏向他耳语了几分钟，接着用手臂搂住巴伊察的肩膀，小声对他说：

“他是我的弟弟，但他也是你的表亲。”

然后，他接着对大家说：

“大家都知道，我和你们的情况一样。我也是被带到这里来的。整整二十年前，从黑塞哥维那被带到这里。我是索科洛维奇家族的成员，是我让他们把你们当中的一些人带到这儿。今天我看到了我的弟弟，这是他出生以来，我第一次看到他。这难道不是一件不可思议却又令人欣喜的事情吗?"

穆斯塔法目瞪口呆地看着他。巴伊察也同样吃惊地打量着他。经过这么长时间,他第一次从这张嘴里听到了他们的姓氏,虽未完全忘记,但却只能深埋心中。

他们明白,帕夏的一番话是鼓励他们要抓住机会,尽可能接受良好的教育,要尽可能最大限度地利用提供给他们的一切,当时机到来,要尽展所学实现自己的目标——不管目标是什么,也不管何时才能找到目标。他表现得很亲热,看到他们在场,他非常感动,各种情感涌上心头。他想把话说得更清楚,但又要小心不可透露太多。无须他多言,大家都已明白他的意思:他们要尽量相互帮助,相互扶持,充分利用提供给他们的每一次机会。他们不应忘记自己从哪里来,但也不应逃避应该面对的一切。如果他们注定无法改变过去,注定要接受不一样的将来,他们就要从中创造或保留些什么,秘密也好,公开也罢,总之要让自己与众不同。只有这样,他们才能保持内心的平静,与自己和平相处。因为,正如他着重强调的那样,如果他们意识不到自身的双重性,面对前方的重重考验,他们可能连一关都过不了。

"你们当中有谁能超越自身的双重性,他就能把不幸转化为优势。失去双亲中的任何一位都是人生的悲剧。父母双全是人生幸事。这一点要每时每刻谨记在心。或许,你现在觉得自己没有父母,但很快你就会发现,自己父母双全。"

帕夏给年轻的巴伊察上了一课,让他第一次明白:有些事情如果不能避免,就必须勇敢面对。

德里·哈兹维·帕夏的到访带来了奇怪的影响,它轻而易举地深入人心,而且表现得非常明显:自从他离开后,这帮被选中的小伙子们开始用塞尔维亚语相互交谈,虽然他们遵守着心照不宣的规则，只在训练之外这么做，但再也不试图加以掩饰。可想而知啊！没有人会反对，更没有人会试图阻止！为什么要阻止呢？他们很清楚，迟早有一天，他们会各奔东西，而且肯定不会有人自己对自己说塞尔维亚语。所以，这么做一定不会有什么坏处。

Chapter III

第三章

我对任何定义都没有好感(想一想我们上学的时候,这个词被重复了多少次)。然而,谈到文学与数学(另外一个上学时经常用到的词,它引导孩子们进入数字运算的领域)结合的话题,我有种难以抑制的冲动,想要给金钱下个定义。我是这样定义的:金钱是由数字表示的价值!下这个定义好像不需要费太多脑筋。例如,我们不也可以用同样的方式来定义时间吗?年份是用数字表示的价值。哈!一点不错,很多其他的事物也可以用完全相同的定义来表达。但这不是重点。如果这种“智慧”真能运用于其他概念和现象上,这并不意味着原来的定义不正确,或是抹杀了事物的存在。

我想说的是什么呢?我的意思是,价值不能等同于质量。因此,当我们说“金钱是用数字表示的价值”和“金钱是用数字表示的质量”时,它们的含义有所不同。现在我们触及了所谓的问题核心:想象一下,当某些作家做出让步,将用数字表示的价值体系(例如,他们的著作在排行榜上的名次)与他们著作的质量等同起来。你不知道到底哪一个更无法原谅:是作家的虚荣,还是那些可恶的排行榜的发明者。

如果它们一直以来都只是一种现象,倒也无须担心。但是,它们却不止于此。开始,它们只是一种时尚,一种趋势,但随着时间的推移,它们开始引起公众的注意,变成一种程式,其目的是要成为规则或事物的自然规律。所以,千万不能把它们看成是偶然发生的意外,或暂时的现象。它们的目标是要成为,或一直成为一种持久的价值。数字等同于质量。

它在实践中有何种表现呢?最近,我确实亲耳听到一位知名女作家宣读论文,为数字辩护。为了证明自己在热读榜榜首的位置无可争议,甚至比她的读者数量更加靠得住(没有人曾质疑过这一点),她将自己与二十一世纪最出色、最聪明、最受瞩目的作家们进行了比较!当然,在这项为满足虚荣心的研究中,她没有寻找或找到任何相关的数据,例如,有关那些德高望重作家的作品在当时或历史排行榜上的名次。确实,她不可能找到这些数据,因为在那个时候,这些排行榜根本不存在,也没有存在的必要。作家以作品价值赢得地位,他们从不用数字标注自己的地位。我想我的意思已经表达清楚了。这位女作家感觉受到了冒犯,因为早前有人曾质疑她的说法:第一的位置总是属于最好的作品。她把这个等式与另外一个更具诱惑力的等式混为一谈:第一的位置也是最佳的位置。

让我再澄清一下:第一的位置可能是最佳的位置,但这绝不意味着它总是属于最好的作品。

Chapter 3

第三章

几个月后，迎来了陛下的亲临，这是帕夏到访带来的最大、最重要的影响(这样看来，他一直在监视他们)。但是，这一次，陛下不仅来到商队旅舍，而且还来到了这群新征召的孩子们中间。更准确地说，这次，他们获准站在苏丹王的面前。苏丹王格外开恩，他耐着性子上下打量了他们一番，然后挥挥手让他们放轻松，他坐在软椅上，命人逐一介绍他们十位。这个工作由他们的阿迦教官以及德里·哈兹维·帕夏完成，前者在履行自己的权利，而后者是君主的贴身近臣，受到国王的特别信赖。

帕夏自信满满地逐一介绍了这些孩子：他们从哪儿来，家庭背景如何，学习期间在哪些方面表现出了特别的天分，以及建议他们日后应该去哪儿继续学习和服役。所以，当巴伊察站在苏丹王眼前的这一刻，他终于明白，他日后的命运将与眼前的这位至高无上的君主息息相关：去往位于伊斯坦布尔的皇家商队旅舍。

有一瞬间，他刚好瞥到苏丹王看他的表情，这让他出了一身的冷汗。他看到苏丹王奇怪的表情，显得既懒散又有兴致，最重要的是，他表情冷酷，这很可能是因为他手握大权，需要做出种种重大决策：小到个人微不足道的命运，大到部族或国家的未来发展。另一方面,他并没有完全丧失警惕性,他依然关心这些受教育的奴隶,或许有朝一日,他的性命要靠他们保护。巴伊察明白,所有被带到这里的孩子,尽管被分配了不同层次的任务,有的成为国王禁卫军,有的成为高级议员,甚至是国王,但就苏丹王而言,他们每一个人都将发挥应有的相同作用:与其他作战团队相比,他会更加信任他们,程度大小各不相同,这主要取决于他接近他们的方式和时间。他的生死将完全由他们个人和集体的忠诚决定。而这也同样决定了他们自己的生死。他们是抵御帝国内外一切异己的盾牌。他也是他们的盾牌。

一切结束后,巴伊察在接下来的几天里把发生的一切又仔细思考了一番。他得出了许多重要的结论,但除此之外,仍有一个更加简单,但对他来说却是更为重要的结论:他,巴伊察,不再隐藏在国王的视线之外!他现在知道,他对他们来说意义重大。这很可能表明,他已经接受了新的一切。作为接受的交换条件,他知道自己将来将拥有特权,再也不用忍受奴隶般的指责,尽管没有人能让他彻底摆脱奴隶的地位,即使苏丹王也做不到。

事实上,他现在有机会成为最完美的奴隶。

Chapter IV

第四章

运用于文学和书籍中的数字有时会呈现幽默的特点，产生荒谬的结果。在最近举行的当地书展上，主办方在所有媒体上公布了所有参展者的排名。这封书信内容丰富，可唯独没有提到出版社排名的标准，凭什么说这家或那家出版社比别家更好？他们是“之最”，但没有人知道他们在哪方面是“之最”。接着，我们认真分析和查找他们没有提及基本标准的原因，其中包括排除主办方疏忽的因素，最后终于明白，只要他们是“之最”，这个细节根本不重要。

时间已经到来，或者说我找到了合适的地方，让我来引用本书开始部分（标题为“开始之后”）的某一段落内容。我在那一段中提到，有些词语由于本身的恢宏气势而成为人名的组成部分：大帝、帝王，或者如果我可以使用一些平常的修饰语的话——最大、最重要、最有名。但为什么会这样呢？或许是为了证明历史在很多时候都处在大众化阶段[2]，因为本段中有这么一句话：“历史特别钟爱‘之最’：最伟大、最强壮、最强大以及其他‘之最’。然而，本书的目的却不同……”

所以，这本书一直少人问津，处在边缘位置，而历史却允许大众排行的永久价值与它冷漠、崇高的纪念碑并肩而立。大众化阶段阴险狡诈，它利用历史的弱点为各式各样的成功者服务（甚至为那些弄虚作假、无足轻重、古怪荒唐……的人服务），这样它就可以轻松地依偎在历史的身旁。它轻声细语恭维着历史，巧妙地赢得了它的芳心。魅力也是人们“言说之地”的组成部分：在所谓大众娱乐艺术（更多的时间里是“艺术”）中，那个地方称为领奖台，在政治活动中，被称为演讲台。

只有在欧洲各国经济和政治转型过程中，才会最终出现政治（作为将来的历史）与大众娱乐技巧（作为永久的现在）之间那危险的相似性。他们尝试、检验这种相似性，并把它发挥到完全放肆或者因放肆而完美的程度——不管是哪一种，这种相似性都被证明是一切反书籍势力的理想组合。他们害怕书籍真的会永远传世，或者他们起码会担心书籍有长久存在的自然趋势，而且通常会成功，他们的担心强化了这种原始的、扭曲的、荒谬的，同时也是危险的共生关系，这种共生关系既便利又牢固。一时间，各种流行语以及连接精英主义和平民主义的干涉势力被创造出来。既然它是有选择性地为一小部分人服务，所以它与民主背道而驰。毫无疑问，民主虽不能服务每一个人，但至少是为着大多数人的利益。这就是转型期的辩证法！

在世界遗产中，有些书籍经历了或长或短的历史保留至今，而且确定无疑，它们在或远或近的未来也将继续存在。这一事实只会强化进攻者与（长时间）持久者之间的对立。

原本势均力敌的斗争转变成了高声者与沉默者的对抗（后者沉默是因为他良好的家教，并非出于惧怕），保密的声音与大众声音的对抗，侮辱与忍耐的对抗，咄咄逼人与坚守传统的对抗，战争与和平的对抗。

谁会取得胜利？胜利者吧。
希望我们已经有了足够的了解。

Chapter 4

第四章

苏丹王离开埃迪尔内后，巴伊察开始重新思考哈兹维·帕夏之前的到访。他被帕夏的想法深深吸引。说实话，他真正理解帕夏的想法，是在这次事件之后：为了成功举办欢迎仪式，他们提前准备所有相关的重要细节，一切尽在掌握之中，只等苏丹王的到来。所有事情都安排妥当，没有让君主感到意外、不便或是失望的地方……准备得如此精心，所以他将看到的一切都会在意料之中，按部就班，万无一失……只有这样才能让他相信，发生的一切尽在掌控之中。巴伊察意识到，发生的这一切都离不开帕夏的某种计划。而且，他得出结论，能预知事态发展的能力对执政者来说尤为重要：只要一个人可以看到或预知摆在他（或国家，不管是什么情况）面前的各种可能性以及其属性和数量，然后根据情形的需要做出适合可能性和目标的相应决策，他就可以确定实现目标的路径。所以，这可以称为谋划。或者政治。

以完全相同的方式，人们可以避免将来行为带来的种种不良后果。根据预期做出选择，人们可以避免犯错误，浪费不必要的时间，由此可能——如果决定关乎国家的命运——避免浪费太多的财力，牺牲太多的性命，甚至丧失太多的国土。如果没有事先向不知情的民众做解释，这种方法使用起来可能像是预言：

如果一个人能预知未来发生的事情，他也会采取相应的态度。

在他看来，德里·哈兹维·帕夏的到访是监视，现在，他可以将其纳入两个范畴考察。

首先，很显然，这次到访像往常一样，向公众展示了君主的权力对事件的影响。或许，它体现了一种能够协调各种人类关系的大智慧，从集市上偶发的口角纷争到君主和国家之间的冲突。

第二个范畴或许没有那么透明，普通人肯定察觉不到。它让人们看到了缺陷而非优点，与其说它显示了这次到访的成功之处，不如说它暴露了其中的问题。它在寻找薄弱环节，以便在必要的时候加以利用。就像一把悬在受害者头顶的军刀，随时都有可能毫无缘由地突然落下。它就像一份用擦不去的墨水写成的永久文件，保存在一处隐秘的地方，随时可以在第一时间公之于众。

这一定是创造超级英雄和高贵帝国的必由之路。

他下定决心，只要有可能，就试着“监视”自己。不管是私下还是公开。

很久以后，直到他掌握了讳莫如深的治国之道，他才意识到，当初他感觉这种“监视”大有用处是多么正确。随着种种事件以及个体和整个民族的命运看似偶然地交织在一起，他第一次认识到了这种重要性。

Chapter V

第五章

如果当今政治词汇表上的某些词、表达或短语被运用在文学语言中，那将会是什么样子？以下是我最喜欢的词汇之一：可持续的________……其后添加的必要的成分，事实上，是与将来有关的事物。现在想象一下，如果这种可持续性用来加强“历史”这个词，那将会闹出什么笑话来。

根据欧洲政治机构的解释，我们有必要知道这样的人造短语需要什么样的配套设施。同时，在通常情况下，还要出现某种形式的胁迫：如果你完成甲和乙，你将会得到丙和丁……那么你的计划就是可持续的。那是最核心的意思。当然，这种解释的始作俑者们谁也不会承认这一点，他们更愿意讨论如何满足各种长期条件，不是因为他们在勒索你，而是为了成功实现这个计划。说得更简洁些，他们会向你解释说，在决定支持某个项目之前，他们会对此计划进行全面预测，看它的前景是否符合现实，是否有持续的发展潜力以及它是否真的可以生存。这一切的真相到底在哪里？人们会说，最有可能介于两种解释之间。然而，真相并不在那里。事实上，它更接近于勒索，因为为了否定这是勒索，才有了这种非常符合逻辑的解释，它不仅听上去颇有些道理，而且最容易操控。它本身不无合理的成分,但它还是主动请求加强效果。

试举一例。

在有关奥斯曼帝国的最权威的(法国)著作中,有这样一本文选,它由约二十位世界知名的专家学者在某位绝对权威人士的指导下编写完成。在该领域内,他们有的以研究不同时期而闻名,有的擅长特定专题的研究。从中我们会发现对事实的操控,这种操控要么是出于无知,要么是出于不易发觉的愚蠢。在"权利的杠杆"一章中有一节题为"帝国的治理",里面恰好有这样一段话:

"该帝国体系的显著特点是,统治阶层的民族身份极其多样。在一四五三年至一六二三年间执政的四十七名大维齐尔中(期间有十一位苏丹王执政——V. B. 注),只有五位是土耳其人。"

我的评论:

为了强调这个事实有多么重要,我暂且引到这里(我将在下文继续引述)。几乎没人知道这道数学难题(这次掩埋在历史中,下次将掩埋在文学中),这太让人吃惊了:地跨亚、非、欧三大洲,几个世纪以来一直是最强大的帝国,怎么可能如此轻而易举地让他人一直掌握最大的实权!这些人甚至没有土耳其的民族背景,而且多数情况下,他们(原先)也不信奉帝国的宗教!即使不看其他内容,单单这个事实也会让我们停下来,暂停上述的引文,难道不是吗?

接着,更大的问题出现了:

"除了其他大维齐尔外,其余有十一位是阿尔巴尼亚人,六位是希腊人,一位是黠戛斯人,一位亚美尼亚人,一位格鲁吉亚人,一位意大利人,还有十位身份不详。"

我的评论:

好吧,加来加去,人们可能或者一定忘记了,根本不可能凑足四十七位大执政官。但我还是要问,其他的十一位哪里去了?如果他们既不是土耳其人,也不属于之上所引的其他民族,甚至不在那些“身份不详”的十名之列,那么他们的身份到底是什么呢?基本加法运算的失误给我们传递了什么信息呢?又或者它什么也不想告诉我们,因为我们根本不配知道?

随后,在同一篇中,接下来的某些内容真的会让你“抓狂”:

“大维齐尔穆罕默德·帕夏·索科洛维奇,苏丹王自己的奴仆[3],来自波斯尼亚的塞尔维亚人,他在自己的祖国设立了宗教捐赠,并于一五五七年促成了佩奇区塞尔维亚宗主教区的恢复,这些都证明他忠于自己的根脉。”

我的评论:

看到了吧,我们又发现了一位大维齐尔,他不在之前的计算之列!现在我们只差十位!这项研究的作者们也不知道这些大维齐尔是谁?我不这么想。我们只是不知道,我们的新发现是属于“十位身份不详”中的一位,还是属于总数中遗漏的十一位中的一位。所以,我故意把有关索科洛维奇的信息留在引言中(引言出自选集作者,而不是我),以便让大家看清楚,有关他的信息,这些作者知道他们需要知道的一切。首先,根据他们所言,他根本没有作为大执政官而存在过,接着,在同一本书中,就在接下来的一段,他却又高调亮相。这表明,他们了解所有其他的大维齐尔,但出于他们自己才知道的原因,他们没有让这些大维齐尔存在。

例如,我至少还知道另外一位“不存在”的大维齐尔。你或许会问,既然这些作者并没有提及名字(除了穆罕默德·帕夏的名字),我是怎么知道的呢?这是因为那位大维齐尔也是塞尔维亚背景。他叫作鲁斯坦·帕夏·奥普科维奇。需要我拿出些事实支持我的说法吗?需要?好吧。他一五〇〇年出生于波斯尼亚,离萨拉热窝不远。实际上,他曾两次任职大维齐尔,分别是:一五四四年至一五五三年以及一五五五年至一五六一年(这一年他去世)。两次任职——多么罕见而又不寻常,特别容易记住。在大执政官哈迪姆·苏莱曼·帕夏(与苏丹王同姓)与另一位执政官,德里·哈兹维·帕夏(我们已经知道,他也是塞尔维亚人)之间出现纷争后,苏莱曼大帝亲自栽培他成为帝国的大维齐尔。苏丹王惩罚了他们两位,削去了他们的官职,并把他们驱逐出都城。由此看来,这项研究的作者们忽略了一位大维齐尔,他任职于奥斯曼帝国最有权势的苏丹王执政时期,这位苏丹王从一开始就拥有极高的皇权。苏丹王把自己最心爱的女儿米赫丽玛赫嫁于他为妻,这位爱女是他与许蕾姆(曾经是女奴,名叫罗克塞拉娜,是一位俄罗斯东正教牧师的女儿)幸福、永恒的爱情结晶!是无心之失,是知识欠缺,还是一场巧合?

如果我是幻想症患者、民族主义者或者阴谋论的信奉者,至少我会开玩笑地对外宣称,或者有可能这么做(尽管这种人不会对这种事情开玩笑,或者他们根本从不开玩笑),那些被选集抹去的大维齐尔都是塞尔维亚人——每一个都是!

于是,对于那些无事可做的人来说,他们又有了聊胜于无的功课。

当然,他们也可能来自其他民族,只要他们存在!然而就现在的情形来看,最困难的事情就是证明他们确实存在过。

看来,历史中的数学与文学中的数学一样成功!

但是,我们应该如何对待这些可持续的谎言呢?

Chapter 5

第五章

尽管在外人看来,他们的学习和行为举止没有任何差别,但巴伊察仍然能清楚地看出,他身边的孩子在接受伊斯兰教教义的方式上存在差异。最早表现出差异的是那群早几年来到埃迪尔内的孩子。其中有穆斯塔法,德里·哈兹维·帕夏的弟弟。这些孩子小心谨慎,尽量不在他们的老师和守卫面前表现出对伊斯兰教的抗拒,然而在其他孩子面前,他们却从不做任何掩饰。他们说自己永远无法放弃天主教信仰,他们特别喜欢把这话说给巴伊察听。他们很放心,因为他在来这儿之前认真研习过教义,有志成为一名东正教修士,他们中只有他有这种经历。事实的确如此,可以说,当时征兵队是直接把他从修道院带到了埃迪尔内。

然而,他的缄默和忠告让他们很吃惊。或许,他们不仅期盼他会公开地直接支持他们,同时指望他能毫不犹豫地答应成为他们的领头人。说实话,他们也不清楚要带领他们干什么;或许是一场反叛吧。接着问题又来了,是什么样的反叛?当然不可能是公开的反叛,只能是概念上的、秘密的反叛。从巴伊察方面看,他拿出事实与他们当面理论:他们在各个方面的转变已经改变了他们的信仰,他们的誓言——他们的言语、身体、衣着、食物、语言和祷词。

他支持他们有坚持信仰的权利，甚至包括圣父、圣子和圣灵，但必须深深地埋在心里。他一再告诫他们，那份权利和秘密是任何人都拿不走的。所有其他对真主阿拉的抗议，只要在公共场合稍有表露，都会让他们死无葬身之地。在这两个可供选择的极端之间——信仰真主而生，或反抗真主而亡——不存在其他的可能性，二者必居其一。当然，他们也可以维持现状，半隐秘、半公开地排斥对穆哈默德先知的信仰，但他警告他们说，这么做只会让背叛的危险日甚一日，而背叛最有可能来自自己人。

经过数次的商讨，他们安定了下来。他们没有全心全意地接受异国的信仰，但他们明白，除了保守那个隐秘的事实之外，他们别无选择，除非他们选择寻死，不管是命送自己之手，还是他人之手——这没有分别。

所幸，他们并没有把他的话看成是一种挫败，特别是当他向他们说起双重信仰的可能性和可行性的时候。他还告诉他们，没有人能抹去他们的记忆。即使一个人想要抹去自己的记忆，可这怎么可能办得到呢？仅凭一个决定，一个人无法删除生活的一部分：比如迄今为止唯一的生活。同样，生活什么时候开始也不是自己能决定的。看得出来，听到这些话，他们非常吃惊。但他们已经意识到，说这些话的人是他们当中最具智慧的人。

直到这时，巴伊察才算弄明白，在这群思想保守的孩子当中，哈兹维·帕夏的弟弟——穆斯塔法与众不同，他将继续接受更高的教育，他是他们当中唯一一个注定要在君主身旁效劳的人。后来，他甚至提醒过穆斯塔法这个事实，他很有把握地告诉他说，他们很快将各奔东西，在这个反叛团体中，只有他一个人会留下，而至于其他人，他们中有些人可能仍会待在一起，而其他人则不会。他建议他要耐心等待，总有时机成熟的那一天，该改变的总会改变。

他还提醒说，他们的命运紧紧地联系在一起。

Chapter VI

第六章

一八一四年，拜伦勋爵出版了《海盗》一书，仅第一天的销售量就达一万册。但是，由于他一贯的贵族品性，他不希望从写作中获利，所以售书的并非他自己，而是那些书商。他有可持续的性格，不愿出卖自己。所以，他的著作养肥了其他人，而自己却债台高筑，正如广受好评的拜伦作品的解读者，佐兰·保诺维奇所说的那样，"这与他的名字和名声相匹配"。

我会补充说，这确实是数学向文学可持续性转变的典型例子。值得注意的是，这是一种与惯常方式相反的转变，此种情况极为罕见。

对了，我差点忘记了（像那些著名的历史学家一样）：如上所述，在英格兰人们只是损失金钱，而在差不多同一时间，在巴尔干半岛，塞尔维亚人和土耳其人正在丧失生命。第二次塞尔维亚起义正在准备当中，西方称之为第二次塞尔维亚革命。在西方是没有带来利润的资本，而在东方是生命的消亡。有些人用金钱购买阅读的自由，而有些人却用死亡换来生的自由。

在这两种情况下，昔日让人留恋的欧洲把一些人从奴隶制中解放出来，而同时又把另一些人变成了奴隶。

把数学融入历史，让文学充斥各种运算，所有这一切都是为遵守民族和国家的生存策略做准备，这种生存策略由于同样受进攻和防守的影响，因此只是一种权宜之计。同样，这也引出了反败为胜的话题。

土耳其和塞尔维亚作为两个民族、两个国家和两个帝国，在其历史上都发生过一些战例，无论是分开或是放在一起考察，我相信，奥尔罕·帕穆克和我都能从中找到某种全新的，但却有可能发生的真相。即使不是真相，也至少是一些声明或是可以自圆其说的假设。对此，我有一种无法抑制的渴望。

帕穆克的一句话让我非常欣赏，它虽信笔开始，但却不以玩笑结束：

“你总是执着于这些数字和写作技巧。我来给你举个例子，其实是别人的例子，让你看看文学如何变为历史，虚构如何变为现实。”

接着，他引用了伏尔泰的话。一五七一年，奥斯曼帝国舰队和欧洲基督教海军同盟之间发生了著名的勒班陀战役。在此背景下，伏尔泰写下了如下的句子，它充分证明了真相与其背景之间的关系是何等荒谬：“看来，是土耳其人赢得了勒班陀海战。”（着重符号系我所加）

当然，这段话需要我在下文详细解释，主要体现在我们的对话当中。

我承认，就此事件的可信度而言，上述引言对我来说有双重重要性，因为它涉及：1）奥斯曼帝国历史上罕见的，毫无疑问也是最惨痛的军事失败之一；2）当时奥斯曼帝国的实力如日中天。

我让帕穆克谈谈他对这次战败的看法。

“通常你会说，胜败是兵家常事，有什么要紧呢？但这次的失败不是不可避免的。它的发生实在是件愚蠢的事情,而且完全没有必要。然而,奥斯曼朝廷的自负起了决定作用,之前骄人的战绩,特别是征服塞浦路斯之后的胜利更让他们自以为是。”

“就是说,决策者们的意见并不一致。”

“是的。朝廷中也有谨慎、睿智、经验丰富的人反对草率开战。”

“对峙的双方是哪些人?”我问。

“苏丹王海军的最高统帅阿里·帕夏·米埃津札德热情高涨,极力吹嘘在之前征服战役中表现出的强大和实力,从而赢得了维齐尔议会中绝大多数成员的支持,他们主张进攻。除此之外,他还有大穆夫提(伊斯兰宗教领袖)的支持。”

“谨慎的人是谁,睿智的人是谁,有经验的人又是谁?”深知帕穆克善于使用修饰语,我继续往下追问。

“帝国的第二维齐尔,佩尔特夫·穆罕默德·帕夏。身为高级战略顾问的他并不十分清楚敌军的实力,特别是对方是多国部队的联合。这支联合部队成立于一五七一年,由基督教领袖教皇帕雅思五世发起(这次是成功地发起),它联合了威尼斯共和国、西班牙、马耳他以及一些意大利城邦。但是,阿里·帕夏确信,这些异教徒会像前几次一样,再次解体,成为不堪一击的散沙,所以他没有向佩尔特夫·帕夏的谨慎屈服。大维齐尔穆罕默德·帕夏·索科洛维奇尽力让战争推迟了一年。理智告诉他要等待,直到舰队有了更好的装备。他对这种情形并不陌生:早在一五四六年,他取代了传奇人物巴巴罗萨·海雷丁成为奥斯曼帝国舰队的司令。主要是因为那个人已经去世,否则他无论如何也不敢取代他的位置。然而,卡努尼[4] 苏丹王苏莱曼颁布的法令,任何人不得提出异议。一旦他做出了让步,随后每做一件事情,每发表一个声明,他无不以伟大的前辈为榜样,对所做的每一个决定都思虑再三。其中之一就是:不要草率,即使胜利在望也不能操之过急!”

“有经验的呢?有经验的是谁?”我引着他往下讲。

“是乌鲁齐·阿里。他是有名的海盗,由于他五十年来忠心不二,苏丹王授予他部分海军的统治权。几十年来,这位勇者在地中海上摧毁欧洲战舰无数,战功彪炳。但是他有两个弱点。一是说话强硬(由于他丰富的经验,这一点有时会被谅解)。这一次,当他意识到对方绝不放弃注定会带来厄运的决定时,他对阿里·帕夏·米埃津札德恶语相向(有些过了头),‘伊斯坦布尔的土耳其人根本无从想象基督教舰队的实力。对付这些胆小鬼(澄清一下,这是他对都城土耳其人的称呼,而不是欧洲人。——帕穆克的旁白),你必须夸大有关我们欧洲敌人数量和实力的消息,只有这样他们才能了解真相!’

“阿里·帕夏·米埃津札德既傲慢又勇敢,这些话让他很恼火,他同样语气强硬地反驳说:‘你想拯救基督教徒,因为你年轻的时候就是一名基督教徒!你想拯救你的国家意大利!’

“他的反唇相讥收到了效果:乌鲁齐·阿里保持了沉默,他不想让自己的忠诚和勇气遭到质疑。(除了说话尖刻外,他的基督教背景是他的另外一个弱点。)”

我意识到阿里·帕夏是何等聪明。他的这番话不仅侮辱了大维齐尔,同时也侮辱了第二维齐尔。而且在这种情况下,似乎没有人敢站出来反驳他。穆罕默德·帕夏·索科洛维奇和佩尔特夫·穆罕默德·帕夏都没有对这番评论做出任何回应,这完全是出于谨慎。他们二人以及已经遭到质疑的乌鲁齐·阿里都有塞尔维亚背景,如果他们做出任何回应,曾经信仰基督教的他们很可能会被视为十足的基督教信仰的捍卫者。精明的阿里·帕夏之所以言辞如此放肆，完全是因为这种反应早在他意料之中。帕穆克接下来的话完全印证了这一点。

“看到他们保持沉默，苏丹王塞利姆做出了自己的决定。他取下头巾说：‘如果这种头巾可以戴在三个人的头上，那么那些异教徒也可以联合起来反对我……’”

帕穆克引用的是苏丹王的原话，它让我想到，这番慷慨陈词会给整个国家带来怎样的损失。决定并没有轻而易举地得到一致通过，这也算不得什么让人得以安慰的事情。尽管这确实表明，政府的高层确实有理性、稳健的人，他们更喜欢通盘考虑。

不幸的是，“这些异教徒联合了起来”，这对奥斯曼帝国十分不利。土耳其的舰队驻扎在勒班陀海湾随时准备迎敌，阿里·帕夏率兵顺带洗劫了科孚岛，这让他赢得了更多道义上的支持，尽管在两军交锋之前，实际的情形对那些基督教徒更有利。

帕穆克为我详细介绍了战前两军的实力对比：

“阿里·帕夏·米埃津札德率领的小型舰队拥有二百一十艘单层甲板大帆船，六十六艘带帆两排桨船[5]，船上有大约五万名桨手和水手以及约二万五千名士兵。奥地利唐璜的舰队拥有二百三十六艘单层甲板大帆船和六艘三桅帆军舰[6]。船上有大约四万四千名桨手和水手以及二万八千名左右的士兵。尽管他们在战船和作战人员数量上稍处劣势，但基督教联盟军队的装备却远优于对方，配备了重型大炮以及其他一些火器。这是决定战争胜负的关键。”

“现在说一说战后数字的对比情况吧。”

“好的。但是我要略过此次战役的战略部分。你要知道，即使在当代的军事院校中，这场战役也被拿来详细分析，因为它是此前历史上最大规模的一场海战。结果是，阿里·帕夏的舰队损失了二百多艘战舰，其中八十多艘被击沉，一百一十七艘被俘。损失约二万五千名土耳其士兵和水手，三千五百人被俘虏。从被俘船只上，解放了约一万两千名基督教船奴[7]。对比来看，神圣同盟只损失大约十五艘单层甲板大帆船，八千人丧生，二千五百人受伤。可以说，土耳其人是完败。"

"我想你引用这些数据是要说明什么问题，"我抢在他前面说了出来，"我猜这场失败带来的后果才是关键，对吧？"

"是的。奥斯曼帝国人的震惊简直难以形容。他们陶醉在权力的幻影中，已经失去了清醒的认识，总认为帝国可以无往不胜，他们不可能接受哪怕是理论上的失败，更别说失败就摆在眼前！索科卢大维齐尔从佩尔特夫・帕夏那里得到了消息，后者设法成功上岸，死里逃生。他汇报说，海军总司令[8]阿里・帕夏・米埃津札德在战争中阵亡，他的两个儿子也都被俘虏。这封信落到了穆罕默德・帕夏的手里，当时他正在埃迪尔内陪同苏丹王和所有随行人员进行秋季打猎。目击者说，他揪下了好几撮胡子，并把消息告诉了苏丹王塞利姆，当时后者正在和来自杜布罗夫尼克的特使[9]谈话。这个人汇报说，当听到这个消息，苏丹王大为震惊，然后开始表现得非常恐惧，害怕那些胜利者会进军君士坦丁堡。随后他下令，尽一切可能封锁达达尼尔海峡，并全力保卫都城免受所有可能的进攻。"

"有材料说，这个消息在整个土耳其引起了巨大的骚动和不安，"我告诉帕穆克，"实际上，人们体验了——用我们现在的话说——集体压力。这儿，我将为你引述目击者的话，就是你刚刚提到的那位，他是来自杜布罗夫尼克的特使，苏丹王被告知这个消息的时候，他就在跟前。由于他当时在场，又能够听懂大维齐尔穆罕默德・帕夏的语言，所以他能非常详细地记录公众和民众的反应：'突然之间，人们表现得无比胆怯，哭声、喊声响成一片。谈到基督教的军事实力,他们一度表现得鄙夷不屑,而一旦土耳其人的自负和自满被摧垮,他们就哭得像个女人。他们只想着如何避免即将到来的危险,如何避免说出“战争”这个词。’”

帕穆克重新回到主题。

“客观来看,那种恐惧也不无道理。例如,战败的后果之一是在奥斯曼统治下的基督教徒立刻受到鼓舞,爆发了多次起义。在西方世界,基督教的胜利反响很大,它让整个欧洲有了这种想法:两个世纪以来,我们屡战屡败,终日惶恐,现在看来,也可以有不一样的结局。多年以后,这种权力的平衡正在被动摇。”

“我还读到,”我继续说,“当大维齐尔穆罕默德·帕夏·索科洛维奇成功说服苏丹王转手围攻的时候,真正的问题出现了:大维齐尔或许是当时唯一头脑冷静,或者至少是最先恢复理智的人。不是发动战争,而是设法扭转被动的局面,这种被动局面几乎使整个国家丧失了战斗力。此后不久,苏丹王发布一系列政令[10](fermans),再次征召士兵,重新恢复海军。但这似乎是真正问题的开始!有资料记载,苏丹王的追随者‘再也听不得战争’,甚至还发生了这样的事情:‘三百座安纳托利亚村庄的村民集体逃到波斯境内,因为他们害怕自己会再次被迫登上战舰。’”

帕穆克进一步补充了我的引述内容。

“还有别的问题。很多高官开始罢官辞薪,这样,他们就可免除赋税,不用向朝廷尽战争(前)的义务。苏丹王随之下令钉死许多骑兵,以儆效尤。然而这些举动恰恰表明他的绝望。

“沮丧的塞利姆二世回到君士坦丁堡,试图找到战败的原因。他召开国会会议,时间长得让人受不了;他盘查身边的每一个人,与大维齐尔争论失败的原因和影响直到深夜;他与那些公认的聪明人和富有经验的人一一谈话;他质问占卜家,与预言家当面对质……所到之处，他总是对每一个人重复着同样的话——'土耳其帝国从来没有遭受过如此的不幸'。他丝毫没有掩饰自己的不安。"

我继续用当时的记录佐证这起史上罕见的恐慌事件。

"处于极度恐慌中的苏丹王不断做出一些不理智的举动：对于那些直接参与勒班陀战役的人，他赏罚不分。年迈的佩尔特夫·穆罕默德·帕夏，作为第二维齐尔，虽然一直反对这场战争，但仍然英勇作战。可是苏丹王却免去了他维齐尔的职位，甚至不允许他为其他人犯下的过错做解释（因为他自己没有任何过错）。同时，他奖赏了阿尔及利亚海盗——贝伊·乌鲁齐·阿里（他当初也反对开战！），因为苏丹王把他视为英雄。事实上，当乌鲁齐·阿里眼看事态对土耳其人越来越不利的时候，他看准时机从战场上撤了下来，或者更准确地说，他撤退得太早。他偷偷地从普雷韦扎港溜走，沿路聚集了舰队的残余。他设法聚集了八十余艘船，有些完好无损，有些遭到了重创；船上悬挂着从马耳他骑士那儿偷来的旗子，他俨然一副胜利者的姿态驶入了君士坦丁堡的海港。为了嘉奖他的英勇，他被任命为奥斯曼帝国舰队的新司令。（又或者这其实是苏丹王的妙招，以最息事宁人的方式填补了已阵亡的海军总司令米埃津札德的空缺。）"

当然，帕穆克对于这方面的了解比我多。他补充说：

"我认为，最能体现苏丹王当时心态的是他对耶拉·切莱比的所作所为。耶拉·切莱比是他最中意的老朋友，多年来一直与他开怀畅饮，不醉不归，心里有什么秘密都会告诉他。而这次，苏丹王舍弃了他，把他逐出朝廷，仅仅因为大穆夫提伊布苏德·埃芬迪认定他是导致战败的罪魁祸首之一（即使时至今日，人们也很难把他的角色和这次战役或任何与战争有关的决议联系在一起）。

"应该说，就苏丹王和大维齐尔的关系来说，二者都能审时度势,避免得罪对方。双方很有可能都意识到,他们的不合会让事态变得更糟糕,或者在如此困难的情形下,他们谁也离不开对方。

“双方都摆出了值得称道的姿态:穆罕默德·帕夏甚至从来没有提及自己曾适时地阻止过勒班陀战役,他再也没有说起过这件事,他也没有利用这次机会把责任都推到别人的身上——这对他来说轻而易举。苏丹王也从来没有表现出对大维齐尔有任何的不满,恼怒就更不可能了。他用不同的方式让他知道,他已经意识到穆罕默德·帕夏·索科卢是正确的。但他从没有公开地表达过。”

我问帕穆克:

“你觉得当初苏丹王在决定是否对欧洲舰队宣战的时候,有没有考虑过第一和第二维齐尔以及那位海盗贝伊的基督教背景?他是否和舰队的司令想法一样?”

“我确信他没有这么想过。对于每一个执政的苏丹王来说,无论他是什么样的人,他有成百上千的机会检验大臣们对他的忠心。认真想想看,为什么他们每一个人的仕途之路上会有那么多的台阶?为什么每一次晋升都要等上那么长的时间?因为,每向前哪怕是一小步,都是对他们雄心和忠心的检验!苏丹王不需要自贬身份,像米埃津札德一样侮辱他的大臣。如果苏丹王有了疑心,有人就要掉脑袋。”

Chapter 6

第六章

尽管在最初阶段，巴伊察的年龄似乎一直是他前进的障碍，但一段时间以后，他不仅在学习中表现出天资过人、全心投入以及精力集中等优秀品质，他的年龄也逐渐成为他的另一大优势。他不仅是那些没有丝毫意愿接受陌生信仰、不愿按他人的意愿行事、拒绝接受任何其他新鲜事物的孩子们的效仿对象，就连他的老师以及为苏丹王效力的大小军官也都经常向他咨询。他引起了每一个人的注意，所以他和其他十几个出类拔萃的年轻人一起注定要加快学习的节奏。

尽管他逗留在埃迪尔内大旅舍的时间只有短短三年，但现在他和其他一些有天分的孩子不得不经历一场战争。一五二六年四月，贝尔格莱德被攻占五年后，苏丹王苏莱曼又一次向匈牙利发动了战争。他的爱臣，大维齐尔易卜拉欣·帕夏是来自帕尔加的希腊人。他命令所有大旅舍的成熟孩子都要陪同君主前往，这样他们才能尽快地接受战争的洗礼，为成为军官做好准备。就这样，有重要秘密使命在身的德里·哈兹维·帕夏再一次为这些年轻人铺好了通往成功的道路。由于他的弟弟穆斯塔法年龄太小，他把他留在了埃迪尔内的宫廷（虽然他比巴伊察/穆罕默德早到大旅舍，资格比他老)。

在他生命的前半程,当他还是巴杰·索科洛维奇的时候,巴伊察总是把贝尔格莱德看作是自己从没到过的都城。从壮观的防御要塞传来的消息经由商人传到了他和同伴们的耳朵里,那些商人是最经常——如果不算上部队的话——出入熟悉或不熟悉地方的人。即使他认为他们的讲述中有部分是惯常的事实夸张,不足取信,可剩余的部分也足以说明,这座城市毫无疑问防守严密,守卫森严。他以前经常想到这座城市,但想去的欲望并不十分强烈。因为他在附近看到了德里纳河,他认为这条河与萨瓦河或多瑙河没有太大区别;他在其他地方也看到过规模较小的设防城镇,所以他可以想象得出都城大致是什么样子。旅行者们说,除了城市规模以外,它与塞尔维亚暴君斯提凡·拉萨尔维奇建于一四〇四年的城镇没有大的差别。

然而,自从他成为穆罕默德·索科卢以后,他对贝尔格莱德的思考变得越来越深刻。自从五年前这座城市被苏丹王苏莱曼占领以后,它已经基本变成奥斯曼帝国的一部分,随后又成为奥斯曼帝国去往中部欧洲最重要的出发点(因此也是阻击前哨),它也是古老征服梦想的起点:扫平匈牙利之后,接着是奥地利帝国,然后长驱直入来到维也纳城下。现在,巴伊察也同样把这个地方视作像一位奥斯曼人——他深谙战略战术,善于计划,拥有强大的军事实力,但同时,他也盲目地相信自己无往不胜。这是一方面。同时另一方面,他惊奇地发现,一种新的情感开始反复地出现,因为在他内心燃起的这种情感是对自己从未见过城市的期待。至于为什么会这样,他能为自己找到的唯一答案是:这很有可能是自身原始两重性抵抗的一种体现。当他亲眼看到这座城市,他意识到自己情不自禁地爱上了它,就像他提前预想的一样。看到这些城门、塔楼、城墙以及堡垒高地[11]上的建筑，还有靠近城外田地[12]，由鹅卵石街道和小巷连接的欧式住宅，以及古老的东正教教堂和正在修建的清真寺，随处可见的喷泉以及外城的城门，看到所有这一切，他终于明白自己为什么会情不自禁地爱上了它。贝尔格莱德和自己何其相似：都是明显带有新生命印迹的混血儿，与此前的自己截然不同。另外，他在城里既看到了塞尔维亚人也看到了土耳其人。他们紧紧靠在一起，他看不出他们是彼此喜欢，还是彼此容忍，又或是彼此嫌弃。但似乎他能预料到这座城市的将来和命运将会和自己的一样，尽管他说不出原因：塞尔维亚人不会抛弃它，土耳其人也将其视为己有。

从更宏观的背景来看，这种想法得到了几件史实（塞尔维亚和土耳其共同的历史？）的印证。土耳其人的第一次进攻，也是贝尔格莱德第一次成功的防御发生在一四四〇年。整整十五年以后，即君士坦丁堡被征服，成为伊斯坦布尔后的第三年，苏丹王穆罕默德二世于一四五六年对贝尔格莱德发动了新一轮大规模的战役。间隔的时间如此之短，这表明贝尔格莱德在奥斯曼帝国的政治要务中占有极其重要的地位。战斗在贝尔格莱德境内的河流及其沿岸打响，防御者显示了非凡的勇气，尤其是塞尔维亚的水手。他们设法保住了这座城市。从那以后，贝尔格莱德成为欧洲整体防御的标志，并被称为基督教国家防御的屏障[13]。但是，它无法抵御苏莱曼一世·卡努尼。这位统治者给这座“白色之城”[14]起了一个伊斯兰教名字——圣战之家[15]，从那以后，他的敌人送他“大帝”的称号。

事情是这样的：对土耳其帝国来说，在实现终极目标——征服维也纳的过程中，每发动一次征服战争，这座城市都是最理想的跳板，但对于反对奥斯曼帝国的欧洲联盟来说，它是必不可少的分界线,那里居住着非本国居民的受害者。对于双方的利益来说——伊斯兰教和基督教,塞尔维亚人处于最佳位置:一群温顺的民众被迫处在左右为难的境地。

那已成为过去。但如果将来发生的事情与他刚刚的想法不符:塞尔维亚人排斥他,奥斯曼人也不接受他,情形又将如何呢?当他意识到这座城市和他自己的命运何其相似,甚至完全相同的时候,他不敢多想这个问题。

现在,巴伊察正在慢慢摸清国王的捷径,塞尔维亚人称之为君士坦丁堡捷径。他正是沿着这条路来到了贝尔格莱德。他哪里知道,日后的他将沿着河谷,无数次地往返于这条捷径。那条路不仅仅是他一生的标志。

军队将领只用一种方法保护来自埃迪尔内的孩子们:无论如何都不让他们和前线的战士在一起,也不让他们直接参与战斗。他们不能拿这些孩子的性命冒险,因为他们还没有向苏丹王和帝国证明自己的能力,特别是保护自己生命的能力。不管怎样,他们必须活着。初次经历战斗,看到近在咫尺的流血已经足够,没有必要让他们的双手也沾染鲜血。第一次看到大规模的伤亡让巴伊察和他的战友感到震惊,他们只得打起十二分精神,随机应变,继续完成阿迦分配给他们的简单任务。看得出来,他们的上级应对这种情形非常有经验,他们从不做任何多余的动作。发动进攻需要承担大量的责任,尤其对将军们来说更是如此,他们乐于接受这些责任,这样,他们可以以此为借口,为“疏于照顾”这些年轻人辩驳。然而,事实上,这些都在计划之中:表面上看,这些孩子有机会得到历练,见识一下他们将来的职责。当然,阿迦们暗地里十二分小心地照看他们,密切关注着他们的人身安全。起初,孩子们感到非常害怕,似乎身旁少了其他人的关照,但任务完成后,他们收获了自信。

实际上,巴伊察和他的朋友们是和战士们一起露营——突击部队、禁卫军以及由当地士兵构成的小分队。每一位突击士兵都有数名普通士兵、后备兵、工匠、商人、后勤军官以及其他人的支持,他们的工作就是要确保每一位突击士兵能竭尽所能地完成自己的工作。进攻的排头兵能不能保住性命,能保多长时间以及是否死得其所,这一切都要取决于他们。又或者他们可以活下来。就是在那时,巴伊察明白了战略以及构成有机整体的任务链的有效安排是多么重要。一旦整个链条中的某个环节出了问题,不管它看起来是多么微不足道,这个计划都会变得岌岌可危。从外部看,情形完全不同:那些(个人或事件)处在第一线的会得到关注,但让这份关注成为可能的整只舰队却隐藏在深处。通过这个例子,他也可以把这种行动机制运用于整个帝国。前线的战士(如苏丹王及其身边的人)冒的生命危险最大(就是说,他们承担的国家责任最大),有时他们甚至会失去生命,但也正因为如此,每当取得胜利,他们就会背负最沉重的名利“负担”(即在国内的权力和享受)。

杀戮,作为这场战役最直观的工具,丝毫不能引起他的兴趣,更不能给他带来快乐。在大旅舍,他们曾教授过他这种技能。现在,他目睹了它在实践中的运用。他相信,杀戮的使用可以降到最低。武力不可能,也不应该像现在这样,几乎成为衡量胜利的唯一标准。他对如何避免死亡感兴趣。与杀戮相比,他更容易习惯死亡。

工匠和发明家对他的诱惑力更大。他们的语言五花八门,这更让他愿意接近他们。他惊奇地发现,他们竟如此相信尚未掌握的未来知识:显然,他们不满足已获得的知识。当苏丹王或某位大维齐尔分配给他们一件似乎不可能完成的任务时,这点表现得尤其明显。他们相信一切皆有可能,这让巴伊察完全着了迷。他们全身心投入,一步步解决问题,哪怕是最微不足道的问题,好像它决定着整个世界的命运。

在众多的建筑工人和工匠中,他注意到一个人,这个人肯定比他年长十岁以上,但与其他人不同的是,他精力非常充沛,所以看起来和巴伊察的年纪差不多。实际上,易卜拉欣·帕夏在很多场合都挑中了他!

有一次,巴伊察离他们很近,听见他们用希腊语交谈。他知道大维齐尔是希腊人,现在他得知,这位年轻人和他一样,也是被征召到这儿为奥斯曼帝国效力的。易卜拉欣·帕夏正在提醒他,要靠自己的想法引起别人的注意,这样他可以更快地得到晋升。

巴伊察偷听到二人的对话,高兴得不得了,同时也庆幸自己在清真寺努力地学会了希腊语。现在,他又多了一位可以多方面了解的伙伴。

正当他脑海中闪过这些念头时,大维齐尔发现他明显在偷听他俩的谈话。这位帕夏显然非常熟悉巴伊察是谁,因为他用希腊语和他说话,他说这两位年轻人应该见见面认识一下。

“你们不能只是认识一下对方,”执政官做着介绍,“你们还应该交换彼此的想法。”

“这是希南。他正在学习,即将成为一名高级军官,但他对工程也非常感兴趣。每次我要找他,他总是和一群工程师而不是士兵待在一起。他是苏丹王的侍卫,君主记得他,偶尔会问到他。我和侍卫统领路特菲·帕夏不得不经常编理由解释他不在的原因。说实话,他对苏丹王的价值与其说是手上的军刀,不如说是脑子里的想法。”

巴伊察感到非常吃惊，大维齐尔居然用这么亲密的口吻和当初征兵制度[16]的受害者说话。但易卜拉欣·帕夏已经开始在做解释：

“一五一一年刚开始没几天，他被人从安纳托利亚的开塞利省带到帝国的中心，那时尤素夫·希南快满十九岁，被分配到我的宫廷。这和你的情况很相似：你也是这个年纪被人从波斯尼亚带来，尽管时间上稍晚些。你们俩原先都是信奉东正教的基督教徒，而且穆罕默德，你差点成了一名修士。五年前，在征服贝尔格莱德的战役中，希南已经证明了自己是一名勇敢、优秀的军人，但他也表现出其他方面的品质，可以被帝国好好地加以利用：他对建筑感兴趣，所以被准许学习这门技术。这对于你来说也是很好的机会，可以了解摧毁与建设之间的关系。”

听到最后一句话，巴伊察用奇怪的眼神看着他，脸上一片茫然。于是，这位帕夏继续向他作解释，整个过程都带着自满的微笑。

“我看得出来，你想知道为什么在战争中的建设实际上是为相反的目的服务的，即摧毁一切！你有没有想过，军队在破坏的前后一定要做的事情是什么？”

是啊。他确实没想过这个问题。

“你看，工程师在军队进攻之前通常提前修路、铺桥、建堤坝、盖城墙。战后，他们通常会发现：自己修建的一切变成了一片废墟，所以他们不得不重新修缮。有可能是敌人摧毁了一切，他们不得不重新修建，我们之所以要毁坏一些东西，主要是因为我们在征服这些城市和堡垒。通常情况下，我们修建的一切会所剩无几，但随后，这一切又要被重新修复，或者至少是部分修复，以便在我们继续前进或撤退时，我们的士兵和前哨基地可以在这些堡垒中驻扎下来。我们守卫这些堡垒使之不受他人的进攻。事实上，工程师在和平时期可以做更有意义的工作：修建清真寺、大旅舍、带顶棚的市场、喷泉、宣礼塔、医院和学校。还有，无论在战时，还是在和平时期，无一例外，他们都要修建墓地。”

这时，易卜拉欣·帕夏突然发现自己陷入了沉思，随即让两人独处，继续这个话题。

自从那次见面以后的很长时间里，希南和穆罕默德一直没有分开。当然，是在情形允许的情况下。情形暂时对他们有利。

Chapter VII

第七章

奥尔罕·帕穆克和我在进入下一场讨论之前，已经做好了充分准备：各类编年史、游记、笔记以及随笔，它们不仅来自德国、法国、威尼斯、匈牙利、塞尔维亚、波兰、土耳其以及杜布罗夫尼克的游客，同时还包括文官、探险者、特使、间谍、接受教育的奴隶、商人以及其他各色各样的人物。他们觉得有必要留下只言片语，对发生在奥斯曼帝国的事件表达个人观点，或记录事件背后的故事。

甚至连我们自己都觉得滑稽可笑：如同孩童交易足球卡片一样，为了证明自己的东西更好，我们甚至开始嘲笑对方……小孩子们边做边说："瞧瞧这个……""嗨，没错，看仔细啦……"可是，既然我们俩都已经是成年人，我们约定使用引言或信息时要"本着需求明确的精神，表达最诚挚的意愿"。

首先，帕穆克谈了他对索科卢的看法。

"在危难之际，苏丹王塞利姆想明白了两件事，都与大维齐尔有关。具体过程如下：首先，穆罕默德·帕夏表现了极为高尚的道德品质，使得周围的人都相形见绌，因为他再也没有提及他在战前发出的警告，而且他也没有利用这次机会诱使（软弱，轻信他人的）苏丹王惩罚异己。"

我插话说:“他们称他为‘高个’[17]是有道理的。”

“是的,没错。你知道,宫廷中的女人首先会注意他的外表。人人都在谈论他的姿态,说从未见过这么伟岸的身姿。”帕穆克补充说。

“幸运的是,他也非常英俊,正如她们当时所说——非常养眼。”我试着调侃一下。但帕穆克马上变得严肃起来……

“第二,维齐尔没有片刻迟疑,以沉稳、果断、坚定的口吻建议立即采取行动。苏丹王自己很害怕,状况十分危险,而且民众也变得越来越胆怯,所以,他不会奢求比这更有利于国家的建议。提议立即重建海军,帕夏的意思不是要重返战场,而是让他们的敌人对再次发动战争有所顾忌。总之,他要传递的信息是:奥斯曼帝国不会屈服!”

我发表了自己的见解。

“他们的运气也不错。对于欧洲联盟军来说,意外的胜利令他们大喜过望,都认为已经万事大吉,可以从容享受这份安全感,所以他们把船驶回各自国家的港口,指望来年收拾残局。实际上,我们必须承认,那时冬天已经来临,所有海上军事行动都变得越来越困难。”

“是的。你说得对。可能穆罕默德·帕夏正是预见到他们会这么做,并对此确信无疑,所以才坚持要重整舰队。尽管很快人们得知,敌人不会进攻都城,但大维齐尔仍然雷厉风行,把想法付诸实践:让国内外的每一个人都看到,这个伟大的国家又一次成为世界的中心,这确实是很好的想法。”

这是事实。据历史记载,由于组织得力,大维齐尔在短短几个月内就重建了奥斯曼帝国海军!首先,穆罕默德·帕夏下令建造了几处船厂,接着,这些船厂开始打造新战船,共计一百五十多艘!

这一切都发生在一五七一年底到一五七二年初。而且，当苏丹王打算赞扬和嘉奖他个人时，索科洛维奇说，他们不应该信任他个人，而应该信任帝国的力量。有此人相助，苏丹王夫复何求？

事实上，他内心的自信（他通常不会在人前表露出来）部分来自于早年的经历，早在二十五年前，当时还是奥斯曼海军高级统帅的他就下令建造了数百艘的新船。比起打海战，他更擅长这个工作。所以，他让那些比他更有军事才能的人领导海战。与此同时，他又修建了几所兵工厂，他们称之为造船兵工厂，所有这些使得奥斯曼帝国的造船工业强大无比。同时，他对海军进行了根本改革，为印度洋、北非以及地中海欧洲部分的领土征服做好了规划。凭借他渊博的学识，突出的外交才能，很强的条理性和纪律性，分明的等级秩序，以及务实的态度，他已经为将军们做好准备，只等他们实施他的计划。

在战败后重振海军舰队的过程中，穆罕默德·帕夏动员着整个国家：无论哪个阶层，哪个战略据点，都必须以各自的方式响应国家政令。或许大可不必如此兴师动众，但维齐尔之所以故意造出这种声势，是为了利用大规模的行动重新提升国家的士气，同时警告那些外族人，土耳其帝国依然是个难对付的对手。

维齐尔知道自己在做什么。奥斯曼帝国战败后不久，威尼斯外交官马克·安东尼奥·巴巴罗前来拜访，他并没有因为战争而离开奥斯曼的都城，以便探明奥斯曼帝国的下一步意图。穆罕默德·帕夏是位经验丰富的政客，他态度友好地接见了他，但却不十分顾及对方的感受：“你来是想看一看我们是不是一蹶不振。”他接下来的比喻让外交官非常意外，“你们的失败和我们的失败有天壤之别。我们攻占塞浦路斯王国是断了你们的一只手臂，而你们重创我们的舰队是点着了我们的胡子。切断的手臂不会再长出来，但烧焦的胡子长出后会更加浓密。”

他说得有道理。

“但大执政官对待自己人也是一样,”听完帕穆克说的事实后,我对他说,“新委任的海军司令是他重建舰队最得力的帮手,他非常专业,一心希望能建造一只强大的海军。他开始怀疑大执政官的计划和法令能否奏效,以下是两人对话中最关键的部分,或者说史官的记录就是如此:

“基利吉·阿里:‘造船容易,但要在这么短的时间内弄到足够的船锚、绳索和其他设备,这是不可能的事情。’

“穆罕默德·帕夏:‘帝国有这样的权力和财富,如果必要,银子也能变船锚,丝巾也能变绳索,绸缎和丝绒也能当船帆用。船上缺什么东西,来找我,我来解决。’

“据史官记录,听到这些话,将军跪在执政官面前,手臂向前伸展,前额和手掌贴在地面上,他说:‘我就知道,你是唯一可以重建新海军的人。’”

我和帕穆克一致得出结论:这是一则真实的寓言故事。对立的双方都被虚荣冲昏了头脑:土耳其人是在战前,而欧洲人是在战后。双方都以各自的方式为这一弱点付出了历史的代价。无论他们多么巧妙、快速地冲淡、减少、隐藏这些影响——他们巧妙的方法值得称道——他们仍旧需要付出代价。

Chapter 7

第七章

随着奥斯曼军队征服的脚步不断前进，大维齐尔的话完全得到了证实。从结果看，那些无关紧要的辅助部队在战争中起着非常重要的作用，没有它部队就寸步难行。行军路上，他们不得不穿过沼泽地，遇水架桥，加固河堤，修建新的堡垒或加固原有堡垒，开挖或填平很多壕沟……没有这支部队的各种发明和随机应变，根本不可能跨越高大的障碍，推倒城墙。各式各样、各种型号的装置和工具应有尽有：梯子、平台、火炮、自动上发条，可以发射石头，金属球和易燃材料的武器、奇怪的推车、用于推倒堡垒城墙的攻城锤以及其他各式武器。这些巴伊察从没听说过，更不知道它们的用途。然而，最重要的是，这些部队的士兵同样表现出非凡的勇气，因为他们总是先于作战部队被派遣，有时还要在撤退中断后。当然，他们绝不会孤军作战，他们有其他部队的掩护，但是这些“思想者”追杀敌军的热情和勇气一点也不逊色。

这也是巴伊察对希南的第一印象，后者总是从其他学徒和工匠那里收集信息，提出想法，而且一有机会就立即付诸实施。同时，他有时也会加入战斗，与其说是单纯的进攻，不如说是保护他的同伴或者他们的发明。如果有需要，他会立即提供自己的想法并付诸行动，但当他休息或与穆罕默德谈话的时候，则显得成熟、温和。穆罕默德询问他五年来对贝尔格莱德的记忆，他的计划、他的家乡、他的家庭以及他的背景……他很欣赏希南的稳重，这正是他缺少的品质（不仅仅因为年龄的悬殊）。对于自己稳重的性格，希南有自己的解释。他们生活的村庄全都是希腊东正教徒，但这座村庄却地处安纳托利亚地区的中心，那里聚居着奥斯曼人。然而，即使他出生在那块土地上，却仍然遭受与巴伊察相同的命运，巴伊察来自被征服的领地。尽管从事实看，他生活在帝国领土内，是奥斯曼人，但他依然像异教徒一样，被迫离开自己的家园。

判断的标准不是出生地，而是他的血统。甚至也不是完全按照这个标准。

当希南在评价年轻的穆罕默德时，他一度考虑使用相同的标准——血统和（以前的）宗教信仰，但他很快改变了心意。当然，在考虑是否进一步发展两人友谊的时候，这会有一定的影响，但并非至关重要的因素。毕竟，他喜欢巴伊察一直以来的坦率。可以理解的是，在战乱中，这位年轻人遇见了知音，他经历过战争、体会过恐惧和悲伤，而且同样身处异乡，心灵没有寄托。难怪这位不安、迷茫的年轻人会和他走得近。而且希南很清楚，巴伊察的迷茫是由征服带来的混乱造成的，并非他的本性。撇开其他东西不说，战争在很大程度上由声音构成：枪声、炮声、利刃砍树剁肉声、战场上的哭喊声、垂死的呻吟声、马蹄声、战鼓声、不成曲调的轻柔的管乐曲和刺耳的军号声、将军下命令时的咆哮声、安静的祈祷者独自向上帝的祷告声……其间混合了自然界的声响：倾盆而下的大雨或暴风雨的声音、营地篝火噼啪的响声、野火的嘶吼声、潺潺的小溪声、涨满的河水上桥梁和船只的轰隆声、大海的波涛声……战败打碎了这些声响，而胜利却将它们融入和谐的曲调。

当然，声音不可能成为一段友谊的决定因素。

人与人之间为什么会互相吸引，这根本无法解释清楚。

由于与希南接触得越来越频繁，巴伊察开始能够较轻松地应对征服中的困难。他遇到越来越多这样的人：他们也曾经历过他现在的命运，他们通过履行自己的义务，设法渡过了难关。现在，在他看来，他们似乎得到了内心的平静。在向奥西耶克行军的途中，他看到许多边境雇佣军和希腊基督教徒雇佣军，没有几千，也有几百人。这让他逐渐恢复了平静。边境雇佣军领导下的政府看起来十分稳定，尽管它完全由作战部队构成，这些作战部队由奥斯曼帝国边境省份的当地人组建而成。他们都是基督教徒，大多数是各行各业的工匠：泥瓦匠、木匠或者铁匠。他们是最不可或缺、最重要的力量。所有其他人都起辅助作用。但事实上，他们齐心合力为整支军队服务。除此之外，周围村庄的居民也会参与工作，如果有需要，奥斯曼的士兵也会加入进来。他们的主要工作是修建和维修堡垒、桥梁和道路，此外还要砍伐树木、清理沼泽地、挖壕沟以及运输军事物资。边境雇佣军领取薪水，享受税收减免优惠。尽管他们是奉命而来，几乎是强行被带到这里。巴伊察发现一件奇怪的事情：他偶尔会听到有人公开说塞尔维亚语，没有丝毫隐藏的必要。

让他感到更加安慰的是遇见了几位部队统领。他们中有人还保留了自己的塞尔维亚名字和宗教信仰，以及与之相符的一切，当然也有些人已经改变了宗教信仰。

希腊基督教徒雇佣军是基督教徒部队，主要职责是驻扎在已征服区域的战略要点，如堡垒、桥梁、关卡以及重要的十字路口等地方。希腊基督教徒雇佣军的统帅之一佩塔·奥夫查雷维奇是内河舰队的司令。他的态度、勇气以及果敢的个性给巴伊察留下了深刻的印象。巴伊察了解他在一五二一年抵御土耳其人的布拉格保卫战中的立场,看到大势已去,他率兵撤退,后来又接受了来自敌方——苏丹王本人的邀请,亲自重组被解散的内河舰队,并担任指挥官,为苏莱曼效力。五年之后,早在他加入这次征服之前,苏丹王为了表彰他,向他发出邀请,允许他率领内河舰队来到贝尔格莱德,甚至以他的名字命名了他们驻扎的区域——奥夫卡·奥格鲁·马哈拉街区。奥夫查雷维奇毫不迟疑地向巴伊察和希南解释说,在整件事情中,他觉得自己问心无愧:他为金钱和特权受雇他人,但自己仍保持着塞尔维亚人的背景、宗教信仰和名字,按照他的说法,他正在“保卫贝尔格莱德,它虽一时受困,但它将永远属于塞尔维亚人”。按照巴伊察的理解,他敢说这些话,证明了他具有水手般的勇气:苏丹王和大维齐尔或许曾嘲笑过他的无礼,但从不否认他有权利这么想。重要的是,他们敬佩他在平日里表现出的英雄气概,对他们来说,这比他的逞强好胜重要得多。毕竟数以千计归降奥斯曼帝国的塞尔维亚人都听从于他。是暂时迫于无奈的精明,还是另有谋算,这些都没有什么分别。他说一不二,绝不会违背对帝国立下的誓言。所以,他们看重他做的每一个承诺。

同样是在这里,巴伊察遇见了贾赫贾巴斯奇家族赫赫有名的贾赫贾·帕夏的几个儿子:巴里·贝伊、艾哈迈德·贝伊以及加齐·穆罕默德·帕夏。他们和自己的先辈一样,是出了名的冷血斗士,他们也像奥夫查雷维奇一样,再也不怀疑自己的背景,但既然已经信仰新的宗教,他们希望完全抑制自己从前的宗教信仰。所以,巴伊察与他们没有可讨论的话题。他们是粗暴的征服者,唯主子的命令是从,他们让对手闻风丧胆,用疯狂的勇敢和残酷夺取新的领地。他们战功显赫,是毫无羞耻之心的好战分子。他们是危险人物。

另一方面,巴伊察想,无论他们的背景有多么不同,无论他们对待自己和他人生命的方式、对正义的看法、对自己的良心或者其他任何方面是否有差异,他们每一个人都与一件事情有关:为奥斯曼帝国的扩张效力!在这个问题上,所有的差异都消失了,即使偶尔会显现出来,也无关大局。你可以看得很清楚,他又有了在埃迪尔内学习时的想法。每一个人都服从那个唯一!

那个唯一——拥有真正实力的奥斯曼帝国,显示了超凡的力量,这力量本身足以让敌人闻风丧胆。那些还没有战败的敌人已经心生胆怯,而那些被征服的民族觉得,他们将永远遭受压迫,永无出头之日。似乎它一直这么强大,而且会一直强大下去。人们无法想象会有一种势力能打败这个强大的国家。摆在个人面前的只有两条路:要么和平共处,融入这完美世界;要么凭借意志和其他可以积攒的内心力量,在思想上抵制它。然而,后者没有带来解脱;相反,它让存在的一切都变得暗淡,因为它不可能带来任何变化,带来的只有沮丧和漠然。这种绝望表明,一切将注定无法改变,整个国家都无法找到出路,更别说那些战败的个人。

然而,通过与各色各样征服战参与者们的交谈,巴伊察也看到了隐藏在常胜帝国城墙上的第一道裂痕。这次苏丹王派大军进攻匈牙利,官方的原因是两国纷争又起、争执不断。但深层的原因是,伊斯坦布尔在前一年发生了禁卫军叛乱。苏丹王和大维齐尔对他们最忠实和精锐的部队心有顾忌,这是有道理的。可以理解,只有这些士兵得到满足,帝国的安危才能得到保证。他们的勇气和奉献精神是奥斯曼帝国一切的核心。无论是保卫帝国,还是反叛帝国,他们都极端危险。如果他们有意起身反对君主,就必须尽快安抚他们。事后,可以单独处决反叛的头目。在反叛中,没有人敢对抗他们。事情了结以后,他们又会效忠苏丹王,在战斗中所向披靡。因此,由于他们的勇气和君主对他们的慷慨,他们经常得到嘉奖:允许他们四处抢夺。苏丹王发动新的征服战就是对他们最好的许诺;这能够安抚那些没有得到满足的禁卫军,平息他们的怒火,让他们把矛头对准敌人,把怒火发在敌人身上。

巴伊察看到了自己和集体的疑惑。当他明白双重性是整个塞尔维亚国家的问题时,他松了口气(事实上,这是非常可怕的事情)。一方面,他看到塞尔维亚水手为土耳其人效力;另一方面,他看到他们的同胞在匈牙利的部队中拼死守卫贝尔格莱德。没有自己的国家,自己的国土由他人随意出入、肆意掠夺和统治,塞尔维亚人要么依靠个人的决定,要么依靠群体,要么通过其他的方式才能存活。由此,产生了这种毫无意义的局面:他们分化成不同阵营,选择和改变自己将要支持的一方,因此,无论对个人,还是集体来说,他们总是被迫陷入摇摆不定的局面。在土耳其和匈牙利君主看来,这个问题显而易见,而且非常严重,但他们无意解决它,因为塞尔维亚人的分裂更称他们的心意:这样更利于统治他们。他们唯一小心提防的是与"自己"的塞尔维亚人碰面,相互起冲突(但愿不要发生这样的事)。然而,为了他们自己的利益,他们甚至也会那么做。

Chapter VIII
第八章

说来奇怪，人们居然能想象出真实生活的样子！

算起来，距写这句话的时间不足一个月，书稿也只写了十几页，在这部书稿的第七章，我把自己和奥尔罕·帕穆克的行为比作"两个孩子在交易足球卡片"。我之所以做这种比喻，是因为我们各自吹嘘自己掌握了更多有关彼此国家——土耳其和塞尔维亚——某些历史事件的详细信息。当时那个比喻似乎是一个很好的例证，因为我立刻想起二十世纪六十年代末，在贝尔格莱德的鹅卵石街头，自己和小伙伴们相互交易著名足球运动员卡片的情景。我们收集这些卡片是为了制作世界杯的相册。当时的我还是个孩子，童年有一半时间是在贫困中度过的（当时的南斯拉夫正从典型的社会主义贫困中崛起，取得了不结盟运动的绝对领导权，并在一片斥责声中开始接受资本主义标准）。除了惯常的交易外，我们还玩"比大小"，就像体育比赛一样，获胜者能从对手那里得到一张张的卡片。不知为什么，这让我们更加沉溺其中。我们总感觉，只要有能力就有可能得奖，而不单单是机遇或（和）运气的问题。我还记得，没有人会把卡片出售给其他人，没有人提钱的事情（尽管领袖正把我们引向物质世界），更没有人用钱来解决问题。你只须把收集全的相册交到抽奖的组织者那里,看看你是否有幸能从圆桶中被抽中,赢得奖品。

我为什么要提这些事情?因为一系列的巧合让我产生了奇怪的迷信想法,要不是因为这些事情,我根本不会放在心上,也不会相信。拿眼前的例子来说,在我写完上述引文之后的这段时间里,有一次,我和帕穆克正在贝尔格莱德的“特雷兹吉”[18](Terazije,另一个塞尔维亚语中的土耳其语词汇)中心广场周围散步。他童心未泯,有无穷的好奇心,说实话,我也如此,我必须得承认这一点。好奇心的驱使,我们俩朝“莫斯科瓦”酒店走去,那里聚集了近百名成年人和在校学生。我们走进去后发现,他们正在为自己的相册交易足球卡片。不久之后,二〇〇六年六月世界杯即将在德国拉开战幕!我的直觉着实让我吃了一惊,就在数星期之前,在一本未完成的书稿中,我的直觉准确地描述了这个场景(当然,这是我长这么大第一次提及此事),而且根据书中的描述,在众多出场人物中,主人公正是我和帕穆克。我把这件事告诉了他。他没做回应,反而表现得更加奇怪:显然,他已经和这些人打成一片,参与到他们的足球卡片交易中了。当时的情形让他着了迷,我怎么也拉不走他。

我敢打赌,他后来又去了那儿。由于一场突如其来的大雨,我把他送回了那家酒店的餐厅。餐厅的整面外墙都镶着玻璃,他可以坐在那儿,把自己的印象一一记录下来,然后在他的蓝色笔记本上画出自己的所想和所见。

后来,我也再次去了那里。我发现即使时至今日,童年里依然没有金钱的位置(对孩子和成年人来说都是如此)。我发现唯一的区别在于,现在收集全的相册得不到奖品,而且成年人也参与其中,显然是以回归童年的方式。如果个中的原因是游戏中引入了新的纯真,那真是再好不过了。这儿的成年人并不是陪同年幼的孩子而来,而是与他们平等游戏——像孩子一样。

他们从未听说过“比大小”的游戏。

或许,这一切恰巧都发生在“特雷兹吉”广场,自有它的道理,并非出于偶然。

我确定,帕穆克的笔记本里一定记录着这种纯真的交换以及平等关系的建立(无论参与者年龄大小,也无论卡片数量的多少)。要是我能有一丁点的绘画天赋(就像帕穆克一样),我想我一定会左右为难:这份质朴遗风的见证,是应该用文字记录,还是应该用画笔呢?

说了这么一通,你一眼就能看出,我既不是足球专家,也不是足球迷。但是,正如其他现象一样,我被由此产生的奇怪结果或联系所吸引。毕竟,这一切让世界变得有趣。不久之前,我观看了由钦哲·诺布执导的电影《高山上的世界杯》。这部影片把西藏艺术和西欧电影技术(很有可能还包括制作成本)不可思议地融合在了一起。故事发生在远离尘嚣、极度偏远的地区,在影片中,我们不仅可以看到一群藏传佛教僧侣在吟唱千年的经文,以及他们如孩子般的天真,还可以看到他们——不十分关注足球——如何坚守信仰,在寺院内组织观看世界杯的现场直播。在这部影片中,无厘头的幽默在不相干的事物之间建立了荒谬的联系,事实上,这揭示了一切皆在人为的道理,特别是那些看似不可能的情况。在这部影片中,角色均由藏传佛教弟子和法师本色出演,他们的名字(法号)分别为涅顿·秋林、高迪藏传佛教僧侣以及降央洛卓等。所以,又是当地的孩子和成年人。

我刚从这部电影中回过神来,一个朋友来到了我的住所。他刚刚和这些来自世界顶端的“足球英雄”一起生活了一年!他说(像个孩子似的):“他们和电影中一模一样!”

Chapter 8

第八章

一度,他似乎可以更好地理解那些改变宗教信仰者的极端行为,以及那些没有改变宗教信仰者的分裂性格。

禁卫军是前者的主要代表。他们被无情地利用,好像他们没有根脉,没有家庭,也没有任何为自己而活的理由。他们生命中的一切都被删除,只有这样,他们才会牢牢记住要效忠苏丹王。他们训练有素,总是遵照命令行事:无论指挥者的战术如何,作为个体,他们突破了勇气的极限,在战斗中一马当先,往往有去无回。而另一方面,他们一往无前的冲劲也救了他们的命:看到他们如此骁勇,敌人通常会放弃作战,进行战略性撤退,但有时也是为了逃命。通过这种方式,真主阿拉或者他们以前信仰的上帝(或者两者同时)挽救了他们,让他们不至于失了心志。所以,他们在胜利面前难以控制。他们借助自己远播的威名,肆意奸淫掳掠,戕害他人。除非苏丹王和大维齐尔亲自制止。他们不仅杀戮成性,而且为表忠心,他们无所不用其极。如果没有得到战利品,他们也会大声反对他们的统帅,怎么说也制止不了,他们对统治者放肆无礼,甚至让君主也感到不安。接着,统治者会派大维齐尔去安抚他们。在这种情况下,他们有时甚至不买大维齐尔的账,并设法推翻他,甚至还杀死过好几位大维齐尔。然而，一旦他们对到手的金钱、黄金或其他类似的东西感到满意，他们就又会誓死效忠他们的主子，好像什么事情都没有发生过。

巴伊察把这种行为理解为一种疯狂的举动，因为它不能用理性的观点来解释。他们的叛乱来势凶猛，势如破竹，异常危险。一旦他们的要求得到满足，当他们的首领得到惩罚，起义会以同样的速度消失得无影无踪。他们喜怒无常，这让统治者一直感到不安。说实话，这份不安也体现了某种公平；如果想要绝对的忠诚，君主们就不得不偶尔承受这份忠诚带来的危险。

尽管禁卫军的这种行为主要是由于他们宗教信仰的改变，但在巴伊察看来，这不是根本原因。毕竟，随着时间的流逝，这些人构成了当世传奇的一部分。单以军事标准而论，他们是当之无愧的传奇，传奇使他们成为精英部队，不仅在苏丹王的部队中无人能敌，其他任何军队都望尘莫及。

如果说有人原先的宗教信仰在新信仰的火焰下微光闪耀，那更有可能是在阿迦、贝伊、帕夏以及其他改变信仰的统领身上。为了确保自己能够以最省力的方式尽快得到晋升，他们中的许多人比大多数的奥斯曼人更忠诚于真主阿拉。巴伊察认为贾赫贾巴斯奇家族的男人们就是这类人，包括父亲和三个儿子。他们经常对异教徒大为恼火，以至维齐尔不得不经常让他们冷静下来，让他们回去想清楚后再干预别人的生活。

而对于那些两面都要忠诚的人来说，情况要复杂得多。

死是最容易的事情。任何一位异教徒都能负担得起这份沉重的代价，只要他们义无反顾地明确表示不想皈依新的信仰。然而，即使这么做也不足以被宣判死刑。确切地说，奥斯曼人认为，他们的信仰不应受到反对。相反，他们不会强迫任何人（除了那些被征召来的人)皈依他们的信仰。只有当有人向他们拔出武器的时候,死亡才会发生。

从某种程度上说,拒绝伊斯兰教,坚守原有宗教信仰是一件艰难的事情。但舍弃信仰,皈依其他宗教则更加困难！对其他人来说,这无疑是一种贪心。但还有其他选择吗？曾几何时,求生变得那么反常、那么可耻了？是不是只有以死才能求生存？是不是只有消灭一个国家才能让它再生？人们到底应该怎么做？

所有这些问题重重地压在他的心头。周围还没有人明确地提出过这些问题,更不用说解答了。他从身边的每一个人身上一点一滴地收集答案,他能做的只有这么多。

他的国家被一分为二,无论在哪儿都不会被外族善待,同样,每个个体也被一分为二并选择了默默地承受。或许,有些同胞还没做出决定。但决定一旦做出,就会落入陷阱:从做出决定的那一刻起,就再也不可能忠实于自我,且只忠实于自我。

值得庆幸的是,这些无解的难题被一场军事战役暂时搁置了下来,巴伊察不得不结束这种自我折磨,投入到当天的战事中。

双方在莫哈赤沼泽地的交锋,更确切地说,是装备沉重、寸步难行的匈牙利骑兵队与奥斯曼炮兵之间的交锋,仅仅持续了两个小时。匈牙利人被对方的炮兵部队打得七零八落,他们甚至没有和敌军的骑兵和步兵交上火。他们深陷泥潭,成了瓮中之鳖。国王拉约什二世也在战斗中阵亡。通往布达佩斯的道路被打通。途中,巴伊察见识了他的新朋友的各种本领。面对新的障碍,希南轻而易举地找到了解决办法。他动作麻利,话不多,若无其事地解决完一个问题后,又开始着手解决下一个问题。战争结束后,有一次他对巴伊察说:“就在同一天,八月二十九日,我在过去的五年中目睹过两场胜利:一次是一五二一年在贝尔格莱德,还有一次是五年后的今天在莫哈赤。”

当维齐尔和苏丹王派遣希南独立领导工作的时候,巴伊察把一切都看在眼里。希南不仅善于解决各种技术难题,而且更让人印象深刻的是,当他与工匠和建筑工人交流、交代任务时,语气中总是带着一种特别的尊重,所以他在工作中的效率特别高。在整个工期中,每个人都乐意效劳,全心全意地参与工作。总之,他拥有非凡的组织技巧:作为长官,他知道如何估计形势,下达的命令及时、正确、精确;作为工程师,他有一技之长;作为监督者,他非常关心手下的工匠。在大维齐尔和苏丹王掌权的体系中,这条道路极不寻常,但他们允许他沿着这条路一直走下去,因为他对他们来说不可或缺。例如,在通往布迪姆的途中,奥西耶克聚居区被完全摧毁,希南立即下令重修和重建。从此地离开的时候,他只留下一些阿迦和工匠,他们马上雇佣当地居民,立即着手按他的计划开始修建。甚至那些刚刚建立的附属国也深表钦佩:在如此短的时间内,对被征服的城镇果断进行了重建。同时,这也有利于改善奥斯曼人在民众和征服地贵族中的形象。按照他们的说法:如果说希南没能为残暴的行为赢得尊重的话,他至少让它看上去多了些教养。

巴伊察也仔细观察了大维齐尔易卜拉欣·帕夏的行为。他假装希南给他带来了意外之喜,尽管显而易见,希南这个“惊喜”事实上是他一手促成的。大维齐尔给予他别的实习军官和未来的官方工程师享受不到的特殊自由,他通过收放手中的缰绳,让手下所有的指挥官处于紧张的状态。即使尤素夫·希南的出现让他们得到解脱,但他们仍然不敢放松警惕。显然,大维齐尔及时发现了这位得意门生的各种能力,于是争取权利保护他,确保他能用工作证明自己,避免其他军官不必要的嫉妒。当然,嫉妒不可能完全避免,但通过易卜拉欣·帕夏巧妙的操控,嫉妒被降到了无害的程度。就在一年前,大维齐尔与苏丹王的妹妹结了婚,从此他对嫉妒有了切身的体会。在苏丹王的保护下,他甚至以德报怨,用高贵的宽恕代替残酷的统治。然而,他很清楚,如果他这么做就会失了规矩,规则或法律规定的义务就会得不到承认;或者认识不到自身的不足(但愿不会发生)。于是,他总是先别人一步,做出的决定总是出乎别人的预料,或者在别人意想不到的时候做出意料之中的决定。

莫哈赤战役后的第十天,苏丹王的部队进入了布迪姆,可以说,没有遇到任何阻抗。苏丹王在那儿稍作停留,然后渡河进入佩斯特,随后命部队主力返回帝国。他留下新委任的匈牙利国王亚诺什·绍波尧伊统治匈牙利,作为奥斯曼帝国的附属国。事实上,当时苏丹王很清楚,查尔斯五世的弟弟,哈布斯堡王朝的费迪南国王的追随者或者拉约什二世的遗孀——哈布斯堡王朝的玛丽王后绝不会接受他的这个决定。所以他会再次回到这里。但这是早就计划好的事情,甚至在匈牙利王位争夺战之前。但敌人并不知道。

经过贝尔格莱德的时候,巴伊察试图想明白,贝尔格莱德要塞的所在地和周围环境到底让他想到了什么。但他没能成功,他还有事情没想通。或许是这儿的水吧。接着他有了一个大胆的想法:这壮美的景色似乎是他从未见过的!

他与希南在附近告别。苏丹王下令让受训的见习童子[19]与他同行,而工程师们则必须断后,负责重建被毁坏的建筑。巴伊察返回埃迪尔内,而希南作为新任命的苏丹王获胜部队(不折不扣)的队长,继续前往伊斯坦布尔。

Chapter IX

第九章

接下来有关勒班陀战役的交谈让我想到与此类似的科索沃战争，并想把两场战争做一番比较。尽管二者之间没有真正的相似之处，我只是想借此反思一下战败带来的后果。

不管勒班陀战役给奥斯曼人带来多大的震惊，它不可能让他们在对手面前屈服。事实上，它让奥斯曼人明白自己的帝国是多么不堪一击，他们必须警惕傲慢，因为自负通常会带来沉重的代价。但是，不管帝国受到多大的影响，却还没有到岌岌可危的地步。借助那些勇者的英明举措，他们很快又重新建立了安全感。国家的实力是客观的，而与此相对的软弱却是主观的。然而，非客观的因素往往比真相更难克服，它非常抽象，通常建立在心理印象而非客观的数字和事实的基础上。或许是因为它更倾向于投降而非战斗，又或许是因为由不信任导致的绝望比重新开始更有影响。

最重要的是，奥斯曼人没有把勒班陀战役变成一场殉道者的失败。

相比之下，塞尔维亚人把发生在此前近二百年的一三八九年科索沃战争看成了一场殉道者的失败。这在某种程度上是可以理解的，因为从那以后，更多的人沦为奴隶，丧失了个人和集体的自由,以及他们的王国和国家。权利复兴和重燃希望后的短暂间隙并没有改变他们整体的命运。他们没有多少可以依靠:只有他们的语言、宗教和教堂。而且教堂也未能保存下来。

但这还没有结束。历史事件不断上演,书写着命运,让未来变得不可预知……当然,历史让形势发生变化。然而,有关科索沃战争的故事却有些不寻常。具体来说,随着时间的流逝,人们已经无从想象这场关键战役的失败曾带来的历史性悲剧,战败的真相变得越来越模糊,被各种假设的可能所遮蔽……这不是改变历史真相,而是对同一真相的不同理解。阐释支配着人的理智,事情重要性的顺序被打乱:重要的事情变得不再重要,边缘变成了核心。这场战败决定了整个国家在接下来几个世纪中的命运。这些事件不太可能被事先虚构。更为可信的是,后来人们改变了对战败的理解,以此抵制不可改变的历史。随着时间的流逝,谁能给出令人信服的解释,为什么对长达两三个世纪,甚至更长时间的战败保持默许的态度?这确实令人难以接受。

勇气、荣誉以及欺骗、谋杀等想法是来自科索沃吗?是不是这一切注定了它在二十世纪的命运还是别的什么?

战败的选择难道不能包括自杀和臣服吗?如果你不能杀死敌人,你总可以杀掉自己吧。如果你不能打败敌人,你总可以打败自己吧。

绝望来自这种理解吗?各种极端行为又是不是出于绝望呢?

这场战役变成了一个神话。战败变成了胜利。

另一方面,为了展示胜利者因为自负而得意忘形的样子,帕穆克从奥斯曼人的材料中引用了一些有关莫哈赤战役的例子(顺便提一下,科索沃战争结束后,塞尔维亚人最终心灰意冷,感觉明天的太阳再也不会升起,更好的明天永远也不会到来)。

根据苏莱曼个人的战争日记，异教徒共阵亡二万名步兵，四千名骑兵。胜利者并未记录自己的伤亡情况。据悉，此后人们庆祝胜利，开始大肆抢劫，有几千名战俘被杀害。有材料中提到，在莫哈赤战役后的所有战斗中，匈牙利一方共计死亡二十万人，而据不精确的计算，奥斯曼军队在整场战役中共损失二万五千至五万人。这是名副其实的大屠杀，这显示了奥斯曼人占领维也纳的愿望多么强烈，以及它的战略地位和象征意义。实际上，每次新的战役都是那份贪婪欲望的重现。

或许是为战争的残酷，惨重的伤亡以及苏丹王本人的自责开脱，他曾下令准许肆意屠杀战俘，甚至连不是士兵的平民俘虏也不放过。征服者的史官们是这样记录莫哈赤战役的："敌方"战死的都是——紧跟着是一连串不可思议的修饰词（好像胜利远远不够）——"地狱之子、恶魔、有罪的游民、猪、固执的人、死不悔改的人、荡妇、狗、异教徒、无良商贩、作恶者、伪君子、魔鬼以及幻化成恶魔行刑者的污灵"。

可能这一长串带有污辱性的名词是了庆祝这场重要的胜利（或者是辩解）。但是，在获胜之后肆意杀害战俘以及在战场上俘虏的农民（约四千人，不包括妇女）是无论如何也无法开脱的，不管使用什么策略。仇恨也不行。修饰词更不行。

或许，对于某些人来说，无辜杀害几千人根本不值得关注，如果他们是失误或极度渴求死亡的受害者，情况就更是如此。显然，人们很容易把他们和阵亡的好几十万人混为一谈。如果数字确实，大部分原始资料都予以了证实，那么我们真应该牢记，对于那个时期来说，伤亡的人数是多么巨大！

不管怎样，苏莱曼从那些被吓破胆的欧洲人那儿赢得了"大帝"的名号。然而，如果人们一开始就把这个修饰词送给他，情况又会怎么样呢？

Chapter 9

第九章

初次军事体验后的三年，巴伊察再次跟随大维齐尔易卜拉欣·帕夏出征，现在，易卜拉欣·帕夏也是整个鲁米利亚的贝勒贝伊[20]，并获得了奥斯曼军队塞拉斯克尔[21]（高级统领）的头衔。途经埃迪尔内的时候，大维齐尔再一次把最优秀的青年聚在一起，鼓励他们说，他们将为伟大的苏丹王的荣誉而战，他们的英勇行为将永远被铭记。

他们走的还是几年前的那条路。现在，巴伊察能识别、预判或提前知晓一些事情。但是，希南并不在军官之列。令巴伊察感到奇怪的是，来自伊斯坦布尔的骑兵部队中都找不到他。

经过埃迪尔内之后，希南才在东鲁米利亚加入他们，确切地说，是在色雷斯。这是巴伊察没有预料到的。更让人不解的是，在这次期盼已久的相会之前，当他们快接近马里萨河[22]的时候，易卜拉欣·帕夏频频向他投来令人捉摸不透的目光，显然是想告诉他什么事情。很快，一切谜团都解开了。在乌松科普鲁镇[23]，他们和一群身着节日盛装的人不期而遇，他们是专门组织起来的低级军官、附属国的封臣、音乐家和附近的居民。领头的就是——尤素夫·希南！希南向苏丹王行鞠躬礼，并下令人群让开道路，此时巴伊察终于明白为何先前大家都守口如瓶,为何眼前的这些人都带着自豪的表情:眼前是一座横跨大河的桥梁,三年前它还不存在,建筑用的白色石料异常精美。这座桥又长又宽,横跨十二个巨型桥墩。桥墩顶端的拱形设计让整座大桥既美观又坚固。同时,巨大的体积表明它们很坚固,经久耐用。桥墩之间留有间隙,河水可以从中流过,但它们的主体疏导着水流。好像它们非常尊重河水的力量,但同时它们也为自己的力量感到自豪。

看到居民们高兴,他也很高兴,显然这些居民最清楚,连接大河两岸会给他们的生活带来多大的变化。但是,看到下令修建桥梁的苏丹王心满意足的样子也是一件有意思的事情。然而,巴伊察知道,如果没有希南的赞助人,同时也是他的同胞,易卜拉欣·帕夏的帮助,这座桥不可能成功修建。由此可见:大维齐尔支持一个人(以及他们共同的信仰)不仅仅是为权力而使用权力,它也可以是为造福每一个人而做出的善举。

尽管希南现在已经是贴身卫队的统领,可一旦行军途中他没有其他事情要处理的时候,他们总是命令希南待在维齐尔和苏丹王的身边。现在,他们二人经常称他“米玛尔”。通过希南和自身的例子,巴伊察更加懂得,君主需要在人前夸耀他选中的人才(多数情况下是年轻人)。所以,他们给这些人穿的衣服大多颜色鲜亮,甚至比那些职位更高的人还要鲜亮。尽管这种炫耀的方式不太适合他,但处于这样的地位能让巴伊察接近希南。

在行军途中,希南告诉巴伊察,在他完成此前布迪姆战役的所有工作后,君主似乎很满意他的才华,下令(尽管在与巴伊察的交谈中,他用的是“主动提出”这个词)让他尝试修建这座桥。他非常受器重,将全权负责所有的施工计划和计算,然后还要监督实际的施工。所以,他一回到伊斯坦布尔就立即着手为建设大桥绘制草图,起草规划,几个月之后,他开始在马里萨河两岸组织施工。截至伟大的苏丹王礼仪性地走过大桥,整个工程耗时一年半。

“既然如此庞大的军队都能从大桥上通过,特别是还有炮兵部队和我负责的部队和辎重,看来这座桥能用上几个世纪呢!巴杰·穆罕默德,如果你知道自己制造的某样东西会比你的生命更长久,你知道这是什么感觉吗?又或者——它就这样一直保留下去。”

他很难做出肯定的回应。巴伊察没有制造出什么有形的东西能够留存至今。他制造的东西就在那儿,却没有办法指给别人看。他什么也没说。他把说话的机会都留给希南,因为他迫切地想找个人说话,而且他也的确有话可说。

“建造了这么多堡垒、城墙、壕沟、临时桥梁和脚手架,特别是拆除和重建所有被毁坏的建筑,我好像掌握了石头、木材和金属在不同条件下的性能,”他告诉巴伊察,“区别材料和条件非常重要。没有哪一种结构是相同的,即使最简单的茅草屋或水井也是这样。同样,某种特定材质的结构也不尽相同。每一次,所有的一切都是全新的,都是第一次被建造!”

巴伊察不仅在听他讲话,同时也在观察他在谈论泥土和石头时那兴致勃勃的样子,好像它们是有生命的物体一样。希南满脑子都是修这个,建那个。直到希南讲到他很想鼓起勇气建造一样东西,但却没有经验时,巴伊察才意识到,他身边的这位同伴恋爱了。

希南向他诉说当初辛苦建桥时的种种担心,同时,对自己修建的大桥发表了一番有趣的言论。对他而言,建成这座大桥不仅需要石头、脚手架和各种黏合材料,而且还需要水!他指的不是一般意义上的水,而是桥下流淌的河水。

"那里的河水有种只属于那儿的独特品质，别的地方找不到。我首先是为这里的河水建桥，其次才是为人架桥。"

听到这段令人费解的话，巴伊察有些害怕。为防万一，他警告希南说：

"有关河水的言论，或许你自己知道就可以了。恐怕他们无法理解你的意思。"

有关河水的言论也让巴伊察陷入了思考。

这么说，希南不是向这条河宣战，也不是与这里的河水为敌。首先，他仔细研究了这里的河水：它对各种材料有何影响，它能经受什么，它喜欢什么，它为自身获取什么；还有，它不能承受什么，它排斥和毁坏什么。当他发现自己有了这样的想法，巴伊察不免担心起来。毕竟，河水是没有生命的啊！另外，当初还是孩子的他不是早已无数次地见识过小溪、激流和河流的区别吗？他曾嬉戏或穿越的每一条河都各不相同。每座山峰，每条山脉，天啊，世间万物都是如此！——树与树也各不相同。就像人一样。每一个人都有自己的故事。

或许，希南有着非凡的建筑天赋，这是显而易见的。但巴伊察越来越清楚，这不是他成功的唯一秘诀，更不是他成功的唯一原因。毫无疑问，最重要的因素在于他做事的方式。至少，他现在知道自己将来可以做什么。

做事情的方式很有学问。

队伍继续向贝尔格莱德进发（越来越接近），他发现与三年前的时候相比，这儿发生了一些变化。萨瓦河和多瑙河两岸变成了大港口，正在与此前没有贸易往来的区域发展贸易：地中海的亚洲海岸、威尼斯、杜布罗夫尼克以及非洲北部地区。琳琅满目的商品从四处汇集到这里，随之而来的是各色人群，迥异的习俗、语言以及不同民族的故事。然而此刻,对于贝尔格莱德来说,贸易被放在了次要的位置上。三角洲沿岸和两条河流上停满了土耳其的战船,后来的战船只得顺流而下停靠在边缘地区,足足有数英里长。成千上万支部队在河流沿岸以及泽蒙周围地区搭起了行军帐篷。从波斯尼亚到苏伊士,他们从四面八方赶来,聚集了奥斯曼帝国所有的力量,他们的企图很明显,就是要长驱直入,进入欧洲的中心。这场战役的目标是维也纳。即使这座城市还不是欧洲大陆的中心,它也理应被视为主要支柱之一。这是工程师希南的原话。

斯梅代雷沃的桑贾克贝伊在城内招待他们,对此,巴伊察并不感到奇怪。他是贝尔格莱德实际的掌管者,现在贝尔格莱德比斯梅代雷沃面积更大,地位也重要得多,后者依旧是贝尔格莱德边界的行政中心。现在,贝尔格莱德是多瑙河上土耳其舰队的中心港口,还是由那位桑贾克贝伊指挥,他就是年轻的穆罕默德·贝伊·贾赫贾巴斯奇。由于他是出了名的"杀人不眨眼",作为得力的地方官员,他一直是苏丹王的首选。

这些都是君主一个人的决定,没人能够改变,除了大维齐尔。一旦战役打响,所有那些与实现唯一的目标——夺取将来的胜利——无关的个体性格差异都会变得无足轻重,甚至被视作不存在。奥斯曼的部队加强了对士兵的管理,消除一切不必要的差异,以免影响士气。苏丹王非常相信整体气氛。

巴伊察和希南唯一可以做的事就是决定到贝尔格莱德的聚居区走一走。他们俩各展所长,从细节中发掘他们认为重要的东西。巴伊察听到自己的母语有了不同的发音,他饶有兴致地猜测这些说话者分别来自什么地区。而且,他听出其中混杂了许多别的语言,像是一种混合语,这让他非常高兴。他认为,所有的地方都应该存在这种不同语言的混合,并想着它会给每一个人带来怎样的益处。

希南没有留意周围的人，而是忙着观察各种建筑。他看的比听的多。显然，他的语言已经变成了空间以及如何才能用建筑填满这个空间。看到希南一言不发，眼睛睁得大大的，巴伊察对他的心思也只能猜出大概：似乎他认可某些建筑，却又对另外一些不太满意，想修建其他建筑代替它们。天知道他还有什么别的想法。说来奇怪，他们虽然身在一处，但却各做各的事情。他们既没有相互打扰，也没有明确表示希望享受这安静的相处。

只是到后来，当战争进入白热化，他们才明白自己的身心是多么向往这种纯净。即将发生的事情比他们更重要。

苏丹王下令继续向前推进，此时奥斯曼军队在陆地上的士兵超过十万，几千头骆驼和马匹（都是用来载物和载人的），三百门大炮以及一支行驶在多瑙河上、配备四百名船员和两万希腊基督教雇佣军的舰队。军队再一次穿越莫哈赤的沼泽地，人数比上次还要多。这次，他们与亲土耳其派的势力相遇——匈牙利王位的继承者，亚诺什·绍波尧伊以及他率领的六千骑兵。他们一起向布迪姆进发，城内的部队未做抵抗便宣布投降，但一场大屠杀还是没能幸免。奥地利的君主，匈牙利王位的觊觎者，哈布斯堡王朝的费迪南带着两万士兵已逃到维也纳城内避难。苏莱曼相信，此次大屠杀以及绍波尧伊的重新继位会向他传递确切的信息。

这并不奇怪。费迪南已经收到可怕的消息：在奥斯曼的主力部队还没有到达之前，残酷的杀戮已经开始，整座城市几乎遭受灭顶之灾。为了保证自己的部队能安全通过并扫清沿途的障碍，这次苏莱曼动用了约三万五千名轻骑兵，由斯梅代雷沃的桑贾克贝伊，杀人魔头穆罕默德·贝伊·贾赫贾巴斯奇率领。随同出征的还有鞑靼人的骑兵，土耳其的阿金基轻骑兵[24]也紧随其后，他们的任务是抢夺死人的东西,有什么抢什么,这些部队接受统一的指挥。苏丹王的主要目的是让敌人闻风丧胆。他的做法收到了意外的效果:他震慑了整个西方世界。

仔细观察了苏丹王和大维齐尔的战术,巴伊察开始懂得战争的策略。那些和平时期(极为少见)的普通策略显然不适用于战时。领兵打仗意味着决定目标的先后次序,然后用不同的手段和战术一一实现这些目标。这也包括一些极端策略,例如残忍和同情,只要他们能确保胜利。一切不奏效的策略都要立即更换。不能完成任务的将领会立即被替换或处死。甚至希南的例子也清楚表明:我们应该如何根据暂时的需要,调整任务的顺序。当有任务要完成的时候,希南负责支援部队,但有时他也需要负责一个奥尔塔[25]的禁卫军,甚至正规的安纳托利亚军队。尽管必须承认,他从未被派往前线。他在很多方面都派得上很大用场,不能让他冒这个险。然而同时,他的那些赞助人又想不失时机地在战争中多教授他一些东西。他们看到希南和巴伊察一直关系密切,索性把巴伊察分配给这位工程师,想着一路上希南能传授这位年幼的学生一些东西。作为部队统帅,他把他们分配到路菲特·帕夏手下,这样路菲特·帕夏不仅能监督和训练他们俩,而且更重要的是,他可以小心看护他们。

尽管已是秋季,雨水多了起来,但军队没有受到丝毫影响,于九月二十七日如期抵达维也纳城下。然而,守城士兵(尽管在人数上悬殊)勇猛、疯狂的抵抗,坚不可摧的护城墙以及持续的恶劣天气使得二十天来的攻城没有任何进展,转眼到了十月十六日。苏丹王下令拆除营帐,军队返回家园。但这个决定来得太迟了。巴伊察不知道眼前的景象哪种更悲惨:是那些在战争中牺牲的人,还是那些在撤退中死去的人,这些人由于受伤、生病或精疲力竭而不得不长眠于斯拉沃尼亚和匈牙利被水淹没的平原沼泽里。现在，他懂得了天气对作战的影响——战斗持续的时间以及天气变化对部队的影响。即使做好了过冬准备，从奥斯曼都城出发的战争也不能在四月之前开始；同样出于天气考虑，战争必须在冬季前结束。这里就存在一个问题：在与希南的讨论中，他称之为“可及性”。

“那是什么意思?”希南问他。

“你应该比我更清楚。就是要计算你的能力范围。如果在战前你能做到所有事情心中有数，从士兵、马匹、骆驼、大炮、运货马车、武器以及休息站的数量，到能预见的、不能预见的障碍以及其他所有的事情，而且对军队返回时的相关情况也能了如指掌，那么你就有可能精确地计算出战役能进行到什么程度。你会知道部队所能到达的最远边界，从而知道哪里应该是折返点。”

“是这样，没错。但你忽略了一点，被征服领土的边界总是在变化、扩展，这意味着主力部队向前推进又有了新的起点。”

“是的，在贝尔格莱德以前，那个起点是索非亚。它也是不断变化的。但有些事情却不能改变。苏丹王和高级指挥官总是从伊斯坦布尔出征，这段距离总是相同的，甚至会变得更长。征服贝尔格莱德后，部队确实可以在此聚集，然后继续向前推进。撇开其他原因不谈，正是基于这个事实，才使得帝国能够出兵征服匈牙利，甚至奥地利。即使来自其他附近地区的大队人马已经早早到位，但等到苏丹王到来，所花的时间却一样长。与他同行的还有来自安纳托利亚和东鲁米利亚的主力部队。如果苏丹王可以在贝尔格莱德执政，春季从那里出兵征讨，那么一切问题都会迎刃而解。这是不可能的事。明白吗？恐怕有关部队能力范围的问题已经成了无法解决的问题。除非围城时间缩短，以更快的速度取得胜利。

但首先,你或其他人要能想出办法,让这支庞大的重装部队行军速度更快,以便更早地到达目的地。”

希南想了想。

“好吧,就算部队返回的命令下得太迟,但你看看有多少士兵死在了战场外。你所说的确实值得深思。你现在行事和我有几分相像。我会称之为,打个比方说,你可以朝它扔石块的距离。你就得这样思考这类问题。重要的是发现问题。不能发现问题,你就无法解决。但话说回来,你没有发现问题,并不代表它不存在。”

Chapter X

第十章

帕穆克想换个话题。

“让我们先把死人的话题放一放。这儿是一位史官的原话，他见证了一五二九年奥斯曼帝国发动的战役；维也纳围城失败后，很多商人带着数以千计的奴隶与部队同行，奴隶中有很多妇女，史官是这样描述她们的：‘在集市上，他们出卖美貌的女奴，她们的前额像茉莉花，眉毛浓密弯曲，性感得像天上的女神。她们美得无法形容。’你看，生意人就是生意人！然而，后面那句抽象的话表明人们相信语言，看到这些美貌绝伦的女子，语言却变得如此苍白，无法描述眼前的美色。事实上，人们想尽力用语言表达浪漫，但说实话，这样的称赞确实不敢恭维。”

接着，他开始反驳自己。

“我刚刚提议不谈死人的事，所以我本可以到此为止，但显然，生活中有乐也有悲，即使在那个年代，也是如此。我在这里稍作了停顿，但那位史官却丝毫没有停顿，刚刚还是我说的浪漫时刻，紧接着又冷漠地写下了下面这段话：‘商品，无论是便携的还是固定的，人和动物，无论是有知觉的还是无知觉的，所有东西被抢劫一空，置于军刀之下。所以预言应验了，异教徒得到了应有的惩罚。’

尽管人是‘有知觉的生物’,然而顷刻之间,他们的美感荡然无存;虽然他区分了人和动物,但却把他们同归在‘无知觉的生物’一类中。”

轮到我发言了。

“现在让我们看看倒数第二句吧! 你看到他是怎么形容杀戮的吗? ‘置于军刀之下’! 由此可见,作者在这里虽算不上浪漫,但他至少在尝试保持语言使用上的与众不同。或许,他已厌倦用惯常的方式指称普遍现象。”

他笑了笑。

“你把我难住了。”

“那不是关键。一直以来,我一直在思考人的双重性,他能集美和恶于一身,既能行善也会作恶。我在一位著名的塞尔维亚历史学家[26]的著作中找到了最极端的例子。书中的一段奇怪描写始于一五五一年,那时,穆罕默德·索科洛维奇在蒂米什瓦拉战役中征服了战略要地利珀夫。战役继续向前推进,但他留下一支实力雄厚的部队断后,由波斯人乌力马·贝伊率领。据史官记载,有一次,这位无所事事的统帅信步穿过城镇,进入一所教堂,有人告诉他这是查尔斯一世建造的教堂。他在教堂里发现了一架管风琴。他对这件乐器很感兴趣,随即找来教堂的修士为他演奏,‘他对此十分满意。然后他下令拔掉修士的五颗牙齿,逼他说出宝藏的地点。他认为,拥有如此美妙音乐的教堂一定拥有宝藏’。你看,我被彻底弄蒙了,短短几秒钟后,巧妙之处变得如此乏味。我不知道究竟是什么让它们分离或结合在一起。如此迥然不同的特征怎么会一起出现呢?”

帕穆克的直觉反应速度让我吃了一惊。

“那么,会不会一个包含另外一个呢?”

“我不知道是否有规律可循。我们能否得出普遍结论，还是每种情况会各有不同？”我在问他，也在问我自己。

“我倾向于认为，每个故事都各有不同。举例来说，在一五七〇年塞浦路斯被征服的时候，就有这么一则或许可以称之为‘因美生悲’的例子。奥斯曼人经过几周的围城终于占领了都城尼科西亚，他们屠杀了全城二万居民，除了那些年轻的男女。据说，留下他们是为了给士兵取乐。经过八天的洗劫，城中所有值钱的东西，包括黄金、珠宝和大炮，都被装上了三艘大船，同时还有近千名最貌美的姑娘，她们会被带回伊斯坦布尔为奴。然而，就在出发前，一位女孩在其中一艘船上发现了一堆火药并将其点燃。三艘船，连同那些姑娘和珍宝在几分钟内全部沉入大海。”

“不知为什么，我总觉得在这个例子中，美是悲剧产生的决定因素。如果美是巧妙的安排，而这种(自我)牺牲是乏味的情节，那么我们就有了另外一种联系。”帕穆克这样想。

他没有提到这场战役的高级统帅是拉拉·穆斯塔法·帕夏，我下面就要以他为例，讲一讲“莫名的残忍”。生气不足以作为辩驳的理由。除非你知道他的来头：事实上，他是索科洛维奇家族的德里·哈兹维·帕夏的弟弟，很久以前，他被征兵到埃迪尔内的大旅舍。由于他年纪最小，表哥穆罕默德·帕夏·索科洛维奇一直保护他，给他提供建议。在以下事件发生时，他已是战役的高级统帅，领导十万大军对抗塞浦路斯，而他的表哥则是奥斯曼帝国的大维齐尔。

无论如何，我都要把下面的故事讲给帕穆克听。

“我要举的例子在时间上紧接着你的例子。故事发生在同一地点；其实和你讲的是同一个故事。占领尼科西亚之后，拉拉·穆斯塔法·帕夏向设防的法马古斯塔进军，那里守城的士兵只有七千人。当时是一五七〇年十月，但到了第二年春天，他发现自己的部队仍然在挖掘通往守城城墙的隧道，为七十四门大炮加高防御工事的工作也还没有结束。艰苦的战斗又进行了一个半月，直到威尼斯和希腊的守军弹尽粮绝，随后双方签订条约，保证守军投降后不受任何屈辱。条约规定，土耳其一方应出借船只，并保证守军统帅马克·安东尼奥·布拉加丁和所有幸存的守军自由登船，驶往坎迪亚。在此期间，土耳其士兵应退守城外，保持一定距离。”

“当所有剩余士兵和居民都离开堡垒之后，守军的高级将领在十名军官的陪同下来到拉拉·穆斯塔法·帕夏的营帐交接守城的钥匙。此时，帕夏违背了条约，命令布拉加丁留下几名人质，以确保暂借的船只能如数归还！威尼斯人坚持对方要信守诺言，断然拒绝了这一要求。帕夏对此事大为恼火，下令立即处死所有的军官。”

“拉拉·帕夏接下来的行为令人难以理解。首先，他们割掉了布拉加丁的耳朵和鼻子，接着又折磨了他十二天。史官的原话是：‘他们先在他的脚上拴一个石轮，用绳子把他拉到桅杆的顶端，然后再将他沉入海底。他们把两个盛满泥土的篮子挂在他身上，强迫他爬上军队正在修建的城墙。每次经过高级统帅，他都必须行一百八十度的鞠躬礼。最后，在城镇广场的颈手枷前，那里是以前土耳其的奴隶受鞭刑的地方，马克·安东尼奥·布拉加丁被钉在尖桩上，还没有断气。这位威尼斯人没有痛苦地喊叫，他口中喊着上帝的名字，感谢上帝赐予了他一颗纯净的心，没过多久，他死了。“你的上帝在哪儿呢？为什么不来拯救你？”拉拉·穆斯塔法讥笑着死去的统领，并下令屠杀三百名基督教奴隶。此后不久，其他的战俘也被当众阉割。’”

“我的朋友，难以置信的残忍行为还没有结束，”对刚刚念过的材料，我忍不住想评论几句，“看看这儿还有：‘他们剥掉布拉加丁的皮，把他的尸体分成四块，高高地悬挂在守城的四门，在法马古斯塔大街上，红色顶棚下躺着一张担架，他塞满稻草的皮囊就躺在上面，仿佛他依然还活着，眼睛看着拉拉·穆斯塔法，把守城的钥匙移交给他。最后，他就这样和其他军官的头颅一起被送往伊斯坦布尔苏丹王那里。’”

我想，必须承认的是，像这样的罪行记录并不多见。或许，即使真的发生了这样可怕的事情，那些史官们，不管他们的立场如何，也会出于人性拒绝见证此类事件。不管他们是对此感到害怕还是骄傲。另一方面，也有诸如上文这样的例外。或许他们是想让世人看到，这是高级统帅在教导战败者要守规矩，所以他用自己的方式“重复”移交钥匙的仪式。

我继续大声讲述着。

“可是，故事到这儿还没有结束。拉拉·穆斯塔法·帕夏得胜归来，得意扬扬地进入都城，迎接的人群都为之疯狂，因为他攻占了塞浦路斯，直到此时，苏丹王才发现了残酷的真相。”

帕穆克得出了错误的结论：“你的意思是，他意识到高级统帅残忍得过了头？”

“不，他意识到对帝国来说更糟糕的事情。确切地说，穆斯塔法·帕夏之所以屡屡犯下恶行，其中原因当时只有他心里最清楚，苏丹王不知道，大维齐尔也不知道：五万奥斯曼士兵战死在塞浦路斯，真是难以置信！没有人会相信这个数字。再大的胜利也弥补不了这么大的牺牲。然而，为了庆祝胜利，为了历史，苏丹王没有公开惩罚他，但私下里苏丹王下了一道惩罚密令。吃惊的拉拉·穆斯塔法被告知——所有从塞浦路斯掠夺来的财富都要交给大维齐尔穆罕默德·帕夏·索科洛维奇！这是所谓内部公正程序，但问题是，这是否能减轻犯下的罪行。”

我不敢提出另外一个问题，即讨论这起罪行的种种原因，因为它会追溯到拉拉・穆斯塔法・帕夏以前的宗教信仰，并将其视为可能的原因之一。以这种方式证明他对新信仰的忠诚仍旧有些不可思议。他的顶头上司，大维齐尔本人不是和他有一样的经历，当时的情形也类似吗？说实在话，他们对信仰、归属和人性的理解大不相同。

又或者，受围城耗时过长问题困扰的只有拉拉・穆斯塔法一个人？在那六个月中，从当时的情况看，战况确实没有显著的进展，难道是这个原因摧垮了他获取最终胜利的自信？或许，这场战役对他来说是一场侥幸逃脱，他想尽力抹去所有痕迹，尽管在很多人看来，这是一场无可争议的胜利。

我没有问这些问题，而是试着用反讽为自己辩护：

“我想你是想把死人的话题放一放？”

Chapter 10

第十章

他们不得不再一次分离。巴伊察留在埃迪尔内宫廷,而希南则随大维齐尔去往伊斯坦布尔。尽管苏丹王迫不及待地想继续赶回都城,他还是选择在埃迪尔内稍作休整。到处都在欢庆这场战役的胜利。好像君主想说:"未来还有无数的胜利在等待着我们,所以没有必要每场庆典都在托普卡帕宫举行。"

虽然他们同在一个宫廷,但巴伊察的日常工作却没有发生任何改变。他只是感觉有些奇怪,好像有人在观察着他,但这很可能只是他的幻觉。然而,君主确实召见了他一次。在巴伊察看来,这次召见是他们在"观察"他。因为苏丹王只是一言不发地盯着他看。过了一会儿,他对巴伊察说:

"你就是那个测量奥斯曼军队能力范围的人!"没等对方回答或发表意见,他大声地笑了起来。

巴伊察感到无地自容。他一直暗自高兴,因为他觉得希南显然向大维齐尔说了些什么,然后大维齐尔再把话传给苏丹王。如果情况如他所料,而且这几乎是唯一的可能,那么他的话一定会受到赞赏。但是现在,听着这笑声,他感觉自己说的话似乎成为了笑柄。另一方面,在君主吩咐他退下后,他仔细考虑了一番,苏丹王提起这件事，一定有原因。难道仅仅是因为他觉得滑稽可笑吗？

几年之后，他得到了问题的答案。

冬天眼看就要过去，苏莱曼离开了埃迪尔内，返回托普卡帕宫。巴伊察甚至没有亲眼看到他离开。

就像是命运的安排，时隔三年后，奥斯曼军队再一次对费迪南国王发动战争，他在匈牙利从亚诺什·绍波尧伊手里重新夺回了王位。奥斯曼史官称之为“德国战役”。一五三二年春，军队开始进发，随后收复了布迪姆，九月，军队到达格拉茨。像往常一样，时间太迟，军队无法再向维也纳进发。这座城市再一次超出了攻击的范围……

这一次，巴伊察没有随军参战。他不知道原因。不管怎样，这与他无关。在埃迪尔内，他继续学习已经上手的各门科目和语言，除此之外，又新添加了几门课程：宫廷礼仪、外国使臣关系、战术以及政治领导术。

他听说希南参加了格拉茨战役，他又一次用工程上的成就征服了君主，为他们接连取得胜利立下了汗马功劳。巴伊察依然没有看到希南返回，因为所有的随行人员都匆匆地赶回都城。后来他得知了原因。

同时，埃迪尔内宫廷迎来了国家财政大臣，高级财务长官[27]，斯肯德·切莱比[28]的到访，他是帝国最举足轻重、最有权势、最富有的人之一。他的招牌是各色形影不离的随行人员，如此奢华的阵容几乎让苏丹王的威严也相形见绌。但君主之所以没有惩戒他，原因主要有两个：首先，作为帝国收入和支出的掌管者，财务长官的工作非常出色。这是次要原因，因为它与苏丹王的虚荣心没有直接关系：这是他的工作，不管怎么样，他必须做好。第二条原因更加重要，它既能为这位博学之士的趾高气扬开脱，同时也让他声名远播:无论从何种意义上说,财务长官总是能帮助身边的见习童子为国家事务做好充分的准备。他从中挑选最有才干的童子,在自己最擅长的金融领域加以训练,同时也教授他们军事技巧以及所有必备的宫廷和外交礼仪。他教导那些精心挑选的学生最有心得,当他们完成学业以后,个个都掌握了所需技能和知识的精妙所在,能够胜任国家和宫廷最重要的工作。他在这些最优秀的见习童子身上倾注了心血,而获益最大的还是苏丹王。

高级财务长官的到访不是为了查账,而是为自己的宫廷选拔新的见习童子。从结果来看,他的选择和德里·哈兹维·帕夏早前的选择相同,对于那些被选中的童子来说,一旦被选中,就意味着爬上政府高层的日子指日可待。巧合的是,巴伊察也在被选中的十几人当中。唯一让人感到意外的是,年轻的穆斯塔法也被选中,一直以来,哥哥哈兹维不在身边,他一直受到巴伊察的照顾。

这一次,他们所有人,包括年轻的穆斯塔法在内,于一五三三年踏上了征服波斯的征程。令人意外的是,这次军事洗礼并没有以往残酷的场面:第二年过半,在一些波斯盟友的帮助下,大维齐尔以及高级财务长官的见习童子们进入了沙·太美斯普的都城,大不里士城——没有发动一场战争。童子们甚至没有在街道上看到获胜军队一贯的强抢、暴力和洗劫,而这些几乎是占领一座城池后必然要发生的事情。不久,人们终于明白为什么这次奥斯曼人会对战败者如此客气:稍晚时候,苏丹王一马当先,率领军队于一五三四年的最后一天庄严地向巴格达进军。他占领了哈里发[29]的都城,从此,成为伊斯兰世界领袖的梦想得以实现!在他统治的鼎盛时期,他终于可以称自己为"帕迪沙"[30]了。依其身份,他必须证明自己是正义的,无愧于这个名号,特别在新征服的波斯臣民眼中。

在这次战役中,巴伊察经历了两个重要变化。一个变化源于他的主人高级财务长官斯肯德·切莱比与大维齐尔易卜拉欣·帕夏之间的冲突。几年来,他们之间争吵不断,但这次波斯战役成了他们摊牌的借口。大维齐尔占了上风,因为他是苏丹王最钟爱的大臣,而且他还娶了苏莱曼的妹妹。结果是残酷的:在巴格达的一次公开国务会议上,斯肯德·切莱比被宣判死刑,绞死在中央广场。行刑结束后,他所有的财产被充公,上缴国家财政。除了他个人的宫廷和其他一些建筑外,他还留下了六千名保镖、仆人和奴隶。其中有他最引以为傲的三百名见习童子。他们说这是最让大维齐尔嫉妒的地方:他只有一百名左右的见习童子(其他地位低于他的维齐尔拥有六十到八十名见习童子)。

尽管这意味着巴伊察将转而为苏丹王效力(或许还会去都城的宫廷),但他仍然为高级财务长官感到惋惜,后者对所有的见习童子都很友善。然而,此时他真正懂得了恪守等级制度的重要性,千万不能越级行事。

第二个变化包括两个部分,而且与希南有关。在实施波斯征服计划的第一部分时,希南接到任务,要迅速建成多艘用于运输部队的单层甲板大帆船。他在最短时间内完成了任务,并把装备齐全的船只运送至战役的高级指挥官处,奥斯曼部队被迅速调集渡过了凡湖,从而切断了波斯军队,希南因此而受到赞赏。这场胜利不拖泥带水,速战速决,无可争议。希南受到嘉奖,被委任为苏丹王的哈塞奇[31]。

随后,米玛尔·希南来到巴格达的露营地看望巴伊察。

两个人对再次的重逢都喜出望外。巴伊察为他的老兄感到骄傲,并告诉他,所有将士都在说,如果没有他造的大帆船,就不可能有这次胜利。但希南并不太看重这些。并非是他不知感激,他悄悄告诉巴伊察说,他已经厌倦了武器、毁灭和军事堡垒的重建。他暗示说，他渴望为生命而建，而非死亡。他接下来的话让巴伊察大吃一惊：

“现在，是时候告诉你我的基督教名字了。”

他略作停顿，仿佛是给自己时间去想清楚，这份坦白证明了他对生命的专注。

“我的名字是约瑟夫。我的父亲是泥瓦匠兼木匠，所以他用加利利一位木匠的名字给我取名，这位木匠是玛丽的丈夫，耶稣基督的继父。”

这个消息来得太突然，巴伊察被吓坏了，目瞪口呆地看着他，希南试着把口气放轻松些。

“怎么，我非得拿出点证据来吗？”

他们坐在客帐中。巴伊察用沉默回答这个问题，这也难怪，因为这不是需要回答的问题，这时突然闯进来几名大维齐尔的见习童子，大维齐尔本人紧跟其后，巴伊察见状心里一惊。他们行事小心谨慎，一副慌慌张张的样子。接着易卜拉欣·帕夏告诉了他们原因。

“苏丹王陛下听说米玛尔·希南在这里。苏丹王想见他，马上就到。”

约瑟夫和巴伊察，天晓得，或许是尤素夫和穆罕默德（在他们内心或在他们左右，这要看你怎么看）还没回过神来，苏丹王已经来到帐内，身边站满了保镖。每个人都跪下来俯首行礼，等待着这次突然造访的结果。

君主让他们在对面的软椅上坐下，并让大维齐尔坐在他的身旁。让巴伊察惊喜的是，苏丹王首先和他说话：

“看来，在我们的英雄眼中，你比他的主人还重要啊！他来找你——我们奥斯曼实力的测算者，是要夸耀自己的成绩啊！你有没有帮他计算过，我们的大船能否安全渡过凡湖？假如你的答案是不能，他很有可能会拒绝执行我的命令，也就不会建造那些大船了！”

苏丹王着重强调了与计算有关的词，这让巴伊察完全瘫软下来。一方面，他让巴伊察知道他清楚记得巴伊察这个人；另一方面，他的冷嘲热讽让巴伊察从头凉到脚。

“幸运的是，”他继续残忍地拿巴伊察说过的话开玩笑，“你的计算结果支持了我的命令。”

大维齐尔也感到非常意外，但他也是第一个看出严肃的口吻似乎已经结束，随即带头大声笑了起来。看到苏丹王也跟着笑了起来，穆罕默德这才长舒了一口气，尤素夫也是如此。

只有笑声才能让巴伊察安全。没人敢违背苏丹王，即使在开玩笑的时候也不行。然而，即使笑声能保他一时，但终究不能让他们完全摆脱当下的情形。接下来又会发生什么呢？

苏丹王笑得几乎喘不过来气，他非常享受这个过程。然而，当他意识到对于某些人来说，这或许并不好笑时，他立即停了下来。

“别担心，我来这儿是出于一片好意。”

他再次面向巴伊察。

“如果米玛尔·希南来此是向某人表达敬意，或是与某人共话友谊，那么这个人一定值得关注。而你，就像你看到的那样，很早就引起了我的关注。现在我确信，那么做是对的。”

然后他又转向易卜拉欣·帕夏。

“我觉得应该奖赏他们两个。你觉得呢？”

在巴伊察看来，这个问题好像是要逼大维齐尔表态。又或者，这是一个不需要答案的问题。但易卜拉欣·帕夏并没有上钩。

“你已经奖赏了希南新的职位。你不能让这位年轻的木匠无功受禄。”

“没错，但那个头衔对希南来说毫无意义。他想证明自己是位工程师。年轻的穆罕默德测算出了奥斯曼军队的成功，他已经证明了自己。”

约瑟夫和巴伊察目瞪口呆地看着对方。这两位帝国最高统治者在他们面前像孩子一样相互奚落。这是他们之间的玩笑话，还是对尤素夫·希南和穆罕默德·索科卢的挑唆？最好还是保持沉默。人在沉默的时候最有智慧，这话千真万确。

“你要因他的无礼而奖赏他吗？”

“随便你怎么说，但他展现了理性的思考以及合理计划的重要性！”

但帕夏不会就此罢休。他继续和苏丹王演戏。

“如果帝国里有其他人如此放肆妄言，他定会被砍头。而你却对他心存感激！”

“因为他敢于质疑我的观点。我承认，如果其他人听到他对苏丹王的行为说三道四，他们肯定会杀了他。但既然是我本人听到了这些话，而且你也有份，所以我要称赞他的无礼。不管怎样，就让这一切看作是他的福气吧。”

最终，大维齐尔做了让步。

“好吧，你怎么奖赏他们俩呢？”

“我已经奖赏了希南，只是你还不知道罢了。”

苏丹王稍作停顿，以便让所有人看到维齐尔惊讶的表情。然后，他接着说：“为了纪念我在凡湖的胜利，这次胜利，希南功不可没，我已命他用我的黄金即刻在那儿建造一座清真寺，并以我的名字命名，附近的那条湖也取相同的名字。”

接着，他转向希南。

"我想看看你对这些测量方法的掌握情况。你是否从你的朋友那儿学会了这些方法呢？如果真是这样，就让这位年轻的见习童子在将来负起部分的责任，让他感觉一下自己预测的重要性，尤其是对自己能力的预测！"

听到苏丹王下令把这么光荣的工作交给他，希南心里非常高兴，这比苏丹王对他的残忍嘲讽重要得多。此刻，他自己的事情一点也不重要；他的好友梦寐以求的东西近在咫尺，他甚至不敢向别人提起。看起来，他确实是直接来找巴伊察的，或许他是想把消息第一个告诉他！

总之，他不用再为自己提心吊胆；或许苏丹王让他很难堪，但他语气委婉，而且是出于一片爱意。当苏丹王向易卜拉欣·帕夏解释自己的决定时，这一切都得到了证实。

"如果他命中注定要留在我的皇宫，我要让他与我寸步不离。让他做我的日卡布达[32]吧。"

说完这些话，他起身离去。这位无往不胜的君主丝毫不在意在场的人。巴伊察还没明白苏丹王到底委派了自己什么职位，新的惊喜又来了。惊喜来自希南，他向新任的日卡布达和大维齐尔解释说，他已完成了寺院的修建，但奉苏丹王卡努尼之命，他没敢告诉他们一切有关寺院修建的细节。他随即从一块布卷中抽出几张大纸，展开在他们面前，向他们展示以苏莱曼的名字命名的寺院设计图。

"这是我在修建之前绘制的。现在它们已经过时了。这是一件传世之作，它完全是我凭空想象出来的，如果你们能体会我的这份绝妙情感，那我现在死而无憾！"

巴伊察猜得没错。希南确实是来与他分享快乐的，这是他第一份——按照他自己的话说，"和平时期"的工作。分享不是在工程开始的时候，而是在工程完工之后。尽管这么说听起来有些好战，但这确实是一场大胜仗。没有伤亡的胜仗。这正是巴伊察梦想中的获胜方式。

建设，而不是毁坏。

Chapter XI

第十一章

为了遵守之前我们没有达成的协议:暂时放一放有关死人的话题,我试着以不同的方式理解帕穆克阅读的材料,并试图修正我对史官记录的最初解读,他说:"……所有其他的一切都被毁坏或置于军刀之下。"起初,我认为这里的"置于军刀之下"是屠杀的意思,但这不一定是唯一的解释。后来,我想到这可能是"掌控""据为已有"或其他什么意思。如果是这样的话,作者应该是想在语言使用上讲究创新,而不是用语言掩盖另一场野蛮行为。

帕穆克向我的好意表示祝贺,但口气不无嘲讽。这可以理解:我是在使用语言尽力为某些行为开脱,尽管有些幼稚,完全不顾它们的本质。然而,亲眼所见的事实比文字更有说服力。不妨将文字看作是撒谎的目击者:这样,真相和谎言会受到同样的重视。

但是,如果允许使用嘲讽的话,我手中也有秘密武器。

二〇〇六年中(准确地说是五月三日),没有人事先征求他的意见,帕穆克的名字出现在了最受美国人欢迎的数字游戏中,这是《时代》周刊发布的一条不同寻常的榜单:世界"最有影响力的一百个人",他排在乔治·布什和博诺·沃克斯之间。如果记得没错的话,他是榜单上唯一的作家。

“在如此庸俗的公开排名中,你没有任何的话语权,除非后来有人征求你的意见,如果真的有人询问的话,你将如何为自己辩护? 当一切已成定局,再来询问你的意见,特别是你的意见与公众的观点并不一致。好吧,也许根本不算太晚。”

我问得很详细,也很委婉,因为这是刚发生不久的事情。在他来塞尔维亚之前不久,这个榜单刚刚公布。

“以幽默的方式,我会说得有趣些。这不就是那些记者在贝尔格莱德问我的问题吗? 为什么我已经到了纽约,却没有留下来参加那里的庆祝会? 如果你还有印象,我是这么回答的:我在贝尔格莱德有个约会! 这不是回答得既诚实又有趣吗?”

“这话没错。但有趣的是,你在榜单上的位置位于两位‘正义卫士’之间,这把你和他们划为一类。事实上,可以提出一个站得住脚的论点:不同的人用不同的方式捍卫正义。”

“这正是人们讨论的话题。即使是U2代言人的言行也经常受到指责。那些对美国总统没有好感的人谴责说,沃克斯不应该与他会面。这可以理解。另一方面,或许沃克斯就是精明,他知道没有世界第一超级大国的头号人物的帮助,他不可能达成自己的目标。我的情况不同。人们听到和读到我写的文字都倍加小心,但我对自己的影响力没有太多幻想——特别是我改变形势的能力。或许,我所做的就是说别人没有说的话,以此鼓励其他人。如果我不说这些话,或者这些话从别人口中说出,公众将永远不可能知道。”

“你无力直接影响形势的发展,但看得出,你在间接施以影响,又或者起到了延迟的效果。你没有亲手推下杠杆,但却指明了方向。这样做或许可以,至少是部分减轻了你的责任。这种处境也未尝不是一件好事。但这也有不利的一面:他们可以轻易地利用你，如果他们希望这么做的话。深陷其中的时候，你很难为自己辩护。看起来，做任何事情都要付出代价。”

“幸运的是，我还没有如此不切实际的想法要改变世界，也没有要实践这些想法的欲望。总之，我已经在为一些无关紧要的想法付出代价。各式各样的账单纷至沓来。”

“在我看来，账单好像来自四面八方，无处不在。”

想着帕穆克曾经说过“政治让我厌烦”，这明显是要和政治划清界限，我打定了主意，在公开交谈中，要尽量避开一切与政治有关的话题。不管帕穆克的话听起来有多么自大，也不管它出自何人之口，政治完全有能力做到这一点。它让政治处在应有的位置上：一方面人们发现政治很有用，离不开它，但另一方面它却缺少人们必不可少的原创性，难以成为人类动力的源泉。

其他暂且不谈，只要我们继续谈论文学中的数字，它就有存在的价值，它是体会个中幽默不可缺少的媒介。文学本身或是与文学有关的数字计算是永远谈不完的话题，与创新性思维是绝配。那些是我们游刃有余的领域。

例如，我们俩都有一个习惯：相互询问对方手头正在创作的小说会写多少页，到某一时间对方完成了多少页的手稿，以及什么时候可以完稿……尽管那些简单的数字计算有些意义，但我们经常拿它们来开玩笑，如果不是拿来做更困难和严肃事情的话。我们的一些小故事就来自于这种幽默的幻影，例如把书比作“胖婴儿”或者“中等体型的婴儿”，又或者讨论“生孩子的频率有高有低”等等。

总之，除了这有趣的算术之外，我也非常喜欢地理。我能喜欢到这种程度：不使用地图或地理坐标，我根本写不出来作家想写的东西……一旦我开始认真研究它们，我就情不自禁地要使用到照片、图片、图表、图样以及版画等——总之，是一切可视的东西。总体来看，解决这些有趣的难题有时就像回到了小学的低年级一样。我承认，这让我高兴，因为这让我找回了那不可复制的兴奋，它只有在人们初次学会或发现新东西的时候才会出现。我知道那份感觉无与伦比。或许，只有写作的过程能与之媲美吧？实际上，写作与那种创新的学习和发现没有本质的区别。

我在创作一部小说之前，总是先做常规的预备研究，然后舍弃那些我已经知道的东西（就那本书的主旨而言），手里拿着一本图册，从头至尾为我的想象力指明方向。矛盾吗？把一个人的幻想建立在图片上？不是有人称图片是"凝固在时间里的事实"吗？换句话说，就是使用真实、活生生的（可视的）文件来创作它的对立面——非真实。无论如何，我度过了一段难忘的时光。

然而，我的另一个朋友亚历山大·哥尼斯处理数字得心应手，即使在开玩笑的时候也是如此。他有自己的写作节奏，当然，文章也有固定的长度（就他而言，也许说短小更合适），但他根本不把这当回事。实际上，由于他的大部分文本主要是为纽约一家电台的俄语节目而创作，所以必须算准时间——广播的时长是绝对的统治者（立法者——卡努尼），任何人不能违背。然而，他好像是那种对数字表达的时间非常苛求的人。我对此非常感兴趣。你看，他对中国和日本的古老智慧非常痴迷，对远东的艺术和技艺更是深有研究，所以这个矛盾中的一切都井然有序：他、时间还有宇宙。

作为一个从来没有被美国化的俄罗斯人，哥尼斯其实是我努力的方向。每当我纠缠于细枝末节时，我总能想起他的用词节俭。当然，如果那份节俭不能表达高度浓缩的智慧并且时常带有高级幽默的话，那也毫无意义。记得我近期首次访问中国回来后（哥尼斯已访问多次），写信告知他我此行的良好印象，他回信说："我想我前世一定是个中国人。但唯一的问题是，我从不相信有前世。”

这种矛盾的性格是此生使然，而不仅仅是他与生俱来的。这种矛盾的性格伴随了他一生。有一次我问他，他们——这些俄罗斯人——在美国做什么，几十年来与同胞骨肉分离，他告诉我说，他们一直在批判美国人。他在一九七七年不得不离开苏联，为的是让自己接受这样的事实：要想实现在俄罗斯写书、出书的梦想，捷径就是——离开俄罗斯！这一切在哪儿（或者更确切地说——从哪儿）变成了现实呢？在社会政治完全对立（一直如此）的另一个极端，这好像完全违背了逻辑。尽管今天，美国和苏联或俄罗斯不再像以往那样，但在全世界人的眼中，他们仍被视为差异的最好例证。

事实上，逐字的引用比解释更精确，更有说服力，也更全面。以下是哥尼斯的原话，同时使用了马丁·路德·金、《圣经》和布鲁斯音乐中的表达，“我有一个梦想。我梦想着能在俄罗斯自由地写作和出版。但矛盾的是，实现这个梦想的捷径却是离开俄罗斯”。当有人在“美国派”（一位黑人人权运动领导者，上帝和音乐）中加入“混着泡菜的俄罗斯伏特加”（犹豫的悲伤，悲剧和永恒）时，他就具有了东西融合的世界观。对我而言，哥尼斯不仅仅是位作家，他也是那些相对极端的最好媒介（中介者）。如果我有幸能够说服世界上所有的国家去编写一本有关这个世界最有趣的两个国家——美国和俄罗斯——之间异同的通用教科书，但同时在立场上又能保持理想的远距离，我一定（或许是唯一的选择）会把这本书委托给亚历山大·哥尼斯。

Chapter 11

第十一章

成为侍臣后,巴伊察在接下来的十年里平步青云。然而必须牢记的是,对多数人来说,这份成功在多数情况下并不是板上钉钉的事情。他经常问自己,是什么让他躲过了暂时的挫折和彻底的失败(希望这种事情永远不要发生)。尽管很久以后他才知道问题的答案,但其重要性并没有打折扣:他很幸运地得到了第一份任职!确切地说,与其他人不同的是,他不是按惯例由苏丹王的下属任命。各种已知事件交织在一起,他最终被苏丹王本人直接选中!虽然即便如此也不能保证他将来前程似锦,平步青云,但至少他跳过了那些能够左右他命运的其他人,这种人不在少数。从今以后,无论发生什么,他只对一个人随传随到,尽管那个人实际上有着无限的权力。处在这个位置上有利有弊,因为他一直都在君主的眼皮底下。他不得不处处谨慎,用心处理手头的任务。看来他的一举一动苏丹王都看在眼里。当然苏丹王不可能把时间都花在观察巴伊察身上,但他能让巴伊察随传随到,这让巴伊察不敢有丝毫懈怠。事实上,这对巴伊察是有利的,他不用每天战战兢兢怕犯错误,而是能够直接看到主人对他的工作是否满意。事实上,这是他不断证明自己的机会。所以,与其他人比起来,他有得天独厚的优势。他需要的只是放松心态。

这份自由没有让他掉以轻心,从其他事情看,不管苏丹王如何庇护他,还是会有人出于羡慕、嫉妒和歹心向他实施报复和伤害,夺走他的位置甚至生命。参与宫廷角斗的第一条准则就是把天真放在一边,如果可能的话,要将它彻底抹去。只要有这种想法,就说明他已经开始这么做了。

苏丹王本人给予了他很多帮助:他即将被授予的职位都是距离君主最近的。他常伴君主左右可以让他远离未知的,以及后来私下进行的竞争和对抗,但同时也让某些人更加容不下他,甚至更加憎恨他。

由于职位之便,巴伊察不仅能接近苏丹王,他还因为另一条原因获得了更多与苏丹王相处的时间:在那十年中,苏莱曼经常外出。出宫在外,他不用理会堆积如山的各种协议以及总是处理不完的公务,这些可以让他的注意力转移到其他事情或其他地方。听起来荒谬,但却是事实:出宫在外,他在军营或哨所的活动范围受到限制! 于是,他把更多精力放在随从人员和下属身上。对于巴伊察来说,这意味着要不间断地随时提供服务,因为苏丹王把注意力都放到了人际关系上,为了自己的利益,他要求巴伊察随时能够出现在自己身边。由于这个原因,君主经常能够考验他的忠诚和能力,当然这让他非常开心,因此他也越来越依赖这位见习童子。这一系列的行为和反应变成了某种神奇的循环。

但同时也发生了一些其他事情。巴伊察也看得出,伴君如伴虎。他亲眼所见是最有力的证明。君主儿时最好的朋友,帝国中一人之下、万人之上的大维齐尔易卜拉欣·帕夏不知何时失去了苏丹王的信任。看起来,他好像是被权力冲昏了头脑。君主不得不提醒他自己的位置,让他明白,帝国的第一首相同样是他的奴隶

（就他而言，是希腊奴隶），仅此而已。苏丹王处罚了他——判处死刑。一五三六年的一天夜里，一副丝质绞刑套送到了他的床前。

在与苏丹王（以及新任的大维齐尔们，先是任期不长的阿加斯·帕夏，接着是路菲特·帕夏）相处的十年中，巴伊察经历了各种各样的事情：从伊斯坦布尔到瓦罗那为时六个月的战役，一五三七年对抗威尼斯人的科孚岛战役；第二年的一半时间他都在从伊斯坦布尔去往摩尔达维亚的路上，为的是惩罚不安分的附属国国王，佩楚·拉雷什伯爵，他居住在普鲁特河沿岸的苏恰瓦。一五四一年夏天，他行军来到布达城，占领了匈牙利的绝大部分地区。两年后，他再次发动了几次新的征服，重演了这次朝圣之旅。当他不用骑马打仗的时候，精力充沛的苏莱曼频繁组织打猎旅行，不给他的随从们片刻的安宁。

随着时间的流逝，虽然苏丹王授予了巴伊察不同的职位，但一直对他信任有加。眼看时机成熟，他任命穆罕默德做他的考哈达[33]。所以，巴伊察与苏丹王依然很亲近，即使从字面意义和物质层面上看也是如此，巴伊察打理他的长衫、头巾、貂皮、金线针脚以及其他上百个与君主仪表有关的细节。由于他现在的职位，别人开始称呼他阿迦。这种特别的亲密关系和距离上的接近又有了新的表现形式，这一切都是因为他得到了特别的信任：除了他分内的礼仪性任务以外，苏丹王开始委托他完成一些特殊的任务，主要是外交、军事或半机密保密性质的命令。于是，苏丹王授予了他新的头衔：他被任命为斯拉达·阿迦[34]，这让他更加引人注意，更加显得仪表堂堂，他必须行走在苏丹王的右侧，瘦高的身材使得他佩戴的军刀高过了苏丹王的肩膀。后来，他又被任命为切斯尼格·巴沙[35]。苏莱曼好像在用这个任命向所有人昭示，他更加信任穆罕默德了，没有他，什么事情都办不了。但这还没有结束：他又被任命为高级卡匹兹·巴沙[36]。现在,巴伊察可以畅行无阻地出入国家的要害部门。要知道,这是宫廷的最高职位,除了完成官方召见时护送外国使臣觐见君主等工作外,他对苏丹王本人也非常重要:苏丹王派遣这位巴沙执行保密任务,把都城波尔塔的秘密信件和信息传递给各省的行政人员,递送苏丹王的丝质绞刑套,下达君主的死刑命令[37]等。所以,巴伊察成了宫廷中颇有影响力的人物,新的职位指日可待,这是他第一份宫廷以外的职务——桑贾克贝伊[38]的职位。

在苏丹王所有的事务中,特别是有关军事战役的事务,穆罕默德并不急于表现他的军事技能。他心里清楚,苏丹王并不十分在意这些,而且自己也并不十分精通,他把自己的所有能力从作战转移到策划、组织、谈判、签订合约,以及后来的下达命令上……苏丹王最欣赏他的是,穆罕默德可以将想法付诸行动,然后把想法和行动结合起来,并最终取得成功。因为,如果他不知道如何实施这最后一步,他的技能对苏莱曼来说不会有太大的作用。在实施过程中,巴伊察让苏丹王看到,他的方法与其他所有苏丹王的亲信完全不同,效果立竿见影,而非异想天开。苏丹王小心翼翼地对他进行测试,方法很有技巧。首先从一些无关大局的小事开始,接着,几乎是不动声色地把一些更为重大、需要担负更多责任的困境、问题和任务交到他手上。

这段时间里,在众人眼中,巴伊察/穆罕默德显然已经成为苏丹王的宠臣,而同时,他的朋友约瑟夫/尤素夫也成为了大维齐尔的门生,当然不是普通的门生。在同一时期,除了他前期获得的军事嘉奖外,一五三七年至一五三八年科孚岛和摩尔达维亚战役结束后,希南又被授予民用嘉奖(主要是普鲁特河大桥的迅速完工为胜利做出了贡献,尽管仍然是军事用途)。他被任命为撒巴沙,帝国特定区域建筑工程的官方监理人。此后不久,宫廷高官死的死,撤职的撤职,他成了建筑师中职位最高的米玛尔巴沙,帝国的顶级工程师。一五三八年,皇家建筑师阿其姆·阿里斯·阿迦去世,新任命的撒得依阿扎姆——大维齐尔路菲特·帕夏迫不及待地一心要任命希南接替皇家建筑师的位置,官方的头衔是科卡·米玛尔[39]。要说谁最早了解希南在那个时代的建筑伟业,那当然要数大维齐尔路菲特·帕夏了,他是最理想人选:确切地说,在早前的鲁米利亚和波斯战役中,路菲特·帕夏是希南最后一位作战部队统帅,他总是能够第一时间检测希南在诸多方面的能力。此外,他也曾检验过希南在建造城市大型建筑方面的才能:两年前,他曾命令他建造一所像样的公共浴室。所以,希南在伊斯坦布尔的耶尼克巴克区建造了一座土耳其式的大浴室。

穆罕默德和希南利用科孚岛和摩尔达维亚战役的机会,一有机会就待在一起。他们率先穿过了由希南修建的,位于普鲁特河上的木桥(后来因此受到嘉奖),这足以证明,虽然它完工只用了十三天,但这并不代表它只能存在那么长的时间(正相反,它使用了一年又一年)。这让巴伊察明白了如何让不可能成为可能:建造的速度着实让苏丹王和大维齐尔吃了一惊,但更重要的是,建造的速度更让敌人始料未及。他们惊讶得没能回过神来,几乎忘记要做防御准备。

经历了这些战役,事实上是在离开都城,在外征战的十年里,希南和穆罕默德感受到各自生活的巨大变化,无情的岁月催人老。希南已年过五十,是一个完全成熟的男人,尽管位高权重,但他知道,他真正想完成的最重要的作品依然还在前方。穆罕默德已过而立之年,自己的努力有了回报,但依然还有很长的路要走……他与他的朋友有差距,这差距正像他俩的年龄一样,永远也无法赶上。这是他们关系的外部表现。从本质上看，希南(经常公开地表示)已经抹去了二人在年龄上的差异，因为穆罕默德具有一种特殊的早慧，弥补了年龄的差异，这从一开始就表现得很明显：这种早慧与希南的工程实用心理难分高下，并让他们完全处于平等的地位。

确实如此，只不过那时他们还没有想到这一点。

Chapter XII

第十二章

我们所有人都把大把时间花在寻找相似之处和(或)消除(各种类型的)差异上,例如,俄罗斯和美国之间的差异。除了少数善于自我批评、客观公正的两国公民外,有关这些问题的讨论,我还得到其他一些中介人的帮助,其中两位是加拿大人。然而,他们俩又各有不同:一位是作家,名叫大卫·霍默,是移居蒙特利尔的美国人,后来成了加拿大公民;另一位是莱昂纳德·科恩,移居洛杉矶的加拿大人,仍保留加拿大公民身份。至于第三位,我本人并不认识,他叫罗纳德·怀特,是一位旅居加拿大,写有关美国题材的英国人。或许,这是我不知道他国籍的原因。我为什么要提到他们呢?因为他们都像亚历山大·哥尼斯一样,正尝试诠释(当代)美国以及其他一些东西。然而,他们不同处境的重要性和价值并不仅仅建立在他们迥异的性格上,而且还建立在他们言说的立场(出身)上。你看,他们不是透过一扇普通的窗户观察这个世界,而是透过不同的、非常规身份构成的包厢观察这个世界,这不仅能让他们看到引起注意的物体(在他们眼前),而且还可以看到那件物体周边许多重要的东西(左边和右边)。不管眼界是宽是窄,他们看到的东西都不一样。或者,即使物体相同——他们观察的角度也会不同。

据了解，他们凭借早前的创作和言论进入了那个社会，既有概括性的，也有专论这个主题的。

我有必要向大家和我自己解释一下，在众多的可能选项中，我为什么最终选择以美国为例。

是因为它很宽泛（既指这个题目，也指这个国家），从而具有足够的挑战性。有关这个主题，人们很容易一无所得，迷失方向或者得出错误结论。想要对此做出评判，是件极难的事情。如果有人能就此题目表达一些连贯、正确的观点，那将是极大的成功。为了实现这个目标，就像做其他事情一样，人们必须有权威性。

然而，所谓权威人士，却是大众从未听说过的。当然，很多重要人物见过他们，他们的会面很重要。但是这些人，这些权威人士，通常都非常孤僻和沉默，他们离群索居，沉默不语，为本国的文化做出了巨大的贡献。我恰巧在美国碰到了一些重要人物，我不能说他们很有名——但的确如此——人们也确实把他们看作重要人物，同时，他们也很有权威，但由于他们在公众面前曝光频繁，久而久之，他们失去了最本质的权威性。为什么会如此呢？在绝大多数情况下，是因为他们接受了赋予他们的娱乐者的角色，或许他们厌倦了脑力上的付出，无力抵御成名（或即将成名）的诱惑。说到这儿，我想起艾伦·金斯伯格在纽约对我说的话，没有坚持或怂恿，他主动告诉了我一个非常令人费解的真相，这个真相对“垮掉的一代”运动和他本人都非常重要：官方认可的“垮掉的一代”运动的开始时间是一九五六年（也是他此后闻名于世的长诗《嚎叫》惹上官司的时间），但事实上，这正是“垮掉的一代”结束的时间。这是无可辩驳的真相，尽管“垮掉的一代”运动当时（一九八四年，是他告诉我真相的时间）依然在进行：大多数主力军依然健在，依然活跃，其中最值得一提的是——金斯伯格本人。而且，新的一代——这场运动的追随者们——已经崛起，继续着这场运动（为了某种原因）。然而同时，“垮掉的一代”的高潮却在它的发起者和我们所有人之前就已早早结束。金斯伯格是不是在用这种观点为他将来的文学和大众文化行为做辩护？说得客气点儿，他后期的文学和大众文化行为偏离了运动的初衷。确实如此。几年之后，我向他再次提起这件事，尽管我尽量避免与他公开地谈论这个话题，但我还是在贝尔格莱德把一切都告诉了他。可是，那一次他再次欺骗了我：他承认我是对的！他完全不受失败的影响，并（他亲口承认）证明他有理由成为几代人的先驱。他说，不管怎么样，由于这次失败，他必须考虑后人对他的评价。他代表了那群专属人群，历史把他们塑造成奇迹，比如披头士乐队和鲍勃·迪伦！话说回来，他与他们的相遇难道不是历史性时刻吗？当他死的时候，死亡成了输家，因为他超越了死亡而被后世铭记，正如他理所应当的那样。至于我，我是怀着虔诚与尊敬之情答应了一家日报社的请求，为他在那个场合写一篇悼文。我甚至把自己最满意的一张与艾伦的合影交给了编辑，背景里还有彼得·奥洛夫斯基（照片刊登后再也没还给我）。希望我已弥补了自己善意的唐突。

我猜他或许同样是想弥补过失，他当初已经“表露”了有关“垮掉的一代”开始日期的真实想法（事实上，我相信，当他意识到这种“承认”不会有损这场运动的时候，他此后已经开始公开谈论此事）。但他之所以会这么做，是因为我设法让他做回了自己。事情是这样的：那时我们正在为他拍摄电视纪录片，我和我的团队一连拍摄了好几天，在一段浓缩时间内，我们让他展现自己的方方面面。在镜头前，他“不得不”回答我的问题、背诵自己诗歌中的片段、唱歌、弹奏乐器、表演中国武术（在自家房顶上）以及很多其他的事情,所有这一切完全发生在自己的家中。所以,用不着刻意安排,我便让他进入了“敏感自我”的状态,成为“无所不知的人”,他如此专注自己,反应变得很迟钝,完全进入了本真的自我,甚至用不着冥想(尽管在采访过程中,他盘腿而坐,有节奏地呼吸,口中时而叨念着咒语“嗡”)。事实上,在早先的一些场合,在贝尔格莱德我原先住过的一所小公寓里(他喜欢得不得了,尽管到现在我也不知道原因),我们曾一起冥想过,但那时的冥想对我们很有必要,可以让自己摒弃凡尘的杂念,回归真实的自我。

那次在曼哈顿东城他的公寓里,我敢说,那是金斯伯格唯一能够回归自我的地方,我让他进入了“我在哪儿,我是谁”的状态,仅仅是更真实而已。

这也是有关保留和(或)改变身份的话题。

另一方面,冒着敢为天下先的危险澄清一个严重的错误是值得的:尽管表面看来,他正在解决本性中自私的问题,他以自我为中心,但艾伦·金斯伯格穷其一生都在解决美国观念问题。为寻找答案,他坚持不懈,因此与政府间产生了严重的隔阂。他不受那种政府的束缚,因为他与政府形成了鲜明对比,他有足够的能力和胆量,公开谈论他发现的真相和自己犯下的错误。

有关身份的问题并非仅仅关系到国家和集体(“古老”欧洲的巴尔干地区就是这么处理身份问题的)。问题的关键在于:我们究竟是谁——我们自身,作为个体。尽管看起来更加局限,但这种看待身份的视角要开阔得多。

另外,还有一条近乎完全隐秘的原因可以解释,为什么个人对美国身份的寻求以及在美国对自我身份的寻求会最终变得奇怪,或变成一种纯粹的偶然行为:上文提到的大部分人(我认识的)都曾经或仍然与俄罗斯有千丝万缕的联系,从来自无名小镇的祖母,到遥远的、复杂的基督教正统犹太教的根脉。即使这个结论最终被证明只是一种可能的猜测，但他们中有些人仅从单一的犹太教和基督教视角（不管是西方的还是东方的）研究美国问题却是事实。无论正确与否，他们确实拓展和丰富了在美身份理解这一具体问题。

凡是身份现象中固有的特征都包含在其基本意义中。也就是说，建构科学和语言的解释都以对立面的融合为基础，因为据说“身份是某一人或事区别于其他人或事物的特征符号的集合”。由此看来，一套特征符号是由相当数量的相同特征组成，而这些相同特征相对于其他特征而言，（又）会变得不同！当我们知道“身份”这个词的词根是“恒等”（identicalness）（新拉丁语中写作 identitas），也就是“相同”的意思，因此显而易见，只有从相同变为不同，这个词的本质才能体现出来。就好像语言从使用之初就把这个概念包裹在矛盾中。难怪长久以来，每个人都在解决这个问题，或多或少取得了些成功，但不管怎样——都没有停止过。这种矛盾的特征，尽管想得到更多人的理解，但却仅仅出现在平民主义的言论中，让自身的重要价值消失殆尽，结果只能被误用或流于肤浅。

重新找回权威，但不喧哗张扬，这很有必要。

Chapter 12

第十二章

毕竟他们的出生地说明了一些问题。就他们对这片土地的个人私密情感而言，尤素夫和巴伊察有所不同。随着他们的旅行越来越频繁，渐行渐远，踏遍了帝国统治的区域或新近吞并的疆土，他们的不同也变得越来越明显。波斯、阿拉伯地区以及鲁米利亚横跨了三大洲！奥斯曼帝国在亚洲、非洲和欧洲都建立了稳固的据点，帝国的战舰行驶在连接和分割三大洲的所有海域。

尤素夫出生在安纳托利亚，他更愿意接受和体验在东部地区的旅行。而对于巴伊察来说，却更难接受。相反，在他的出生地鲁米利亚附近发生的战役，事实上又让他找回了对那个地区熟悉的、被唤醒的情感，甚至比他在现实中体验到的更加强烈。能重回故土，他暗自高兴，但也付出了代价。表面上看，他有非去不可的理由——因为这是苏丹王的命令——而背后却隐藏着个人的原因：在他灵魂深处，他一定要将自己看作是一名强大的武士，属于自己的东西，要坚决拿回来。不是在征服它之后，而是在有了拥有它的想法之后，再决心（因为这个想法）征服它。这是为了能踏上这片土地，这片出于原始的本能而自愿效忠的土地，而做出的牺牲。从他当初离开波斯尼亚和塞尔维亚算起，虽然已时隔多年，但当他每次踏上,甚至靠近这片土地的时候,他还是会感觉忐忑(与站在君主面前的紧张比起来,这种忐忑不那么明显,但却更加持久)。他明白,以他的名字为例,当时的穆罕默德变回了巴伊察,但回去的时候,巴伊察又变成了穆罕默德。随着时间的流逝,这种双重性变成了他的自然状态,时时不断地提醒着他;它撕扯着他,折磨着他,有时也会奖励他,但总是会让他费一番周折,好像它在逼迫他承认自己具有双重性。

从地理位置上说,尤素夫比穆罕默德更接近奥斯曼人。巴伊察不能否认这个事实:帝国最初的领土是约瑟夫从小生活的环境;他出生在奥斯曼国土的中心地带,尽管他的父母并不出生在那儿。由于他的出生地不同,当然,不仅仅是这个原因,他们总是设法向他灌输足够的基督教思想,让他足以对抗自身的双重性。在鲁米利亚,就领土的个人体验来说,他一直对这个地方很陌生,直到他参加了征服游行。尤素夫曾经在这儿修建了很多军事建筑,同时也拆毁了一些,但在梦里,他建造的礼拜场所、学校和医院,遍布奥斯曼的国土,包括帝国的东部地区。对他来说,塞尔维亚和波斯尼亚是帝国的边缘地带。

巴伊察向他表明了不同观点,但他却不能欣然接受。他告诉尤素夫,观点可以改变,也必须改变,总有一天,他也会在边缘地带修建工程,即使他还没有这种打算。

“苏丹王自己不也把塞尔维亚、波斯尼亚和斯洛文尼亚看作是帝国的一部分,同等看待吗?即使在他说它们是打开匈牙利大门的必由之路的时候!当然,他也可以接着说,匈牙利是他通往维也纳的必由之路!如果他有计划继续向北征服领地,哪里是尽头呢?所以,我们可以把帝国的任何一部分称为‘边缘’。不管怎么说,就某一时刻而言,这片国土的几乎任何一部分都是远离中心的,不是吗？新的征服会让边界不断发生变化，所以，不仅位置和形状会发生变化，就是中心和边缘的意义也会发生变化。”

“你说的肯定没错。但你要明白，我的故乡一直是这个帝国的一部分。而你的故乡和我的完全不同。或许，它将永远成为帝国的一部分，但就在不久前，它却不是，不是这样吗？”

“不管它是不是帝国的一部分，一旦有机会，如果不仅仅是奉命行事，你会在那儿建造些什么吗？”

希南没有回答他。他们俩都知道，在凡湖建造的清真寺让他燃起了多么强的建筑欲望。它在用自身的完美告诉他，他梦想的一切都可以变成现实！

Chapter XIII

第十三章

很有权威，却生性爱静。

二十世纪七十年代和八十年代，贝尔格莱德似乎成了世界的中心。或者，至少是世界的中心之一。或者，也许整个世界都在那样想。言过其实？这当然了。可是另一方面，在这种环境下，生命中灵性的一面可以得到升华。这一点，确实没有半点的浮夸。走进贝尔格莱德的世界，你会发现有许多有趣的（所谓公众的）人物。他们悄悄地走来，然后又悄悄地离去。只是在他们离开后，人们才发现了他们曾经在这里逗留过。

不管我们怎么称呼这一现象、这一循环、这一趋势……就在它已经结束之时，在一九八九年十月，美国的一位诗人，名叫肯沃德·埃尔姆斯利的，来到了这座城市。他在贝尔格莱德停留了七八天。作为东道主，他的诗歌作品的译者以及同行作家，我带他去看市景，尤其看城市中的人。我计划在他来访结束前把他介绍给公众，因此，我不得不考虑介绍他的方法。没想到介绍他并不十分容易。例如，正像他们所说的那样，埃尔姆斯利，是一位多才多艺的艺术家。除了他本身的职业以外——别称为诗人——他在其他几个方面也很有名气：1. 小说家——他写过几部短篇小说和长篇小说,他的小说出版商之一是著名的《巴黎评论》杂志;2. 剧作家;3. 歌剧剧本作家;4. 所谓流行音乐的词作家——他创作的一些歌曲,由纳京高演唱,在自动唱片点唱机上播放;5. 作曲家;6. 出版商;7. 出版社编辑。美国人使用了两个相当罕见的表达来描述他:一个是会歌唱的诗人(因为他经常把他的诗歌唱出来),一个是歌匠(根据"铁匠"一词翻造而来,所以,他们认为他是打造歌曲的精工)。事实上,肯沃德·埃尔姆斯利是真正的不为人广知的美国精英。这也是为什么他在曾经受到公众批评的同时,从外界会偶然听到支持他的声音。著名的作家约翰·阿什贝利在《诗坛》期刊上就曾经这样肯定过他:"肯沃德·埃尔姆斯利是一位非凡的被人们低估的诗人。"他受邀去美国的大学进行客串讲座,在成千上万的年轻人面前进行文学"表演",这在一定程度上改变了他不为人知的状况。他还是旅游爱好者,在世界各地,都做着同样的事情。

他的那种成就感,可能是他想在贝尔格莱德与我一起举行某种形式演出的原因。情况是这样的,一位上了年纪的纽约人和一位来自贝尔格莱德的年轻人,花了几天时间排练着各自的角色,又是背,又是唱,又是跳,又是读,伴奏音乐都是在卡式录音机上播放出的埃尔姆斯利创作的音乐。在表演的当天(计划安排在学生文化中心),我得了胸膜炎,疼痛难忍。当肯沃德看到我几乎不能动,更不能行走时,他想要取消这次演出。但是,我没有同意。在观众面前,我表现出了坚定的毅力。就在演出即将开始之前,埃尔姆斯利再次想取消演出,因为这次演出只有四个半观众。其中,两个来自美国大使馆,可能是派来观看演出的。这一次,我又拒绝了。我笑了笑,对他说我们必须要有专职演员的修养。我在表演时与平时表演得一样认真!到表演结束,观众的掌声终于响了!本质性的东西,都实现了。

不久,他就要离开,我提出我们对公众开个玩笑。我有抖包袱的能力,因为(我也同时有几个兼职,非常感谢)我是《信息周刊》“人物”专栏的编辑。这一栏目简要向读者介绍发生在公众人物身上的趣事。所以,在我的文章叙述了埃尔姆斯利生平信息之后,我提出一个问题,问他是如何靠创作(精英文学)和阅读作品维系自己的生计,然后他回答说,靠这些去维系生活非常艰难(然后再阐释其中的原因),最后他补充说道,他得到了一点经济资助,他的祖父“留下”了一点财产给他。当然,就会有他祖父是谁这样的后续问题,然后他回答:约瑟夫·普利策。

正如大家所期望的那样(更准确地说是——正如我们所期望的那样,而不是正如我们所引导的那样),这事引发了公众适度的骚动。新闻记者倒是对他有很大的兴趣。但是,为时已晚。在埃尔姆斯利已经离开之后,文章已经按计划发表。

玩笑到这,最后得出教训。作为约瑟夫·普利策的后裔,在他长大成人之时,他意识到,他一直努力追求一个富有创造性的未来,可是,随着时间的流逝,他的名字却威胁着他的未来。他希望他的创造性工作能够代表他作品的终极的质量,不受他显赫家族名气所累。他觉得有了这样一个姓氏,他永远也不会清楚他是作为一个真正的艺术家被艺术所接受,还是仅仅或主要是由于家庭背景特权的缘故。他曾经想,如果他根本写不出那样的东西,情况又会怎样。那样的诚实,当然,是把双刃剑:艺术的生命虽不容易,但确是真实的。与他相反,他的兄弟并没有改变他的名字。具有讽刺意味的是,那家所谓的黄色报刊却经常刊登常常发生在他身上的各种风流逸事。随着时间的推移,埃尔姆斯利开始在他的参考文献中“加”上他祖父的名字,因为,不可否认,他(肯沃德)已经取得了严肃艺术家的名望。现在,在公开场合,主要在广播中,删除他的姓氏普利策，对他是一种保护，使他免于公众过激的言行和编造“廉价”逸事的烦扰。正如我们所见，对待此事，他能通过开个玩笑一笑了之。

老实说，关于埃尔姆斯利的身份，有一面，我不确定是否要说上几句闲话。也就是说，我们应该记住，约瑟夫·普利策（1847—1911）和稍晚些年代的威廉·伦道夫·赫斯特（1863—1951）是黄色新闻的创始人。他们俩拥有众多的报纸和杂志，通过刊载耸人听闻的文章，发行量事实上已达百万份之多。（赫斯特是喜剧连环漫画《黄孩子》的创始人，这个名字成了这类新闻的起源。）有可能，他的祖父普利策逐渐感到自责，所以，在一九〇三年，他在哥伦比亚大学创办了新闻研究室。在他的生命旅程中，他逐渐走向严肃，甚至在他死后也没有停止过。一九一七年，设立了新闻、漫画、文学（小说、诗歌、戏剧、传记和历史）普利策奖。一九四三年后，又设立了音乐作品奖。必须承认的是，他实现了自己的目标，因为人们普遍认为只有一个奖——诺贝尔奖，比普利策奖更受人尊重。或者，说得更准确些：继诺贝尔奖以后，普利策奖即使不是最受人尊敬的奖，也是最为著名的奖。

所以，很明显，我决定提及这些事实，因为我意识到它们实际是埃尔姆斯利在公众场合下行为举止的主要动力。更不要说他私下的行为举止，比如，在更晚些时候，他叫我到美国去看他，这样我们共同（实际上是他）可以把我的一本书翻译成英文！与他的谦逊相比，我的谦卑之心最终占据了上风：我婉言谢绝了他的邀请。

埃尔姆斯利，对“大多数人”，隐藏了自己的一部分身份信息（如对黄色新闻报刊的摆脱），这种身份信息的隐藏其实就是一个关于美国的故事。他的行为本身在很大程度上折射出现代美国社会，这又使他更有权利以自己的富豪祖父为榜样，去明确描写、阐释或定性他自己的文化和国家。并不是因为“我们要求他这样去做”，而是因为他（肯沃德·埃尔姆斯利）有权这样去做。

肯沃德·埃尔姆斯利生性爱静，却很具权威。

由此便产生一种困惑，他的祖父非常高调（在世界范围内），但是在最后，在人生的最后——在他死后，他也很具权威。

我想那是民主的另一部分。

Chapter 13

第十三章

他们俩似乎同时都具有一种无法抵御的内在动力，驱使他们去建设，而不是去摧毁。或者至少是少毁多建。在建设一个对别人有益或者有用的东西后，他们会感到很幸福，这是他们的动力之源。而且他们亲自参与过摧毁行动，给别人带来了不幸。然而，最为强烈的动力来自他们自己个人的成就感。就他们而言，这种成就感遏制了那种难以驾驭的毁灭之力。巴伊察和希南都知道很难区分一个好的决定和一个坏的决定。他们目睹了这些决定。只要他们是旁观这些决定或者执行别人的决定，那么他们还能忍受这些决定。然而，当他们要去承担起新的责任和那些新的职位所要求的更高的责任时，他们就不得不亲自做出决定。他们不得不开始思考如何对待自己，处理好那些决定。简单地说，他们需要做好准备，不能遇事惊慌失措。除去别的不说，因为随着责任的提升，他们为惊慌所付出的代价也更大。别人的损失并不多，可是他们的损失会更加惨重。他们思考着这一问题，公开讨论着这一问题，虽然只是面对面的：更大的权威也意味着更大的责任。但是对每一个人来说，情况并非都是这样。一个规则的存在，并不等于它适用于每一个人。有些人可能权威更大，但是责任并没有相应地提高。有些人在拥有更大的权力后，受权力的蛊惑，甚至反而减少了自己应该承担的责任。这些人是在冒险，被他们拥有的巨大的权力所蒙蔽，或者忘记了他们获得今天的职位是因为比他们权力更大的人使之成为可能。等到上级警告他们时，有时已经太晚。然后，他们便失去了钱、财产和头衔。而且，有时甚至是他们的脑袋。那些不动脑子的人——最终失去了性命。

建设的需要（不只是字面意义上的）是抵制破坏的一道天然的保护屏障。此外，约瑟夫和巴伊察也清楚地意识到他们已开始义无反顾地以尤素夫和穆罕默德的身份去生活。这一切之所以可能完全是因为大维齐尔和苏丹王对他们的偏爱，经常任命他们到更高的职位上去任职。他们不得不面对这样的事实，不再有可能完全回到不久前的那种生活。当然，他们可能部分实现那样的生活，他们有时间找到回归那种生活的方式。他们很清楚他们的新生活节节向上，从那时起，他们必须面对的一个本质性的问题就是照顾好家庭。他们彼此商量着如何能够做到这一点。

在苏丹王的命令下，当那些非土耳其人从安纳托利亚再次移居到塞浦路斯时，米玛尔感到他有足够的自由代表他的父母对大维齐尔进行干涉。他的请求得到了应允，他的父母过着和平安定的生活，事实上他们得到了额外的安全保障，这也是对地方官吏的要求。

巴伊察的家庭情况要复杂得多。他整个家庭住的地方离奥斯曼帝国中心区域较远（尽管他们现在住在帝国中心位置），他的家庭成员更多。很多年来，他甚至不知道他们是否还活着，更不知道他们是否健康。由于军事行动，部队多次穿越贝尔格莱德，他利用这些机会以各种方式从贝尔格莱德向居住在索科洛维奇的家人发送了消息，但是他从来不知道他们是否收到了那些消息。当他成为苏丹王的辛那达·阿迦时,他开始向家里提供帮助。第一次帮助是在一五四〇年,是在他的同仁艾哈迈德·贝伊的鼓励下。艾哈迈德·贝伊在王室学校工作,也是一位塞尔维亚人。他由于熟悉当地的地理环境与居民,于是被派往波斯尼亚去收税。他主动为巴伊察提供帮助,因为他这次去收税的地方是他们俩的家乡。巴伊察得到家人普遍的许可,允许他按照自己的心愿为家人做些事情,因此他让他的朋友把他能找到的索科洛维奇的家人都带到伊斯坦布尔来。所以,这么多年过去了,他的兄弟和父亲终于又来到了他的面前。事实上,那时他并不知道最小的弟弟与母亲一起生活在波斯尼亚,而他面前的这个人是他的表弟,长相很像他的弟弟。他的母亲一直把他的弟弟留在身边,因为她拒绝与她所有的孩子分开。她说:“如果他们不能与我相依为命,那么我就不关心他们是死了,还是过着国王般的生活。”

不幸的是,仅仅两年后,两兄弟中的哥哥,现在被称为穆斯塔法,在加拉塔宫去世。巴伊察把他的名字移用到他最小的弟弟的身上,并把他最小的弟弟从加拉塔移居到苏丹王宫,由他的哥哥穆罕默德照看了七年。他改变了他父亲迪米特里杰的信仰,转信伊斯兰教,重新命名他的父亲叫塞马泸鼎·贝伊,为了纪念他的朋友,一位工程师,他父亲的名字上又加上了——希南。由于获得了一大笔军事财产[40],他在波斯尼亚创办了一个慈善基金会[41],任命他的父亲为该组织的管理员[42]。他的母亲不久也来看望他,儿子的成就深深吸引着她。但是,她经常会急于赶回波斯尼亚。巴伊察意识到她肯定身后还有丢不下的亲人。可对于她母亲,除了他,还有谁能更亲?除非这个人是个像他一样的人,而且没有人照看。不久,她承认他真正的弟弟还在家中。由于她用表兄弟替换了他的弟弟,欺骗了他,她向他道了歉。

然而，穆罕默德没有一点理由抱怨是他的侄亲穆斯塔法而不是亲弟弟最终生活在他的身边。在学会理发和按摩后，穆斯塔法成为王室正式的理发师[43]，而且后来在征服波斯的战役中[44]，他也表现出了非凡的勇气。因为这一点，他理所当然地被委派到波斯尼亚当税吏，后来又进一步提升，成为波斯尼亚桑贾克贝伊，这是有可能的最高职务——是以奥斯曼帝国苏丹王的名义管理军事和民事事务的官员。

当他发现他的弟弟在索科洛维奇时，他很快派人把他接了过来。这对于他的母亲来说，很残忍，可是现在，他确信母亲已见到他生活得很好，他想母亲离开她最后一个儿子，让他把弟弟带到安全的地方去生活（在巴伊察的监护下）。这对母亲来说，应该要容易接受得多，因为在这之前，弟弟最终会离开家，过着漂泊不定的生活，总有一天，这是她肯定要面对的事情，每个母亲都是这样。毕竟，每个孩子迟早都要长大。诚实地说，在劝说母亲时，他依靠了他的父亲迪米特里杰/寨马泸鼎·希南·贝伊所给予的支持。

然而，不幸也降临到他另几个兄弟的身上。在他安排好他最年幼的弟弟在古赛马场附近的易卜拉欣·帕夏王宫接受教育后不久，他的这个弟弟患病，很快就死了。

巴伊察很受打击。他想到两兄弟的死他有部分责任，内心很愧疚。他当着希南的面，大声责问自己是否由于他改变了信仰，因此上帝通过他兄弟的死亡来惩罚他。

希南不由自主地突然问他，问话既很刁钻也充满着智慧：

“你抛弃过他吗？”

甚至没有丝毫的犹豫，巴伊察回答道：

“没有。”

希南回答道：

“这就是了。”

这句话拯救了他。

Chapter XIV

第十四章

一九八四年，在我见到埃尔姆斯利五年前，我在纽约遇到了另一位教授书面语的重要园丁，他生性爱静，有学术权威。事实上，他很有名，通过阅读他（和别人）出版的书，我早对他有所了解。那人名叫詹姆斯·劳夫林（1914—1997），是传奇小说的出版商，也是新方向出版社的创始人。

他的身份独到之处在哪？是的，他的祖先来自爱尔兰。是的，从他的祖父开始，人们就知道他家拥有美国第四大钢铁公司。不够独到？是的，这正是他个人身份构建的开始。他从没有想过继承他的家业。年轻的詹姆斯发现在哈佛读书同样是单调乏味。由于他接受过显赫的文学教育，他给当时已经名声在外的思想家埃兹拉·庞德写了一封信。庞德同意他来到远在欧洲的埃兹拉大学学习，这是一所非正式的私立高校，庞德在那里工作。因此，劳夫林于一九三五年离开美国，来到了意大利热那亚附近一个名叫拉帕洛的小镇。庞德（1885—1972）教授比他大三十岁，劳夫林完全被他的魅力所吸引。在他的一生中，他一直是庞德忠实的崇拜者、忠实的宣传者和忠实的弟子。这里，我们已经谈到了劳夫林的身份。要终身做一个人的学生！通过自己的决定，不去成为一个人的影子,但是却生活在他的影子之中。这一切是这样发生的。事实上,许多事情,人们都已经知晓,因为詹姆斯·劳夫林已经去世离开了我们,因为几年前,正是由于劳夫林的遗嘱,哈佛大学图书馆拥有了美国学术史上最昂贵的文献汇编之一。然而,在前边所提及的一九八四年,我就从他那听说了许多这方面的事情,而且在后来我们的通信中也听说过很多。

在他回到美国之前,劳夫林鼓足了勇气让他的教授看些他写的文学作品。他想象中的“成绩”不会理想,这使他感到害怕,这种害怕事实上又转变为“白日噩梦”,一种真正的恐惧。甚至他那诗一般的想象力都很难使他想象出庞德会对他说些什么(我这里使用劳夫林他自己所说的引言,甚至是对着麦克风所说的):“没有希望。你永远不会成为一个作家!”

他把自己所有的希望都倾注于他所写的诗歌之中,同样(如果不是更多地)他把自己所有的希望都寄托在他崇拜的偶像的身上。对这样一位二十岁出头的年轻人来说,说出如此刻薄的话来,简直就是疯子的言论。或者是天才?回想过去,还是后者。因为,尽管庞德对他这位年轻学生的作品所给予的评价是那么令人震惊,然而他喘了口气以后,接着又跟了一句(出于安慰?):“但是你可以为文学做些有益的事情。”或许更为重要的一句话是在劳夫林鼓足勇气提出(预料中的)问题后庞德所做的回答:“什么是有益的事呢?”庞德回答道:“嗯,你为什么不从事出版业?”

或许庞德的伟大之处就在于他在摧毁这个人的梦想之后,又提出一个新的、出人意料的建议,启发着他,给他以希望,使他从失败中找到出路,不至于跌入低谷。或者也许是别的什么:就在于他认识到他的学生有着忍受刻薄言语的力量,并且战胜它,去攀登其他更有可能到达的高峰。

这也是詹姆斯·劳夫林真正辉煌的开始。他听从了老师的劝告,从一个小印刷厂起家,用了六十年的时间,创建和经营了可能是美国最重要,或许是最优秀的(但是肯定不是最富有的)出版社,直到他离世。做这件工作,虽然也受到埃兹拉·庞德的影响,但是他实现了真正的自我。他坦诚地说道,甚至在他积累了三十年经验之后,他仍然听从庞德的建议!并不是因为他不知羞耻,而是因为他为此而感到骄傲。

庞德一直信守他对劳夫林所做的承诺:首先他把他自己的手稿交给劳夫林去出版,后来他让他的朋友也这样去做。因此,劳夫林成了一系列作家的出版商:威廉·卡洛斯·威廉姆斯、劳伦斯·弗林盖蒂、加里·斯奈德、亨利·米勒、田纳西·威廉斯、肯尼斯·雷克思洛斯、迈克尔·麦克鲁尔、丹尼斯·莱弗托夫、杰罗姆·罗登堡(最后三位作家在贝尔格莱德,也在我手下工作),还有几百位其他作家。他的成就其实表现在两方面:除了向世界完整介绍一代代前卫现代美国作家,同时也从那个同样的世界向美国介绍了欧洲、拉丁美洲和亚洲最为重要的作家:狄兰·托马斯、乔伊斯、洛尔卡、歌德、萨特、卡妙、格诺、谷克多、博格斯、帕兹、纳博科夫、帕斯捷尔纳克、卡夫卡、蒙塔莱、三岛……

很长时间以后,一旦他成为世界出版业价值判断的试金石,他便敢于公开承认他又在(仍然在)创作诗歌。自那以后,他开始发表他的诗歌。那时可以看出庞德在他的诗歌创作中留下了不可磨灭的印迹。不管怎样,劳夫林的创作也公开显示出这一点:他的诗歌常常听起来很像他老师的作品,两人诗歌的题目也往往很相似。诗中隐现着《诗章》的风格,中国书法、机智的警句随处可见——这是庞德的所爱。由于他对庞德这样忠诚,无形的裁判又颁给他另一个大奖:劳夫林的诗歌不仅不是对庞德诗歌的(拙劣的)模仿,而且他的诗歌本身就很优秀，本身就富有创新。（尽管居伊·达文波特在评论劳夫林诗歌时写道："真正的诗人总是别人。"）

因此，这位勇士决定去修改、去改变他自己的身份。在他践行了庞德的承诺后，他成为一名好诗人。因为，数十年来，没有虚伪，没有嫉妒，没有忧虑，他出版了别人的书籍，而又不是仅为别人。他没有成为一名绝妙的诗人，而是"正好"成为一名好诗人。可能因为他逾常的谦虚或者由于他的觉悟认为老师不能，事实上也不应该被超越。就他而言，效仿具有独立性，效仿自身又具有它的原创性。

但是半个世纪后，庞德对他学生才华的评价就不再正确。

或者从别的角度来说也许他一直都是正确的？由于他确信詹姆斯·劳夫林从一开始就是一位好诗人，他对他说了谎，认为劳夫林是应允"上帝的号召"成为一个出版商。说出这个谎言，他冒了一个风险，但是他成功了：劳夫林一直是（成为）一位优秀的诗人，一位非凡的出版商。一个不可能的选择？是的，但是却是一个有可能的选择。除去别的不说，其结果已经得到证明，影响更为广泛。对于这个世界而言，也更为有益。

Chapter 14

第十四章

兄弟的死，让穆罕默德感到很愧疚，虽然希南安慰了他，穆罕默德不得不寻找别的办法来应对或者弥补他失去亲人这一事实。

幸运的是，艾哈迈德·贝伊依从了他，收税一回来，为他列出了还在家乡生活的索科洛维奇家人的一个详细的名单。这样，巴伊察能够把他们接到伊斯坦布尔。除了穆斯塔法以外，法尔阿德、阿利雅、德维斯，还有另一位同名的穆罕默德过上了新的生活。他的一位堂妹也来到了首府。他的堂弟和表弟们不仅在学业和工作上得到了发展，而且公平地说，他的堂妹与波斯尼亚阿拉伊贝伊[45]的儿子赛伏尔·贝伊结婚，身份也“得以提高”，与他一起移居到佩奇，并在那里生下了他的儿子易卜拉欣[46]。

那些是他在面子上可以做的事情，可以立即被看见，用于安慰自己的非常具体的事情。但是，为了能够减轻痛苦，为了别人能理解他兄弟的死亡之因，他能做些什么实质性的事呢？对他来说，两个年轻人的死亡似乎打乱了他对（一切）自然秩序的理解。首先，而且真实情况也是如此：不是应该老人先死，然后是年轻一点的人老了再死，然后才是最年轻的人有着足够的时间慢慢变老再死吗？他不想在和平期间通往死亡的道路与战时一样。在战争中，死亡意味着失去一个人的生命,这是非自然死亡。在家中,一个人是“自然”死亡,而且仅仅是在老的时候。对于一个孩子而言,不存在死亡的良机!孩子不应有死亡。

可是这一切发生了。两次。一次接一次。从一个人身上到另一个人身上。自然秩序被改变了。

或许一个人可以先死,然后重生?

也许,这正是他所经历的。起先,当他离开家时,他已经死了,可是现在,他在别的地方又获得了新生。起先他写字是从左至右,可是现在却是从右至左。起先他听从于别人,可是现在别人却听从于他。起先他阅读了多少书籍用右手向左一页页翻过去,后来又阅读了多少书籍用左手向右一页页翻过去?起先他用教会斯拉夫语字母誊抄了多少书,后来他用阿拉伯语又誊抄了多少?先是斯拉夫语和希腊语书籍,然后是波斯语和土耳其语著作。一会用一只手握羽毛笔,一会又用另一只手,就像他操起一把土耳其马刀、一把匕首或者一把军刀一样,同样会把他搞蒙了。他情愿双手同时握住它们。或者从一只手猛换到另一只手。当他们在王室里教他如何在战场上打仗时,每个人都认为那是他的战术,因此他们并没有阻止他以那种方式迷惑他的敌人。这种武器在两手间的交换使用并没有削弱他战斗技能的发挥。相反,他的弱点变成了他的优势。他事实上也因此而闻名。

这些死亡无论怎样与上帝或者阿拉无关。这些死亡也没有带来在天堂和极乐世界重获新生的故事。这些死亡似乎是不公正的,是不合理的。

还是死亡问题,有一个人他能与他谈论此话题,他的朋友希南。那时,希南对于死亡也有一段奇怪的经历。

“你知道我从海军司令巴巴罗萨·海雷丁那里得到命令要为

他建座陵墓?!我觉得奇怪,因此对此事进行了核查:他根本没有生病,更不要说会死!我不敢问他为什么要提前建造陵墓。另一方面,我确实也理解。如果他等到自己已经躺在了临终病床上再去建的话,要想直接葬在那里,那就太晚了。当然,如果他死了,他也根本不能命令别人做什么了。”

这使得巴伊察很是不安。

“好吧,你说得对,尽管你有点开玩笑,也确实是开玩笑。但是,像这样的事,一定是有深层次的原因,不只是死亡先于坟墓的建设,还是坟墓的建设先于死亡的问题。”

“嗯,可能是源于一种想见他的安息地的愿望。”

“或者是为了抵御死亡的来袭?”

“或者是为了祈求死亡的降临?”

“他要建陵墓,给你的理由是什么?他一定对你说了些什么!”

“嗯,他说为了王后,苏丹王的妻子胡赛克·许蕾姆[47]的荣耀,我建的清真寺、初高中学校(medresa)和小学(mekteb)[48]的建筑样式,他非常满意。”

“要给出一个真正的理由,这可是一个很好的借口。”

那时,他们根本没有想到在这次谈起建造陵墓一事不久,他们又会讨论另一个陵墓的建设问题,不过这次讨论是由于发生了一个真实的死亡事件。巴伊察不得不再次思考自然秩序的问题。事情是这样的,在没有任何预兆的情况下,苏丹王的大儿子穆罕默德·谢查德突然死了,他是王位的继承人,是三个儿子中苏莱曼最喜欢的一个。他离世时只有二十二岁。这位年轻人死了,还丢下一个孩子。苏丹王失去了儿子,再没有从这次打击中恢复过来,谢查德的女儿对于苏丹王来说仅仅是个小小的安慰。

虽然很难对这些事件的影响相互进行比较和判别,但是对于巴伊察来说，一个孩子先于父亲离世，这种顺序似乎比他失去他的兄弟所带来的痛苦甚至更加可怕。虽然他无法经历那样的事情，但是一想到一个孩子先于他的父母死去后父母会有何种的情感折磨，他便会感到恐惧。后来，也是第一次，他开始想到了自己的孩子，他那些还没有出生的孩子。

希南接到了来自苏丹王的命令，要求为他的儿子迅速修建一座豪华的陵墓，并且要求他做好计划，后期在陵墓的一侧修建一座谢查德清真寺，所做的计划“要能充分体现他所承受的巨大痛苦”。

巴伊察和约瑟夫认识到他们要保护自己以免发生太多的死亡。巴伊察尤其不知道如何去应对死亡，因为他把苏丹王所经历的戏剧性事件都当成了自己所经历的事情。他们的关系非常亲密，不存在感情上的鸿沟，因为他常常陪伴在苏丹王的身边。此外，谢查德死后，苏丹王越来越把穆罕默德·阿迦当成知己，并向他透露，在他失去了他最喜爱的儿子以后，他认为他的生活已不像以前，已没有了多大的意义。事实上，苏莱曼在别人面前从来没有表现出丝毫内心的不安；在别人面前，他仍然是一个稳健的、战无不胜的统治者。

另一方面，希南在这件事上要看得开一些。他把死亡转变成了行动。他把死亡融合成了其他的物质形式。穆罕默德留下的只有他的思想，但是这些思想并不是最好的良药。他必须寻找别的良药。由于没有选择，他找到了别的解决问题的方法，这一方法也许不只是一个权宜之计。他向希南提出了他的想法。他想他们应该以某种方式共同拿出一个计划。

“我愿意参加你正在从事的工作。你在世上给人留下了如此清晰可见的足迹。我羡慕你。如果苏丹王允许我把这些行动看成是我自己的行动的话，也许有朝一日，我的行动会被证明与你的一样。不过，在被证明之前，我还没能寻找到一种方法，能够战胜我们周围发生的死神的袭击……”

“你有什么想法？”

“以某种方式参与到浴室的建设中去。”

希南看着他，流露出怀疑的神情。

“浴室？”

“是呀，浴室是个很有意义的场所。一个人不只是在那里洗浴自己的身体，或者只洗浴身体的表面。身体上一切不纯洁的东西，都可以洗去。浴室给我们带来的快乐远远超越我们平时的快乐。它对每个人都有益。你已经为那些伟大的政治家建了浴室，但是如果我们建造许多供大家使用的浴室，会是一件善事（你看，我已经使用了复数！）。公共浴室！越多越好！如果我们能为穷人建厨房，为什么不能建浴室呢？如果我们有罪的话，你和我因此可以（一起建设，一起沐浴）洗刷掉我们自己身上的一些罪恶。”

“这个想法很有趣。从浴室中，人们得到的只有好处。你怎么看你在实际建设中的作用？”

“除了资助，我又能做什么？如果要我做砖石建筑活，我会用手搬石头……像这样，一些浴室上会写上我的名字，因为在这些浴室的建设中有我的资助，或者我会寻找一些别的有钱的捐资人，他们希望能留给世人一些纯洁、美好的东西。当然，我还没有那么富有，我自己还不能承担建设所需的一切费用，但是这个时刻会到来。当我们俩有足够的权力和影响使我们能够在帝国或者在帝国的一些地方选择建设浴室的地点、决定浴室建设的数量和类型，也许这个时刻就会到来。还有当帝国迪万为我们的希望和计划出资时，这个时刻就会到来。不管怎么说，你已经非常接近这个地位了。也许有一天，我们能够对大维齐尔，甚至是对苏丹王本人，产生足够的影响，奥斯曼帝国就会为这种宗教仪式和真正的洗浴打开国库之门。”

“如果你是罗马天主教徒，我会认为你是寻求对原罪的放纵。但是由于我放弃了信仰希腊正教，你放弃了信仰塞尔维亚东正教，我们朴实地以那种方式洁身赎罪，这就够了。”

Chapter XV

第十五章

埃兹拉·庞德、詹姆斯·乔伊斯和塞尔维亚宗教领袖迪米特里杰·米特里诺维奇之间有着书信来往和多次会面，就像意大利（更准确地说，是亚德里亚海北部，从热那亚到的里雅斯特那片弓形地区）通过他们的书信和会面被联系在了一起，意大利把我和另外两个受人敬爱的重要作家联系了起来。他们其中的一位所讲的（有关他们俩的）故事使我看清了在人平等和不平等的类似的情况下我自己所处的位置。

这两个人是朱安·奥克塔维亚·普伦斯和豪尔赫·路易斯·博尔赫斯。

二〇〇六年十一月，在的里雅斯特，我读了一本文学作品，书中的序言是一位老先生——名叫朱安·奥克塔维亚·普伦斯——所写的。他衣着厚实保暖，很具魅力。根据他的传记文学，他是一位具有贝尔格莱德血统的阿根廷人，那时，他是的里雅斯特笔友会主席，我们刚见过，都觉得我们需要私下再见见。第二天，我们就坐在了一家食鱼馆，悠闲地吃着法式午餐，在一起聊得很愉快。是我们俩人都熟悉的联系人促成了我们以上的会面。那位联系人名叫玛丽亚·儿玉，是豪尔赫·路易斯·博尔赫斯的妻子。普伦斯和他们俩是多年的朋友,我有幸在贝尔格莱德国际戏剧节与玛丽亚·儿玉一起观看戏剧演出,后来和她一起在贝尔格莱德的一家波西米亚饭店共进晚餐。我引起了她的注意是因为我是很少几位知道她是作家,而且对她的作品感兴趣的读者(不只是喜欢她丈夫的作品)之一,还因为她知道我写了一部关于中世纪日本国的小说(她的父亲是日本人)。她的外表像个外国人,因此也是我和朱安的话题,当然动机绝对高尚。然而,由于普伦斯的逸事,她故意缺席,这与她高调和我们在一起形成了对照。

是这样的,这个故事实际发生在摩洛哥。在那里,举行了一个会议,普伦斯和博尔赫斯都参加了这次会议。由于玛丽亚·儿玉在她的空闲时间去了某地,他们两人步行到马拉喀什转了转,谈得很开心,然后回来参加上述的会议。当他们走进演讲大厅的时候,从出席会议的世界职业精英人群中爆发出热烈的掌声。博尔赫斯立即转身对普伦斯说:“看上去,他们认出了你。”

东道主还顺便告诉了我,想象中的宗教领袖是个成熟有趣的人,与平时人们所认为的一个爱摆架子的势利小人完全相反。但是最重要的是,他试图间接地教我如何接近一个伟人,不要通过想着自己的伟大或渺小或通过非理智的比较去贬低自己。他要传递的信息是:在那个等级制中,每个人都有自己的位置。就如普伦斯在文学大家面前会感到很害怕,博尔赫斯的妻子作为一个作家也会有同样的感受。甚至在他死后,当他名字的影响力也不再能保护她的时候,她可能会有那样的感受。对了,在贝尔格莱德戏剧节观看演出时,那时她与我在一起(当然,不是因为我),她会不会也有那样的感受?或者当我面对我一生中所熟悉的许多名人时,我也会。或者某人在普伦斯或我的面前,认为我们有名气,很出名,或者很伟大,他也会。是的,角色的互换就是这么容易!

或者当我向他解释我写的这本书中就身份(的改变)方面我所感兴趣的话题时,普伦斯的另一个例子不知不觉地进入我们的话题之中。他告诉我他目前在写一部自传体小说(不是自传),用他个人的例子向我介绍了他是如何看这两种体裁的差别:在他的出生证上紧挨着出生年份的地方,就在他出生月份应该在的那个位置,上边写着他“出生于25 月”! 这些是普伦斯自己说的(用塞尔维亚语说的):

“如果这样一个事实,如此真实的事实,在传记的一开始就已经使用,那么这非常好。然而,如果它放在一个具有传记成分的小说中,那么它只是一个廉价幼稚的笑话。”

我补充道:“甚至没有人会费心去核对你是否使用了一个真的事实,一个不是你编造的真的错误,这正是一个作家会这样做的!”

这一切是多么奇怪! 一个真实生活中的事实,一个(由某个官僚所犯的)荒唐的错误在自己的一个现实的文本中会有意义,但是在一本描写自己的自传体小说中,却无法“生根”,因为从文学幻觉效应的意义上来说,这不够精美。

与这位既威严,又有魅力,又开朗的人分手,我很遗憾。我本可以向他学到更多的东西。

可是,詹姆斯·乔伊斯在等着。

我时常坐在的里雅斯特面对红桥广场的“乔伊斯”咖啡屋中。在社会主义时期,铁托统治下的西方共产主义国家与东方阵营的所有其他国家形成了对立(在那些国家的眼里,南斯拉夫本身是向世界敞开的一扇窗户),红桥广场对南斯拉夫人来说很有名气,也非常重要。南斯拉夫有专列通往这个世界:从贝尔格莱德始发,经过萨格勒布和卢布尔雅那,创建了一种“兄弟情和团结统一”的概念,最后,作为一种恩惠,抵达“腐朽的西方”——的里雅斯特。红桥广场是社会主义的现实版:它是为南斯拉夫人所建的适合他们消费水平的一个跳蚤市场——一个户外的露天市场,经营从衣服到各种小装饰品的廉价低质的商品。从东方来的普通游客买不起更贵的东西,而且在他们自己家乡的一般商店里也没有这些商品可卖(除非是在“乔凡尼”这样著名的商店中才有)。对于这些人来说,这条街很低调,而且是在西方!它是市场的一个象征,在某种意义上或许也是一幅自由的模糊画卷,是有可能实现的,但是却不相同。它为营造一种黑市零售商人的氛围提供了一种可能,以替代早期和中期社会主义制度下的私营企业家的经营模式。这个地方或许也是塞尔维亚人和别的民族未来股市的萌芽。在紧挨着红桥边上的广场上,在不同的时候,卖着不同的商品:有几乎是无形材料制成的雨衣(一旦着火燃烧,它们会在瞬间消失),有越来越受人欢迎的走路时发出沙沙声的运动裤、尼龙长筒袜、口香糖,对思想开放的人来说,还有最重要的商品——蓝色牛仔裤!尽管广场,还有桥的名字本应该会有别的含义,包括那些本应该放入“旅游一揽子计划”中的商品,但是我确实不记得在这个地方是否见过有妓女的存在。

来到这个广场,我很兴奋,没有注意到周围最近的那栋楼房,只有一种模糊的印象。在那栋楼的三层(从那可见红桥广场),詹姆斯·乔伊斯曾经住在那里,还有一座非常醒目的塞尔维亚人在移民社区所建的东正教教堂。这个社区组织严密,在的里雅斯特有着悠久的经商传统。商人们甚至都没有意识到他们在那里购买的两百年前发明的著名的美国服装——牛仔服,衣料首先是在意大利(在日内瓦附近)生产的,然后运往美国,再把这些衣料加工成工人阶级所穿的裤子,后来牛仔裤就成了一种传奇。

在那里,普通人不敢抬头去看那些会使他们感到惊讶不已的建筑,也不敢到市里走走转转。他们本可以免费参观大部分景点,但是他们却没有兴致。早晨一到达那里,每个人就去购物,一直购到厌烦了为止。在大街上,他们会吃上一块从家里带来的三明治(能吃上一块著名的意大利比萨,那可是计划外的一次奢侈)。到了晚上,他们登上回家的火车,在车厢的座位上度过整整一夜。但是在上火车之前,会有真正的噩梦——海关人员会“发现”所有这些牛仔裤、T恤衫等等吗?或者对于那些更有钱的人来说——还有鞋子。在海关被罚款,或者,上帝保佑,把你的“商品”全部没收,那真是个悲剧。不管怎样,旅游者还是从西方回到了家中——胜利归来。

我有些例外。我去的里雅斯特的旅行在某种意义上有些精神不正常:我像其他人一样以上边所描述的那种方式多次去过的里雅斯特。尤其是在社会主义早期。但是每次旅行的原因,就像蛋糕和奶油糖霜一样,都完全不同。那时,我刚过法定年龄,我坐上了母亲的豪华运动车(虽然在我大部分生活中,她从没有和我生活在一起,或者享受我的生活水平),一路驾车开到的里雅斯特对车进行保养。那可真是我去那座城市的正当理由。但是,一路上我会顺便停下来去看望我父亲在斯洛文尼亚和克罗地亚各地的朋友(从卢布尔雅那、谢玛叶谢卡滔普利卡、新梅斯托到科佩尔、奥帕蒂亚、波尔托罗和乌马格),还要看看另一类型的社会主义的生活方式,一种很少有人知道是有可能的生活方式。但是在的里雅斯特,当我在等待车被保养的时候,看到那些汽车修理工穿着干净白色的工作服,我感到很惊讶。我会住进豪华的宾馆,从一个不同的视角,去观察同一座城市和同样的人,有我的同胞,也有外国人。

对于普通游客,还有一个安慰:据说“的里雅斯特依靠南斯拉夫人为生”,“如果不是我们的话”,他们“就会破产”。但是,不幸的是,只有后来“当我们不在那里时”,这座城市的另外或真实的一面才为人们所见。然而,这一事实也不能反映全部:透过咖啡屋的窗户,我现在看到的是一个小汽车停车场。对于我们或我来说,它占据了这个重要广场一半的面积,但是我所看到的别的景象更加有趣。广场的另一部分(这一区域的一半曾被他们的竞争者所占有)都是来自非洲国家的移民。他们的售货摊,也是在露天,卖着从他们家乡带来的手工艺品,还有质量不高的衣服,就像意大利人曾经向我们推销过的那类衣服。本地推着车卖水果的小商贩们慢悠悠地在他们中间穿行。不同的是,这些继承了红桥广场这片土地的人并不急于回家。他们待在那里,不用匆忙去赶夜班火车。

我唯一不明白的是他们把这些商品卖给谁(他们不可能卖给不再存在的南斯拉夫人):卖给“他们自己”,还是卖给“别人”?他们自己又是谁,别人又是谁呢?

Chapter 15

第十五章

当巴伊察向希南提出修建浴室的计划时，他根本不可能想到，他实际上代表了他自己在为水乞灵。

在向维舍格拉德的德里纳河，贝尔格莱德的萨瓦河和多瑙河，普鲁特河和马里萨河以及凡湖乞灵之后，现在该是……大海了。任何事情都有它的起因。河流难以征服，像猫一样，每条都有自己的意志，每条都试图讨人喜欢。湖泊很平静，似乎没有生气。大海看上去比河流要驯服得多，常常由于它的苍茫——浩瀚无际，会给人一种莫名其妙的恐惧感。然而，大海却像犬一样忠诚，很少自私，因此行为也更可预测。但是海水的咸涩不一。对于河流，他就不能这么说了：河水都一样甜。

在他回忆起水是如何渗进他的肌肤几乎不被察觉时，他还记得，比如，在他蹚过的河，在他坐过以及划过船的河中，他都游过泳。当然，是在条件允许的情况下。他还记得无论当他还是个孩子时，还是在军事战役中，每个人总是看着他，流露出非常惊讶的神情，因为会游泳的人寥寥无几，可是他会。在孩提时代，虽然较少见，但是在战斗中，他看见过许多人淹死在水中，而他下到同一片水域中，却是如鱼得水。大多数人一遇到或一接触到大面积的水域就会害怕。所以,他注意到,由于他在水的面前表现出的那种轻松和无畏,许多人也害怕起他来。

也许他“在水的面前表现出的勇气”也传到了苏丹王的耳朵里,这位帝国统治者在维齐尔国务会议之前邀请他前来拜见。巴伊察在收到这一邀请后,很久以来第一次,他的恐惧感油然而生。除去别的原因,也许,此刻,是他感到害怕的时候了。平心而论,为什么他就不能害怕呢?——这是他第一次公开应邀站在帝国所有最高官的面前!站在这样一个位置上,一个人的自然反应,首先必然想到的就是——我被召见是因为我犯了错误,因此我会受到惩罚。

当他站在国王和迪万的面前,苏丹王对他说的第一句话使他的恐惧感越发陡升:

“穆罕默德·阿迦,你该离开王室了!”

巴伊察一下蒙了。他从没听说过他曾经犯过任何错误,哪怕是一丝的含义,因此,这对于他来说可谓是一次真正的打击。他以闪电般的速度迅速回忆了一遍他所做的一切,连他认为可能引发帝王发怒的最小的事情也不放过。可是,对帝王的每一个圣旨,他都毫无异议地执行了,而且还发挥了自己的想象力,在职权的范围内通过增加些新的内容使圣旨执行得更为完美,因此他每次都为此受到赞扬……他使用了他所能想到的各种方法去找出他可能犯的错误,但是却没有找到。他唯一能做的事情就是听从命运的安排,也就是说,服从苏丹王的新的命令。

“巴巴罗萨·海雷丁,我们忠诚的海军司令,不幸逝世。必须有人立即、及时地接替他的职位。虽然,这些年来,你一直在我身边,但是我也要让你离开我,因此,我任命你为奥斯曼帝国的海军司令。你以前一直负责处理我的个人事务,现在我要你成为水的主人。”

啊！他的心情一下放松了下来。他完全麻木了。“离开王室”原来是这个意思。去执行他的第一项任务，去担任他在王室高墙以外的第一个职务。这真是对他的褒奖呀！

然而，第一次恐惧的消失，他的心情刚刚轻松下来，另一种恐惧又随之出现：他认为自己不是一个有能力、训练有素的人，还不能领导整个帝国海军舰队。尤其是接巴巴罗萨的班。巴巴罗萨是希腊人，曾经是个具有传奇色彩的海盗，长期以来，忠于职守，把曾经傲慢自大的海盗舰队改造成一支有尊严的、强大的奥斯曼海军。巴巴罗萨和他的“海盗们”对地中海那些势力最强大的国家开始构成最严重的威胁，被认为是巨大的危险。

苏丹王读出了巴伊察的心思。他对他说：

“我们在地中海地区的统治还不够，我想要的是，所有鲁米利亚视野中的那些海域，都在我们的统治下！”

一五四六年，索科洛维奇在将军的位置上履职，对他虽是个新的职务，素质要求很高，但是没有出现任何问题，在处理巴巴罗萨·海雷丁遗留下的传统习惯上，也没有出现问题。但是，这一切背后所隐藏的，是他对自己真实的畏惧以及内心的不自信。他的前任是一位自信、勇敢、有才华的勇士，他怀疑自己是否能比他更有作为。因此，他不是害怕所有名声显赫的伟人在死后留下的传奇，而是担心在战时他不称职。后来，苏丹王又赋予他自由决定的权力，让他找出一个不同的方式去实现所要求的目标。而且必须是有可能实现的目标。

是有可能实现的。巴巴罗萨创建了一支强大的适应远航的海上力量，但是由于没有缜密的组织，效率并不高。这正是巴伊察的机会所在。在他对这支海上力量进行重组的初期计划中，他已经直接增加了一些非常醒目的先决条件：在苏丹王的帮助下，他提高了税收，在佩拉、帝都和王宫的对面，开始建造一个大型造船厂。几百名工程师和管理人员在十三个不同的海湾工作，同时建造十三艘舰船。一系列新的舰船就这样建成，体积更大，操作更方便，性能更现代化。一艘战舰下水，就立即建造另一艘。仅仅几个月的时间，整个舰队就增加了几百艘新的战舰。同时，各军事单位开展舰艇船员的培训工作。指挥等级完全重新划分，主要的变化是，所有战舰的舰长(reises)[49]都服从一个高级指挥官——穆罕默德·索科洛维奇的指挥。即使以勇敢和叛逆闻名的那些舰长也要遵守这一规定；他们自己意识到，相比像自由职业者那样各行其是，缺乏内部组织，如果他们服从统一的指挥，那么他们会变得更为强大。这种变化事实上甚至连他们未来捕鱼的机会都没有降低，这曾是他们真正所担心的。但是情况正好相反。

穆罕默德并不担心在海上是否能取得胜利。有些指挥官和舰长，是经过战争磨炼的水兵。应对战争，他们有足够的能力。他所做的工作比这些更为重要：他要培养他们获胜的能力。没有他的毅力、井然有序的工作、冷酷无情的决定和对所要做的事情保持清醒的头脑，就不可能取得长久的胜利。

最终，死亡给他带来了新的生命。在那之前，他所经历的许多死亡事件使他感到恐怖，可是这一次，也是第一次，但绝对不是最后一次，死亡对他来说如此有意义，他不用再去投入任何的努力去获得它所带来的利益，死亡直接给他带来了益处。

这次死亡，事实上，引发了他对另一次死亡的思考。那次死亡使他非常沮丧，因为那次死亡说明，没有绝对不可触及的东西：那次，苏丹王孩提时代的朋友大维齐尔易卜拉欣·帕夏，在紧挨着他朋友边上的房间里被扼死——他的这位朋友颁布了杀死他的命令，最重要的是，他也是他的统治者。苏丹王故意在紧挨着他的地方处死他，好让大家知道是他颁布了此令，而且他谁也不怕。

剥夺一个人生命的权力，只有他独有。

尤其是在他杀死了对他如此亲近的人之后，原来苏丹王最要好的朋友是——死亡本身。

Chapter XVI

第十六章

一九〇五年三月，这位伟大的作家在同一栋楼的三楼租住了房子，开始过着艰难的生活，在那里，他只生活了两个月，“乔伊斯”咖啡店的经营因此也没有从中获益(他遭到了驱逐，因为诺拉能看出来已经怀孕，而他们并没有举行正式婚礼，得不到认可)。他在这座城市生活的两个时期(1905—1915 和 1919—1920)内，在的里雅斯特现存的九个居住地中，这是他的第一个居住地。人们理性地认为这个咖啡店有利可图，但是它的象征性意义却使得咖啡店的盈利大打折扣。别的不说，今天，花钱找个机会，从同一个地方，欣赏当年乔伊斯看到的同样的景色，还是值得的(说实话，风景略有不同，因为你是从一楼看上去)。也许，正是这个风景(大运河或者红桥广场)给了他灵感，使他完成了短篇小说集《都柏林人》，或者小说《青年艺术家的自画像》，或者诗歌作品《贾科莫·乔伊斯》或者戏剧《流亡者》，或者开始他的文学创作《尤利西斯》。所有这些作品都是他从普拉一来到的里雅斯特后在他所居住的不同的地方创作或构思的，这样他可以到离红桥广场几街区远的著名的贝立兹语言学校教书。他与诺拉关系亲密，一九〇五年，他的儿子乔治，在这里出生；一九〇七年，他的女儿露西亚，也在这里出世。

我最好奇和感兴趣的事情,是那时生活在的里雅斯特的人与乔伊斯,以及乔伊斯与他的故乡建立的现代关系。那里,他以不同的方式生活,但是非常艰难。为了找工作,他来到了的里雅斯特,但是不能说他是被迫来到那里:他来申请工作是出于自己的意愿。甚至都不是因为他经常缺钱被迫背井离乡。毕竟,他的哥哥是他方方面面的担保人,也常常是乔伊斯债务的受害者。而且,奇怪的是,他长期住在的里雅斯特,同时,他也非常喜欢都柏林和他的家乡爱尔兰。他离开这些地方,同样也是自己的意愿。我想说的是,可以以两种方式去审视他在的里雅斯特的生活。第一种观点是,如果他真的不适应这座城市,他肯定不可能在那里写出那么多美妙的作品。由此产生第二个显而易见的事实:他虽然生活在一个城市中,但是他经常创作的却是另一个城市的故事。对的里雅斯特而言,是一件有点耻辱的事。另一方面,我们必须记住的是,他给他的孩子,一劳永逸地,起了一个意大利的名字!这难道是他对接纳他的那些人表达的唯有的感激?(有段时间,他们夫妇俩都不住在那里,在给诺拉的信中,他确实说过的里雅斯特是一座接纳和保护他们的城市。不仅如此,在他的几封信里,他都坦露出对这座城市的情感,甚至用意大利语来表达他的情怀。)可能,这两个观点最接近乔伊斯的真相。不管怎么样,的里雅斯特人,在他死后,以许多绝妙的方式报答了他对这座城市的热爱。他们不顾负面影响,接纳他为他们中的一员。他们在公园里竖起了一座他的半身雕塑,用他的名字对一处公共台阶进行命名,在红桥上竖起了一尊他的铜像(与真人个头一样),一只手放入衣袋,头戴一顶帽子,另一个胳膊下夹着一本书,迈步走向他的家乡。对于游客而言,整个行程有四十个重要的景点,代表了乔伊斯年代的的里雅斯特,他们每参观一个与他有关的建筑,就会在上面挂上一个徽章,写上他的名字。当地人还出版了参观乔伊斯旅游指南。这一活动的开展是地方大学发起的“乔伊斯实验室”特殊工程的内容。这位作家与这座城市的联系和这座城市与这位作家的关系似乎像绅士间建立在相互接受、相互认可和相互尊敬基础上的一种默契。有了这种默契,身份便无可置疑。这一联系,事实上,后来由于添加了文化旅游成分也得到了巩固。

这是为什么,在的里雅斯特,现在有来自十六个民族的作家生活和工作在这里,至少这是我所听到的数字。想到这,你就不会奇怪为什么笔会中心的领导是一位阿根廷人(他有两个女儿,世界那么多的地方,偏偏出生在了贝尔格莱德!)。

正如的里雅斯特和乔伊斯曾经像是带有正、负极的磁铁一样相互吸引着,今天,在国际化这块磁铁上有了共同的磁极,它吸引了追随文学而来的移民,吸引了新的乔伊斯迷,也肯定吸引了他的崇拜者。

Chapter 16

第十六章

对穆罕默德新的任命只是在表面上引起了人们的惊讶,而且也有理由这样。人们——公众——看到的是穆罕默德长期为苏丹王服务。对于他们来说,这样的选择合情合理:如果帝王一直把他留在身边,那么为什么他就不能出其不意任命他到远离他身边的重要岗位上去任职?在他们看来,如果做出的决定是在不经意中使他和苏丹王的距离更近了,那人们反而觉得奇怪。但是,以这种方式,一切如意。事实上,他们是用距离来换取职位。

那些与王室更近的人,对王宫里发生的事情更为熟悉,因此没有任何理由反对这样一个决定:穆罕默德在与帝王的接触中没有走错过一步。然而,他们也看不出任何特殊的理由为什么要把索科洛维奇推荐到这样一个重要的岗位上。如果把支持者和反对者的人数加起来,那么对于巴伊察这次新的任命而言,其结果肯定是——没有任何差别。

另一组有权对这样的决定做出评论的群体包括那些受此次任命影响最大的那些人。他们是各类指挥官、舰长和水手。此外,还有所有那些经过战争磨炼的军事指挥家。他们对穆罕默德在军事战役中的表现也没有任何怨言:他们许多人被他表现出的勇气和制订出的缜密的计划所折服，这些显然有助于他去处理好每一件事情，也使他避免莽撞不至于早夭。然而，海军军官们有理由嫉妒他，也不相信索科卢今后的能力，因为他没有任何海战军事战略的经验，这是千真万确的事实。但是，很快，他亲自打消了他们的担心和怀疑：他告诉他们，他不会插手处理他所不懂的事情，但是他有能力使他们把自己最擅长的才华尽快发挥出来。因此，战斗和胜利留与他们，最终的荣耀属于他们，当然，然后才属于他自己。属于万人之上的苏丹王大帝。属于全能的阿拉。

在完成了他所许诺的对海军的重组和建设一支强大海军舰队之后，他邀请了所有的指挥官，并与他们见面。他向他们报告了这项巨大任务已经完成，并对他们说：

“现在，是由你们去争取胜利的时候。在全能神阿拉的帮助下，在苏丹王苏莱曼大帝的统治下，为了帝国的荣耀，由我指挥战舰的航向，下达征战任务。现在，我正在制订远征印度的计划。等到那一天到来，地中海、红海和黑海都将在我们的统治之下。还有所有我们发现的较小的湖海。从那天起，没有人能从你们身上夺走你们的声誉和荣耀。你们的任务就是抢先于别人去争取这些声誉和荣耀。”

他的一番话不仅使那些持怀疑态度的军官改变了他们的看法，而且他甚至成功地赢得了他们的支持，发誓效忠于他。现在他可以说他是海军的统帅。

苏丹王苏莱曼一直密切注视着他，偶尔是在暗地，但是更多的是在明处。他对索科卢所做的推测都是正确的，这使他很高兴。现在，很显然，穆罕默德已被证明是一位优秀的组织者、一位有说服力的雄辩家和一位良好的战略家（这一点，以前一直被认为是他的弱点）。毕竟，他改造海军所取得成绩也是一场特殊的战斗。他证明了自己不只是一般的优秀。

苏丹王心里非常愉悦:他培养了一个优秀的仆人,一个完美无瑕埋头劳碌的人。

为了奥斯曼帝国。

也为他自己。

Chapter XVII

第十七章

南斯拉夫人不存在了,我们又能怎么办?读上一百本主题为身份的书,尤其是寻找身份的书,也不能找到明确的答案。就像那些已经写出来的有关身份的书一样,我用寥寥几笔写不出比它们更好的书。

历史总是在自我否定,从现在到未来历史的自我否定,"南斯拉夫"只是又一个,几乎是纯地理的概念,因此可以说,是一个无关紧要的地名,一个民族的定义,一个融合于数以千计的别的民族之中的民族,例如过去所说的"南(部)斯拉夫人";或者更广一点,它指像斯拉夫人的民族或者部落。再没别的意义。一直会是这样,除非在巴尔干半岛实现了新的乌托邦,除非发生了某个重大的谋杀事件,或者在知识精英阶层中产生出一种新的浪漫主义思潮,一种后兆时代与毒品注射杂交后的理念。

或者除非新、老南斯拉夫人都得到完全的承认,至少是在纸上,就像塞尔维亚二十七个民族都得到承认一样。伏伊伏丁那是塞尔维亚人自治省,该省在它的总人口中,少数民族类别最多,在伏伊伏丁那议会门前,有人已经公开提出这些要求。然而,司法解释对这种思想并不利:法律规定一个少数民族要成为一个被认可的民族必须有自己的语言,而不是一个现有语言的方言。但是南斯拉夫说的官方语言——塞尔维亚—克罗地亚语——已经不复存在,随着南斯拉夫民族和国家的灭亡而消失。

南斯拉夫正处于冬眠时期,除非会有进一步的消息。

南斯拉夫人只是一个虚拟的概念。

南斯拉夫人只是一种记忆。不只是代表过去。有些人还活在我们中间。更确切地说,是活在行尸走肉中,像吸血鬼一样。(就像政客们描写他们的敌人时最喜欢使用的宣传语一样——"复活的吸血鬼"——或者更经常用来描写无形的负面现象所使用的表达——"复活的魔力"……)

如果有吸血的愿望,那么又会发生什么……

毕竟,十九世纪高度发达的欧洲往巴尔干地区贴上了一个根本不存在的地名——罗利塔尼亚——为的是把巴尔干地区放入食人锅中再煮上几遍。或者罗利塔尼亚的作用只是昙花一现,言过其实被吹得过了头?也许在那餐特殊的政治宴会上,罗利塔尼亚不是主食,只是调味品之一。由于它很乏味,欧洲就在德古拉伯爵的家乡从每样东西中都取点什么并把它们混在了一起(从吸血鬼和狼人开始)。谁放在了哪,谁又从哪来?在这些乱七八糟的地名中(多瑙河、喀尔巴阡山脉、罗马尼亚、鲁米利亚、塞尔维亚、特兰西瓦尼亚、沭马蒂亚、保加利亚……),罗利塔尼亚很容易找到它的归宿。奇怪的是,(盎格鲁·撒克逊人)虚构的东西对现实产生了实际的影响,他们把一种想象的、虚假的、文学的真实观硬塞进了真实的历史,这几乎是唯一发生过的事情。虽然这些事情是作家和文学作品中所期待发生的事情,但是他们成功地把被认为是不可能的事情变成了现实,因此享有了自我骄傲的权利。可是,为什么他们要利用巴尔干半岛呢?

可能，历史，像一种生物体，或者像文学作品中的人物，通过巴尔干腐殖质和石头的扩大，然后收缩，周而复始，主动在计划着自己的进程。看起来，这个计划确实存在，这个循环也还没有结束。为什么呢？对这个问题，没有肯定的答案。是出于辩证的原因？是出于贪婪？是因为就必须是这样？是因为他们认为这就是真理？是因为更大权势的干涉，还是只是为了娱乐？

南斯拉夫人在过去也有着使巴尔干半岛扩大，然后再缩小的使命。第一个使命进展缓慢，在战后取得了成果，第二个使命进展迅速，而且是在战争的帮助下（进展如此之迅速，事实上在战争之前本应就可以完成）。这是为什么我一直总是不明白，一个人是如何制造出生产工具的工具来，或者是制造出吞掉其他机器的机器的原因。是否有必要设计和研制出一种合金，这种合金是由不同的金属合成，且比任何一种单一的金属更加坚硬？用自然的合力来征服单一的个体有必要吗？

炼金术，它的创造便是为了摧毁。

像人一样。

Chapter 17

第十七章

穆罕默德服从战无不胜的苏丹王的领导，这也是预料中的事。他指挥着奥斯曼舰队，并在这一时期，首次用心和声做出各种重大的决定。身居高位，他离开了帝国国王，为了减少这一改变带来的影响，他做出了一个聪敏的举措：尽管他应该亲自指挥他的舰队，但是他决定从伊斯坦布尔指挥，而不是直接前往军事行动和战斗的前沿阵地去指挥。这样，他手下的那些久经沙场的指挥官，在率领他们的舰队凯旋回到港口时，能有很高的成就感。因此，他就有可能见到苏丹王，与他进行磋商，有时还能和苏丹王聊上一阵与指挥和服从命令无关的话题。这种可能性对他来说十分宝贵，也更为重要。这五年对他们双方来说都很重要，因为他们可以彼此展示自己的才能：他们感到欣慰的是，在对事态发展的评估上，他们的观点具有互补性，在他们交流中所提出的指挥形式上，观点也非常接近。卡努尼（苏莱曼）首先倾听他的海军司令所做出的决定，然后再对他做出的决定进行挑战，给出自己的意见或者命令。奇怪的是，帝王的这种机智并没有引起巴伊察公开或者私下的气愤、发怒、担忧、害怕或者此类的情绪。另一方面，苏莱曼十分欣赏穆罕默德表现出的冷静，并不把他的冷静与傲慢混为一谈，也不把他的冷静看成是一种对他的不敬或对他指挥的不服从。相反,所有这一切使他们的心更为贴近。

事实上,他们俩对这种关系的亲近都感到惊讶。无论巴伊察在帝王的身边度过了多少时间,无论苏丹王对他表现出多么自信,巴伊察做梦也没有想过,也不敢去想他能与帝王如此相近。另一方面,苏丹王也不知道他与一个从孩提时代起就不是一个同路人的人能建立这样一种关系,不是真正意思上的友谊(因为不可能是,也不敢是),而是一种奇妙的信任,有时只有他们之间才有——在思想上的一种秘密互补。不能说他们之间的关系看上去像是一种游戏,但是确实是一种训练。

作为对他工作成绩的嘉奖,苏丹王把穆罕默德从阿迦提拔为帕夏。巴伊察除了他的管理岗位外,还有一个与军事无关的头衔,这使他的地位得以加强。这一新的职位使他能够增加钱和其他财产的积累。这也是他能把他的外甥们从与他关系更远的远亲中带到伊斯坦布尔的原因。阿利雅、穆斯塔法、法尔阿德、德维斯,还有另一位同名的穆罕默德在学校和不同的王室职位上发展顺利。巴伊察在他们的帮助下提高了自信,而且有他们在身边,他找回了,也强化了他与故乡的亲近感,故乡对他不可或缺。以这种方式来平衡生活的天平,对于他来说似乎更为公平,这也使他感觉更好。

更何况,在他周围,说他母语的人数大幅增加,这使他感到很亲切。

说母语的人多了,既给他力量,也使他悲伤。有几个原因。首先,这也是一种提示,提醒着他,母亲是唯一不希望搬到伊斯坦布尔或者改变宗教信仰的人,坚持索科洛维奇家族至少要有一人留在家中。她与她的一个儿子留下是必需的选择。她从她的丈夫迪米特里杰已变为寨马泸鼎·贝伊这一事实中刚缓过神来，在她短期看望她的儿子巴伊察时，她表达了对他的祝福，甚至告诉他，她觉得她的妹妹有可能会“嫁给一个土耳其人”，但是她不想以任何代价用她那孤单的房屋去换一个新房。

巴伊察感到忧伤的第二个原因是，他意识到在他所见到的所有的妇女中，没有一个是他喜欢的。年轻、高个、身材苗条[50]，他在王室内外很受女孩和妇女的青睐。即使他在王室内没有这样一个地位，他也一样迷人。比他后来受到人们敬慕时更具魅力。不仅有年轻的妇女，还有已婚的妇女对他说由于他年轻、帅气和对苏丹王的效力，在她们的计划安排中，她们不会与他较真。他是个理想人物，能给她们带来身体的愉悦，对任何人也都不会产生严重的后果。而且，他不需要为任何人承担任何责任和义务。巴伊察并不拒绝她们的要求，也不能说和她们在一起不愉快。但是他心里并不宁静。他猜想，甚至听说过，在这样的关系中，可能会出现“某种”宁静的心情。可是在当时，他并不知道这种关系是否也是——爱情。

女孩们在她们的亲密交谈中喜欢夸耀她们是如何试探年轻的穆罕默德的心(称他为年轻，尽管这已与事实不符)……许多已婚妇女也有着同样的暗示，只不过言语非常谨慎，用词非常含糊。巴伊察并没有流露出任何急于或者匆忙结婚的迹象；他一直任性，拒绝选择一个未来的伴侣，这已成为人人皆知的一种个性——人们称他是一位永久的单身汉！

当这些谣言传到了他的耳朵里，巴伊察起初很生气。谁如此大胆会这样公开说他！但是当他思考片刻，意识到他也没有办法阻止谣言传播时，他接受了这些谣言，认为谣言也有有用的一面：由于谣言，她们会安静地离开他；或者如果当他决定用事实证明不再这样生活——婚礼本身会对这样的谣言做出裁决。别的不说，如果他必须找到理由的话，他要说出一个不找配偶的特殊理由也很困难：他想与她用塞尔维亚语交流！不，这并不意味着他想娶一个塞尔维亚妇女，但是他确实想找一个懂得塞尔维亚语如她母语般熟悉的人为妻。

他确信，配偶之间的亲密也意味着他们之间有着共同的语言，不只是身心的共通。这一点，真的有人能理解吗？

Chapter XVIII

第十八章

当某些现象偶然稍稍改变(或者审视它们的视角发生了改变),它们会呈现出不同的形式、新的特征,很多有关它们的东西也会发生变化。就连南斯拉夫人也可能出现这种情况:事实上,随着时间的推移,南斯拉夫人在他们的记忆中有可能会转化为一种情感。

以下是另一个乍看上去不可能,但却成为现实中存在的实例,虽然它已经基本上不存在了……

在叙利亚,直到今天,还有一个名叫圣·太克拉的希腊东正教修道院。它建于四世纪,在那里,人们用阿拉伯语举行礼拜仪式/弥撒(在一个近期建成的教堂中)。(有消息说在希腊的村子里也可见修道院和教堂,但那是天主教!)牧师/修道士和修女们,有些看上去并不很像希腊人,走在仪式队伍的前边,从中,人们可以看到不同的种族和不同肤色的东正教信徒。基督教香客和犹太人在去往耶路撒冷的途中会停留在此,此外,还有积极参与宗教仪式的常客和穆斯林朝圣者,他们在去麦加的途中也会到访此修道院。他们的东道主,上帝的基督徒们,会展开双臂欢迎他们,会带他们一起参加宗教仪式。他们相信他们服务于所有的信仰和所有的宗教。意思是,并不只是(他们自己的)上帝,并不只是他们自己。为什么像这样的事情就不可能?在活动中,当礼拜仪式进行到某一阶段时,牧师用基督的语言——亚拉姆语进行布道。这一语言本身就被广泛地认为是不存在的,不是吗?或者在某种意义上,已经是一种半死的语言?这个村庄名叫“蔓楼兰”,是三个现存的唯一仅使用基督语言的村庄之一。是因为语言本身的缘故,还是因为衷心服务于所有信仰的缘故,我不知道,但是圣·太克拉是仍然在使用的现存的最古老、最完整的弥撒场所。别的不说,单从宗族的视角来看,这一事实一定会成为所有其他宗教信仰和年轻宗教信仰的行为规范。

这一由不同信仰、不同宗族组成的有正能量的人群,这一无序的对他人和异己的开放态度,使得人们对这一最为令人困惑的事实所持的看法不再绝对化(顺便说一下,这个事实我已经提及):在希腊一个信奉天主教的小村庄里竟然发现有这样一个希腊东正教教堂和修道院!对于这种荒唐的事实,有两种解释。一是德国编辑们(提供信息的作者)出错了,另一个呢,在希腊人中,出现了几乎不可能发生的事情:信奉东正教的天主教教徒在这里完全定居了下来!

有趣的是受难节这天,一个德国电视摄制组摄制了圣·太克拉修道院举行的弥撒(二〇〇六年四月八日,在塞尔维亚一个电视频道中播出),摄像机捕捉到修道院一个不同寻常的图标,在这个图标的底部有圣·玛利和另外一个很小的人物像——土耳其人。解说员解释说它描述的是一个人,当时他想把这个修道院/教堂改造成一个城堡,玛利说服了他放弃了这个想法。用现代语言来表示就是:他们似乎达成了谅解,彼此合作愉快。

一个人(甚至)可以和谐地有两个信仰,对于这样一个更为显而易见的实例,为什么人们要感到惊讶;在奥斯曼帝国,有人宣称穆罕默德·帕夏·索科洛维奇不够诚实,不是一个彻底的穆斯林。为了说服他们,他九次朝圣。这也是为什么穆罕默德·帕夏·索科卢有时被发现在哈吉·穆罕默德的名下。实际上,如果你曾经有别的信仰,那么你甚至在朝圣回来之后,也因此必须证明你现在有了某一信仰。而且,这些有关信仰的证据并不一定在任何形式上证明你的虔诚。这些证据是正式的,是已被确认的对信仰的检验。然而,一个人只有能听到心灵的声音才知道他与哪个上帝(或者哪几个上帝)在交流。穆罕默德·帕夏去朝圣,事实上,与今天任何一个"现代"意义上的探索已知和未知世界的旅行,没有什么区别。重要的是,除了纯宗教的问题之外,旅行要根据目的地,然后根据旅途中出现的问题来安排。每一次旅行都是致力于去完成某件事情(为了某个人,较为罕见),然后,便如释重负,找到了一两个问题的答案,为了一个更高的事业,也会有着某些牺牲。

我知道大家都很惊讶,但是我甚至可以用一个切身的例子来说明这一点。也就是,在过去的几年里,也许因为我身后已走过的路,我在旅行开始前会有一种异样的感觉,鬼知道是什么原因,而且在回家前也是。以何种方式?嗯,在动身前,曾经是激动或者紧张,包括一种受压制的兴奋,但是后来由于要离开,这种情感又变成了一种非常奇怪的忧郁。结束旅行该返回的时候,同样的情感也会重复出现:一想到要回到亲人的身边,回到属于我的地方,心情就会很愉悦;又因为我要离开我所在的地方,这种愉悦又会被一种甜蜜却淡淡的忧伤(如果这种情感存在的话)所替代。如果有人硬让我把离开与回归做个区分的话,我肯定可以把它们区别开来。与我离开家去旅游所感受到的忧郁相比,我似乎对我离开短暂的居留地所具有的忧郁情感有着更好地理解:离开自己的家所带来的忧郁的情感要更复杂;看上去就像是一次预谋,就像是进退两难的窘境,是一次隐秘的屈服。

可能这里的秘密就在于人越来越老了。众所周知,上了年纪的人与年轻人相比更难离开自己的家,哪怕是短暂的离开。进入了老龄生活,同时会出现身体上的毛病,这同样影响到老人的心理,因此这是可以理解的;当我们的身体开始出现问题,依靠别人、家庭和周围近邻的帮助时,当在旅途中他们不在身边时,那么老人独立行动的能力十分有限,这种现象非常明显。身体为心灵活动设置了条件!但是即使身体已老,心灵仍然不老。这里,没有心灵战胜身体。如果声称心灵战胜身体,那么这就像一个有识别能力的吸烟者,在吸入了混入烟丝的纯阿富汗油之后会说,虽然烟油成分的浓缩导致他身体僵硬得像块石头,在接下来的二十四小时里,卧在床上动弹不得,而他的思想却已奔跑了几英里。他的大脑还在工作,或者说,还在以每小时两百英里的速度奔跑。是的,这是事实,思想在一秒钟内可以跨越那样的时空距离。但是身体甚至连一英寸的位置也移动不了。

然而,我还没有那么老(至少还没有老到那种程度)。我才刚刚进入衰老的过程,或者才意识到我开始衰老。虽然我的身体仍然无恙,虽然我不知道开始衰老的界限是否真的存在,更不知道这个分界线从何处划起、如何找到,但是在别人的帮助下,我已经开始思考这个过程,他们比我更有经验,不过我自己也独立地得出了一些结论。不管怎么说,也许一个人一旦开始思考衰老的问题,便是衰老本身的开始?

还有,诚实地说,可能因为我有好运,对文学持有严肃认真的态度,我还记得第一次向别人打听关于老年、关于记忆和关于永恒的问题,是在八十年代初,那时我大约二十五岁(希望那不是我衰老的开始),在我读完超现实主义者和语言学家乔尔杰·科斯蒂奇的著作《走向不可能的世界》之后。在这本书里,他描写了他与乔尔杰·约万诺维奇和奥斯卡·达维科在一起的童年生活(一直写到二十世纪三十年代著名的年鉴《不可能发生的事》开始创作为止)。在写这部著作时,科斯蒂奇已经上了年纪,而我在读这本著作时还很年轻。他对孩提时代早期奇特的生活细节的记忆和描写,使我感到惊讶不已。通过我的好朋友波拉·德约科维奇,一位我所认识的最有才华的作家之一(但是不幸的是,不久,他就放弃了他的才华,至少是在公开场合),我有幸告诉了乔尔杰·科斯蒂奇他的作品给我带来的惊喜。他的反应既令我惊讶也令我意外,也许因为他的反应虽然残酷,但是很现实,且很有可能。别的不说,这位塞尔维亚科学与艺术研究院的成员既潇洒又爱静,在他的晚年,在加尔各答(!),他在“纤细的木质纸张”上印刷和出版了年轻作家的书,因此也证明了他是一位真正的超现实主义作家和画家。

“一个人上了年纪,就意识到他未来的时间有多么短暂。由于没有了未来,他会返回到年轻和童年时代的生活,并会更加深陷其中,似乎这样可以弥补未来时间的不足。因此,他会产生一种幻觉,认为时间会平等地流逝。似乎过去可以替代未来,甚至成为现实。明天不再有的现实变得模糊起来,往年的形象变得清晰可见。或者说得简单点:一个人未来的时间越少,那么他就越会从过去寻找时间。”

这是对记忆的一种强化。通过对记忆的强化,可以得出新的结论。我想,这是智慧产生的原因。是通过重新审视已知的世界,但是这种审视使用的却是个人未来的能量,而这种未来的能量会自动融入一个人过去的能量之中。在那种情况下,一个人会变得高度敏感,因此能更好地、更清楚地、更准确地,也更真实地去看待各种现象。

我们仍然不敢忘记在进入老年的旅途中那段最为重要的旅程。对于移民,那是一种永恒的回归。移民,那是“永远地”移到“那里”,但是结果几乎总是不顾一切地渴望“最终回归到这里”——回归到家乡——回归到出生的地方。如果“这里”不再是家乡,那么就回归到在地理上可被证明的,是有边界线的一个抽象无形的地方,年纪大了,人们总是回归故里。尤其是离死亡不远的时候。人们渴望死在属于“自己的地方”,但是这种渴望几乎被滥用。如果死亡战胜了生命,那么,人们就会在一个人的遗嘱中发现他最后的愿望(必须要实现的)。遗嘱执行人要么把他的棺材、要么把他的骨灰盒送回到他出生的地方,如果没有别的办法回到家中死亡的话。不惜一切代价这一短语表达的思想,无情地被贯彻,而且是不折不扣。

死亡总是一种归属,只有生命才能游走四方。

Chapter 18

第十八章

如果他不与他想象中的妻子用塞尔维亚语交流的话，那么几年后，到了一五五一年，作为对匈牙利战争的指挥者，他的确努力用塞尔维亚语与整个世界进行了交流。情况是这样的。

作为舰队的总司令，穆罕默德·帕夏很少离开首府，在他那些非常勇敢、技术熟练和成熟老练的海军将领的帮助下，他牵头巧妙地制定了奥斯曼征战的战略战术。穆罕默德将军十分尊重他们的意愿（从军事设备和船只到财力），这使他们非常满意。他们服从这位将军经过缜密谋划的作战命令。他们自己选择执行这些命令的手段，并且以胜利作为回报。诚实地说，胜利也带来惊人的财富。他们个人也会从中获益。他们拥有了周边的大海。

苏丹王很高兴。由于他们关系亲近，他熟知穆罕默德·帕夏的个性。现在的结果表明，苏丹王非常明智，如此信任穆罕默德，事情还没有发生，他就非常确信帕夏身居高位会成功指挥作战。为了再次对他表示感谢，苏莱曼提拔他为鲁米利亚贝勒贝伊。巴伊察现在可以肯定的是，通往国家最重要的职位的大门向他敞开着。虽然去评价职位与职位之间哪个更有意义，是不明智的行为，但是他意识到了苏丹王置于他手中的权力有多大，当然这些权力是一种受监督的权力。鲁米利亚是一个很大的,有着完全不同势力组成的社区,包括匈牙利人、哈布斯堡人、日耳曼人、弗兰克斯人、西班牙人、意大利人、塞尔维亚人,还有不太远处的英国人和许多其他民族。由于帝王想征服鲁米利亚,因此看起来这是一个结构危险的社区。然而,正因如此,它同时也是一个非常脆弱的社区:要使他们所有的人在一件事情上达成一致的意见,十分艰难——那么多的王国、帝国、侯国、城邦——甚至在面对奥斯曼帝国显而易见的意图上,他们也是各自为政,进行防卫。

无论这一切会在何种程度上迫使他认真思考战胜如此众多敌人所面临的困难,无论他的敌人多么四分五裂,有一点给他的脸上带来了一丝的笑容,尽管这一丝笑容,别人几乎无法察觉:他有可能看到,塞尔维亚会给他带来一种窃喜,伴随这种窃喜的出现,还有他真实的姓名,尽管他真实的名字暂时已不再使用。

不久,他接到了苏丹王的命令,开始加快对匈牙利的军事作战的准备。他的这项工作沿着众所周知的路径展开:一旦任务开始,各项机制完美运行。至于任务涉及技术层面的事情,实际上他无须过问。他的工作就是提出一项作战战略。他心里想,如果他按自己的想法来,他会在战争中引入一种新的战略和更多的外交策略。然而他知道,除非他在战场上证明自己的勇气,否则他永远不会真正受到奥斯曼帝国上下的尊敬。所以,他尽心尽力地将他在管理方面的天赋与现实中的果断相结合。简单来说,如果他把谈判的能力与他在毁灭性战争中表现出的无畏结合起来,那就完美了。

文字和弯刀,美酒与鲜血。

走入战争容易,全身而退困难。他不得不绞尽脑汁。事实上要应对两种人:一种是他的敌人,另一种是他的朋友。他很快想到，不管战争的结局如何，这场战役会以他的名字流传后世。所以他不允许自己犯丝毫的差错。经过细致而努力地寻找，他找到一个可能的原则，也许也是一个稳妥的原则：如果没有塞尔维亚人参战——不可能有胜利的机会！

在准备战争的同时，他向塞尔维亚封建领主、官员和军事领袖们安排信使和发送信件（不管他们效忠于什么旗帜之下），号召他们参加这次军事行动，或者如果不想参战，那么至少不在敌人指挥下的军队里服役。

作为回报，他对所有的塞尔维亚人承诺，在奥斯曼帝国他们会享有特权和地位。当然，送出去的所有信件是用塞尔维亚语写的。首先，如果信件落入别人手中，这一举措会降低别人看懂信件内容的风险。后来，这一举措也被证明是政治上的一步好棋。大多数塞尔维亚人给予了积极的回复。为什么不积极回复呢？第一次，这样身居高位的奥斯曼人以整个帝国的名义，而且是用塞尔维亚语直接与他们对话，可是几十年来，他们一直被撕裂、被谎言欺骗，或者轮番被那些虽具魅力却不切合实际的许诺所压制，这些许诺来自匈牙利人、奥地利人、意大利人，还有俄国人。如果这次又是一次空头许诺，不管怎样，它也比以前所做的虚假许诺更容易接受，即使不比全部，至少也是大多数：用自己的母语说话，就是谎言听起来也悦耳。

希南用以下的思想支持了穆罕默德的做法。

"如果语言是我最重要的工具，我也会这样做。"

穆罕默德很感激他。但是他回以这样的赞语：

"你那建筑的语言更加包罗万象，因此，我羡慕你。由于你所使用的材料，你的建筑语言留世更久。"

"这一点，我还不能如此确信。语言更加牢固、更加坚实、似乎也更加难以摧毁。你想想——笔头语言已经经历了什么样的磨难！多少文字历经各种灾难仍然幸存了下来传给了我们！所以，你所写的东西也会在这个时代幸存下来，并会传给还没有出生的人。”

巴伊察思忖着他的话。他喜欢约瑟夫源于信念的力量。约瑟夫似乎读懂了他的想法，继续在劝说他。

“嗯，非笔头语言，口头所说的话也幸存了下来。这对你还不够？”

好像那对他还不够。

“你那些工程性语言更容易懂：看着它去理解就够了。”

“是的，可是当我们使用工程性语言去摧毁，我们又能对它做些什么？你认为‘理解工程性语言’就够了吗？”

穆罕默德沉默不语。希南只好再做努力。他确实这样做了。他提出一个高级指挥官所想不到的建议。

“我想，当你到达你在贝尔格莱德的休息地，在对你的部队进行整编以准备最后总攻时，你有时间、有需要，甚至有必要给我们的敌人发去最后通牒。现在，我认为你应该把最后通牒送给他们所有的人——送给匈牙利人、奥地利人、意大利人和来自杜布罗夫尼克的那些人——用塞尔维亚语。”

巴伊察看着他，目瞪口呆。他不知道这个建议是彻底的轻率鲁莽的行为，还是纯粹是一种天才的行为！

Chapter XIX

第十九章

身份与人数的矛盾常会产生相互冲突的结果。而且是发生在当人们有意识地努力去保持自己的身份——去保持各种混乱的差异之时。

科索沃的阿尔巴尼亚人以一种最简单、最快捷的方式在解决这一问题:高出生率。人数众多,很具侵略性。生活在邻近的阿尔巴尼亚的阿尔巴尼亚人——却是通过政治和文化的改变与冲突来解决身份问题。人数少,差别更大。

举例而言:贝斯尼克·穆斯塔法伊,是一位作家,出生于地拉那,在结束阿尔巴尼亚驻法国大使任期后(在此之前,他是议会议员,一个政党的创始人等),继续从事写作,并以作家身份在公众场合露面,但是言行举止有一点政客的那种自负和傲慢(我在几次公众爆发的愤怒中都亲自感受到了)。我不知道那种权力的延伸感是否会有助于他在政治地位上的提升,但是在这样一个新的生活阶段,他担任了这个国家的外交部部长。但是时间不长,又出现了转折:一个我们都熟悉的法国朋友告诉我,这位作家提交了辞呈,不愿做个政客(完全是他个人的决定,这样他可以重操写作事业)!

从这个例子中可以得出的最重要的结论是这样一个既定的事

实:穆斯塔法伊是一名优秀的作家。但是依然存在这样一个问题,如果作家递交了辞呈,辞去政客头衔,文学就成了赢家吗?

文学究竟是否会是赢家?

还有一个实例:有一位作家,也是地拉那人(这个人,事实上,在那里出生,在那里长大),名叫巴什吉姆·谢胡,他实际上是被排挤出国内政界(这首先并不意味着他特别想参政)。他被驱逐,是因为他是一个政客家庭的成员,而且因为他的姓,继而联想到他在政治上的继承权。也就是说,多年来,他的父亲穆罕默德·谢胡是阿尔巴尼亚部长会议主席,一九五四年从恩维尔·霍查手中继承了那个职位,而恩维尔·霍查在那次权力的转交中,成为阿尔巴尼亚共产党中央委员会总书记和国家主席。然而,在保卫这个国家政治身份的艰苦斗争中(长期以来,阿尔巴尼亚,甚至在社会主义的阵营中,也是一个创新),他最好的朋友和最亲密的同志各奔东西,与奥斯曼帝国许多苏丹人和维齐尔们的分裂非常相似。霍查杀死了谢胡。他的家庭成员也受到了镇压:他的妻子和儿子被关进了监狱,巴什吉姆,一度为了寻找自由之路,决定移居西班牙。他成为欧洲作家学会的秘书长,用他温和的心灵继续投身于文学创作。

这两个为了国家未来而战的战士,除了政治和国内的斗争以外,虽然彼此差异迥然,似乎都是通过效果更加旷日持久的战斗——文学——来为个人身份和民族身份而斗争。虽然书籍有时似乎只是唤起对事件的记忆(即使它们写的是过去发生的事或者是仍在发生的事),但是它们有着神奇的力量,比政治手段更有生命力,都是优秀的作品。

这些实例都来自欧洲地中海南部地区,有一个例子,与之相反,是来自大西洋最北端的国家——冰岛。如果说冰岛人不只是为了生存而战,那么他们为身份而战的性质要模糊得多。

我与秀恩很容易、也很快成了朋友。他是歌唱家比约克的朋友，流行歌曲作家，也是方糖乐队的成员，在我看来，“这位歌曲作家有十几个不同的职业”。在雷克雅未克，我见到许多很有创新的人，我向他们请教了一些问题，而他对我的一个问题给出了一个非常有趣的答案。也就是，我注意到，他们几乎所有的人同时都兼有两三个职业，事实上，这几乎已经是一个规则。这就更奇怪了，因为就是用肉眼，也能清楚地看出，冰岛是个与世隔绝、由火山岩形成的岛国，草木不生，也没有自然资源（除了大海、间隙喷泉和鱼之外），在那里，真的看不出有什么可供选择的大量的工作机会。秀恩自己就是这样一个令人惊奇的多面手。他自己的名字甚至有好几个：他的艺名秀恩是根据他家族的姓氏西格扬·西格森创造而来。因此他除了是一位流行歌曲作家（在拉尔斯·冯·特里厄导演的电影《在黑暗中漫舞》中，他为主演比约克创作了主题曲，并于二〇〇一年被提名为奥斯卡奖；他与英国作曲家朱利安·诺特合作，为布罗德斯基领衔的四重奏创作了音乐作品，昨晚我还在听呢！或者更准确地说，在贝尔格莱德交响乐团大剧场观看嘉宾演奏伊斯道拉作曲的《黑夜中的旅人》。另外，他创作了歌曲《大洋洲》，比约克在二〇〇四年雅典奥林匹克运动会的开幕式上演唱了这首歌曲），他也从事艺术创造和舞台设计方面的工作，更不要说文学活动了。

不管怎样，我的问题是为什么这么多人会同时做这么多不同类型的工作，为什么他们所有的人都有着几个职业（对这个问题的回答之一是挣钱多，但是这个答案从一开始就被排除在外：即使没有额外的工作，冰岛人也比瑞士人或者挪威人生活水平要高）。秀恩回答了这个问题，而且后来别人也证实了这一点：这是因为他们只有三十二万人，一种下意识的防御，担心他们作为一个国家会消失，因此这是一个保持他们身份的一个有力的尝试。至少对于无形中数量已经翻番的冰岛人来说。

身份与数量的碰撞。

Chapter 19

第十九章

指挥军事战役的最高统帅接受了首席建筑师的建议。

一到达塞尔维亚，他坐在了贝尔格莱德帕夏的沙发上，动用了帕夏和他自己的文字抄写员，尽力把信函发往鲁米利亚全境，而且是用塞尔维亚语。这位征服者以奥斯曼帝国的名义所写的官方信件，都是塞尔维亚语，发给意大利、匈牙利、奥地利、俄罗斯和其他民族的统治者和政客们。比这更奇怪的是，征服者在信中提出了明确要求，要求他们用塞尔维亚语对他做出官方回复！就这样，巴伊察用他的信函创造出一种崭新的外交语言，尽管，起初，他甚至都没有意识到这一点。他有点担心苏丹王对他这种擅自的行为可能会做出反应。虽然穆罕默德解释了他未经请示就先行动的原因，虽然他没有听到统治者的反对声音，但是他知道，即使是最不起眼的小事也可能引起苏丹王的愤怒。然而，苏莱曼并没有这样，而是在听到这一事实后对他表示理解，这使他感到惊讶。而且苏莱曼给他捎去了一封信，信中说他这一罕见行为引起了鲁米利亚许多统治者的兴趣，而且他会很快与一些非凡的客人见面。苏丹王确信，总司令穆罕默德会与这些客人和睦相处。他在信中写道："你把塞尔维亚人组成了一个盟军，共同对待敌人！一箭双雕!”

事实果真如此:不久从不同的地方,他收到了鲁米利亚本土奥斯曼帝国控制区发来的公报,还有边境地区发来的公报,有国君写的,有国王写的,有君主写的,看起来像是出自各地的游记作家之手——有来自法国的、威尼斯的、杜布罗夫尼克的,甚至还有德国的。如果他们受雇于主人,也充当间谍的话,这没有什么特别的意义:穆罕默德·帕夏公开宣布了他的军事目的,而且是提前宣布的,还有投降条件,甚至有作战日期和路线。他有能力这样做——所有军事力量在他一方。恐惧是在敌方。

然而,大维齐尔鲁斯坦·帕夏给他捎来一封信。他不仅听说了大家对这次军事行动表现出新的兴趣,而且也听说了苏丹王对穆罕默德·帕夏的赞扬。他希望(作为一个有塞尔维亚背景的人)提醒巴伊察要提防“异教徒”,要想方设法不因他们的挑衅而失败,而是把形势的主动权掌握在自己的手中,主动开展一些间谍活动。以这种方法,他就能看出那些军事计划制定者真正的思想意图,无论是公开的,还是秘密的意图。

巴伊察接受了他的建议。他邀请了一位游记作家来到贝尔格莱德王宫(是由大维齐尔亲自推荐)的,这位作家要从伊斯坦布尔途经塞尔维亚的贝尔格莱德回到法国。鲁斯坦·帕夏教巴伊察如何在他做东道主时把作家从不离手的那本厚重的书偷过来,就一夜。那本书里记载着他在旅途中所经历的一切。近期,在埃迪尔内的王宫中招待客人时,鲁斯坦·帕夏这样做过,也不后悔。以这种方式,他了解到欧洲人的所言与他们真正的所思所存在的区别。他送给了巴伊察一册书,里边记录了这位佛兰克人游记的一部分,这一册与塞尔维亚人有关,原因很明显。书中记载道:

“塞尔维亚勇士犹如轻骑兵非常勇猛,他们的作战技术在于他们在最危险的地方寻求冒险。在那里，他们有机会证明他们的战争勇气和英雄气概。因为这一点，他们乐意跟随苏丹王的军队，没有任何报酬（就像土耳其军队中非正规阿金基轻骑兵一样）。他们大多数人的吃饭费用和生活费用是由帕夏、贝勒贝伊和桑贾克贝伊承担，因为在他们的随行人员中，他们保留一定数量的最勇敢、最无畏的塞尔维亚士兵。在波斯尼亚和塞尔维亚地区，一边与希腊接壤，另一边与匈牙利和奥地利接壤，都可见到他们的身影。今天，他们被称为塞尔维亚人和克罗地亚人。他们实际上是伊利里亚人，赫罗狄安在《北方的梦》中把他们描写为勇气非凡，身材魁梧，体格结实，强劲有力，面色如狮，生性凶恶，但是他们的风俗习惯比野蛮人有过之无不及，智力活上很笨拙，因此很容易被欺骗。土耳其人称他们为'delija'，意思是'既疯狂又勇敢'。然而，他们之间使用的名字是'zatočnici'，意思是'挑战别人的人'。因为，由于他们每一个人在竞争中要以一对十（如果他们想要获得'delija'或者'zatočnik'名字），他们在凶猛的徒手搏斗中与对手相遇，在搏斗中会使用某些从他们祖先那里学来的聪敏的绝技和迷惑对手的技能，他们技术娴熟、气概无畏，在大多数情况下会赢得胜利。"

巴伊察完全理解维齐尔所传递的信息。在这本新近创作但是还未完成的游记中，他对要读到的内容，非常着迷。

巴伊察非常欢迎这位游记作家和地理学家，他名叫尼古拉斯·妮科尔，来自多菲内，事实上他是政治家达拉蒙的随从人员，而达拉蒙是法国国王的外交使者。在接待尼古拉斯·妮科尔时，巴伊察又重复了鲁斯坦·帕夏教他的那一鲁莽的行为，在贝尔格莱德的卡莱梅格丹王宫，他用了一整夜的时间复制了他看上去感兴趣的那些游记内容。关于塞尔维亚人的那部分内容（是大维齐尔送给他的那部分的续写内容），尤其使他感动：

“我在埃迪尔内遇到了第一个塞尔维亚军人，当时我与达拉蒙先生一起，在大维齐尔鲁斯坦·帕夏的王宫中。这位勇士（delija）是他的下属。他经常陪同我们到我们的住所来，不是因为我的邀请，更多的是他希望能收到小费，他确实也收到了小费。在那里，当他是我们的客人时，我草草几笔勾画出他的长相和他那一身奇怪的服饰……他身上佩戴的武器是一把匕首和一把弯刀，右手握着一根大头棍或者一根狼牙棒，上边带有金色的尖状物。然而，几天后，这位军人在艾哈迈德·帕夏，而不是苏丹王的领导下（后来，在苏丹王的命令下，艾哈迈德·帕夏被扼死在床上），随部队离开了埃迪尔内去了埃尔代利。后来，我见到他骑着马，马背上不是盖着马披，而是一整块大狮子毛皮，前爪系在马的胸部，后爪在马的后部摇荡着。狼牙棒从马鞍上的后鞍桥处倒挂下来。右手握着一根长矛，上边有一个很长的空心矛柄，长矛尖部锋利锐尖。总之，你可以看出，他有点特别，在以下的画面中可以真实地再现。此外，通过一个专职译员，我非常好奇地问他是属于哪个民族，宗教信仰是什么。他非常巧妙地回答了我的问题，说他国籍是塞尔维亚，但是他的祖父出身于帕提亚王国，一个古代就有的国家，帕提亚人在整个东方因特别好战享有声望和受人尊敬。至于他的信仰，他说，他只是根据土耳其的法律戴着面具生活在他们中间，因为，在他的血统中，在他的内心深处，在他的心灵之中，他都是一个基督徒。为了很好地使我信服，他用希腊土语和斯拉夫语背诵起了上帝的祷文，万福马利亚和尼西亚信经。”

巴伊察非常感激鲁斯坦·帕夏使他能以这样一种眼光来审视一个外国人眼里的塞尔维亚人。他复制了这位游客游记中的这一部分和其他一些内容，把它们送到了埃迪尔内。巴伊察知道，对于大维齐尔而言，就像对他自己一样，这额外的知识有助于他更加全面掌控不久前悬而未决的，似乎永远也无法回避的二元对立的窘境。每一个新的实例，与他们的情况相似，对他们孤独的心都是一个安慰。

Chapter XX

第二十章

我听过的关于身份认同（以及想象中的身份的改变和变化）的最微妙、最不合逻辑，甚至有几分荒谬的故事是一个阿根廷人告诉我的，他叫阿根廷·阿尔维托·曼古埃尔，拥有加拿大国籍，但居住在法国。这个作家除了写过一些有趣的书外，还拥有一座世界上最宏伟、最壮观的图书馆，这样博学的人并不多见。因为他身份归属的多样性，很明显，曼古埃尔除了写自传外，也研究别人的传记。他全身心钻研的一部传记是乔治·路易斯·博尔赫斯的传记，他也目睹并经历了传记中主人公的真实的生活。然而，有两件微妙的不同寻常的事情，又使他与其他的传记研究者有所不同：年轻的时候，他曾是博尔赫斯的私人读者（准确地说，他给博尔赫斯读过文章），成年后，他还写了关于他的书（他静静地等了四十年才等到这一天！）——书中写了一些博尔赫斯的事，里面还提到了博尔赫斯的研究人员。事实上，只是一些传记研究人员：这些人在研究这位伟大的作家时会出错，会把别人写的书或根本不存在的书和信件说成出自博尔赫斯之手。他仔细研究了他们。这些人努力对别的作家做出阐释，自信他们在谈论博尔赫斯，几乎不承认自己的研究有错，也不承认他们的自负，不可思议。但是，这些人也没有自嘲的能力,甚至是在后来……

几年前,阿尔维托·曼古埃尔出席了蓝色都市蒙特利尔国际文学节,我也受邀参加了那次活动。在我们向公众朗读我们的作品和与观众交流开始之前,戴维·艾尔巴哈,我们双方的熟人(他本身也是一位加拿大作家)安排我们进行了会面。从一开始我们就很有默契,很快而且很轻松地,我们便讨论起身份认同这一主题,并列举了一些自己和他人的例子,这一主题自我衍生发展,就像一个蜘蛛网——围绕一个中心不断地扩展,编织出一个更加广阔的领域,离它的编织者越来越远,因此,越发保护着它。但是很难看见,更难捕捉;对于闯入的不速之客而言,有时,这个网并不结实,也不舒服。

我们应邀见了面。

除了之前说到的博尔赫斯的例子,他给我列举了很多其他的例子,都与身份错误有关,他还跟我讲起了几个博尔赫斯自己遭遇的故事,而博尔赫斯也因其中的一件事而出了名。他还给我讲了一个更为极端的例子,后来还把这个故事讲给听众们听。(作为他的出版商,不久后,我将这个故事以附录的形式添加在他用塞尔维亚语写的著作《论博尔赫斯》一书中,并取名为“伪造”,那可是这则故事的首次面世。)以下是该故事的节选:

“一九七六年四月,第二届世界莎士比亚大会在华盛顿举行。此次大会的主要内容是乔治·路易斯·博尔赫斯以‘莎士比亚的秘密’为题做一场学术报告。一千多个专业作家,像摇滚乐队的吉他手一样,晃来晃去,想在希尔顿酒店最大的大厅内找到一个位置。戏剧导演简·考特也是其中的一位听众,他跟其他人一样努力寻找一个好位置来听这位大师揭开莎士比亚的秘密。有两个人协助博尔赫斯登上了舞台,坐在麦克风前。考特这样形容当时的

场面:

"'在场的人全都站了起来,喝彩声持续了很久,博尔赫斯却一动不动。掌声终于平息了下来,博尔赫斯开始讲话,但只能从扩音器里听到微弱的嗡嗡声,而在这些没有任何声调变化的嗡嗡声中,只能勉强听出他一直在重复一个词:莎士比亚,莎士比亚,莎士比亚……就像远处一艘将要沉没的船上不断发出的微弱的呼救声。

"'麦克风的位置放得太高。但是,没有一个人敢走上台去为这个年长的盲人作家把麦克风调低一些。博尔赫斯讲了整整一个小时,而在那一个小时的时间里,听众们只听到他在不断重复着一个词——莎士比亚。然而,演讲期间,没有一个人起身离场。演讲结束的时候,大家再次起身为他喝彩,演讲后的掌声似乎永远不会停息下来。简·考特回忆着,脸上充满了惊奇。无疑,考特也和其他人一样,在这无法理解的文本中注入了自己的解读,在这不断重复的"莎士比亚,莎士比亚,莎士比亚"中,他们揭开了莎士比亚的秘密。'

"也许,他没有别的内容可说。伪造大师,借助科技的微小缺陷,达到了他的目的。他把他自己的文本转变成一种有声的伪信息,而这种信息却是由听众编造而来……"

故事的动人之处就在于它有着多重含义:你确信你领悟到它所有的意义了吗?我还没有。例如,阿尔维托·曼古埃尔是故意使自己的评论如此开放,通过对博尔赫斯的效仿故意去误导读者去犯错误吗?而在他之前,简·考特也不是很好理解。我们是在应对一个个人的阴谋还是一个公共阴谋?因为,毕竟,你还不确定究竟是技术出错,还是这位永恒的魔术师在创造性方面表现得太无礼,居然敢调戏伟大的莎士比亚以及莎士比亚的(大大小小的)解读者。

可是什么时候才可以结束,结束那些专家听众因虚伪而产生的(对大师)盲目崇拜的讨论呢?

我十分赞赏这样的思想,没有哪个伟人不可以被超越。那样一种态度(不是我自己的,而是博尔赫斯本人的态度)同样适用于对博尔赫斯的阐释。如果你去问他,他也会对你这么说。

是的,而且就我所说的,我还忘了再补充些内容:阿尔维托·曼古埃尔出身于阿根廷,拥有加拿大国籍,居住在法国,但无论是之前还是现在,他都用英语写作。即使他之前想要隐藏自己英语知识水平的不足,最终他也没能做到:他与我互通书信时,使用的既不是英语,也不是西班牙语,而是文学语言。尽管这样,仍然有许多不同的语言可供选择,既是因为遗传基因的原因,也是因为这些奇才的语言身份认同的原因。来自贝鲁特的黎巴嫩人,阿敏·马卢夫,是连接东西方文化的重要人物(像奥尔罕·帕穆克),他将自己的阿拉伯背景与他家族所信仰的天主教教义相结合,将阿拉伯字母与拉丁字母相结合(并不是混淆,而是主动结合,或者更确切地说——是融合)。他写的书,大多都和阿拉伯的文化、历史和文明有关,但是,首先是关于身份认同的问题——是用法语写的,而法语不是他的母语。他多才多艺,思想开明,与世无争。在挪威的极地城市特罗姆瑟召开的国际笔会上,为了可以更好地交流,他用流畅的英语出色地完成了他的演讲,最后还向大家致歉说,他在说英语时没能发挥出最佳水平。晚饭前,也就是演讲刚结束不久,我问他为什么要这样谦虚。他回答道:“像你我这样的人,难道不该尽力去完善自己的言辞吗?相比其他方面,我们更有责任去掌握语言,不是吗?”他如此谦逊,是一个真正的周游世界的旅行家,从他身上得到这样一个意想不到的回答,我还能再期待什么呢?(作为一名新闻工作者,他曾在世界上你最难以相信的地方做驻地记者,甚至在一九八〇年,他从贝尔格莱德报道过为约瑟普·布罗兹·铁托举行的葬礼。)

还有,马卢夫写过一句话,解释了他所具有的背景和所处的环境,并因此而出名:“无论谁生活在黎巴嫩,对他来说,首个信仰就是共存。”他的这句话可以如实地用来描述铁托统治下的南斯拉夫,那也是他对这个已经不存在的国家如此感兴趣的原因。不幸的是,无论这两个国家多么不同,它们都否定了共存这一理念。那些拥有不同宗教信仰的人,曾经和睦地生活在同一个国度里,后来却由于使用了,而且是又使用了最为糟糕的共有的工具——内战,被无情地分为两个不同的国家。

特罗姆瑟位于遥远的挪威北部,是最晚“被开化的”地区之一,所有的北极探险都以这里为出发点,它同样也吸引了作家们(国际笔会的成员)的注意。似乎这些文学创作者在这样一个遥远寒冷的地方能够构思出生命的重生与纯洁,从这里,许多人义无反顾地走进了他们自己不确定的人生,但是无疑去探索着人生的未知。事实上,这片无人居住或者人口过密的广袤的土地,唤醒了人们对个人净化和全新开端的需求。它将人们带回到天真、朴实的萌芽状态。这就是为什么完全不同的作家,从世界上完全不同的地区,来到这个地方的原因:除了马卢夫,还有本国的作家乔斯坦·贾德以及拉美文化的传奇人物和改革者——埃内斯托·卡登奈。可惜的是,阿尔维托·曼古埃尔并没有来这里。马卢夫一直寻求否定差异,阿尔维托·曼古埃尔受他思想的启发,已在把自己的法文小说《靠岸港》翻译成英文。(该小说描写了一个土耳其人和亚美尼亚人的多重身份在一个人身上的融合,以及一个犹太人与一个穆斯林教徒的爱情故事……)

不管怎样,所有的这一切都有着内在的联系。贾德在那同一个地点做了演讲，证实了他的国家，挪威，真的在作家身上唤醒了一种乌托邦似的内在动力，激活了他们某种纯真、敏锐的观察力：用他的语言、他的微笑、他的面部表情、他的手势、他的整个身体，还有他的声音——我们的东道主，在其他作家的面前，表现得似乎更像哈利·波特，或诸如此类的人物，而不是一个"严肃的作家"。然而……仅在一年之后，因为贾德公开要求以色列从（马卢夫所属的国家）黎巴嫩撤军，挪威首都奥斯陆的犹太社区对他进行了谴责，并判他不得主动在公众生活中露脸。这在一定程度上剥夺了他天真的本性。马卢夫和贾德确实在特罗姆瑟交谈过，但他们并没有策划什么阴谋。不管怎样，以色列作家，大卫·格罗斯曼，也向自己的政府提出了同样的请求！但是，就在他刚刚拜访了以色列总理，并要求总理从南黎巴嫩撤军的第二天，他的儿子被杀害，死时身上穿着以色列军服。而在那时，我刚出版了一本他的书，并邀请他到贝尔格莱德来。生活真是瞬息万变。

结论是什么？作家——和平的使者——并不受人欢迎。政客和那些在政界掌权的人经常提醒作家，从中世纪开始，他们的角色就没有改变过：作家的职责就是，像艺人那样，为别人找乐子。就这些。

但并不就这些……最近，诺贝尔奖获得者，若泽·萨拉马戈，（不明智地？）说他的祖国葡萄牙将来会成为西班牙的一部分，他受到了炮火般的政治攻击，反击他的论点并不是辩论中适用的论点，而是那些政客以他在政治上不合格为由，让他远离政事，专心写作。如果那些政客也能履行自己的职责，而不写书，这不也是件好事吗？可是，你懂的！

一个非同寻常、成功的典范，当然也很罕见，就是之前提到的埃内斯托·卡登奈。他也在特罗姆瑟，他不仅从政，也会写书。

他是一个革命者，在一九七〇年，游历了古巴之后，他创造了自己的"基督教马克思主义"，但是在那之前，他早就是一个改变了自己宗教信仰的人——一个天主教教徒，牧师——左派，之后他还推翻了独裁者索摩查，成为尼加拉瓜的文化部长，但从始至终，他都是一个诗人（他推崇埃兹拉·庞德的审美标准，也创造出自己的诗章风格）。虽然在桑地诺解放运动中，他与以前志同道合的弟兄们分手（他曾经是该运动中的一名官员），但是他一直都是个激进主义者，一个真正的修道士，一个反对不必要财富积累的勇士……

埃内斯托·卡登奈是我的挚友，对我来说，他完全就是诗歌具有决定性力量的象征。他将空想变成了现实：一九七九年，作为未来的文化部长，他在别人看来就像一个小丑，因为他为士兵和警察吟诗，并且提出了"诗歌将会为军队和政治带来技术援助"的国家理念。真正地当上了公仆之后，他也并没有抛弃之前的想法：吟诗为这个国家扫除了文盲，诗歌类书籍的销量也因此连续数年逾越百万册。

他是一位强制这个国家聆听诗歌的人。

八十岁时，他在特罗姆瑟举办了一次雕塑展览和一场文学阅读会，他尤其爱拿那些严肃的话题来开玩笑——而且，他是那些作家中最年轻的。来自纽约新方向出版社的那些詹姆斯·劳夫林诗歌的爱好者宣布，他们准备在二〇〇八年出版他的《新诗与诗选》（1950—2005）。他们似乎知道他将在二〇〇七年会成为诺贝尔奖的候选人（就像那些年，"我的"那些朋友被提名一样，他们一样都具有反叛精神，并且非常"资深"，那些我认识的人——有科恩和迪伦）。诗歌就是音乐，音乐也是诗歌。

事实上，我也出席了在蒙特利尔举办的确定科恩大众候选人资格的会议，我和其他人一起，为他喝彩，并投票支持这一动议。

但奇怪的是,从一开始被他几个朋友(电视节目制作人、爵士乐歌手、作家……)视为玩笑的事,在他家乡父老乡亲看来,却是件值得去做的事,也是一件严肃的事情。很快,这个动议无法撤回:他的读者、公众和媒体都在精心推动这一动议,直到最后结果的出现。当然,对于这样一个具有创造力的天才来说,即使他获得诺贝尔奖,他的创作也不会就此"停止"。他是一位严肃认真的人,始终处于非此即彼的选择边缘;公平地说,他是年纪最大的富有活力的摇滚音乐家(他甚至比鲍勃·迪伦的年龄还大);对于那些抱有怀疑态度的人来说,他是"兼具诗人和音乐家"的身份;不管在何种程度上,即使是在年迈的时候,他都证明了他自己始终如一的执着。对于这样一个人,你认为他会成为一个诺贝尔奖得主,未免有点幼稚。然而……我们永远不会知道。就是连"美人鱼"这样的表达也常会被用来嘲笑别人,但是对于那些具有创造力的人来说,这种嘲讽只会激励他们去创造更多的奇迹。

Chapter 20

第二十章

穆罕默德·帕夏使用外交手段赢得战场的胜利，成功取代了旧式战争的方式——在那之前，火与剑的交锋被视为唯一可能的作战方式，也是起着决定性作用的方式。当然，并不是完全取代。但是，现在所进行的这些外交活动，虽然只是一部分活动，也挽救了各方成千上万条生命。说实话，有时，外交手段只是延缓了死亡的发生，但是，从总体结果来看，无论何时何地，以外交谈判替代战争都非常必要，因为这可避免战争带来的大量的人员伤亡。巴伊察一直对谈判技巧的作用深信不疑，因此，他自己首先要有信心他可以至少掌握一部分谈判技巧，这一点很重要。他知道，如果不使用武器残酷作战，就不可能赢得战争，但是这并没有阻止他尝试使用别的选择——如果有机会，可以使用书信和对话的方式来解决争端。他坚信语言的力量是强大的，即使当他陷入孤独、冷落、近乎绝望的时候，也不曾放弃这一愿望。然而，也有令他绝望的原因。与匈牙利那些精明的、异想天开的人，已退王位和未登王位的人，或者思想不成熟的伪装者和统治者进行长期的谈判，与奥地利人和他们的追随者进行长期的谈判，巴伊察发现他们之间四分五裂，每个人都或多或少地想要从谈判中获利，与他们长期的谈判拖延了战争的胜利成果:由于陷入冬天的困境,他不得不暂时停止征战,把军队撤到冬季营房,让军队在那里好好休整、吃饱、提振军队士气,等到春天,再继续作战。苏丹王被这样的决定激怒了(确切地说,是被延迟作战激怒了,而不是被因延迟作战而带来的后果所采取的这一决定所激怒)。但是,大维齐尔鲁斯坦·帕夏为了庇护这位同胞,向苏丹王解释说还是等待他们新任命的这位军事指挥官最终的工作结果再做判断,这样会更好,因为通过理性的判断,他觉得这位新指挥官不同于之前领导这场战争的任何一位指挥官。将战斗目标推迟到下一年,意味着他们会失去些时间,但是这并不是没有意义。军队一直守卫在已占领土的边界处,这样一来就避免了撤军过程中的损失:军队非常接近敌军,整装待发。巴伊察将大部分兵力驻扎在贝尔格莱德和泽蒙,在阿瓦拉山坡及邻近地带。即使是在波斯尼亚,也无一人撤退到军队出发的地方。

巴伊察还遇到了一件非同寻常的事。从所有塞尔维亚军官和他们士兵的表现,可以看出他们在一起非常愉快;他们经常聚集在一起,关系紧密,这使他们产生一种感觉,他们人数众多,英勇、强大,意见和谐,可以像这样再战一场,但是完全是为了他们自己的目标而战。巴伊察邀请一些塞尔维亚首领到贝尔格莱德城堡来,他们接受了他的邀请,对他,他们也不隐瞒自己的思想。当然,巴伊察很乐意接待他们,倾听他们的想法:每个人都喜欢听母语的声音,即使是在奥斯曼帝国最高统治者和巴伊察的面前,也可以用母语大声说出自己的想法。这些首领们一时觉得,在他们面前的是他们自己的统治者,在巴伊察面前的是他自己的同胞。但是,他还不是他自己国家的统治者。多么奇怪啊!他,作为总司令,在这片土地上生,在这片土地上长;他们,是他的臣民,拥有和他一样的血统,与他生活在同一片共有的土地上,但是却在异国他乡、效忠于不同的统治者。

这位苏丹王立法者自己，因其自己的立法行为而得名，因塞尔维亚人在奥斯曼帝国内部享有的应有的特权，而受到赞扬。当然，他们仍然比别人得到了更多的保护，至少他们幻想着可以如愿地进行自治，掌控自己的命运。不管怎样，他们没有感觉到自己像奴隶一样。他们承担着一部分重要的角色。在艰难时期，有归属感总比陷入绝望更为重要。

巴伊察默默接受了这个令人尴尬的、自愿组成的联盟，但是他什么都没公开直接地说出来，他决定用行动来说话。而且，一有机会，他就会付之于行动，做一些对大家都有用的事。

现在，穆罕默德·帕夏知道他们会回到这个城市，他因此下令，在整个冬天，对贝尔格莱德所有的一切进行修复、翻新，打扫干净（诚实地说，现在并不是做这些事情的最佳时机）。对于较大的工程，他下令现在就制定未来施工的计划；对较小的工程，他指派那些本来无所事事的工程师和士兵们去做。整个军队的工作纪律严明。事实上，他就是所谓战火的守护神，绝不让战火就此熄灭，工作就是希南的代名词。

通过与塞尔维亚首领的交流，他对人们的精神状态和东正教教堂有了更为清楚的认识，对东正教堂的状况持续恶化，面临垮塌的危险有了更好的了解……他发现，塞尔维亚人被分散在几个不同的，强加给他们的奥斯曼帝国的附庸国之中，没有什么把塞尔维亚人联系在一起。只有土地能把他们联系起来：土地是不会移动的。但是，外国统治者，故意或非故意地，想出一种可操作的方法来打破塞尔维亚人之间的这种联系：迁移时，他们并不搬迁寺院，只是将当地的民众迁移到别的地方去。他们通过各式各样的方式，自作聪明地、不知羞耻地，按照自己的需要将整个村庄或区域的人,或自愿或强制地迁到别处去。他们通过驱逐或恐吓的伎俩使民众“自愿”离开,有时他们会买通一个人,逼迫他们效劳,但通常情况下他们会强迫民众入伍。在如此残酷的现实面前,普通百姓没有靠山可以依靠。甚至在他们的思想中,当然肯定不是在肉体上,他们甚至都不可能有任何幻想能帮助他们去与命运抗争。所剩下的一切只有宗教信仰,可是宗教信仰也没有了教堂的支撑,因为教堂就在他们眼前无疑在慢慢地倒塌,化为了尘土。

如果教堂正在倒塌,一个人至少也要保有这份信仰。越快越好。但该怎么做呢?

也许思想无法像一座建筑那样进行翻新,但是却可以通过一座建筑得以恢复!

穆罕默德·帕夏再一次因为尤素夫·希南不在他的身边而感到伤心。不是尤素夫,而是约瑟夫,甚至也不是他,而是三人合一——米玛尔。不是土耳其人,也不是希腊人,而是——一名工程师。

Chapter XXI

第二十一章

我在等待一个可以交流的伙伴，我在寻找一个知识渊博的人来向我解释为什么奥斯曼人从来不把他们征服欧洲的运动称为战争，他们也从未定义过什么是战争，他们总是称那场战争是一场征服运动。似乎使用“战争”这一表达一定意味着，在这样一种情况下，无论对方是否也这样认为，在对方，肯定存在最不值得尊重的对手。我不会说，这个有关战争的定义会迫使他们承认有人会（上帝保佑——有人不得不）比他们更优秀、更强大，但是所有这一切都在表明，在这一点上，他们表现得不成熟；就像小孩子自己咕哝着什么，然后大声地说出来，用同一句话反复诅咒，试图驱除心里的恐惧。在特殊的情况下，禁忌语具有治疗的功效！

对于现象，他们似乎不用真正的名字来称呼它们，而是为它们取一个合适的称呼。因此士兵们遵守着这一日久年深的传统，也具有征服者苏丹·穆罕默德大帝的品性。有战斗，却没有失败，因此也就不存在战争，只有征服。因此，无敌的胜利者并没有诉诸战争，只有占领和征服。他所开展的军事行动也只是征服行动。来自同一个语库的另外一个概念是“异教徒”，今天，我们甚至可以称它为一个思想性概念，已经成为一个准语言概念。将信仰其他宗教的人称为异教徒是一种宗派行为,毫无道理。“不区分”现有的三大(!)宗教实在是,什么,太难吗?这种联系并不是偶然的。征服运动和异教徒同时出现,那时,征服者穆罕默德占领了拜占庭帝国雄伟的首都君士坦丁堡,使存在数世纪之久的拜占庭帝国就此灭亡。

事情再次这样发生,无数次地这样发生,我们知道,在这件事件的前前后后,历史不断地重复上演,令人疲惫厌倦:新来的征服者抹去被征服者前人留有的历史遗迹。而且,对于他们自己的未来,他们也试图这样去做:没有任何计划,好像他们并不关心子孙后代的事,更少关注那些有朝一日会征服他们的人。好像一切在当下开始,也在当下结束。

当下!那只是自私的代名词。

傲慢——那正是毁灭的代名词!必须承认,奥斯曼人在勒班陀战役中失败后的表现,表明他们确实在克服傲慢自负的错误。只有到那时,他们才彻底认清了自己的错误:总认为自己最优秀,蔑视他人。那是一次在别的战争实例中从未见过的局面,当时,苏丹大帝之子(比征服者穆罕默德还要伟大)——苏莱曼大帝的儿子——也就是苏丹·赛利姆,遇到了危机,陷入了真正的恐惧之中,妄想他的帝国四分五裂,认为伊斯坦布尔可能会在短短的几天内被占领。是谁用言语和行动拯救了他?是谁通过让他相信一切都可以恢复,通过迅速重建被摧毁的舰队拯救了他?是当时的大维齐尔(曾是海军上将),穆罕默德·帕夏·索科卢/索科洛维奇,他是异教徒,在一次征战中,从波斯尼亚,也可以说是塞尔维亚,来到了这里。

现在我必须回到语言问题上来,为什么所有的这一切都不能称之为战争。

与我交流的朋友来了。或者,这次称他为我的听众更好。他是奥尔罕·帕穆克。他的出现让我想到,这个问题其实还有另外一种可能的答案。那个答案与巴伊察有关。比如,刚参加各种征服行动和战斗时,他还是一位普通士兵,之后晋升为军官,但是当他成为征服行动的总指挥时,尤其是在鲁米利亚战场上,他并没有意识到他是在指挥一场战争。奇怪的是,尽管一切都带有明显的军事性质,尽管死亡人数众多,尽管俘虏了敌人、占领了敌方的领土、更改了国界线、更换了统治者和其他所有人员,但是,他还是不愿意把所有这一切称之为"战争"。他之所以这样做,是有他的原因。

"奥斯曼军队总是在春季发起征服行动,而在深秋结束(或中断),可以理解,因为是气候原因。这一事实也助他一臂之力,这也使得这些征服行动具有季节性,像节令性水果,或是像转瞬即逝的东西,刚开始就结束,刚存在就消失。就像时尚一样。这种关于'战争'的观点使他更容易认为塞尔维亚和波斯尼亚只是暂时(不是说'季节性地')失去了自由。虽然他自觉效忠于奥斯曼国王,但是穆罕默德仍然还是巴伊察。这样一来,他就认为,塞尔维亚,或许还有波斯尼亚,甚至斯拉沃尼亚,肯定会(再次)成为他们以前或者将来帝国的一部分。他一想到他们会永远成为别国的奴隶或侍从,心里就会不安。"

帕穆克不想只是这样听着,他说道:

"或者像政治手腕,因为同样具有周期性,美国人将他们的总统竞选之战也称为一种征战行动。总统选举有它自己的广度:越临近目标,压力也就越大,但无论成败,压力都会爆发出来,随后便消失了。因此,那是人们从一开始就知道的,是短暂的,是转瞬即逝的。所以,在他们的语言中,他们使用了'征战'这个词,保留使用这个词也意味着选举是一场他们不称之为战争的战争征服行动。”

他说到了点子上，我举了一个亲身经历的例子：

“你大概已经忘了，在一九九九年，对塞尔维亚的轰炸事件也被称为征服行动。事实上，我觉得，不仅仅是因为整个事件持续的时间短，（与常规战争时长相比）只有三个月之久，还因为通常伴随这种征服行动，都有媒体对此种行动所进行的宣传报道。最重要的是，由于以上这些原因，致使这场冲突（另一个人们喜欢使用的代名词）根本不会被称为是一场战争，哪怕是误称。战争总是发生在别的什么地方。（事实上，那次战争之前的战争，发生在我们以前的领土更为辽阔的故土上，那时，也是为了我们国家的总统而战——都是发生在别的地方。）我不知道你是否听说过，在一九九九年发生的那场征服行动具有一个代表性的名字——‘仁慈天使’，很具基督教特性。是天主教为东正教兄弟们带来的礼物。”

我又想起了近来发生的一件事。“既然我们讨论到这个问题，人们期待已久的罗马天主教教皇本笃十六世最近发表的那项声明几乎被忽视了；他于二〇〇六年冬天在伊斯坦布尔拜访主教时发表声明，把基督教分为东西方之说……只是谣言！”

帕穆克的话把我们带回到我的故事所发生的那个年代：

“无论巴伊察和约瑟夫的生活经历是否只是鲁米利亚抵御奥斯曼帝国过程中的一个小插曲，你都不应该忘记，在这所谓的转瞬即逝的事件中，同一个欧洲在奥斯曼帝国的统治下几乎长达五百年之久。”

我说道：“这是事实。不管巴伊察能活多久，他都不可能在他的有生之年看到这些。他也不是那种预言家或者先知。我们则可以从自己的视角来看待这件事。”

帕穆克开玩笑说:“但是这并不是因为我们在某种意义上是先知或者是预言家,而是因为这件事发生在过去。”

Chapter 21

第二十一章

苏丹王和他的大维齐尔找到了一个折中的办法以继续他们在塔米塞拉、布达和维也纳的军事运动：因对穆罕默德·帕夏的战绩不很满意，他们委派艾哈迈德·帕夏，波尔塔的第二维齐尔，担任新的军事指挥官。他们做出决定，不采取任何极端的方式：苏丹·苏莱曼没有亲自作战（但是，他象征性地再次从伊斯坦布尔发出作战命令），也没有任何谴责或惩罚穆罕默德·帕夏的迹象。苏丹·苏莱曼留下了他作为新上任的塞拉斯克尔的得力助手，继续留用他作为指挥官，这一举措非常明智，毕竟他成功占领了巴纳特部分地区。占领的面积并不比他们计划要少，只是占领的速度比计划要慢。但是，作战计划还是完成了。不管怎样，苏丹王对他还有更多的计划安排。

巴伊察的职位被调整，他确实感到很伤心，但是他必须坦然面对这一事实：大家都知道，那是他担任指挥官以来第一次发动的大规模军事行动，所以没人会期待他像一名老兵一样拥有丰富的经验，大家也知道，持续的谈判缩短了为争取更大更快的胜利所需的时间。当然，谈判作为一种战略，并没有人怀疑。

事实上，立法者苏莱曼和鲁斯坦·帕夏都对这样的结果感到格外的满意。穆罕默德·帕夏为他们打开了另一扇门,创造了一种更为微妙的统治方式:他将聪明才智融入到了政治之中!奥斯曼战略不再被称为是阴险狡诈,这种战略现在有了一个名称——谈判。敌人在与苏丹王新任命的外交官谈判时,显得十分恭敬,不仅赞赏他,而且还告诉他,他们有可能与他合作。对统治者和第一维齐尔来说,这意味着,在将来他们可以以一种迂回的方式来战胜对手,而且可以避免不必要的大量的流血冲突,毕竟,当然会存在有些情况,牺牲更多的人并不符合战争的目的。另外,他们看到,巴伊察在塞尔维亚人中非常受欢迎,于是觉得如果要与塞尔维亚人保持良好的关系,巴伊察是个必要人物;这些塞尔维亚人是他们最精良,也是最勇敢的士兵。

在这个事件中,出于对公众的考虑,也因为他在这次战场上显然部分失利,他们必须取消巴伊察指挥本次战役其他战斗的至高领导权。

巴伊察勇士的声望遭到了质疑。但这和他不切实际的自满情绪没有任何关系。他知道,对于奥斯曼帝国的一名士兵来说,证明自己的能力是多么重要。他就是一个切身的例子!他会记得。他沦落到不受统治者青睐,完全不受公众欢迎的地步,他要改变这种状态,恢复重新取得胜利所必需的信誉,随时做好战斗准备,不是一件易事。但是那不是不可能的:到一定阶段后,统治者最终还是会再次重用他。

然而,正是苏丹对巴伊察的同情,使得整个鲁米利亚的帕夏、阿迦和贝伊们开始鄙视他:在这些人看来,战争的残酷性原则使得战争只承认实力。因此,穆罕默德·帕夏被视为懦夫,被王室惯坏了,应该随时向他展现敌人的虎胆和威慑力会带来的后果。因此,某些奥斯曼帝国的人——波斯尼亚和匈牙利的统治者,自行其是——等不及对高级指挥官的任免,甚至等不及新任命总司令的启程,更等不及他的到来——于一五五二年冬天,匆匆上阵,发动了征服战争。对巴伊察来说,最糟糕的是,他们居然征战成功,并且得到了新任命的塞拉斯克尔——艾哈迈德·帕夏的赞赏。这种默许的对这位贝勒贝伊所实施的计谋是他们用来讽刺巴伊察的手段,因为在他的领导下,他们甚至不能放开手脚,按照自己的意愿去行动。然而,愉悦之中,他们的确做得太过分了;他们还不够机智,还不能领悟到苏丹王的用意,也不会推断出,他们还会在穆罕默德·帕夏的领导下参与更多的战争,如果他们在战斗中能够幸存下来的话。这还没有考虑到他们忘记了这样一个事实,巴伊察仍旧是鲁米利亚的贝勒贝伊,在和平时期,他们仍然要服从他的领导。这一遗忘,代价昂贵。对于苏丹和大维齐尔来说,他们的确很重要,但是只在完成他们的目标中起作用,而且往往都只是在某一特定时刻。不管别人怎么看待这件事,他们都很幼稚。这并不意味着他们应该得到同情。恰恰相反。无论这听起来多么残酷,他们都是些这样的人,急于抓住机会,骑在一个遍体鳞伤的人的头上,大耍威风,在内心深处随心所欲地去对待他——把他看成一具尸体。他们错了。因为每当征战或战争结束后,他们会迎来一个和平时期。那时他会回来——鲁米利亚的贝勒贝伊,穆罕默德·帕夏·索科卢,也被称为巴伊察·索科洛维奇。然而,他们并不知道,相比而言,这两个称呼中,哪个对他们来说更具杀伤力。

苏丹和大维齐尔并没有因为奥斯曼人在鲁米利亚各国逐渐形成的坏印象而感到羞愧——他们是残忍的征战者和拙劣的谈判者。但是,他们也知道,时代已经不同了。除了用武力来营造一种现有的恐怖外,再制造一种无形的、不可预测的恐惧也是一种不错的想法。他们彼此都承认,听到那些对于穆罕默德·帕夏的赞美之声，他们很开心。无论如何，他们已经来到鲁米利亚，驻扎在那里。他们已经在那里驻扎了很久，已不是一个是否要在那里停留的问题。相反，他们的计划是要在它的中心地区安营扎寨。征战至今还没有结束的征兆。但是，大规模的征战和制订长期的作战计划，需要有休息的间隙和场所，需要各种各样的作战途径和解决问题的方法，需要各种各样的战争策略迷惑对手，使他们时刻保持警惕，即使强大的海军舰队并没有向他们袭来。

对于这样一种制订计划的途径，穆罕默德·帕夏是理想的选择。与其说他是一种新式武器，倒不如说他是很难对付的一种常规的，用言语进行攻击的武器：做出的承诺可能是一种义务，却并不一定必须遵守。一件事情可以用一百种表达方式去表达，被正确理解和被误解的可能性各占一半。鲁米利亚的贝勒贝伊已开始改善帝国的声誉：在他身上，异教徒看到了拖延的机会、看到了撤退、看到了在政治上的讨价还价，甚至是欺骗的机会。但是，即使是穆罕默德·帕夏，他也没抱有幻想。他同样使用这种方法来达到他的目的，然而，他期待在这样的战斗中，也必须有可能获胜，这是最可取的。也就是说，用技巧战胜精明。这对巴伊察来说，在开始阶段，那已足够了。他内心深处所深信的就是：在言语与刀剑的关系中，言语具有至高无上的主导权。这种思想，他不敢太明显地表现出来，更不敢大声地说出来。

如果不是别的，因为具有这样的立场，他必须保持冷静，尽力按捺自己焦躁的性子。他这样想道：如果能够证明那是正确的，如果能够证明他真正具有大家以这样和那样的方式称赞他所具有的那些能力，那么他不会丢掉那些技能。他也因此会努力去关注培养那些大家认为他不具备或不擅长的那些能力，那些他不喜欢或丝毫没有的能力。因为这些都是些性格特征，是可以学会的行为，所以他决心使这些能力成为他性格的一部分。也许,他可以用这些性格特征和才能去欺骗别人,但是他心里清楚,它们各自有存在的原因、各自存在的目的;他也清楚哪些他要加以控制。他不想改变自己。那是他最难做到的事:成为别人,保留自我。

生活的命运不早就把他抛入到这一残酷的游戏中了吗?这次游戏,时间更长、更重要,也更危险:并将伴随他的余生。在这场游戏中,他最大的秘密也是他最不可能实现的事。他怎么能以同样的诚实之心向他自己和整个世界展现出两个完全不同的自己而丝毫不觉得是在欺骗、是在造假、是在说谎呢?事实上,没有这样的事情。

也许有可能,除非他可以证明,两者之间根本不存在任何差异。

Chapter XXII

第二十二章

我记得在写一本关于德鲁伊教的小说之前，我做了漫长的研究准备和所有其他的相关工作。

在我横贯凯尔特民族大地的旅行中，在布列塔尼，我的一个梦想得以实现。可是首先，这个梦想是如何产生的呢？

这个梦，源于音乐和建筑的联系。是这样的，在摇滚音乐依旧被认为是世界上的一种时髦前沿的音乐风格时，与之相比较，二十世纪六七十年代，也出现了一种风格独特的音乐，那时候这种音乐还没有名字。从形式上看，它也是一种摇滚乐，但是我们可以说，这种音乐表现形式更广，或者至少可以说它足够另类。这种音乐源于音乐家、作曲家或者他们所接受的古典音乐教育中的一种傲慢的个人主义的思潮（这些音乐家和作曲家都曾在正规音乐学校和大学接受过古典音乐教育）。这两种流派中的第一种以多诺万和鲍勃·狄伦的音乐为典型特征……另外一种我现在热衷于讨论的音乐是基于性格古怪的音乐人所创作的音乐，比如杰斯罗·塔尔乐队的主唱，伊安·安德森。他（他们）类似于“温柔的巨人”乐队组合或者其他类似的组合，在音乐风格上往往被归为交响摇滚乐。他们都很乐意把古典乐的影响融入自己的作品中。因此，实际上，他们采用了古典乐（与之相反的是，其他与他们有相似教育背景的人不使用古典乐）。交响摇滚乐，正如其名，表示出它所包含的成分是什么，而不是听起来像什么。因此，退一步说，这是一种比该时代其他主流摇滚乐成分更复杂、对声音要求更高的摇滚乐。随着时间的流逝，各种文化的音乐遗产中的元素也开始融入到其中，不仅仅是以盎格鲁－撒克逊的音乐元素为主导。事实上，具有音乐元素的东西，像根系一样，破土而出，后来发展为一种风格独特的音乐——称之为世界音乐或者民族音乐。“那种东西”在当时其实还没有名字。那时的摇滚乐，主要是采用共通的音乐语言，还没有意识到音乐文化的个性特质。

在这样细微的不同音乐的组合之中，出现了最多变的合成音乐的声音，所有这些音乐形成了一个丰富而又令人愉快的音乐作品创作时期。那时候，同首音乐创作者和听众，在欣赏不同音乐版本时，要“相互竞争”。谁最受欢迎并不重要，唯一重要的是，能够获得某种程度的快乐。

但是在本故事中，我们现在还得回到音乐和建筑的联系上来。

贝尔格莱德有几个音乐大厅，专为所谓的严肃音乐而设，有的是专门为它建的，有的是偶然建的。尽管没有专门欣赏歌剧的音乐厅，但是至少有一个观看歌剧的剧场——国家大剧院。这些总归有点肤浅。因此，除了所谓的商场大厅（有时也会用作音乐厅），这座城市也有一个交响乐大厅，说实话，跟前一个比起来，实在是小了点。然而，还有一个大厅成为这个城市的象征，尽管它很古老而且不怎么大。这个大厅的建设原本是捐款行为的一部分，是一个非常了不起的建筑设计，几十年来，常常在此举行文化活动，甚至也常常在此进行外语课程的授课。它是由皮塔尔·巴贾洛维奇设计，一位建筑师，也是在一九二四年，使得这个耗时十年的建筑竣工。我现在就在这座建筑里与你说话(其实,别人告诉我说,这栋楼作为公寓大楼传声效果太“好”了)。它建于一个宫廷和穆罕默德·帕夏·索科洛维奇住宅的地基上。这位杰出的工程师,在几次他最重要的工程中,把塞尔维亚以及斯拉夫传统和欧洲潮流趋势结合起来,留下了辉煌的遗产(例如贝尔格莱德大学法学院的建筑,宏伟壮观,却简单抽象)。在他的这座叫作科拉拉茨国立大学的大厅里(由易丽佳·米罗萨尔杰维奇·科拉拉茨捐款建成,1800—1878),在过去几十年里,国内外所有古典音乐界的重要人物都曾在这里演出。为什么是在这座音乐厅呢?不仅仅是因为原本计划在这里演出,也是因为每个人都说,这座简陋的音乐厅有特别的声响效果,如果并不是夸张之言。如今,虽说巴贾洛维奇会拉小提琴,而且受过正规的音乐教育,这是事实,但是,这也不能保证他能设计出声响效果这么好的音乐大厅。而且,据说他在建造这座被普遍戏称为“科拉拉茨”的音乐厅时,一个声响方面的专家也没有雇用。

因此,很明显,工程师的才华对建筑物的声响效果至关重要。他就是一位才华横溢的工程师。别的不说,看一看建在库萨次赛伊·维纳柯的米哈伊洛·佩特罗维奇·阿拉斯(1868—1943)的小屋就足以看出,它是巴贾洛维奇于一九一〇年根据命令而建,用于私人目的,与外观极具纪念意义的法学院形成鲜明的对比。尽管建筑大小极其不等,但是它却是这位著名数学家、控制论先驱、计算机建造者……的简陋的住所(他还是名渔夫,外号“阿拉斯”,塞尔维亚语就是“渔人”的意思),但是关于他的住所,也有一个细节性的故事——建筑师曾帮助这座房子的主人实现过一个愿望,这座房子因此也跟着在贝尔格莱德出了名(几乎可以说,贝尔格莱德后来也因为这个“细节”而闻名)。一个小型阳台装饰在简陋却很雅观的房子的正面。(这是建造者做出的一个特别的要求,其他都是由建筑师自己决定的,人们可以在房子的阳台上看到萨瓦河。)这个小阳台是这座城市里最美的(或者说至少是位置设计是最好的),它赋予数学天才以灵感去写一篇旅行游记,也通过这种方式,来表达自己的感激之情,以文学的形式,给建筑师以回报。就像是建造者给阿拉斯一片景色,然后用墙壁和屋檐环抱着音乐。

最后,这是所有这些之间的联系。

一九七〇年,在现有的民族声音的框架内(那时还没有名字),出现了有限合伙人,非常异样,非常奇怪,虽然本质上专心于摇滚乐,但是重要的是,很有特色。甚至还选择了独奏乐器——"竖琴",不同寻常。那是一种什么竖琴!二十世纪重现的——凯尔特竖琴。与普通标准的竖琴相比,这个竖琴要小得多。竖琴的主人说,这把竖琴的制作人是他父亲,尽管他的父亲制作琴弦的时候经常都是使用马毛,但是这把竖琴却拥有金属琴弦,而且是用青铜制成的。但是,青铜制的琴弦产生的回声更响,更持久。作曲家和演奏家来自法国,确切地说,来自布列塔尼。他叫阿兰·史蒂威尔,他的唱片名叫《走遍法国》。这些音乐非常棒!后来,我得到更多这方面的教育,于是我设法用语言来明确表达这首乐曲所展现的内容。当然,这点比起音乐带给我们的感受而言,就不十分重要了,但是,我有一种本能的冲动,想找出史蒂威尔灵感的源头(包括使用竖琴以及其他乐器的缘由)。

这些年来,史蒂威尔(他的艺名,用布列塔尼语说,即古老喷泉,意思与他以及他父亲真姓的意义相似——柯切威洛)一直出唱片,这些唱片非常出色,一如既往。随着时间的流逝,他也变得愈加闻名,科拉拉茨音乐厅继续接待着世界著名的音乐家……直到一九八三年的一天,阿兰·史蒂威尔带着他的凯尔特竖琴和他的伴奏乐团的音乐家们一起来到了这个小型音乐厅，我欣喜若狂，相信所有贝尔格莱德人都知道他。然而，如大家所说，音乐厅只是相对坐满了人，并没有完全坐满。在我看来，这十分令人费解。然后，音乐会变成了真正的天堂！这是他音乐会上最常见的纯乐队演奏时段之一。他的音乐会也有电子合成音乐演奏时段，重摇滚或者相似音乐的演奏阶段，他总是演奏得足够好。但是，当他处在纯乐队演奏阶段，那时他做到了最好。到了器乐曲演奏时，演奏甚至更加好到了极致。但是，当他唱歌时，他会用布列塔尼语、盖尔语、（古）爱尔兰语、法语和英语来唱。因此，他还会用凯尔特语，如果凯尔特语还存在的话——凯尔特语是先前泛凯尔特国家、部落和民族的统一语言。他已经有十几集值得自己称赞的唱片集，他在巴黎“奥林匹亚”演唱会以及都柏林的体育馆等地方举办过音乐会……在如此小的巴贾洛维奇音乐厅里，他的声音十分动听，这是我倍感自豪的原因。应该记住的是，那个时期的这种音乐，巨型露天音乐会是在大自然环境中举行——在野外，在体育馆，而且，就是在封闭的场所，也是在尽可能大的地方举行。请记住，那时候，摇滚主宰了民众。对摇滚有益，对群众就有益。

难道我已梦想成真？不是。

那个年轻的梦与史蒂威尔有关。但是与他有关的一切似乎都包括一个大概十来年的间隙……

那时候，我的梦想是能够与他交谈。几年后，还不到九十年代早期，在布列塔尼的中央地区——瑞内斯我实现了自己的心愿。说起那段经历，我们当时可谓是严守秘密、共同密谋、伪造虚假踪迹、四处隐藏、秘密约会……这并不是因为史蒂威尔本人的原因，而是综合原因，有法国令人震惊的政治氛围（而且不仅仅是法国）的原因，还有一些布列塔尼人的行为和活动本质的原因，那时，我认识那些人。

极端主义。新民族主义。分裂主义。还有许多其他主义。

幸亏我有一个朋友(布列塔尼人),他热情地带我参观了布列塔尼隐藏的现代凯尔特人的世界,我感觉自己备享特权。我与凯尔特人的见面早于与史蒂威尔的见面。在此之前,我去了一些地方旅行,这些旅行不可阻挡地把我的思绪带回到游吟诗人那些遥远的过去。之后,我参加了一些聚会,都是些非官方的、半宗教性质的朋友私下坐聊聚会,聚会充满了手足之情的氛围,一个特别社区的氛围,一个准阴谋的氛围。直到今天,我仍不知道自己是如何(除了我朋友在场可以出面作证以外)被大家所接受,并被当作其中一员的,我看不出他们对我有丝毫的怀疑。我记得,在一次聚会上,大家都很幽默,他们仔细地打量着我,我甚至连一句话都没说。最后,当有一个人,以所有人的名义,对我说话时,他们这样说道:“你是凯尔特人!”我万分惊喜,他们对我身份(愉快地)予以肯定,并没有半点怀疑,更没有敌意。他们中间很多人甚至完全不知道,在塞尔维亚大地上,现在究竟还留有多少凯尔特人真正的遗产。只有有些人知道。事实上,甚至连研究凯尔特人最著名的法国专家和布列塔尼专家都不了解:众多的书籍对巴尔干半岛几乎没有描述,除了有一些概括性的评论,讲述了凯尔特部落如何利用其领土旅行去特尔斐。还有一些讲述了凯尔特部落的斯科迪斯克人建立了我的家乡,贝尔格莱德(事实上有两次,因此该事实毋庸置疑)。甚至连任何暗示也没有。真的只是他们不了解这些吗?还是他们另有原因知而不提?

或许,这个问题有些过分。我记得在塞尔维亚发生过类似的事情,但是,是以一种更加温和的形式,因为,在那里,没有人可以忽略关于我们文化遗产的知识,这点是肯定的。然而,事实是,这点被以某种方式掩盖了！我不能理解，为什么有些无疑是专家的人，他们如此热情地把这些可以证明的事实和已经被证明的事实掩盖起来。例如，哪一种文化不想追根溯源炫耀它更深厚的历史积淀？哪一种文明不喜欢同其他文明权衡和比较？甚至贝尔格莱德古老的名字显示了其不理智的肤浅或者意图：普通人常常炫耀它的罗马名字 Singidunum，而忽视它的凯尔特语的名字 Sindidun。这个名字以及这座城市（的存在）比它的罗马名 Singidunum 要早四个世纪。别的不说，这发生在二十至二十一世纪的过渡时期，发生在一个由于极端事件已经闻名于世的国家，正是因为它真的始终如一坚守着它自己古老的传统、它的民族身份和它的土地，这足以令人感到惊讶。或许，凯尔特人毕竟不是塞尔维亚人。当然，我们应该已经懂得，除了基因遗传，还可以通过土地和空间来继承。

这个从后院而起的尚未解决的问题，并不能减轻法裔布列塔尼的凯尔特专家的责任，他们用一种最不带殖民色彩的方式，忽略了他们自己的部分遗产存在于别的地方。或者，我可以用一种更温和的方式来限定这种行为——也就是，他们对那部分的遗产，没有做研究。

是否应归咎于政治呢？

从阿兰·史蒂威尔的例子来判断，答案是肯定的。

Chapter 22

第二十二章

他的确抱怨希南不在身边，但是他意识到，这是命中注定。作为一名军事指挥官，他不得不独自承受局部战败带来的巨大痛苦。而且，他必须独自把自己从苦痛中解救出来。他现在只能想想希南了。

次年春天，当由波尔塔第二维齐尔领导的对巴纳特作战重新打响时，他明白了，有时候一个人必须放下骄傲与自满。他不得不忘记自己位高权重，行为举止像一名普通士兵。而且事实上，正是这样毫不犹豫地回归臣仆，无条件地服从命令，使得他现在能够在别人身上以及在他自己身上看出一名异常勇猛士兵的形象。如今，他带领自己的军队参加了好几次战斗，经常冒着生命危险，真正成了其他士兵的楷模。年代史编者对于他的这种勇气，留有一句记录作为印证："索科洛维奇在蒂米什瓦拉战绩惊人。"或者这件事：穆罕默德·索科洛维奇在这场战役（对蒂米什瓦拉进行了一个月的围攻）中，狠狠击溃了敌军，"实际上，子弹是从他身下射过去击中战马，老天保佑，他毫发未伤。他骑上另一匹战马，继续战斗"。这样他获得了每个人的信任：当士兵，还有军官，处于片刻害怕之时，他以身作则，激励他们英勇作战，但是，不是去直接影响或者说服他们。

他英勇作战的消息很快传到了苏丹王和大维齐尔那里,比巴纳特战役本身的消息还要快。苏丹和大维齐尔最终收到了这位塞拉斯克尔送来的有关战役获胜的官方报告,还有来自艾哈迈德·帕夏的个人和民众对他的赞扬,这些赞扬特别肯定了穆罕默德·帕夏的战绩,此时,苏丹和大维齐尔都松了一口气。先前,他们对他错误的容忍,现在看来,在某种意义上,是有道理的。这使他们能够同情巴伊察,不受约束,也毫不后悔。而且,堵住了那些热心过度的帕夏、阿迦和贝伊们射出的毒箭,他也更加轻松、自在,因为,是他们如此热衷于逼他,使他以自己的方式行事。如今再也没有人敢怀疑他的英雄气概。

现在,他与波尔塔第二维齐尔指挥官有着同等的地位,并以指挥官的身份继续指挥作战,所以巴伊察又有了一个——邪恶的——计划。也就是说,在占领了这么多的防御工事非常坚固的城市之后,艾哈迈德·帕夏很快就轻松地接受了来自布达的贝勒贝伊和哈顿·阿里·帕夏的提议——把所有的指挥官召集在一起,联合所有的军队,以攻占对匈牙利地区具有重要战略地位的埃格尔市这一著名的要塞,成功结束战争状态。在一次与这位塞拉斯克尔的正面交锋中,巴伊察反对这一提议,可是后来当他意识到这样做会再次被人谴责缺乏勇气时,又放弃了自己的坚持。对这项提议给予了何等的重视程度,可以从投入兵力的数量和名单上就能看出:与伊斯特万·多伯公爵率领的两千名守城人员作战(他几乎可以与曾为奥匈而战的塞尔维亚英雄皮塔尔·巴克相提并论),这次战斗集结了多达五万名奥斯曼士兵(当然,在穆罕默德的指挥下,他们中间也有几千名塞尔维亚勇士)!在土耳其军队的最前面,除了第二维齐尔艾哈迈德·帕夏和鲁米利亚的贝勒贝伊穆军默德·帕夏·索科卢，还有安纳托利亚的贝勒贝伊哈桑·帕夏、布达的贝勒贝伊哈顿阿里·帕夏、斯托尔尼·贝尔格莱德桑贾克的阿尔斯兰·贝伊、波斯尼亚桑贾克的乌里玛·贝伊、佩奇桑贾克的德尔维希·贝伊、斯梅代雷沃桑贾克的哈桑·贝伊、赛格德桑贾克的穆斯塔法·贝伊、哈特万桑贾克的韦利·贝伊。这些作战经验丰富的勇士急于发出消息，以告知这场战斗具有决定性的重要意义，他们身后集聚了土耳其军队下的所有部队：土耳其新军、非正规骑兵、阿金基轻骑兵、雇佣兵、青年侍从骑士、基督教徒雇佣军、炮兵精英部队。但是所有这些军事力量，对他们来说，都没有用。准确地说，巴伊察之前所预测的事情，真的发生了：军队数量是个陷阱，具有欺骗性，因为这个要塞的选址，极具战略意义，设计绝妙，建造得更好，因此很容易防守。此外，多年以来，奥斯曼军队从未见过要塞里的人表现出如此非凡的勇气，上至士兵、老人，下至妇女、儿童。一个多月的围攻之后，十月中旬开始下暴雨，非常寒冷，似乎上帝也被卷入其中，就像是要对一些人和一些地区说，和平时代终究到来。艾哈迈德·帕夏清楚地意识到，他必须召回军队。没有人敢大声说出奥斯曼军人的伤亡人数。

巴伊察也不需要向任何人报告任何事情：你看，第二维齐尔也失败了，更不要提是战败！他的“邪恶计划”中，不会有做了等于白做的事情。他反对围攻埃格尔，事先就知道没有人会听取他的这一意见，这就足够了。因此他成功地给每个人传递了这样一条信息：不存在没有失误的勇士。

这件事更加淡化了巴伊察先前的失败。对他来说还有个额外的好处，因为苏丹和托普卡帕宫通过某种方式得知了这一消息，只有穆罕默德·帕夏·索科洛维奇一人反对这一计划。有人可能会说他尽力通过自己吸取的教训来教导别人。但是毫无成效。似乎每个人都必须犯属于自己的错误一样。

即便是撤换了布迪姆的贝勒贝伊,战败带来的恶劣影响和苏丹的愤怒也无法消除。

然而,巴伊察也不满意。在这之后,在他看来,他渴望,那些具体的证据(证明他个人勇气的证据),能更加微妙地得到肯定。

他再次想起了希南。

不管他怎么琢磨此事,他都羡慕希南的建筑才能。由于在所有的战役中,他都没有作为工程师在军队服役,所以帝国高官,包括苏丹,安排他做了几份工作。他不用再去毁灭什么东西。巴伊察也可以说,他在亲自参与建设这个大帝国,但是他不愿意显得那么幼稚。他知道,还有许多战斗,他必须浴血奋战,才能幸存(因为他已经成为一个举足轻重的人物),因为他本质上还是一个兵。每个人都知道一名士兵的任务是什么。任何时候都要做好驰骋战场或者殉身战场的准备。从这点来看,似乎没有什么可以拯救他。他还指望会有另外一种更好的可能:如果某天,他足够幸运,永远都不用亲自去做事了,只要发出命令,让别人(以他的名义)照办就够了。直到现在,那种好运一直都在伴随着他:接受了这么多年的教育,他把很多的时间都花在了战场上,他属于土耳其新军的一员,注定要在重要岗位上任职,受到国王法令的保护,不会亲自杀任何人,因为那会危及他自己的生命,那时候,这一点已经受到高度重视。尽管他被迫去学习怎样不择手段地杀人,他后来不得不运用这些知识去教别人如何消灭敌人。他计划的未来任务是依靠杀戮来进行统治。这一计划使他不用亲自“过度地”去杀人。这对他来说多少有些安慰。

他为自己感到羞愧。委任给他的工作,没有一个看上去能让他满意。他认为没有一个工作能充分让他展现出自己的才华。

如果他为苏丹杀敌,为苏丹征战,那么约瑟夫就会以尤素夫的身份通过建设来庆祝他的胜利。但是巴伊察还得要证明自己是穆罕默德。事实上,他必须要诚实,而且必须要记住他的朋友比他大十岁。根据所有的数据,包括年龄,希南理应超过他。因此,巴伊察还能够装成一个年轻人,作为所有年轻人的领头人,他有着光明而美好的前程。

Chapter XXIII

第二十三章

文化遗产带来的麻烦在于这样一个事实，按照定义，它总是把人分成两派：一类人会把遗产当作是对自己身份的保存，另一类人则从遗产中看到了危险。因此，遗产的问题同样面临着支持或反对这个同样古老的问题。于是，在这一主题下，所有单纯艺术问题的处理都易引起政治上的诽谤。这就是我与史蒂威尔在瑞内斯酒馆见面时他对我说的。对他而言，这个问题变得很恐怖。正如传记作者所定义的那样，在他职业的巅峰时期，例如，一九七二年，在巴黎"奥林匹亚"音乐会上，他现场录制的专辑卖出了两百万张，但是他却因强加在自己身上的责任而感到严重的恐惧和不安。由于他的音乐，他的影响传遍布列塔尼、爱尔兰、威尔士、苏格兰、康沃尔、马恩岛，竟然还有欧洲的其他地区，其他大陆（澳大利亚、新西兰、美国以及拉美国家），对这种影响，事实上，他感到很害怕，因为他意识到，很多人误解了他想复兴一种已经消亡的古老文化的心愿。这些人硬是把政治问题扯入其中。各种带有可疑目的的社团、联盟、集会开始形成，因为他是一个公众人物，便滥用他的文本、滥用对他访谈的内容，滥用他本人的名义。这种人在公众中的名气显而易见，越来越大，而且也更加咄咄逼人。史蒂威尔开始认真地重新审视这一切，从自身寻求他丝毫也没意识到的过失。去爱某个东西，去理解它，去与别人一起分享，并不意味着这属于政治舞台上的事。当他意识到，他的爱在被别人继承时已经失控，他决定从公众之前生活中退了出来。平静中，他继续进行他的创作活动，但是他不与那些人一起在公众之前露面。他消失了。

在一九九一年至一九九二年的冬季，在一间被西方文明保护着的圆木小屋里，我与史蒂威尔进行了交谈，小屋很舒适（甚至可能是个虚拟小屋），而且是在非常“反叛”的布列塔尼中心地区，我对于自己的双重身份有种精神分裂的感觉，因为我的国家，就在那一刻，四分五裂，那里的人们在互相厮杀。我心情很沉重，试着含蓄地跟朋友暗示，也跟史蒂威尔暗示：我害怕所有的民族主义，甚至是布列塔尼人的民族主义，它潜伏在法兰克人土地的每一个角落，或许布列塔尼人永远不会像南斯拉夫人那样能够拿到武器以实现他们自己的目标，但是在一个民族主义对他们没有产生任何影响的地方蔓延着这样一种思想，其危险已经隐约出现，比如，联合起来形成一次全民运动。而且已有了这样一个运动，这对民族主义“抬头”是个绝好的机会。

在他退出公众生活期间，有人试图替代他的位置。是在政治上替代他。事实上，凯尔特人统一的历史和文化十分丰富，近代发起泛凯尔特人运动的想法于十九世纪开始构思，它以各种组织形式延续着，如凯尔特人国会、凯尔特人联合会、凯尔特人联盟等等。有些人仅仅看到了语言和文化上的统一，但是另一些人看到了一个在政治目的上联合统一的国家。延续发展直到现在。

在他七十岁之际登上成功巅峰之后，史蒂威尔从自愿流放中回归社会，来到了他之前所在的地方。甚至，在后来他九十岁之初，我们在交谈时，还有人利用他达到他们自己的目的。但是，总体的政治紧张局势有所缓和,他又能自由表达自己的观点,甚至是音乐之外的事。现在,他正在经历着复苏或者是回归(成名),或许这是第二次(在那之前,是在八十岁之初):他的一些专辑平均一天能卖上千张!他继续声称多诺万是先驱者,甚至是凯尔特摇滚乐的创始人。他接受摇滚这个词语也作为他音乐的一个象征,并用现代民族、新时代,甚至民间这样的名字丰富了摇滚音乐。但是他并不接受他是新凯尔特人(运动)的领袖。无论这种地位会给他带来什么样的挑战。例如:凯尔特国家的政治斗士们,如果他们考虑到凯尔特人在某个时期居住的领土,他们可以推断出那个国家,在面积上,粗略地讲,可以同一个正在形成中的新的联盟——欧盟不分上下。他们还没有考虑这样一个事实:很久以前,他们是亚历山大大帝军队里的雇佣兵,与他一起参与征服亚洲的战争,一路征战到印度,因此,至少是中东地区的部分"占有者"。

泛凯尔特人运动与几个时期中以及与我耳闻目睹的这一时期中所发生的爆发性事件有着多么紧密的关系,可以由好战成员对当时巴斯克分裂主义运动表现出的同情来证明。说实话,那是可以理解的:历史动机和种族动机大量交织在一起,在地理位置上,他们是邻居,实际上是彼此的后院,他们相互支持,可以说,他们的政治计划也有相同之处。两国政府,在解散巴斯克民族分裂组织时,积极合作以应对恐怖主义。比利牛斯山是边界,也是进入外国后院的通道:西班牙的逃亡者,利用这块法国领土,把它当作后勤基地、游击队医院、军队重组和休整的临时驻地。

有一天,在晚上,我意识到了这些关系有多么深厚。我的一位布列塔尼朋友带我去了相邻的小镇,我问他我们去哪儿,他在回答我的问题时,只是神秘地笑笑。更加具体地说,我是问我们如何到达那里。我们的车开了很久,道路迂回弯曲,想必是前往邻村。我开始清楚地意识到事情的严重性:路太窄,车体太宽!然后,有一个朋友在一个地方接我们,我们换了车,重新经历着路上所有的磨难:一路上道路盘旋,所有的地方都是,就没有直路可行。在阴森的黑暗中,我们到达了开车的女主人家中。

我们三人坐下休息,夜晚在平时的气氛中度过,很愉快,但是心情并不完全轻松。一段时间后,我们知道了其中的原因。有一位中年男子和我们在一起,他长相英俊,头发乌黑,皮肤黝黑,法语和英语都说得很好,但是带着抑扬顿挫的西班牙语口音。他似乎很坦率,很热情。他并不像一般人初次见面或彼此刚开始认识时那样说一些礼节性的细节性内容。他非常直接,极其友好,富有教养。在傍晚即将结束,女主人和劳尔在我们面前由餐厅走到客厅时,我的朋友跟我说,我们的客人是巴斯克分裂主义运动的四位领导人之一,而他的任务是开车翻越比利牛斯山把巴斯克分裂主义运动的成员送出边境。我知道后,浑身上下都在颤抖。我想,那些年里,他们是国家、警察和特务机关在这片大陆上首要通缉的通缉犯。

由于他意识到我终于知道了他的身份,这位十分有教养的男士改变了话题,开始很坦诚地和我谈起了他的那次运动、运动的目的,以及他们为了达到这些目标所采用的手段。他回答了我提出的所有问题。他的献身精神是命中注定的。他把死亡放在日常的层面上,也不把它和生命区分开来。后来,他一时令我惊讶不已。他所说的不再是他接受我之类的话题,而是对我的民族的喜爱。说实话,是以一种很特别的方式表达了出来。

“但是,你们塞尔维亚人为什么不从事恐怖活动来对付你们的敌人?”他问道。

我不理解他的意思。那时候在我(先前的)的国家,正打着血腥的内战！是这样一场战争，一时，似乎“每个人都在为自己而战”。这比任何形式的恐怖主义活动更加野蛮，杀害的人更多。我不明白他所提议的目的。但是后来，我明白了。

“我不是说你在南斯拉夫应该采取那些恐怖行动，我是说对那些反对塞尔维亚和塞尔维亚人民的外国采取行动，对那些支持克罗地亚人、波斯尼亚人和信仰伊斯兰教的人采取行动。”

我简直不敢相信我所听到的内容。

“可是，我希望那场战争能够停止，我们不能把战争输出到其他的地方！”

然而，劳尔坚持他的观点。他把巴斯克人和塞尔维亚人的情况进行了比较（他并不为两者的矛盾所困扰，前者是想独立，而后者却相反——是想统一），他得出了难以置信的结论——开展恐怖袭击训练。在合作中，他看到了一个非常正常的未来。

“如果我们训练你们去打内战，你们可以把我们训练成一支真正的军队，因为我们以后肯定会需要一支真正的军队。”

劳尔断定一场战争正向他们逼来。

可是，我又怎能使他相信情况不会是这样呢？你看，他正在运用我们国家发生的事件和经历来证明他观点的正确性。比如，难道我们不是为了寻找我们自己的根和身份而在大规模地互相厮杀？而且，在那场冲突中，他发现正义是在塞尔维亚人一边！可能是因为别人都在声称，那是塞尔维亚人的过错。还有，我必须承认，我这个人肯定不能直接成为大规模杀手（或者是任何一个军队里的一名指挥官），在后来的几年里，我有切肤之感因为我属于我自己的人民而受到诅咒。尤其是国外，不管我的国家在某一特定的时间被称为什么。不幸的是，对于很多出版人和文学机构来说，我有点像一个“该死的塞尔维亚人”。

劳尔对“塞尔维亚人的事业”表现出的强烈的同情之心使人感到更加奇怪，因为我知道（他也知道），在那场战争中，参加这次聚会的我的这位朋友是站在穆斯林一边的，不管是在波斯尼亚，还是在科索沃。这可能出于一些她明显的私人和家族亲缘关系的原因，我可以证明她的立场的合理性，但是我却并不能合理解释另外一件事情：就是因为在法国人的生活环境中存在一个规模很大的穆斯林社区，是从过去殖民统治时期遗留至今，这些法国人就支持他们，以换来国内合理的和平。此外，除了民主的需要，还有法国略有虚伪的需要，假装高调保护少数民族。我的布列塔尼朋友是法国人（我们别忘了，按照定义，她是分裂主义者）。但是她依旧是我朋友，因为政治不会促成友谊。或者，说得更简单点：友谊非政治。

她对一方的保护和劳尔对另一方的极端保护正是另一种形式的战争。如果不是为了找寻丢失的身份，那么至少是为了它的归来。在所有这些激进的观点中，他们随时准备着，为了它们，用自己的生命去冒险，而不只是别人的生命，这至少令人感到宽慰。

就我的生活来看，很少有我不和家人一起过新年（1991—1992）和圣诞节的时候（西方的和东方的），而在一个法国人的家里跟别人的孩子一起过节。由于我没能很好地掩饰自己内心的忧郁，我的主人们，非常友好，安排了“暖场活动”，在面包里（我不记得那是为异教徒还是基督徒安排的庆祝仪式），我会发现有金币，他们给了我礼物，他们充当起家人的角色，令我非常高兴。

一个月后，我回到了自己毫无特色的国家，一个叫作弗柯瓦的城镇，既是解放也是被占领的象征（取决于你支持冲突中的哪一方）。根据现有的边境，这是一座属于克罗地亚的城市，大多数居民是塞尔维亚人，但是已被残酷摧毁，变成了一座鬼城。在国际场合,原有的名字“弗柯瓦”不再使用,被一个为人所知的更恰当的名字所替代:“弗柯沃”。

这事发生一个月后,在我回来之后,我的布列塔尼朋友给我来了一封信,信是用她自己的编码所写,她告诉了我这个悲伤却也是预料之中的消息:我们的女主人,由于“那天晚上”的事,被逮捕了。劳尔的藏身之地被发现了,在抓捕他的时候,他被……杀了。

死亡降临于各方。

死亡有身份吗?

死亡会保护身份吗?人的尸体能够经过干化处理保护其死者的身份吗?

Chapter 23

第二十三章

希南很久以前就到达了自己技艺的巅峰，成为苏丹的首席建筑师，但是这一事实并没有使巴伊察停止不时地把自己同他作比较。穆罕默德考虑到这些年来他们之间存在的差异，思忖着，如果他在工作上能得到进一步的晋升，那么等待他的会是什么样的工作。关于这点，他甚至不敢大声对自己说出来。但是正是这些没有说出口的可能性的存在——他要赶上自己的朋友，就足以使他战胜所有他想到的死亡。

希南实际上已经走上了职业的顶峰，但是，并未到达他工作的巅峰。还没有！是的，就是这点给了巴伊察力量，使他相信他能够追赶上别人。不仅在他的职业头衔上，或许还在他的工作上。与其说是为了竞争或者某种胜利，倒不如说是为了自己能从这种战斗状态中松口气，他还没有从战争中解脱出来。等待他的是什么呢，他很快就有了答案。

首先，他不得不离开贝尔格莱德，这使他倍感沮丧。他不是被迫离开：他是鲁米利亚贝勒贝伊，办公地址在索非亚，因此，为了履行自己的职责，他不得不到那里去管理奥斯曼帝国的欧洲区域。然而，在以前，他从未在索非亚待过很久，因为他经常接到命令要离开索非亚去接受新的任务，这次，同样的情况又发生了。只过了几天，奉行苏丹王的旨令，大维齐尔立即把他召回到伊斯坦布尔接受新的命令，并且为征战波斯的战役做准备。

但是他没有立即前往战争前线。他们让他留在了王宫里。由于偶然事件的发生，他能去观察宫廷内部被挑起的阴谋，幸运的是，他的身份虽说不是偶然的过路人，也是个临时过客，虽是近距离观察，却置身事外，并不卷入其中。换句话说，当苏丹王跨入老年的门槛，他的行为时常表现得有些古怪；另一方面，他生命中的爱人，罗克塞拉娜，因不再具有先前的美貌、青春和谄媚，也开始重新把自己的注意力从丈夫身上移向她对宫廷内的影响。大维齐尔鲁斯坦·帕夏出征波斯，取得战役的部分胜利。他是苏丹王和王后的女婿，是他们的女儿米赫丽玛赫的丈夫，这一事实也没能使他们避免相互之间的指责：在一个不理智的决定中，一时，他从迪万第一人的位置上被推翻，苏丹王任命了另外一位维齐尔，艾哈迈德·帕夏，蒂米什瓦拉的征服者，也是巴伊察的战友，接任了他的位置，一直到最近。尽管巴伊察对此事件有点迷惑，但是正因为他对整个事件来龙去脉模糊不清，才拯救了他。如果他不糊涂，那么他就要在支持哪一方上做出艰难的选择：鲁斯坦·帕夏跟他是同国人，总是保护他，然而他和艾哈迈德·帕夏一起经历了最残酷的战争，使他再次赢得士兵的尊重。在巴伊察宣布他将与部队一起与波斯人作战后，紧接着，他用了一个月的时间在索非亚和贝尔格莱德之间奔波，执行新旨令所赋予他的任务。这抹去了他很多不愉快的记忆。苏丹家庭遭遇了一段时期的不幸：由于各种阴谋诡计，苏丹王得到了一个虚假的信息，说他的大儿子（不是罗克塞拉娜所生），穆斯塔法，企图推翻他。还有一个问题，这个年轻人是军队里最受欢迎的人，所以苏莱曼做出决定——并执行了这个决定——不仅撤了穆斯塔法所有的职位，也剥夺了他的生命，但是这个决定在士兵中并不受欢迎。

巴伊察十分震惊，尽管在奥斯曼帝国早期，他知道有类似的事件，这却是他第一次目睹了身边如此残酷的行为——杀死自己亲生的孩子。早前，这种现象更为普遍，尽管完全出于保卫王位这一重要原因，但是这种事情主要是秘密进行，或者重新包装成半真半假的事。没有人，甚至是统治者自己，敢公开说，而且承认一位父亲杀死了自己的儿子。然而，苏莱曼在公众面前承认此事，毫无懊悔，甚至特别加重语气重复强调此事。就像他为自己曾经的所作所为感到自豪！即便采用了所有可能的解释，巴伊察还是不能理解这种行为，一个父亲去杀死自己亲生的最宝贵的生命！诚实而言，巴伊察也与孩子有些秘密的经历：他的两个情妇生了两个孩子，他部分隐藏了孩子的身份，没有引起公众注意，但是他仍然在考虑他是否应该正式承认他俩是自己的亲生骨肉。这个秘密具有积极的意义：没有人会受到邪恶决心的威胁，不管这个决心是什么。

从这件事中，苏丹王唯一确定所能获得的东西，如果那是他想要的话，也就是他确实吓坏了他身边所有的人，可能还有这个国家的其他人员。该消息传到了敌方，他们又一次把他视为残忍的野蛮人，但是也更加惧怕他。

就像想要巩固自己的这一形象一样，苏莱曼突然下令，公开处决了另一个人：在他召开了一次大臣国务会议后（他是在托普卡帕宫里，通过一个大臣议事大厅正上方的一个小窗口，主持了这次会议），他发出命令，处死大维齐尔艾哈迈德·帕夏——当时正是休会期间。就在那一刻，在王宫的中央，在所有与会的大臣面前，他被苏丹王柔软的套索绞死。对于此次谋杀，他也给出了一个解释

（维齐尔个人利用了对埃及洗劫的财物，这次洗劫是由维齐尔亲自委任的奥斯曼帝国的一位省长[51]，埃及人，亲手所为）。然而，再次作为目击者，巴伊察开始把这一系列事件的发展联系了起来：每一个地方，每一种情况，都有苏丹王后罗克塞拉娜身影的出现。随后不久，当鲁斯坦·帕夏恢复了大维齐尔职位时，他开始明白，他被撤职一段时间，这样苏丹王的儿子穆斯塔法不会在他出任大维齐尔期间被杀。因此，苏丹王后许蕾姆拯救了他，使他免受卷入谋杀的一切质疑。罗克塞拉娜的女婿是起着确保王位继承的作用：现在她的孩子理所当然是继承王位的唯一候选人。

当他接到旨令要继续在索非亚和贝尔格莱德工作时，穆罕默德·帕夏表达了对这两个圣神的感激，因为他们允许他脱离了这场死亡风波。对他来说，厮杀于战场更为容易，不管是否知道被杀者的名字，而且也更容易找到某种厮杀的理由。这些发生在首府的谋杀都是严格意义上的处决，传递的都是些鼓舞士气等诸如此类的信息。它们甚至是对威胁的替代，是对未完成的谋杀行为的替代，是对下一次行为的暗示。每个人都不得不去正确理解它们所传递的信息。如果有人不能正确理解，必定会受到惩罚或者课税。如果不是被处死的话。

当他已经在索非亚安顿下来时，他听到了一个关于最近一次谋杀的更加有趣的解释。是大维齐尔在一封信中亲自告诉他的。本质上，艾哈迈德·帕夏和他的门生，埃及行省省长杜卡默金·穆罕默德·帕夏，从背景来看，理应是阿尔巴尼亚人。他们决定在政府中通过强迫手段把具有斯拉夫血缘的维齐尔们排挤出帝国迪万，这样一来，他们在大臣国务会议中，就占有多数，就能建立阿尔巴尼亚人的统治。信的结尾是“公司”这样一个含糊的词作为这一决定的执行人，结尾还有这样一句话“我们不会允许那样的事发生”。除了鲁斯坦·帕夏(一位塞尔维亚人)和罗克塞拉娜(一位俄罗斯人),“我们”中会包括哪些人呢,他无法辨别。但是,他也不想询问,那可能到头来把他拖进一场他设法远离的游戏。不管怎样,最后一句关于丝质套索的颜色、长度、编织式样和使用时间信息可以看出它为国王所用。是否事先有人对他的决定施加了影响,这不是最为重要的。重要的是没有人可以模仿他这样做。

后来,他在一次访问途中听到了一则令他十分开心的消息:米玛尔·希南!他接到了苏丹王的旨令,在索非亚以及周围地区建造几座清真寺。要建造的第一个清真寺,也是他亲自所建,已经有了名字——班亚巴士。

巴伊察突然流露出善良之心,没有任何掩饰,他告诉希南他有多么为他自豪。

“看看,你从遥远的地方来到这里!苏丹王按照他的计划派遣你而来,在整个帝国留下你的印迹。是的,看谁胆敢嫉妒你而心生不快!”

“嗯,很多人感激我,而且他们可能已经开始报答我:为了大维齐尔鲁斯坦·帕夏·奥普科维奇,我在加拉塔建了一个旅社和一所学校。我们应该公平而论,自从我们在塞尔维亚与他一起骑行,他给予了我们俩许多支持。或许,我们仍然很感激他。在乌斯卡达尔,我为他的妻子和苏丹最疼爱的女儿米赫丽玛赫建造了她们想要的一切,从一座清真寺、宫廷到一处矿泉疗养浴场和一家医院。由于人总会死,我为很多人修建了陵墓:说实话,我为一些人建陵墓迟了点,为一些人建得又早了点。”

巴伊察笑了。最后一句话并不意味着约瑟夫建陵墓的速度太快或者是他未按工期完工,而是他们中有“许多人”是在死后,约瑟夫才接到为他们建造陵墓的任务;还有一些人是从别人那里学来的经验，亲自找他建造陵墓，要求在他们还在世时就把陵墓建好，以免有太晚的风险(至少可以降低这种风险)。

希南改变了话题。

“听着，我想提醒你我们以前的计划，尤其是你的计划。从现在的情况来看，你不用等很久就可以建设你自己筹资的建筑。因此你应该开始考虑你想要建什么，在哪里建，至于什么时间建，在他们开始报答你之后，我们再一起决定。”

对希南在谈论他还没有开始认真考虑的事情时所表现出的确信的态度，穆罕默德感到有点惊讶。他继续以那种自信的语气说道：

“我禁不住从大老远的地方向你提一个建议。事实上，那还真的不再那么遥远。但是，仍然……由于我见过那么多的地方，而且是以一个工程师的身份来审视它们，我可以把我所看到的东西与你分享，是与其他东西显然不同的东西……我在各种地图上把贝尔格莱德和伊斯坦布尔的地理位置作了比较，更精确地说，是它们那一部分为大家所熟知的卡莱梅格丹和金角湾。通过比较，我得出了以下结论：贝尔格莱德一边有萨瓦河，另一边有多瑙河，而伊斯坦布尔一边有黑海，另一边有马尔马拉海。更确切地说，博斯普鲁斯海峡的一个分支在到达金角湾之前流入了一个被称之为哈利奇的狭长的海湾，然后大部分水又注入马尔马拉海。哈利奇海湾是伊斯坦布尔的萨瓦河，而博斯普鲁斯海峡的末端是多瑙河。贝尔格莱德在它下城区的对面甚至有它自己的乌斯卡达尔城，叫作泽蒙，泽蒙的王子群岛就集中在由河水淤泥沉积而成的河岛之中……不要因为一个城市被河流包围，而另一个城市被大海包围，就使你感到烦恼。因为那改变不了什么。水还是水。水的重要性体现在它的深度和宽度上，而且一直都是。此外，当你检查这两个城市的地图或者它们的绘画作品时，你就会发现，它们还有其他众多的相似之处。但是如果你发现不了，你可以创造出它们的相似性来！”

巴伊察目瞪口呆。约瑟夫也许走得太远。他不是近距离地向他传递了一个不着边际的信息，就是在跟他开玩笑。他从未以此种方式想过贝尔格莱德的地理位置：那就是，贝尔格莱德是一座一边有萨瓦河，另一边有多瑙河的城市……无论何时人们描述贝尔格莱德独特的地理位置，每个人，包括穆罕默德，总是把它描述成位于“萨瓦河和多瑙河汇合点上的一座城市”或者“位于两条河形成的三角洲上”。事实确实如此，但是听起来不美——可能因为，实际上，对它的描述应该听起来更加浪漫、更加唯美、更富有诗意。毕竟，那种描述也不够精确。他把这些告诉了希南。希南简洁地回答道：

“对不起，那是对贝尔格莱德最简单的，也是最确切的描述。但这不是我能想到的，可是因为我喜欢这座城市，我希望我能在安茹公爵的朝臣马腾·菲曼特的一份手稿[52]中找到它。公爵把这份手稿作为礼物送给了我们的苏丹王。苏丹王又转交给我，现在，你仔细听着！”

说到这里，他停了下来，两个眼睛直盯着巴伊察。然后他继续说道：

“我们的国王，立法者苏莱曼对我说，要把它交给穆罕默德·帕夏·索科卢！但是他并没有说为什么！啊哈！你现在打算做什么？”

希南很喜欢这种不确定性。

现在，这事，也一样！在穆罕默德的心里，关于贝尔格莱德和伊斯坦布尔相似性的线索还没有解决，现在，他不得不去处理苏丹王的信息。

但是,他想起苏丹王的一条(隐含的)信息拯救了他:

“嗯,他当然将它送给了我。我是鲁米利亚的贝勒贝伊,每个人都知道它非正式的中心是贝尔格莱德。”

尽管这不必一定是,但是有可能是发出这条消息最重要或者最不重要的原因,然而在本质上,它与巴伊察没有关系。对贝尔格莱德的卡莱梅格丹(有一个金角湾)与伊斯坦布尔的金角湾之间的相似性,约瑟夫的观察很巧妙,说起它们来,总是一种顺便提及和偶然想起的样子,这使他感到更为不安。

Chapter XXIV

第二十四章

多年来,我对佛教,尤其是禅宗佛教一直很感兴趣。在此期间,我研究最多的(这里说最深刻可能更恰当)或许就是关于身份及其他的可变性、身份的变化及其身份的置换问题。研究得最多,也是最少。说最少,是因为根据一种简化的(但并非不确切)阐释,这门东方哲学将人们应对某种现象视作一种行为,正当我们全神贯注于这个现象时,我们实际上并不是应对这个现象。进入我们注意力的客体,我们并不注意。对于(欧洲、北美)拥有理性思维的人来说,佛教(印度)无意的逻辑上的自相矛盾,禅(中国)里看似实用的"逻辑化",以及禅(日本)里对现象的否定,简化到了荒谬的程度,这些都难以理解,更难以让人接受。但是,这些并非不可以理解。远东的哲学,可以研究,也能学会。西方许多鲜为人知或是赫赫有名的思想理念,都与亚洲哲学的观念相融合。其中,许多思想家不仅是它们新教义的追随者,更成了这些教义的阐释者和宣传者。当然,我们这里说的是一种哲理,一种哲学信念,或者不如说是一种生活方式,它关乎人生观,而非宗教,而且也不是文化旅游。

一次偶然的机会,我参与"拯救"了这样一个极其珍贵的生命和心灵,使它免遭文化旅游的危险。(这里的引号,必不可少,因为，谦卑与渺小，即便不在其他地方，至少在佛教中，也是极受关注的。）这个“救赎”的故事是这样发生的。

故事的主人公是萨格勒布人（实际上是一位岛民），名叫赛多米尔·维尔雅茨奇。论教育，他是一位哲学家；论职业，他是一名大学教授；论业余爱好，他曾经是一位外交官。他是世界最著名的亚洲哲学专家之一，自愿信奉佛教。的确是个了不起的人。

这样一个专家，肯定不需要我这种人帮助。佛教通常（像维尔雅茨奇教授作为一个普通人所做的那样）与其他普通的理论或知识学科不同，因为它还要提供用于实践的答案。所以，检验自己提出的哲学假设，贯穿着维尔雅茨奇教授的生命历程。他超越了内省的界限，显著的标志是他对某种事物欲望的节制，以发现新的事物，这样某些完全不同的事物就可以被置于它应有的位置。看起来，他似乎在不断失去什么，可实际上他在不断收获。无论什么地方没有了“替换”，就会有空；当然，空，并非空。所以，我提供的帮助显然不是决定性的。但是，我们之间的思想交流、偶尔不拘口头或书面的磋商、我们的计划和一致的意见，都是他依然保持着联系的从前世界的一部分。我所讲述的是一九六五年以后的事情，那时，他已经辞去了他在萨格勒布大学和印度多所大学的教授职位，并于斯里兰卡发愿，进入一个极度禁欲的佛教宗派，成为一名比丘。从此，他便与那群神职人员一起住在一个偏远的社区里，与世隔绝，远离文明（我是否应该加引号？）长达十三年之久。然而，即便是那时，在他已经有了个新名号——比丘尼安纳德吉瓦科时，他也没有停止对自己回归本真的诘问。于是，他又把自己与这个社区隔绝开来，在接下来的十八年时间，独自一人生活（“茅庐穴居，返璞归真”将是我对他生活的题词），直至一九九七年去世。当地居民出于信仰和尊重自愿为他提供食物，而他的工作就是沉思默想，撰写文章和著书。那么，他借此奉行信仰的行为与其他和尚又有何不同呢？

这个问题的答案在由铃木大佐半个多世纪前执笔的三卷本重要著作《禅宗佛教随笔》的序言里可以找到。铃木大佐是最著名的专家，也是最实至名归的东西方文化架桥人。他写那些书，还有许多别的以佛教为主题的书籍。出于一时的谦卑（正如禅宗所提倡的），当他为自己（！）想写这些著作寻找合理的理由时，他为修道院里那些一直不愿将自己高深而独特的见解写出来的高僧，以及为那些想都不会想这件事的人感到遗憾。他们至多会记下一场弘安之战。虽然铃木深深质疑自己做这件事的合理性，但是，谢天谢地，他还是投身于这项事业，使得世人都沐浴了他的恩泽。现在，隔着如此长的时间距离，我们可以看出，铃木并未被他所经历的多次教化所困扰。结果恰恰相反。

于是，十年或二十年之后，偶然有少数几个僧侣拿出纸笔开始写作，丰富了世界的知识，比丘尼安纳德吉瓦科就是其中之一。确切地说，是他继续以比丘尼安纳德吉瓦科这个名字发文和著述。之前，他就曾以这个欧洲人的名字出版过两卷“奇观”：《东方人的哲学》和《亚洲哲学的边界》，还有大量其他书籍。就他而言，作为作家，他所具有的这样一种生活历程，可能是他能够以新的身份继续从事理论与学术工作的决定因素，对他隐居生活的经历描述，也同样弥足珍贵。他的成熟使他没有陷入（别人的）嬉皮士式的乌托邦理想的陷阱，也没犯此类错误，而他之前的教授经历，也没有使他成为一个巡回教师（临时的导师？），因为随着时间的推移，一个巡回教师表现出的诚意可能会受到怀疑。

或许，这些对他来说要容易一些，因为佛教本身并不将佛视为神灵，所以，人们可以以一种闲适之心与佛陀和他们自己对话。对生命之初的内省也因此没有了对灵和对超凡世界的畏惧。这也是为什么佛陀能够没有任何思想负担去应对萨特的存在主义(没错,维尔雅茨奇曾去过真正的存在主义的发源地!),或应对尼采多变的主题(在佛教中,超人已经存在了)。

我与维尔雅茨奇教授(我还是忍不住这么称呼他)一直保持联系。那时,斯里兰卡首都科伦坡和与他最亲近的城市康堤都离他非常近,所以他离开了佛教之地,在洞穴大小的小屋中过着全然隐居的生活,几乎不见任何人,但是依然会收发信件,保持与外界的书信往来。我很荣幸成为能与他交流的为数不多的几个人之一。在他后来出版的一些书中,维尔雅茨奇把其中一些个人的经历公之于众(比如《从尼泊尔到锡兰》或《来自荒芜岛的信件》)。那才是维尔雅茨奇－尼安纳德吉瓦科吸引我的地方。所以,他对佛教的所有感受和理解都出于亲身体验,关于这一点,不会有误解。这些书籍以及书籍以外的个人作品没有学究气和体系性,谈及的都是他私人经历的故事,以及他从尘世退隐的故事和他对著名的佛教厌世论的独到见解。佛教厌世论出自印度绝对避世的,但是并不反社会的伦理道德。维尔雅茨奇的门徒,拉达·伊弗克维奇,在维尔雅茨奇教授的那本苦行僧人的“读本”——《化缘人的诗》的编后记中,详细写了这一点。这部宣言选集——见证了佛人从尘世的隐退,见证了他的隐居生活,见证了他的禁欲苦行,见证了他的自我否认——以一首创作于两千五百多年前、名为《犀牛》的诗歌开篇。诗歌中每一节重复的结尾诗句都浓缩了这一哲学的真理,也是比丘尼安纳德吉瓦科所信奉的生活和箴言:“在独处中,你行如犀牛。”

根据维尔雅茨奇的陈述,他用尽了毕生时间实现了自己循序渐进的、本质性的转变,这一转变从十四岁开始,直至在死亡中自然终结(如果可能终结的话)。因此,这一转变不是从社会主义到阶级社会的变化,不是从南斯拉夫到印度的变化,不是从基督徒到佛教徒的变化。这是从一种状态到另一种状态的转化,是同一个人、同一种品性自身整体的蜕变,是从源于轻蔑的憎恶到大慈大悲的转换。这是一种进入乞客状态与职业的转变(比丘)——只有给予。

Chapter 24

第二十四章

当他发现希南已带他进入了第三个思想领域时，他才意识到他有多么思念希南。

除了从苏丹王那里收到的手稿、君士坦丁堡和贝尔格莱德的地图，他现在也反思起死亡之事。约瑟夫告诉过他“人人都会死”，但是他为自己对这样一个寻常的、众所周知的事实感到震惊而讶异。后来，他不再惊讶：为什么呢？既然这个话题已被打开（就像其他两个话题那样），就应该有所结果……

他问希南：“你说人人都会死亡，是什么意思？”

“你说‘什么意思’是什么意思？好吧，人人都会出生，人人都会死亡。我以为这是每个人都知道的规则，是许多不可否认的事实之一。”

穆罕默德怀疑地望着他。然后，他决定发表一些更聪明的见解：

“你说得不对，更正确，或者说更精确的规则应该是：并非人人都必须出生，但是那些出生的人……终有一天会死。”

这正是希南所期待的。

“你瞧，现在，你明白了为什么未来发生在你身上的所有好事都是你的应得。别人应该多听你的话,而不是你多听他们的话。不过,你能那样说,是因为你实际上在倾听别人的话。我想说的是,就你我的经历来看,我们似乎谁也离不开谁。或者说,是神的旨意,至少我们应该就是这样。”

巴伊察凝视了他一会,然后问道:

“我们去贝尔格莱德需要经过苏丹王的允许吗?”

这个问题让人意外,但是,比这个问题更为重要的,是对这个问题做出的部分回答——如果约瑟夫同意,他们就可以动身出发。

穆罕默德·帕夏在索非亚王宫给苏丹留了言,以防有事发生:他已经去了贝尔格莱德和瑟比斯坦查看情况,并且还带了一位宾客,以便为苏丹王未来通过捐资而建的建筑寻找合适的场地。

他们乘坐国王私人舰队中的一只辅船,沿多瑙河逆流而上。所有的船只,包括他们借的这只,都沿着河边一一停靠,并小心翼翼地与其他船只保持距离,静候它们的主人,必要时,随时满足统治者的需要。这些船很少被用到。他们的多瑙河之旅使巴伊察回忆起他指挥整个奥斯曼舰队的日子。事实上,那几天,他只是看起来像一位船长,一艘船舶的指挥官,以及一条河流的“主人”。他只是自己喜欢这个有点儿讽刺意味的玩笑:这使他既不会忘记自己辉煌的岁月,也不会忘记自己苦难的日子。既不会遗忘过去,也不会忘却未来。

他们逆流而上,很悠闲,几乎是懒洋洋的,两天后,他们在左岸看到了贝尔格莱德,以及其后高高耸立着的城堡。再远一些,是泽蒙。他们在多克尔港抛锚上了岸。来自贝尔格莱德以及奥斯曼的工匠们不断在扩建这个港口,而且,当他们上岸时,也正在扩建。在历经所有的战斗、登陆和破坏后,这些系泊处确实有必要花力气认真修建。萨瓦河与多瑙河在这里交汇,形成一个弯道,使它成为一个天然的避风港。这确实是一个极佳的避风之所。对这俩人来说,由于是第一次从水路接近贝尔格莱德,是沿多瑙河逆流而上,据他们所知,又是从背面进入贝尔格莱德,所以看起来他们似乎是偷偷潜入这座城市的。他们真心喜欢在这里所看到的一切,从这里所看到的一切,尤其是他们所预见到的一切。

约瑟夫之前所说的没错:无论是视觉上还是感觉上,多克尔都和金角湾很像,尤其是因为那里生活和工作着形形色色的人。从多克尔眺望上城区和卡莱梅格丹高原所看到的景象,使他们想起了从卡迪尔加眺望托普卡帕宫及其前面一片区域所看到的景象,两者几乎一模一样。这种相似感,很明显,也很真实,巴伊察不由得想起了自己在背景上的弱点。幸运的是,最优秀的空间及建筑专家就站在他的旁边,所以他可以向他询问他自己特别关注的问题。约瑟夫安慰了他,而且远不止是安慰。

“第一,你看到这些相似之处,是因为受了我的影响。是我向你指出了它们的相似性!早先,我去贝尔格莱德的旅行就使我确信我是正确的。但实际上,在我告诉你我觉得它们相似之前,我已经亲自验证了这点。现在,从你的反应中,我看到了自己在某种程度上是正确的,感觉也更加良好。因为,曾在某个时刻,我也开始怀疑我是否在臆想这些并不存在的相似之处。”

“那第二点呢?……”

“嗯,实际上并没什么第二点。我想,我有时候也会那样,我会让自己去相信我想要相信的事情,可实际上它们只是我的幻想。就像我想的那样,有时候我们努力去拼,‘拽住’某样东西,相信最终自己胜利了。可是,事实并非如此。但是,我们却看不到这一点。然而,在我以各种方法衡量了所有这一切之后,我找到了可以证明它们相似性的坚实的理由。剩下的就是,好好去欣赏这些或是偶然或是有意而为的相似之处了。而且，与你分享这些，是因为它们对你来说意义最大。”

巴伊察已经决定在下城区的费哈德·帕夏家中暂住，从一五二三年住到一五二四年。费哈德是斯梅代雷沃桑贾克前任省长的儿子，他与父亲有着同样的名字，就定居于贝尔格莱德。虽然巴伊察想去多克尔，但在他听到约瑟夫与他们主人谈话的瞬间，他决定遵从约瑟夫的决定。就在那时，他意识到，希南正在贝尔格莱德执行某种任务（也许并不是苏丹派给他的任务），而且这个任务可能还很有趣。不过最重要的是，最终他从这一课中学到了很多东西。

下面是他们对话的一部分。

“费哈德·帕夏，你还记得是什么时候你父亲要求国王把自己的名字放在离你家很近的那个清真寺上的吗？他之所以敢这么做，可能是因为他知道苏丹非常感激他在攻克贝尔格莱德的战斗中所做的贡献。不过当苏丹同意此事时，他仍然感到很惊讶。另一方面，在被占领的城镇中，第一座清真寺应该以苏丹大帝的名字命名，这是个规则，但是，他知道这个规则是可以违反的；你父亲把一座天主教方济会修道院的教堂改成了‘他的’清真寺。不管怎样，许多清真寺就是那样以其他行政官员的名字命名的，包括萃努丁·阿迦清真寺和艾哈迈德·阿迦清真寺。那些都是从别的教派的教堂改造而来的，若是赐予苏丹的名字，反而不好。”

希南很明智，并没有提及第二年这位帕夏被剥夺生命的事。那时，这位帕夏突然受邀到君士坦丁堡，由于一系列的诬告，他被立即处以极刑。因此，苏丹王剥夺了他对苏丹王感恩图报的机会，但是他并没有把这位帕夏的名字从清真寺上取下。

“哦，尊敬的希南，这是否意味着您来到贝尔格莱德最终是为了建一座正规的教堂？”

“不是一座，而是两座！”

“有这么大的需求吗？”当费哈德·帕夏刚问完这个愚蠢、无礼（对他来说）又危险的问题时，他咬紧了牙关。数目问题，那是大师的事情，问这个问题，他以为他是谁啊？

希南没有以错误的方式回应他的问题。现在更重要的是，提醒他弄清时间框架，这才是问题所在。

“你想不起来了，但是你应该知道：在你父亲的那个年代，当苏莱曼在一五二一年占领贝尔格莱德的时候，他必须指定下城区的一个基督教堂作为异教徒聚集的地方，想想看——去祈祷万能的阿拉！那么，为了军队，又有多少这样不敬神的教堂要改造成穆斯林做礼拜的地方（musjid）[53]？军队也需要礼拜！时间已过了太久。所以，通过重新建设合适的清真寺来纠正这个可怕的错误，或许是个不错的主意。”

巴伊察其实在偷听这场对话。听到约瑟夫对教堂数字的玩弄后，他笑了起来。然后他插话道：

“在这里，苏丹参加了第一次礼拜，科卡·希南是见证人，而我不是。不过，作为前东正教信徒，一个奥斯曼帝国统治者在一座天主教堂中向真主祷告，而且仅仅通过宣称它是一座清真寺，我们俩人都同样觉得奇怪！即便是五年后，当我们俩人都参与了反对匈牙利的战役，并且途经贝尔格莱德时，情况依旧如此：所有的清真寺都是从东正教或天主教教堂改造而来，成了礼拜阿拉的地方。视线之内，都看不到一座真正的清真寺。”

年轻的费哈德·帕夏已经忘了他的两位客人都曾几次到过贝尔格莱德，他实在感到意外。

“那你知道……这些事的许多细节咯！”

他说“这些事”，因为他担心在宗教的问题上会让他选边站，尤其是把一个宗教跟另一个宗教混杂在一起时。

穆罕默德·帕夏回答了他。

“我们当然知道！这毕竟是我的国家。在这里，许多人仍然知道我是巴伊察·索科洛维奇。知道他叫米玛尔·希南的，也不在少数：他的祖先有着相同的宗教信仰，来自更偏远的南方。他们仍然称他为约瑟夫。”

接着，约瑟夫说话的声音变大。他实在忍不住用手指碰了他一下。

“继续说，穆罕默德，给他展示一下你在米莱斯福修道院研究的成果！教我们主人点东西。让他多知道些他常去的苏丹苏莱曼大清真寺的事情，对他有好处。说实话，他去那儿的次数或许不及去有他父亲名字的那座多。”

巴伊察又笑了，这回声音很响亮。作为贝尔格莱德卡迪区的领袖之一，按照要求，他应该去苏丹教堂做礼拜！

不过，他仍然愿意说出他自己的真实意图。

“下城区的大清真寺是由塞尔维亚都市圣母安息大教堂改造而来。当下城区被攻占，而上城区于一五二一年八月二十九日投降后，苏丹·苏莱曼第二天就到那儿去做了祈祷[54]。”

“但是，你知道那座清真寺最初是谁建的吗?”希南进一步问道。

“我当然知道。如果我们在僧侣中了解到了什么，那就是我们了解到了捐资情况和统治者的情况。这座教堂是由塞尔维亚国王德拉古京于十三世纪末兴建的。它的创建者之一（也是后来的改建者）是塞尔维亚统治者斯特凡·拉扎列维奇国王：一四〇二年，当他宣布贝尔格莱德为塞尔维亚国首都时，他重建了上城区和下城区的城镇、城堡、塔楼，以及所有军事防御工事。他修筑了城堡，新建了由战壕分隔的双层墙，沿城市陆地一侧开凿了沟渠，还修建了活动桥、封建世家宅、一座图书馆、一座小教堂、一个金库……这件事以及整座城市都被后来的君主传记作者康斯坦丁·费罗佐夫记述了下来。”

希南对他的回答非常满意，显得神采奕奕。他在穆罕默德·帕夏和费哈德·帕夏之间来来回回地看着，就像是在对后者说：“你看，我学生功课学得多好！”

但是他想说的是，一切现代建筑，都是建立在早先建筑的基础之上。

Chapter XXV

第二十五章

维尔雅茨奇并不想变成一个理想化的人。他只是想沿着一条路走下去，抵达某些可作停留的目的地。在那儿，他可以休息，可以想清楚自己身处何方，然后再转换方向继续前进。甘地理想化的、实际运用了的“非暴力”的哲学思想，是贯穿他旅程的连接线。在这一方面，维尔雅茨奇看起来与另一位亲爱的伙伴——美国人加里·斯奈德相像。这当然不是偶然的。这位人类学家（他的身份不只是这个）受过格外良好的教育。虽然他是著名的北美土著部落文化专家、藏传佛教和日本禅宗佛教专家，但是，他通常是以“垮掉的一代”中一位非凡的诗人为世人所熟知。这是有道理的。除此之外，他还曾获得普利策诗歌奖。

斯奈德为了转变，在日本一家禅宗佛寺里，准备了整整十年。通过苦行僧般每日戒律严格的修行，除了得到了一份官方的毕业文凭外，他还因此能够一生致力于将理论转化为实践。回到家乡后，他返回了人迹罕至的内华达山脉——从那里，他环游美国，维护着他独居者的家庭隐私（他日本的妻子、儿女们……）。在那儿，他开始研究神话，研究古中国和古印度，写讲座稿件和民族学文章。他研究起地球，研究起自然。

虽然我并不知道原因，但是在我与赛多米尔·维尔雅茨奇（更准确地说，是与比丘尼安纳德吉瓦科）的通信中，我们都有一个共同的想法，合写一本关于加里·斯奈德的书的想法。我想我们同时都觉得有必要以我们自己的观点来揭开这位多语言学家的面纱。斯奈德的（也是我的）朋友（金斯伯格、奥勒夫思克、迈克尔·麦克卢尔，我记不大清了）甚至给了我一张手绘的地图，上边画着如何到达他的藏身之所凯基塔：地图看起来就像一张人们用来寻找被隐藏的藏宝图一样。很可惜，我从来就没发现过那些宝藏……

这没什么奇怪的。七十多岁的人是十分能折腾的，他们会拿出一大堆的主意，并且还想把它们付诸实践。然而真要那么做的话，他们大部分人得花上三辈子的时间。不过另一方面，这并不意味着一个人应该放弃一切追求。

在选择人生目标时，我们接受了这种谦卑的理念，在将近八十岁时，我们中的几个人（阿尔巴哈里博士、罗斯托维奇硕士、多科维奇学士，以及其他一些人），因坚持不懈而闻名，开始编写“思维斯克”（“笔记本”而并非“书籍”——这证明我们缺乏主张），在里边，我们把远东与西方能联系的地方都联系了起来。这项工作我们做得津津有味。虽然不太容易看出，但是工作中最重要的部分，是个人与世界各地人的联系。他们形形色色、各不一样，且富有创造力和求知欲。毕竟，还有什么比开阔自己的视野，再将自己的见识与他人分享更好的事呢？我与维尔雅茨奇教授有通信往来，利用这一机会（也是借着在南斯拉夫出版当时先锋杂志《俳句诗》之际），一九七八年，我收到了一篇他寄来的文章《黑石之下的神圣森林》，不久，我们就发表了这篇文章。我们认为，有些人完全拒绝现代文明的潮流，过着私密独居的生活，对于那些普通读者来说，了解他们的生活都有着重大意义,更不用说那些热心的读者了。实际上,尼安纳德吉瓦科,即便在前锡兰的苦行僧中,也算得上一名大师,因为在许多极端生活的细节方面,他都走得最远。但是,有趣的是,他既没有被一些老年易得的“疾病”困扰,也没有对人生感到最终的麻木:他开始思考肉体安息的地方。虽然在国外旅居数十年,但是在他看来,他的国家仍然可能是他最终选择的地方之一。根据他的信仰,他在寻找他死亡的地方,而不是埋葬他的地方。死亡是静默的一部分,是最终湮灭的一部分,也是涅槃的一部分。他询问我有什么想法,但是,出于对他无比的尊重,我没有直接回答他。他明白我的意思,于是开始列出一些亚得里亚海上的小岛作为合适的备选地。我预料到了这一点,他本质上确实曾是位岛民(二十世纪四十年代整个战争期间,他几乎都在维斯岛上度过)。他认为,选择姆列特岛或科尔丘拉岛,或许是他旅居斯里兰卡的某种延续。即便是在锡兰岛国的内陆,他也设法为自己找到了一个(真正的)小岛!这足以证明他对岛屿和海洋的依赖程度。这小岛不是象征性的,而是实实在在的,即使它只是一座被河流环绕的小岛。他似乎觉得仅仅把自己隔绝开来,还不够。这也是为什么我最终鼓足勇气把我的看法告诉了他。我对他说话的方式,相当直接:他选择了最美丽、最僻静、环境保护最好、人口最少的岛屿,一处远离尘嚣的地方,我表达了对他的选择的理解,但随后我提醒他,亚得里亚海群岛是欧洲的一部分,是个旅游胜地。无论他找到何种洞穴,都不可能隐藏他的住处。无论他是否有这个意愿,无论他是否允许,这个地方迟早都会变成旅行团的重要景点,他们会将它作为独特的名胜之地纳入旅游路线(或者按旅游中所说,作为目的地)。而成为一个“目的地”,甚至是“一日游”的景点,都会使他与动物园里展出的动物没有多大区别。

他接受了我的建议。一九九七年,他离开了我们。当最终离别的时刻来临时——离别终究会来——他于他生活的地方离我们而去,就这样,离开了自己的小屋,离开了自己的家。

Chapter 25

第二十五章

巴伊察后来明白，约瑟夫坚持主张让他说些关于大清真寺以及发生在遥远过去的事情，是抛砖引玉，他的工程师朋友脑海里已有计划，而且这一计划可能不仅已带到了贝尔格莱德，还在更早些时候，带到了索非亚。

他们在市里四处走走时，市警察局长指派了几个熟悉周边环境的人，分散开来跟着他们（而不是引着他们）。虽然穆罕默德·帕夏和米玛尔·希南到访贝尔格莱德时没有任何盛大的欢迎仪式或是特别随从，几乎是隐姓埋名，因而没有给东道主带来任何负担，可实际上却给这些阿迦留下了一堆问题。首先，在人们近期的记忆中，波尔塔没有哪位这样高级的官员会如此悄无声息地来访；第二，他们的行为，以前从未有过。人们要怎样做好保卫工作而又不显得无礼呢？他们感到很苦恼，既怕关心不够，又怕关心过头。如果他们在这里并不想在大众面前露面，那么安排一大帮随从是不合适的，但是这又会产生问题：他们的安全无法保障。巴伊察和约瑟夫并不知道，前一天晚上，这个市的迪万开了四个小时的会，议题只有一个——鲁米利亚贝勒贝伊和帝国首席建筑师以如此奇怪的方式到访，应该如何应对这前所未有的情况。贝尔格莱德的阿迦和贝伊们甚至怀疑这次突访或许是个检查。他们无法想出聪敏的应对方法，连尚且聪明的方法也拿不出：这两位客人，出于只有他们自己知道的原因，拒绝了一切哪怕只是看起来似乎是官方的安排。例如，他们清晨几乎是独自出门（只有一些保镖分散开来，在安全距离的范围内跟着），绕着城市散步。

希南突然告诉巴伊察，他必须承认他是奉苏丹王之命来到这里：为感恩国王，他要在贝尔格莱德为其建设的一座清真寺选址。他之前取道索非亚前往塞尔维亚就是这个原因。他还没来得及告诉穆罕默德这个计划，穆罕默德就已建议他们同行。穆罕默德让他设法给他们的统治者写一封信，提出他们前往贝尔格莱德的理由，好让他们可以娱乐一番！接着，希南继续说了下去：

“在那里建设这座最为重要的清真寺没有多少选择：可供建设的地方不少，但按规则，它是要建在最重要、最具优势的地方，而且如有可能，它必须是最宏大、最昂贵的建筑。没有也不可能有任何建筑与其竞争。因此，我会很快而且很容易就能找到一个解决方案。此外，我还要制订个建设计划。但是，我在这里时，我不会着手去做这些。”

在他停顿时，巴伊察保持着沉默。很显然，约瑟夫只是在介绍另外某项计划。这一计划敢说是最重要的吗？

“我想，我们现在也没有别的事需要考虑，这是我们更好地了解这个城市的一次极好的机会，虽然我们已经来过很多次了，不过显然还不够。同时，我们也是在苏丹王最高命令下正正当当来到这里的，所以我们现在也可以制订我们自己的计划……”

此时，希南等着穆罕默德对他的话做出反应。

“你在谈论我们的什么计划？”巴伊察问，“我还有你打算告诉我的计划？”

“嗯，是的，事实上就是这样。我的意思是，它们是你的计划，但是你还没对自己大声说出来过。你想着这些计划，但是你不确定这是不是你考虑这些计划的恰当时机。你很谨慎，这也是大多数人对你的了解。或许是过于谨慎了。这也是为什么由我大声告诉你可能更容易些。”

于是，他就这么做了。

“你与贝尔格莱德和塞尔维亚有很多方面的联系，而不仅仅是与波斯尼亚。你想为这个城市和它的人民做些什么。事实上，你想为所有塞尔维亚人做许多事，但我们现在并没讨论这个问题。而且那与我无关。与我有关的，只是，许多天来，在城市及周围的地方走走。这样，我们看到了一切，记住了它，做了笔记，画了草图，而你要弄清楚你想使哪些事物、哪些地方变得更好、更漂亮。我给你的礼物就是帮你将你的梦想由愿望变成现实。当然，是那些我知道如何去实现的梦想。就是这样！”

巴伊察屏住了呼吸。约瑟夫是在赐予他梦想！还能有比这更深厚的友谊吗？他要给予的帮助意味着艰苦的工作和多年的努力！在建设了无数个清真寺、桥梁、医院、学校、客栈、马厩、慈善饭店、公共浴室、陵墓、商队旅店、集市等等后，同时还是这个希南正在为他的统治者在君士坦丁堡建设一座规模最大的清真寺（还不算阿迦·索非亚基督教堂）以及周边的附属建筑群。真是一个庞大复杂的建筑群。

就好像读懂了他的思想，希南替他继续说了起来：

“苏丹确实从我这儿定了许多东西，而且我看出来他还准备安排更多……他已经问过我关于首都供水、罗马渡槽、托普卡帕宫和其他许多事情的情况。但是，虽然我有许多正在做的事情并未向你提起，但那不意味着每个项目都要我亲自到场，也不意味着我得一直待在那里。我很清楚我需要在哪。而且,不管怎么说,你要富起来,这一切都需要时间。你这么细心谨慎,只有到那时,你才能请我为你构筑梦想。我只是在给你时间去考虑考虑。”

巴伊察终于开口说话。

“好吧,你竟然能预见到我的诧异!你允许我保持沉默,由你来说话(替我说话?),这样你也就能让我至少隐藏一点我的激动心情,为我减轻不安。我真是感谢不尽!我唯一可做的就是回报你的坦率。或许至少努力可以向你展示一点关于这座城市、这里人的某些事情。毕竟,我确实是知道一些秘密的;这里许多人都感激我为这座城市做的好事,感激我为这座城市带来各种贸易、创新、技能、变化……”

“嗯,你看,你有许多可以回馈的东西。而且你终于承认你已做了好事。你不仅有权承认这事实,也有义务面对它。或许甚至我的提议也来自一种新的自由——因为我知道许多人感激我所做的,所以在我为别人做些什么时,我有权有表现出不谦逊和自豪的时候——但是,是出于我自己的选择。”

这是事实。根据苏丹的命令,通过建造高高耸立在金角湾上的苏丹清真寺,建筑大师科卡·米玛尔·希南获得了苏莱曼完全的信任,也因此,他之后做的每件事情都得到了最高的赞誉。这也是他可以自由为他亲近的人出谋划策的根源所在。那样,他也就能够满足自己独立做出决定的需要,这与他的建筑工艺知识无关。

出于共同的责任感,他们先在上城区走了一圈。上城区位于高原所在地,异常宽阔,为建设国王的清真寺提供了优越的地理位置。有一块自然形成的高地,地势特别高,是再适合不过的建址,它位于萨瓦河与多瑙河交汇之处,天气晴朗的日子,人们可以在数里之外的各个方向看到建在那里的任何建筑。希南在任何地方都从未见过那样一处地点：无论在那里建什么，都会成为……一座丰碑。他真没什么可担心的。

穆罕默德突然发现自己正在以一个军人的眼光观测同一个地点。上城区的这座堡垒，在任何人看来，都是不可征服的（虽然它曾被很多人攻占过）。如果做一些改进，它实际上可以变得不可攻克。这样一个非常合适的位置，在任何严肃的军事领袖的眼里都是一个挑战。确实，这是这座要塞如此频繁遭到袭击的原因：它太具有魅力了。攻占这个据点似乎已成为一个事关荣誉的问题。看看贝尔格莱德的过往，人们就可以证明这个不合逻辑的断言：看似最不可能实现的事，反而会激发人们的勇气，使人们更加为之努力，将其变成现实。

他也想问约瑟夫，在他准备搞建设时，是否也遇到这种挑战。

“未来，在伊斯坦布尔，要建苏丹清真寺，对环绕清真寺周围的这座规模适度的小城，我知道，你已经做了宏伟的计划。在你计划要做的事中，你已经建了两座康复研究学校，一家医院也已开工。你还打算在清真寺周围再建两座学校和一家旅店。或许还会建一座大型陵墓。你是打算把清真寺推到最后建设，使它更具挑战性，还是因为你惧怕它带来的挑战呢？”

希南吃了一惊。

“嗯，这是个很难回答的问题。你说得都对。不过答案中，有一点是现实的：这是我做过的最为浩大、最为复杂的工作。而且不只对我。到目前为止，整个奥斯曼帝国都没人接手过这样一个风险巨大、挑战性极强的工程。一旦出了什么差错，我毫不怀疑：我的脑袋就要迅速从我肩膀上滚落了！然而，我非常渴望去建这个工程，我不害怕。建设清真寺周边的一切，使我有时间发展其他方面的潜力，可以纠正我计划中所犯的专业错误，可以把工作组织得更好,可以集结所有需要的工匠和材料。要协调五千多人共同完成一项工程,每部分工作必须完全顺利地按计划进行到下一步,而不能临场发挥,你知道那是一项什么工程。人人都不能停歇,不能犯错,不能丧失耐心,也不能出现资金耗尽的情况。一切都得协调,有条不紊。

“除了在那些我做过的事上多加实践以外,没有别的办法能让我学习如何避免错误。没错,阿迦·索非亚大教堂对我来说是一个典范,但是它的建筑工程师不在我身边,我没法随时向他请教如何做这些我从未做过的事。因此,建设一个比阿迦·索非亚教堂还要好的建筑梦想,只能变得更加艰难。显得傲慢张狂。几乎不可能实现。

“我唯一能做的事就是相信自己。工程上一系列细节都与实际问题相关。你要把想象力和艺术与运算、数字和精度相结合。这会从一开始,把你从对失败的恐慌中解救出来。例如,在建设苏莱曼尼亚大教堂(我们自己人就这么称呼它)时,我起用了三千五百名基督徒和一千五百名穆斯林。我对前者有更大的信心。我对苏丹王说,他们在一定程度上是奴隶,所以用他们的成本会低一些。但是,实际上,他们的活做得更好。你要知道,他们中间大部分是塞尔维亚人,是贝尔格莱德陷落后被带至伊斯坦布尔修建供水系统工人的第二代。当年,由于他们在那里做的活很出色,他们得到了苏丹王的允许,把他们那片区域称为‘贝尔格莱德林地’。我雇佣他们的儿子是因为他们把这份活做得比任何人都好。”

巴伊察想起了在他们主人家他自己想告诉他的事和想问他的问题。

“阿迦·索非亚教堂是所有工程师的典范。你刚刚也提到了。在我们之前和费里德·帕夏讨论原本并不是清真寺的那些宗教场所时，我想起了它。但它难道不是清真寺中最具特色的清真寺，典范中的典范，而且也是由拜占庭教堂改造而来的吗？五百年来，人们都在那里向耶稣祈祷，而后一百年他们却在那里拜阿拉。人人都知道这一点，这座基督教建筑（在规模、优美与意义上都如此具有魅力！）自君士坦丁堡陷落后却变成了一座穆斯林建筑的典范，并且保持至今，他们认为这很正常！”

约瑟夫聪明地回答了他。

“或许是因为这座典范一直令人难以企及?！为什么苏丹们能做他们想做的事情？因为没有人能赶上他们或与他们相比，没有人能影响他们或教导他们。”

Chapter XXVI

第二十六章

这种寻根求源倾向(不是娱乐的那种)我称之为重叠。随着时间的流逝,我认为我的那种倾向越来越明显。我想要说的是什么呢?我特别着迷于那些相似性,在不同的场合会转变成各种巧合,而在它们之间不存在明显联系,可能也没有真正的联系。但是一有机会,我就禁不住把它们联系在一起。我一直很清楚,我可能只是寻根,找到适合我的那一方(例如,希南工程师也是如此),但是我继续玩着这个游戏,虽然这只是对我而言,但是有时候它会带来惊人的发现。

幸运的是,不只是我一个人。

例如:

二〇〇八年一月上旬,我带着一堆书和资料前往奥地利,我认为这些书和资料有助于我完成一些文字的创作,应该就是本小说。我为什么要同意去做那件事呢?回到过去,我计划要写三本书,当我决定要选择哪一本来写时(我做出那个决定的时候,我发现自己居然真的坐在了穆罕默德·帕夏的商队旅馆的地基上!),那些图像和细节在我脑海中便彼此联系了起来。有时候,事实本身可以自己相连,有时候,我突然发现,是我的暗示,才使事实有了联系。

所以，在我离开前整整半年的时间里，我接受了一个奖学金，拒绝了另外几个更具吸引力的奖学金，原因是：邀请我的地方叫克雷姆斯，位于维也纳西北方向五十英里处，建在多瑙河的岸边。就像诺维萨德城一样，位于贝尔格莱德西北方向的五十英里处，也建在多瑙河的岸边，在很多方面，我与这座城市有联系。（此外，金角湾和贝尔格莱德的交汇是一种巧合，托普卡帕宫和卡莱梅格丹城堡的相似同样是个巧合。）这里不仅仅有地理位置和距离的重叠，还有着更深的原因。做出这样的决定，我能给出很多原因，但是我会选择下面这个原因：非理性。当一个作家拒绝了所有其他明显更好的条件和情况时，只是为了要去接受在逻辑上根本站不住脚的东西，除了这个，还能有什么别的合理的原因呢？

就在我离开之前，我收到了一份瑞士杂志，分别用三种不同的语言印刷——分别用不同的语言印刷是为了把它们（德语、法语和英语）联系起来，这里面有我的一篇文章，而且也有保加利亚作家阿莱克·波波夫的文章——他就是在克雷姆斯这个地方获得了灵感，这座城市，也是我要去的同一个地方。

后来，我上了车，偶然，在诺维萨德顺便停留。不，我并没有做任何疯狂的事情，比如待在那儿，自言自语："这就是克雷姆斯。"我沿着书本中那些英雄所走过的路继续走着，穿过塞尔维亚—匈牙利之间的巴纳尼亚平原，到达布达和佩斯特，然后继续前往维也纳。这次，我也没有征服维也纳。我绕过它那道虚设的城墙，沿着多瑙河，到达了克雷姆斯。我住的公寓，窗外多瑙河若隐若现。这景象……似乎我就在家中一样。

这一切都好像是同一种模式的重复。

因为，奥斯曼帝国对欧洲的渗透，同样是他们军事行动的重复，也很执着：在春季发动战役，日期与上次相同，同样行军走过漫长的道路,接着是春季和夏季对城市的围攻,这些城市都有坚固的防御工事,围攻所持续的时间也与以前一样,然后是即将到来的冬季之战,凯旋或者失败而回到起点……或者,在最好的情况下,冬天返回贝尔格莱德休整。然后,一切再从头开始。

奥斯曼帝国所做的也是将不可联系的事情联系在了一起,不是吗?有正常思维的人,谁会在同一个帝国将伊斯坦布尔和维也纳联系在一起呢?嗯,我们可以看出,这种人的确存在。而且他们也很执着。他们相信在这种观念下所发生的事情。我认为,他们通过战争建立那种联系并不只是为了占领、掠夺和摧毁。如果他们把维也纳夷为平地,这对他们又有什么好处呢?好,他们也摧毁了贝尔格莱德,但是之后,他们又重建了贝尔格莱德。别的不说,就像奥地利人和匈牙利人曾经所做的那样。就像所有其他人所做的那样。

把不可联系的事联系在一起,我在为此"提供合理的解释",有我的例子,还有土耳其的例子,这些例子难以计数。但是很多例子,不是很明显,特别是如果人们比较谦卑时……

我记得一个名叫弗拉基米尔·戴维德的非凡人物,他是一个很好的例子。他是萨格勒布大学的一位数学教授,而且也是一位杰出的、著名的专家,但是他非常有幸,他在世界范围内享誉盛名并不是因为数学,而是因为与数学完全不同的东西,也可以说,是完全相反的东西:他把自己一部分生命都奉献给了日本传统俳句诗的研究。我们必须明确的是,他这样做并没有危害到他的专业数学(我们也可以说,没有危害到他的"基本职业")。作为一个在日本的业余学习者,他发现自己深深着迷于这种中世纪的艺术形式,内心很赏识这种艺术,而且还不想放弃。当然,当一个人处于这种情况下,他就开始在想:嗯,数学和诗歌之间会不会有着某种联系呢？直接的答案，当然是没有。坦白说，在俳句中有一个数字小游戏：俳句以三句十七音节为一首，首句五音节，次句七音节，末句五音节。日本人熟练、清晰地把单词划分成音节。塞尔维亚语像其他一些语言一样也可以。但是一些语言这样做起来会有点困难，甚至根本办不到。对于日语来说，这很重要，因为这种诗以及它不可逾越的规则都来自于语言的这一特征，为了能将这些诗写到极致，必须要遵循音节的数量和顺序这个规则，毫无例外。但是，要把数学和诗歌严肃地联系起来，所有这一切肯定还远远不够。这里，它有可能被简化为一种加法运算（就像小学低年级所学的加法运算一样）。

在某种程度上，戴维德教授是迫不得已要去证明作为一个业余学习者的他同俳句诗的渊源——业余学习者是当你没有获得某个专业文凭时的称呼——对于这个称呼，他并不感到害羞；他经常用它来称呼自己。这很荒谬，因为，在那个面积略大的南斯拉夫国家，在二十世纪七十年代中叶，无论是在俳句诗的理论知识方面，甚至是在俳句诗的创作方面，都没有一个人能与他相提并论。后面我们会看到，甚至在世界范围内，也没有几个人能与他相媲美。我有幸在那段期间和他一起工作了很长一段时间，所以我在他身边亲眼见证了这种迫于无奈而去自我证明和向他人证明自己的这种荒谬之事。所以，因为他的家庭背景和所受到的综合培养，他开始出版一些论述俳句诗和线性代数之间关系的文章，就是为了向那些怀疑他的人证明他业余研究这种诗是有着深刻的原因。然后发生了什么呢？因为这些文章内容“非常严肃”（除了这样一个事实，即作为一种观念，所有这些文章原本对日本禅宗信徒来说是一个深奥的笑话），所以现在怀疑主义者拒绝承认诗歌和数学之间存在关联！他们并不费心去想那些文章是否证明了两者之间存在关系，它们（我指的是证据）被认为是理所当然的，但是这种联系不可能简单地存在。我想说的是，有证据表明，两者之间存在关联，但是它们却没有联系。对于这一切，弗拉基米尔·戴维德没有和任何人进行过任何形式的论辩，他只是写了几本有关俳句诗、有关日本、有关文化、有关数学等方面的书。在日本，他在几个全球俳句诗与意义的竞赛中获得了最高奖项，甚至是在当今世界包括各种文体在内的最大规模的国际竞赛中——这样说吧，有两万名诗人，带着五万首诗歌来参赛。更不用说是获得日本政府的认可和颁发的奖项了。

我在教授日本禅宗教鞭或魔杖的影响下，全身心地投入到《俳句》杂志的编辑之中，没有足够的资金——纸张质量差，在打字机上编辑好，再用中世纪的技术把它印刷出来（因此，它非常业余），它是南斯拉夫第一本具有凝聚力的，为南斯拉夫所骄傲的杂志。它是世界上最优秀的杂志之一。它甚至还有一句著名的广告语：世界终于承认我国是某一领域的强国！南斯拉夫——是俳句诗的强国。这听起来很振奋。

所有这一切，似乎都是因为诗歌与数学之间存在的联系，都是因为将不可能联系的事联系在了一起。

不幸的是，国家和州不一样。那些怀疑主义者可能会带着愉悦的心情看出了那种特别的联系。如果有必要的话，甚至会为之战斗。

Chapter 26

第二十六章

从约瑟夫的答案中,巴伊察才清楚了解到,约瑟夫除了拥有强大的天赋外,是怎样,通过何种方式,成为事业有成的科卡·米玛尔·希南!显然,是因为他像一位军人来处理他所有的工作。这有什么特别重要的意义吗?除了天赋,另一个最重要的品质,是他很强的组织能力。他是奥斯曼帝国军队的指挥官,与巴伊察一起多次参加了各种战役,约瑟夫除了能从这里学到这种能力,又能从哪里?这就是约瑟夫成为希南的诀窍所在,不只是通过改变自己的宗教信仰!

他学着谋划、将风险控制到最低限度、必要时敢于冒险、基于可预见的结果来创建策略、指导他人、通过自身示范来鼓舞他人、赢得他人信任,然后再去要求别人、发布命令、服从命令,再加以检查、惩罚和奖励。要提前预知会产生的后果、原因和影响。要知道什么是胜利,什么是失败。如果一位军事领导人达到这样一种状态,掌握所有这些工具,没有人对此再感到意外,那么就可以说,他的下属会服从他的领导。如果有必要,他们甚至会为他(不仅仅为了那个共同目标)献出生命。

希南现在所指挥的部队,一切都和真正的部队没什么两样,除了……死亡。如果在他的军队中出现死亡,是因为疾病,灵魂要去见上帝,或者,有时是因为意外事故,但是在这些死亡中,没有一人是……被杀死的。

想完这些,巴伊察才感到宽慰,可以集中精力在下城区进一步地开展巡视。在一定程度上,他也是出于责任才这样做的。因为,从他们早期对贝尔格莱德的访问,他们就已经知道有关贝尔格莱德这两个区的大多数重要的事情。下城区对巴伊察极具吸引力(不下于它对约瑟夫的诱惑),它完全位于这个城市的被称之为多克尔的多瑙河区域。巴伊察认为,在这里,他有必要为约瑟夫做个向导和东道主。他觉得多克尔属于他。

声音能立刻吸引人的注意力。来自多克尔下城区低声的说话声和喧嚣声在这个城市的其他地方就可以听见。从中,人们可以得出结论,住在这样的地方应该不会感到无聊。然后,沿着一条下坡路,就进入了多克尔的上城区和下城区,或者甚至叫主城区或下城区(这里的居民做出这些区别是为了说明,这里实际上是一个由各部分城区组成的独立城市,并不是说某个城区会比其他城区更重要)。这些"独立的城区"被龙区所分割,或者说被龙区所连接。它的名字说明了一切;它长度达到三千步,背靠下城区三角洲的渔民市场,一直延伸到城区深处,从这里人们可以取道前往君士坦丁堡,一直可到奥斯曼帝国的首都。由于多瑙河流经该城区,所以整个城区(不仅仅是下城区)有了一个共同的名字,那就是多瑙河区。多瑙河区到处可见工匠作坊、电话亭、琳琅满目的商店、咖啡馆、喷泉、摊位、甜点店、茶馆、小型公共澡堂……

所以,当他们融入了这个看似纷杂喧嚣的环境,到处是人、到处是动物的狭窄街道,有些灯火通明,有些黑洞洞的,只有那时,他们才会切身体会到这座城市的灵魂:归根到底,最重要的还是人。

在这里，每个人都同他们打招呼，但是不像阿拉伯商人那样带有强迫之意，而且也不只是为了向他们兜售商品。他们是出于某种友好和尊重而同他们打招呼，有些人甚至认出了贝勒贝伊，然后他们指给邻居看，说他们已经被“土耳其化”了，是“帮助塞尔维亚民族的人”。好几次路过这里，索科洛维奇都听人说起这样的话，开始时，他每次都很惊讶。后来他停下脚步，自言自语道：“是的，这就是我。是他们俩。可是，我所认为的自己是什么样的呢？”

在他看来，居住在那里的各个民族都有自己与众不同的特点，就凭这点，这座城市绝不会次于伊斯坦布尔以及世界上任何其他大城市。通过他们的穿着、商品、语言和行为，人们能轻易认出，在这个地方，除了有来自贝尔格莱德的塞尔维亚人，还有来自塞尔维亚其他地方的人，有来自波斯尼亚的塞尔维亚人，有天主教徒、东正教徒、伊斯兰教徒，还有土耳其人、希腊人、犹太人、亚美尼亚人、保加利亚人、匈牙利人、吉卜赛人以及来自杜布罗夫尼克的人……他们都是贝尔格莱德的常住人口。在一个个隔开的租赁摊位和店铺里，他们看见了商人，听见了他们的说话——这些商人是刚来到这儿的阿拉伯人、波斯人、鞑靼人，有着不同肤色、不同语言的穆斯林东部的人。他们中大多数人都是有意来到这儿，都带有某种目的，而其他人则是因为要去别的地方而途经此地，顺便做点生意。正如一个商人大声地称呼他们那样，这是一个“鲁米利亚真正的米斯尔”[55]。

如果他们离开主道走近一间店铺或是它的后面，他们就会惊讶地发现这个城区的另一种美景：几乎所有的房屋都自带花园或者葡萄园。所有房屋都掩映在庭院那生机勃勃、郁郁葱葱的翠绿之中。绿色的环境使它们归于宁静——尽管房子离喧闹的市场只有几步之遥，仿佛大自然汇聚了所有的力量，阻隔了街上所有的喧嚣与躁动。

但是，不得不承认，这里现在更有生气——更加喧哗，更加有活力——这是他们前几次来贝尔格莱德访问所不能比的。同时，这座城市显然已经成了一个中心，很多道路纵横交叉汇集于此，这在一定的程度上归功于穆罕默德·帕夏·索科洛维奇——归功于他在政治、经济、军事和知识等方面的付出。

甚至连富有的奥斯曼人都找到了很好的理由在这里留下他们的印迹，例如穆罕默德·帕夏·索科洛维奇、斯梅代雷沃的桑贾克贝伊和他的兄弟巴利贝伊。一五二一年，巴利贝伊成为贝尔格莱德的第一位阿迦（从背景来看，他们俩都是塞尔维亚人）。前者留下了清真寺、神学院、学校、喷泉[56]……他甚至还建造了一个商队旅馆，之后变成了一个朝圣者的旅舍——小客栈。人们认为这座小客栈是“上帝的财产”，因为任何人都可以在那儿待上一个多月而不用付一分钱，“但是必须要为布施者的灵魂祈祷”。而且，这里不仅仅只有这一个建筑，还有苏丹·苏莱曼大帝的商队旅馆（位于萨瓦河附近的下城区）、他的皇家浴场（位于多瑙河畔），此外还有皮尔·穆罕默德·帕夏的宫廷和浴场，离费哈德·帕夏的清真寺很近。自苏丹占领贝尔格莱德时起，皮尔·穆罕默德·帕夏便成了大维齐尔。

由于多克尔熙熙攘攘，到处是人和嘈杂声，它似乎成了这个城镇人口最密集的城区。在好奇心的驱使下，巴伊察在想象，如果街道上没有这些人，这个城区又会是怎样的。后来，有人给他们提出了一个动议，这让他们能够看到想象中的另一番景象。一位年轻的学徒，自称是为拉迪切·德米特罗维奇公爵打工，递给他们一封来自他主人的请帖，邀请他们那天晚上按照给定的地址去做客。巴伊察诚挚地接过请帖，并让年轻人转达他一定会去。

约瑟夫似乎刚从梦中醒来，停下了画城镇各个分区的简图，惊讶地问道：

“你怎么会如此坦诚地就收下了一封来自塞尔维亚人的请帖，甚至连眼睛都不眨一下？”

“你知道，他不只是个普通老市民，他还是一位塞尔维亚公爵。显然你还没有听说过，我作为贝勒贝伊，是服从苏丹的命令，授权塞尔维亚各城镇的当地公爵承担起一部分责任，或者说授权于当地官员，包括阿迦。这个公爵就是他们其中的一员！还有一件事：我理解你的关心，但是，即使情况并非如此，和一个塞尔维亚人见面，我一点也不会烦恼。既然我是在公共场合这样做，也就意味着大维齐尔没必要担忧了。”

他们两人在约定的时间来到了指定的地点。虽然多克尔还没有入眠，却非常静谧。多克尔的各个角落都很宁静，除了几家咖啡馆，到了夜晚，它们就变成了供人休息的小旅店，这已是公开的秘密。从咖啡馆里，传来低沉的说话声，与白天不太相似。

主人客气地接待了他们，但却表现得有点正式。主人用塞尔维亚的习俗来招待他们，对此，主人请求他们不要反对，但是他们有拒绝这种招待方式的自由。然而，他想到，他们来到这里不是正式场合，也不是公开场合，特别是，当他想要给他们看些东西时，而且他们过后会向他提出建议在什么程度上应该予以公开。

现在轮到巴伊察来告诉约瑟夫有关他早期的几个计划。德米特罗维奇走了出去，借口说，要将他们引荐给某人，说他要去房子的另一端邀请那人过来。巴伊察向约瑟夫坦白道：

“我一直和公爵保持着官方通讯联系，有时是非官方联系。这次会面的计划已经有一段时间，我们一直在等待着机会，但是又不仅仅只取决于我们。”

约瑟夫惊讶地看着他，一句话也不说。现在他们扯平了。

公爵和另外两个人一同回来了。第一个人很年轻，从他的穿着看像是来自杜布罗夫尼克的一位封建主，另一个人年龄稍大，整张脸都被长长的胡须遮住，穿着像是个东正教僧侣。主人向他们介绍道，那位年轻人叫特罗扬·宫杜里奇，杜布罗夫尼克人，来自卢卡这样一个有名的贡多尔家族，另一个人名叫马尔达里耶，是一位圣职修道士，来自科谢里奇附近的默克西纳茨尔克瓦。

德米特罗维奇打破沉默，说道："嗯，我们为什么要聚到这来？宫杜里奇这个小伙子已经接管了前阵子我买的一家印刷厂，但却没能充分利用起来。这并不是因为他是专职工匠，而是因为他将他的商业技能灵活地运用到他的印刷生意中。那也许是一桩好生意，一桩没有人真正认为有可能做成的生意。但是，过去连续几年，他和他的同乡卢卡·德米特罗维奇（你看，他的姓比我多一个字，所以我们真的没有关系！）一直都从安科纳进口皮面装订的礼仪书。在这里最后交付的两百本书中，所有的书都是皮制的，都是用塞尔维亚字母的塞尔维亚语写成的，而且是在外国印刷——他们把每一本书都卖了出去！"

公爵停了下来，看着帕夏，似乎在请求让他继续说下去。约瑟夫注意到这点，咧嘴笑了起来。

"后来，有一天，在听说我们在做小生意后，穆罕默德·帕夏问道，或者准确地说，是提议：我们为什么自己不印刷塞尔维亚语的书籍呢？我承认这是一个好主意，同时年轻的宫杜里奇也这么认为！所以，我们邀请了圣职修道士马尔达里耶为我们筹备出版这样的书。他将马卡里亚于一五一二年出版的保加利亚—斯拉夫语福音书作为参考版本，在做了大量工作后，为我们准备了四部福音书。他独自完成了誊写、制作木刻模型和字母，还有所有的书法工作。而且,二百一十二页内容的每一页都是他亲自印刷!

“因此,你看,一五五二年八月十五日是我们同庆的日子,这一天,贝尔格莱德出版了第一本书,更准确地说,是第一本由贝尔格莱德的印刷厂印刷的书。”

接着,公爵和圣职修道士马尔达里耶拿出了几册厚厚的、装帧精美的书籍,是用书法字体印刷出来的福音书。

马尔达里耶对他们的祝贺表示了感谢。

“谢谢你们,兄弟们。在座的各位贵客,这次,请允许我,在我们之间,这样称呼你们。不要拒绝我。我非常满意,因为我们成功地让人们看到了所书写的文字的重要性,将教会语言和文学语言融合在了古教会斯拉夫语的塞尔维亚语书的编写之中。自从古腾堡于一百年前发明了这种奇妙的设备,就没有多少人能够吹嘘自己印刷了大量的书籍了。继威尼斯和采蒂涅之后,然后是十五年前的特奥多西耶,他在乌日策附近的鲁尔诺塞尔维亚修道院工作。现在轮到我们这里的贝尔格莱德!我们不像那些富裕的人那样有铅印,但是我们的木刻印刷同样很好。”

巴伊察被这些话感动了。对于文化素养和知识来说,这是一个重要的时刻,不是语言的分裂和宗教的分裂。所以,他毫不犹豫地提醒在座的每一个人,这些字母伴随着他长大成人,他是索科洛维奇家族中的一员,这就是他提议要做些事情的原因。如果贝尔格莱德成为一个贸易与交通中心,那么至少它要拥有属于自己的书。

“贝尔格莱德也是战争的中心,时间太久了。我认为,正如过去的三十年,萨瓦河和多瑙河也会一直平静地流淌下去。的确,那段时间,在这座城市以及周边地区驻扎了许多军队,但是他们并没有打扰这座城市。他们仍将从这里离开,然后又返回这里,稍作休整，为下一场战役做好准备，但是，这里不会有战争。至少在未来的一百年。我像一位苦行僧一样说出了所有的这些话，那样，我就能带着平静和幸福的心情为这些福音书命名：《贝尔格莱德四福音书》！”

和平与幸福一直都在激发人们为追求和谐与宁静而付出更多的努力。所以，在贝尔格莱德，在它这段和平时期，杜布罗夫尼克人重操旧业，开始印刷塞尔维亚语的书籍，这种情况是有可能的。而且，是为了所有这些来自杜布罗夫尼克的商人，用塞尔维亚语创作，用塞尔维亚的西里尔语字母书写。基督教徒（或拉丁）生活区的生活，在巨大利益的驱使下，成为其他所有生活区的人们过上美好生活的强大动力。甚至连普通的鱼市也提供了数量庞大、种类繁多的鱼：从体积庞大的白鲟、鲤鱼和白鲸，到梭鱼、江鳕和达氏鳇，下至鲶鱼、鳟鱼和鲈鱼。好像多瑙河和萨瓦河流经盐矿后比上游吸收了更多的鱼类繁殖所需的营养物质。

他们俩在贝尔格莱德还要多待几天——各有各的目的——请求奥斯曼和塞尔维亚首领尽快投入建设工作：码头、海关、学校、旅店和商队旅馆，因为来客越来越多——既有信教的，也有异教徒。他们把杜布罗夫尼克共和国当作楷模，能给商人提供越来越多的贷款，好让他们在贝尔格莱德和塞尔维亚经商，并想方设法支持商业人士。巴伊察亲自向苏丹建议，在贝尔格莱德修建一个造船厂，就像君士但丁堡造船厂一样。那一定会给很多人提供就业机会，并带来巨大利润。商人们会认真地把货物出口到欧洲和亚洲的所有国家，而不只是等着看生意本身会有什么情况发生，而且特别是集市里会发生什么变化。正如大家所能看出的那样，跳蚤市场甚至可能会变得更加文明。

巴伊察会见了圣职修道士马尔达里耶为他引见的几位东正教

的大祭司。他们向他解释说,塞尔维亚教堂面临双重危险:第一,因为没有塞尔维亚国,整个塞尔维亚民族去教堂做礼拜是因为他们把教堂看作是对那个国家的一种精神替代;第二,教会没有钱去修复破败不堪、摇摇欲坠的教堂,再建新的教堂也绝对不可能。而且,宗主教制度也面临瓦解的危险。他们担心信仰不复存在。因为,如果连祈祷的地方都没有,又如何去信教。对上帝的信仰不能总是停留在灵魂层面,特别是当与别人分享时。

穆罕默德对他们说:让教堂继续行使有关信仰的事务,不要卷入到帝国和国家的事务之中,这样,不久,情况对于东正教教徒就有希望改善。就他本人而言,他会出力帮忙。

Chapter XXVII

第二十七章

有些事情，甚至几乎没人想过会有联系，当我想方设法将它们巧妙、艺术地联系在一起时，也许我有时会有一点小小的理由来吹嘘自己。但是，当我忽略掉那些不讲自明和显而易见的联系时，我也有相同的理由来尖锐地批评自己。

由于缺乏知识或者大脑不够敏捷，最近我刚经历了一些不愉快的事情，其中一件是关于这本书的主题，与十六世纪奥斯曼帝国的身份认同问题有关，这是我同埃及作家加玛尔·艾尔·基塔尼谈话时所经历的。二〇〇七年的秋天，我们在他开罗的家中见了面，那时我即将完成这本书的写作。但是，如果我没有在同他的谈话中提到那个重要主题的部分内容，那么现在这本书，对我的意义，就会不同——一旦其他穆斯林民族被奥斯曼人所征服，他们怎样看待对他们民族身份和文化身份的占领(是我的表达)和剥夺(是我的表达)。

与基塔尼[58]讨论这个主题，原因是多方面的。他是著名的埃及文明史方面的顶级专家，特别是开罗文明史。他从不同的角度写了大量的著作，从历史的角度，准确地说，是从图解史实的角度到以历史艺术观为基础的纯文学角度[57]。那时，纳吉布·马赫福兹还没有获得诺贝尔奖，因此，基塔尼成为当时在世的埃及（甚至可能是阿拉伯世界）最受尊敬的作家。近些年来，他甚至在文盲中也享有一定的知名度（!），因为不久前，他们能够看到有关开罗和埃及的电视纪录片，这些电视纪录片，基塔尼拍摄了很久，而且，在片中，他担任旅游向导的角色。他赢得了人们的普遍（“书面和口头上”）尊重，这是我亲眼所见。我们走在开罗的街头，不断有人走近他，亲吻他的手，感谢他赐予的礼物，展现出了这个城市和国家的历史。奥尔罕·帕穆克除了在他自己的国家在一定的程度上受到了如此的尊重，我从没在任何地方见到过人们这样来表现自己的尊重，但是我知道，一提到那个例子，每个人都会想起帕穆克从批评者那里所受到的威胁。当然，反对者言论中的阴暗面不可避免。相反，我将用基塔尼的例子来强化这个观点。所以，尽管他是一个爱国主义者，这一点毋庸置疑，甚至非常肯定，甚至我可以说这有点夸张，他为伊斯兰教争辩，主张对伊斯兰教要持清晰、纯洁和健康的态度，但是，像他的土耳其同僚一样，他也是受威胁的对象。而且，警察一天二十四小时都在基塔尼家门前放哨。我看到他们至少每十二个小时轮一次岗。日夜都有汽车、司机和保镖随他使用，不再是一件奢侈的事情：这个国家决心向宗教极端分子展示，在他的身后有国家的支持！这合情合理，因为通过与世界交流或者把他的作品翻译成世界各国语言，他至少为这个国家的文化和信仰做了一件好事，对于这种信仰，他既不拒绝，甚至也不怀疑。像世界上最受称赞的导游一样，当他利用夜晚带我参观开罗，向我解释伊斯兰建筑的细节问题时，甚至都没有表现出对其浓烈的爱意，那甚至不足以表达狂热者对他的尊重。为了能在那天晚上出去，为了一定能出去，他不得不签署一份自愿声明，说明是他自己拒绝接受所谓的安全信息提醒。

不管怎样，再返回到我们的谈话内容。这一机会验证了我阐述巧合的那句话，塞尔维亚和埃及间接地有着我们俩人都感兴趣的共同的历史。一五二一年，奥斯曼帝国征服了贝尔格莱德，而仅仅四年前——在一五一七年，开罗就处于奥斯曼帝国的统治之下！他的小说《扎伊尼·巴拉卡特》讲述了奥斯曼人取代马穆鲁克统治的故事，讲述了他们在开罗早期的统治以及在埃及统治的故事。我（正在写）的小说部分涉及了奥斯曼帝国统治时期贝尔格莱德和塞尔维亚的情况。在同他的谈话中，我听说了很多有用的消息，但是令我惊讶的是——这要返回到本章开始所谈到的问题——他对那场军事占领带来的后果所作出的反应异常尖锐和消极。这种态度预示着整个故事都是有关谋杀与压迫，但是影响最大的还是以下这件事。为了举出一个让人印象深刻的例子，他在他的一本书中已有描写的真实情境中又增加了一个史实，即土耳其人掠夺了三十五种工艺品，并把它们运输到自己的国家，而不仅仅是那些有技术的人们：事实上，土耳其人把制作那些工艺品的所有工匠带回到他们自己的国家。每一个人！从技术工匠到助手、学徒和新手。那样，他们就能抹去整个领域的知识和历史所存在的痕迹！将它们彻底消灭！（我之所以使用感叹号是希望它能在一定程度上表达基塔尼说这话的愤怒之情。）我试图安慰他，于是告诉他，有迹象表明，当奥斯曼人占领了贝尔格莱德，他们会把这个城市三分之一到几乎所有的人口送到伊斯坦布尔做苦工（数量不同——取决于不同的消息来源）！土耳其首都现有的自来水厂就是证据，它是由来自贝尔格莱德的一群平民建设的，他们所获得的奖赏是，他们可以称他们所居住的城区为……贝尔格莱德区。这个消息人人都知道。

当他看见我对他的愤怒表现出明显的惊讶时，他给出了合理的解释。

“对他们,我完全有理由更加生气,因为我们有着同样的信仰。当一个与你有着同样信仰的人对你作恶时,事情就会变得更糟。不要说特权了,你认为只有过去的基督徒才出现过彼此欺压的例子吗?”

对于他这样一个无须回答的问题,我很赞同地答道:“现在也有类似的例子。”

Chapter 27

第二十七章

他们一起返回了索非亚。希南也画了草图，并确定了在这个城镇修建清真寺的两个地点。接着他回到了伊斯坦布尔，在那里，他继续监管苏丹清真寺工程的建设，更准确地说，是清真寺前期建筑群工程的施工。与此同时，为大维齐尔鲁斯坦·帕夏所建的建筑群，也在泰基尔达平地而起，他偶尔也会去这些工地从事监管（有清真寺、商队旅馆、学校等）。

一位信使为穆罕默德·帕夏送来了苏丹的命令，要求他立刻前往托普卡帕宫，并将他手头上的事务交由他的属下负责较长一段时间。他明白，一场新的战役正在筹备中。

在大维齐尔鲁斯坦·帕夏的王宫中，也是苏丹宣布他为军队最高指挥官的地方，他得知了所有的细节信息。当奥斯曼军队忙于鲁米利亚战役，并接近维也纳时，在小亚细亚，波斯人塔赫玛斯普国王也正在夺回早期他被奥斯曼人占领的城池。他的手段极其残忍，不仅屠杀了整个陆军部队，而且还杀害平民百姓。除此之外，伊朗国王的儿子伊斯梅尔·米尔扎还使用他的聪明才智，想方设法，击溃埃尔斯伦·帕夏·斯肯德，并杀害他手下的几千名士兵。苏丹非常生气，决心彻底结束与拥有同样信仰的异教徒开展的这场战争,于是命令第二维齐尔艾哈迈德·帕夏去守卫与奥地利接壤的地区,并授予穆罕默德·帕夏荣誉,命令他立刻前往托卡特,整个冬天待在那里,待一切装备齐全后,来年春天,发动对波斯人的军事行动。

然而,由于曾经深爱彼此的苏丹和苏丹王后的关系不断恶化,奥斯曼王宫经历了一些变化,也导致了国家计划的停止实施。事实上,可怕的事情正开始发生。苏丹·苏莱曼更频繁地外出,他的行为不太像一个正常老人该有的行为,尽管他还不能完全算是一个老人,他的妻子罗克塞拉娜经常生病,于是,她开始为王位继承人担忧,其方式近乎一个自私的母亲,但是却不加任何节制。由于罗克塞拉娜和苏丹生了两个儿子——赛利姆和巴耶济德,她对苏丹的另一个儿子穆斯塔法,也是军队中最受喜爱的军官,恼羞成怒——因为穆斯塔法是苏丹和另一个女人所生的孩子。她的计划所面临的问题是,穆斯塔法是他们当中最年长的,这也就意味着他肯定会继承奥斯曼帝国的王位。但是,这位王后不会屈服:她越来越多地干涉国家事务,就这件事,她策划了一个阴谋,谴责穆斯塔法带领军队反对苏丹本人。她执着地实施着这一阴谋,想方设法通过中间人使他丈夫相信这一消息的真实性,并成功使自己置身事外。对于帝国来说,这种反叛行为意味着试图推翻当前王权统治者,而且对王权构成了最直接的威胁。所以,苏丹停止施行所有其他的计划,决定应对措施。他做出了最为可怕的决定。他突然改变之前关于远离战争的观点,出现在波斯战场上,亲自指挥他的军队。他把穆斯塔法和所有维齐尔都邀请到他的军队营地。他的儿子,一心只想着帮忙,对一切没有起任何疑心,在他父亲的帐篷里没有看到父亲,却看到了七个哑仆杀手,他们是奉命来处决他的。尽管王子蒙受不白之冤,但还是被活活勒死,而他的父亲听着他的呼救声,藏在帐篷的门帘后等待着死刑的结束。紧接着,穆斯塔法手下的几个最忠诚的指挥官,也被谋杀。同时,在布尔萨,一个宦官将穆斯塔法的小儿子也给勒死,随着他的死亡,与穆斯塔法有血缘关系的人,全都被杀害,因此,他们再也不会对苏丹的王权构成威胁。

这个事件发生之后不久,苏丹另一个几乎闻所未闻的儿子德耶汗吉尔王子,在听到他最喜爱的哥哥死亡的消息后,悲伤过度而死;他自出生起就身患绝症,与公众彻底隔绝。由于他哥哥被谋杀,他非常忧郁和沮丧,一味拒绝吃药,而这药,还有他的哥哥,是他生命的依靠。

尽管巴伊察继续从旁观者的角度来审视这个悲剧,但是这事却让他的心情久久不能平静。然而,从旁观者这一侧面来判断王宫里的人所起的作用、所具有的影响和能力,更为容易,更为准确。他发现,这种疯狂的行为在统治者的家族中不会结束。一位母亲能谋划杀害自己丈夫的儿子,而她的丈夫又杀害了他的亲生儿子和他的孙子,这怎么可能? 这种事情很快再次发生。他注意到,民众很明智,镇静了下来。为了分散人们的注意力,把责任从这个事件上转移开来,并防止新军的叛乱,苏莱曼突然从他的女婿——大维齐尔鲁斯坦·帕夏的手里拿走了公章。穆斯塔法王子作为一个士兵表现出的非凡的勇气,赢得了新军对他的高度尊敬。鲁斯坦·帕夏并不明白到底发生了什么(只是看上去不明白),只知道自己做错了事。第二维齐尔艾哈迈德·帕夏被立即从鲁米利亚召回,苏丹王把公章交给了他。

事实上,鲁斯坦·帕夏给巴伊察写了一封信,对于自己被撤换的事情,给出了完全不同的解释和理由。但是,不久,他又重新担任了之前担任的第一维齐尔的职位。艾哈迈德·帕夏只是短期替换了他的工作，终究只不过是精明国王手中的一个临时玩偶。

即使是在欧洲的土耳其的敌人中，这场谋杀听起来也是一种不理智的行为。穆斯塔法王子简直就是善良、忠诚、尊敬和学识的化身。他支持学术和艺术，保护诗人和学者，他甚至还以穆赫利斯的笔名创作诗歌。他忙于研究严肃哲学和诗歌，甚至还亲自编撰波斯语字典，并为鲁米、萨迪、贾赫贾、哈菲兹和很多其他诗人的著作撰写评论。饱学之士因为他的死而悲伤，公开批评苏丹和大维齐尔，甚至为此冒生命危险。

穆罕默德·帕夏试图从这件事情中理解父母和子女的关系。尽管他还没有公开结婚，但是他决定要更好地照顾他的两个儿子——哈桑和库尔德，他们都是由他的情妇所生。由于他的职责，他没有办法经常去看他们，但是他仍感谢上帝，因为他不用把他们藏起来，尤其不用以他主人的那种原因来藏。但是尽管如此，那时，甚至连他都不知道，就他们而言，等待着他的会是什么。

有时候，权力真的会以可怕的形式呈现出来。

另一场战争的继续，使得帝国内部恢复了正常。现在，穆罕默德·帕夏有了一位新的战时指挥官，那就是苏丹本人，他得到了苏丹给予他的深厚的信任，又获得了苏丹的认可：命令他在突破波斯人抵抗的战斗开始时，立刻率领奥斯曼军队的左翼部队前往远东的卡尔斯，而国王苏莱曼和苏丹王后的长子赛利姆王子率领右翼部队前往。在发动这场战役之前，发生了一件有趣的事情，很多编年史家都将其记录了下来。那就是，在军队动身出发前往战场的庆祝游行活动中，当时，由于穆罕默德的战时部队表现出的磅礴气势，安纳托利亚部队和赛利姆王子的卡拉曼部队完全没有引起人们的注意。“所有目光都集中在由贝勒贝伊穆罕默德·索科洛维奇率领的鲁米利亚军队的化装游行队伍上。豹皮从他们的肩头垂下，长矛上悬挂着狼的尾巴，他们穿着粘有长毛刺的靴子，手里拿着庞大的盾牌，防护手套为深蓝和湛蓝色，手套是用钢铁打制而成的，他们举着红白相间的旗帜，所有的战马都被涂成了红褐色……”

的确，这只是一种看得见的标志，但是它有它的意义——那就是，穆罕默德·帕夏很快就将他在帝国所统领的那部分地区变得更加富有，因而也更加美丽。对他的指挥官穆罕默德在公众面前表现出的这种自信的游行方式，苏丹王大加赞赏，但是，同时他也想要炫耀自己判断人的能力。

接下来的与波斯人战争所取得的节节胜利，从叙利亚一路穿越亚美尼亚再到高加索，都是日常计划中的事。巴伊察也以类似的方式来履行着他的职责。他把自己学过有关战争的知识以及从实战中学来的知识都应用到实战中。但是，他也知道英雄主义会在哪儿终结以及心血来潮的指挥会在哪儿开始。他谨慎地对待每一次决定，让人人都了解他们的位置，尊重他们的位置。

苏丹对整个战事非常满意，他都等不及回到伊斯坦布尔再奖励他的臣民。在阿马西亚，他举行了一次大臣国务会议，领着穆罕默德·帕夏进入大臣国务会议会场：他被任命为波尔塔的第三维齐尔。在巴伊察那里，苏丹又任命了一位有塞尔维亚背景的人为鲁米利亚的贝勒贝伊，那时他是土耳其新兵的阿迦，名叫佩尔特夫·穆罕默德·帕夏。

当他返回伊斯坦布尔时，他可以选择在几个地方建立自己的王宫。现在，作为维齐尔议会的一名成员，他得离苏丹王近一点，每天都要为苏丹王和这个国家服务。他选择了一个简陋的住处，一个提供给他的、距托普卡帕宫最远的地方，位于海港边萨特累季河的河畔，靠近艾郁普清真寺。对此，他并不后悔。他隔壁的邻居是个老熟人,埃布萨德·埃尔·阿马迪先生。阿马迪受过高等教育,特别喜欢奥斯曼帝国中他工作过的那个地方,一五三七年后,他曾在那里待过很长一段时间,担任鲁米利亚的军事法官(卡扎斯克)。自从一五四五年,他就成了伊斯兰教法典权威[59]。苏丹·苏莱曼真正能听得进意见的人,可能只有他一个。他甚至公开赞扬这位先生对《可兰经》和所有伊斯兰传统的新的阐释[60]。他接受他的新法律,赏识他的学问。他对国家法律的稳定性和威严十分关心,认为法律不应是出于一时权宜之需,苏丹·苏莱曼对此特别尊重他。可能是出于喜爱,苏丹王称他为阿马迪[61]。

阿马迪和巴伊察未来可以在一起度过一段时间,这使他们俩都高兴不已。

第一个来他家拜访的是约瑟夫,甚至比离他最近的邻居——大穆夫提——还要早。他之所以要来拜访他,是为了证明他已经提前知道,并且还向巴伊察暗示,他很快就会非常靠近王室家族。同时,他也向巴伊察表达了特殊的敬意,因为他把自己的儿女也带来了。为了使得这次短期访问合情合理,约瑟夫告诉他,他是怎样在大马士革完成了苏丹清真寺的建设,如他夸耀的那样,清真寺还带有一个叙利亚风格的花园。他也完成了位于未来的苏莱曼尼亚清真寺附近医院的建设工程,而现在,苏丹却给他施加压力,因为这项工作实际上需要的时间要比预计的时间长。一切都要计划,但是计划却非常宏伟。在他马上要动身前往大马士革为信徒主持清真寺启用仪式之前,他设法见了巴伊察的儿子,他们最终和自己的母亲在巴伊察的新宫安顿了下来。在隔壁邻居的推荐下,他还聘用了一个新秘书,费里顿,博学、忠诚。现在,他把每一个他想要的人都聚集到了他的身边。

在要离开的时候,约瑟夫在门口对他耳语道:

“你心里似乎非常高兴。”

他很快回答道：

“我的心里，是很高兴，可我的灵魂——还没有。”

Chapter XXVIII

第二十八章

当我和帕穆克参观伊沃·安德里奇之前位于贝尔格莱德的家(现在是博物馆)时,我们偶然发现女主人竟是塔尼娅,她是我大学时期的一位朋友。她是来自名为市立博物馆的一位专家,是历史方面的权威(例如,德斯波特·斯特凡·拉扎列维奇的生平和工作,特别是十四世纪末他建设的贝尔格莱德图书馆),她熟练地告诉我们有关我们诺贝尔奖得主的非凡事迹,并指出了一些重要的细节。她魅力四放,也许是出于对她魅力的反应,帕穆克对她所说的一切都表现出浓厚的兴趣:他一边听,一边把放在橱窗里和挂在墙上的各种物件和纸质材料都拍了下来。对他最喜爱的一位作家的生平这样集中展示(这样一位来自塞尔维亚/南斯拉夫的天才作家非常巧妙地描写了有关自己国家的文化,他也应该是受欢迎的作家!),这让我决定最后再跟他说安德里奇于一九六一年获得诺贝尔奖的事,然后为了附和此事,我说了一句话,他听后放声大笑,尤其考虑到这个特殊时期(二〇〇六年五月):

“现在我要告诉你,我为什么偏要把你带到这来的真正的原因。”

然后出现了戏剧性的沉默。他感到非常困惑,等着我继续说下去。

“因为在你的人生中只有这一次机会可以看见诺贝尔文学奖是什么样子。”

这个笑话是个赢家,但是帕穆克也是个赢家。紧接着的下一个诺贝尔文学奖候选人名单里就有他的名字。仅仅几个月后,他就把诺贝尔文学奖握在了手中。

在这两个诺贝尔文学奖期间,我们在贝尔格莱德转了转,参观了书店,绕着卡莱梅格丹城堡走了走,从它的平台看过去(在维达·奥格涅诺维奇的陪同下,他很健壮、细心、严肃、有趣,是塞尔维亚国际笔会的会长),在河流的交汇处,泽蒙和伏伊伏丁那平原尽收眼底,就像巴伊察/穆罕默德和约瑟夫/希南曾经那样。我们不时地会提到他们俩。

这是真正具有地形特征的地方,在这里,我想起了有人对我们脚下的这个地方有过描写。这位作家就是康斯坦丁·菲洛若夫。这本书就是他的著名的《独裁者斯特凡·拉扎列维奇传记》。重新修建贝尔格莱德,并宣布其为首都的人与他同名。由于贝尔格莱德三面环水,对他来说,它和位于金角湾和博斯普鲁斯海峡之上的君士坦丁堡都有着一些相同的精湛的设计。

一方面,我们让想象力尽情驰骋,另一方面,我们也尊重一些现存事实的真实性,我们把过去那些未经证实的情况联系在了一起。

帕穆克谈到了从十六世纪下半叶开始统治莫卧尔帝国的一个小有名气的统治者贾拉鲁丁·阿克巴,他是与我心目中的英雄处于同一时代的年轻人,拥有土耳其人的背景。他的臣民于一五二六年征服了印度(大概与开罗和贝尔格莱德沦陷的时期一致),并宣布德里为莫卧尔的首都。在包括那场战争带来的所有的罪恶之后，和平与繁荣时期到来了。当年轻的阿克巴登上王位，他成功地实现了自己的梦想：他把基督徒、佛教徒和穆斯林教徒团结在了一起。

为什么帕穆克要谈论那件事呢？因为他确信穆罕默德·索科卢和贾拉鲁丁·阿克巴肯定彼此认识。可能他们是在苏莱曼的一次波斯战役中见面的，当时穆罕默德·帕夏和他的军队沿着亚历山大大帝走过的道路一路追击敌人。对他来说，他们都是战士，为了统一，而不是分裂而战。就像那些确信一个人的胸中可以装下不同国家的人一样。正如一个（同样的）国家可以活在几个（不同的）人的心中。

“在一五七九年，穆罕默德去世的那一年，你可以说是巴伊察去世的那一年，阿巴克颁布了一份声明，声明写有对伊斯兰教持包容态度的内容——神圣信仰——其标题《无谬误法令》却让人难以忍受！而且，这个例子看起来真的很像是把一个严谨的哲学家和一个缄默的士兵不合理地联系在一起。但是，他在颁布法令前似乎已经和穆罕默德·帕夏讨论过好几次。好吧，我不会说他们共同起草了这个法令。但是我会说他们讨论了宗教自由和持有不同身份的权利问题。”

这里有我自己的一个例子。

“凯撒利亚城和港口位于现在的以色列的南部，是由希律大帝于公元前一世纪末建造而成的。罗马帝国宣布其为罗马朱迪亚省的所在地。通过战争与杀戮，希律王攻克了耶路撒冷，在公元前三十七年成为朱迪亚国王。之后，由于未知原因，他杀害了自己的妻子和他两个儿子。他继续活着：他重新翻修了耶路撒冷的庙宇，建造了一个剧院、一个竞技场、一座城堡，还有一些新镇。由于他各种各样的具有个性特征的行动，现在他依然闻名：从建造凯撒利亚海港这样的特殊建筑事业到犹太人坚决抵制他强制推行的希腊化运动;从屠杀伯利恒的儿童(与耶稣的诞生有关)到成功地把罗马人、犹太人、希腊人和阿拉伯人统一在了一起。

“他与巴伊察所处的时期相隔了十五个世纪,因此他们肯定不可能见面,但是这并不意味着穆夫提·爱普孙德·艾尔·阿马迪大帝在考虑帮助他的朋友穆罕默德去挽救崩溃的塞尔维亚宗主教制时没有读过关于他的故事。”

“他不仅可能,而且肯定从书本上了解到他的一些情况。知识完全依赖于过去所发生的事情。你想要更好的证据证明从那同一时代继承来的知识吗?古罗马浴场的第一个建造者是公元前三十三年的阿格里帕,他在罗马和帝国的所有较大城市中都建有浴场。还有所有其他的浴场,从卡塔赫纳浴场到奥斯曼浴场,都参考了它们!但是,当然,他不是浴场的发明家。他借鉴了古希腊人的经验。可是他们呢?”

我从哲学的角度解释道:“这么重要的事件,从这么远的时间距离来看,我比以往更加确信,所有这些人的心都是一半是冰,一半是蜜。他们所有的最大的秘密都被倒入了心的蜜室。你看,我想起所有奥斯曼帝国的那些阿迦、帕夏和维齐尔们,他们,在这河流的交汇处,统治着这里,身后留下了很多捐赠建筑(诚实地说,这些建筑的大多数都被摧毁了),一想到此,直觉告诉了我他们这样做的原因。并不只是为了留下一些东西,也不是为了用完自己的财富,以免如果生前不把财富用于慈善事业,那么死后财产就会被拿走,上交给苏丹王宫。他们这样做,也不是出于自负或无知。”

“嗯,很好。那是出于什么呢?出于他们另外一半那冰冷的心吗?”帕穆克开玩笑道,并给出了正确的答案。

“是的,是这样。出于冰已被融化的心。因此,是出于爱,被锁在七道门之后的爱，因为他们害怕公开、坦诚地去爱，害怕向别人展示他们有可能脆弱的一面。他们所有的人，就是我现在谈到的那些人，只是爱上了这座城市，好像他们欠了这个城市的债，所以留下赠款去偿还那笔债务。”

“这个观点很有趣。把贝尔格莱德看作一家银行，好吧。不管怎样，我认为，继太阳和车轮后，银行可能是世界上第三大最重要的发明，当然，这要取决于它是谁的。”

“是的，一位信奉基督教的雅皮士可能会将这样一个三分体变成一个新的三位一体的圣灵。你可能清楚地了解银行，但是为什么你要接受另外的三分之二呢，你想想。”我是在炫耀，“嗯，之所以接受太阳，那样我们就不会忽略了生态环境，之所以接受车轮是因为无论它看起来多么原始，但是作为一种发明，它代表着科技。”

然后，我回到了我们的话题。

“在某种程度上，我了解所有那些具有塞尔维亚人背景的帝国上流。他们与他们的国家、他们的语言、他们的土地、他们的家庭等关系（这要依个人情况而定）有着某种强烈的感情。但是，这对他们来说并不重要。例如著名的贾赫贾巴斯奇家族！作为士兵，他们因拥有特殊的军事技能而闻名：他们勇敢、果断、求胜心极强、近似残酷、对他们的新信仰毫不动摇，而且，从某种角度来看，又非常诚实。他们拒绝基督教，他们从来，甚至没有一次，对自己的新信仰产生过怀疑。不仅父亲没有，甚至连三个儿子也没有。在一五二一年，贝尔格莱德被占领后，巴利·贝伊成为贝尔格莱德的第一位奥斯曼人‘统治者’。苏丹·苏莱曼任命他担任那个职位，而不害怕他在信仰上的再次‘逆反’，因为贾赫贾巴斯奇家族比其他最坚定的穆斯林信徒还要坚定。另一方面，他不惜一切代价避免把他们送回到他们的出生地！加齐·穆罕默德·帕夏甚至两次成为斯梅代雷沃的桑贾克·贝伊(1527—1533 和 1536—1541),于一五四三年成为布达的贝勒贝伊,一年后他占领了维舍格勒。他在贝尔格莱德留下了很多捐款修建的建筑,它们的数量甚至不为人所知(就像一个民间诗人会对它加以发挥),但是为什么呢?嗯,你已经知道了,因为在维舍格勒同名的浴场里洗浴时,你已经把别人试图弄脏你身体的脏东西清洗干净了。那么,我也是从我的灵魂中清洗掉了同样的脏东西。一个善举,例如浴场的建设,是为了别人,出于纯洁的爱!"

"如果你是对的,我也爱这么做。因为关于我们今天的世界,有着太多的错误的思想,以及因此而产生的无知,关于浩瀚的历史,更是如此。"接着他又举了一个例子。

"无论如何,我们这些现代词汇不适合用来描述我们这些历史故事,但是伊斯坦布尔和贝尔格莱德更加开放,正如他们今天所说的——是国际大都市——比人们想象的或者希望承认的城市更加开放。尽管偏见仍占主导地位,但是人们偶尔的确会那样谈起君士坦丁堡。但是,你几乎听不到有人会那样说起贝尔格莱德的事,例如,在穆罕默德/巴伊察时期,即一五五七年,'他的'造船厂(是由索科卢/索科洛维奇建造)每年生产八十五艘舰船,真是不小的壮举,而且还生产带有三排桨的大型划艇,即所谓的三列桨座式战船。从船的大小来看,按照今天的标准,我们可以称它们为驱逐舰!这个数量,只有伊斯坦布尔军工厂的造船能力能够与它相比!说句公道话,之所以能达到这么大的一个数字是因为穆罕默德·索科洛维奇有过担任整个奥斯曼海军司令的非凡经历。他教会这两座城市如何快速制造军舰,或者,如果有必要的话,重建一支航海或内河舰队。"

我很高兴帕穆克知道这事。我又补充了一些内容。

“你知道,在威尼斯协议注册的书籍中,在那些重要港口的盾徽中,人们可以找到十五世纪贝尔格莱德的盾徽吗?那意味着贝尔格莱德港那时已经有了名气,成为所谓的世界知名停泊港口了!”

我们就像是在比赛寻找那些奇妙的、被遗忘的小花絮,帕穆克“继续从桶底掏出些宝石来”。就像孩子们一样,当他们不知不觉开始竞争时,就不会等着听完一个故事,再去插话讲起自己的故事:“你知道……”

“一直到了二十世纪七十年代,人们才知道十四世纪编撰的一本六种语言的平行字典,或者更准确地说,是在一三六三年到一三七七年之间,你知道吗?它是由拉苏勒王朝时期也门的统治者阿尔·阿夫达尔·阿尔·阿巴斯编撰的。在这本字典中有一千二百个平行概念,分别用波斯语、土耳其语、(后拜占庭时期的)希腊语、亚美尼亚语、蒙古语和西里西亚语来阐释的(西里西亚语是位于亚达那沿海地区,今天的土耳其东南部地区所说的亚美尼亚语的一个分支)。甚至是今天,在萨那和也门,还保存着这本字典。你能够想象出那个时代的贸易路线、那一时期的文化和所有文明驱使着人们把这些语言联系在一起吗?他肯定不是出于闲心或者由于心血来潮才做这件事的,而是因为确实有需要这样做!”

他在继续考我。

“你认为这本字典是从哪个词开始编的?”

考虑到编撰这本字典的时间,对我来说,得出结论并不难。

“很可能是从单词‘上帝’开始的,对他们所有人来说,这是最普通也是最重要的一个词,是吗?”

“真聪明。他们基本上都被列出来了:从阿拉伯的阿拉、波斯的胡达、土耳其语的腾格里、希腊的阿西奥斯、亚美尼亚的阿斯图特斯到蒙古的腾格里(由于在土耳其语中有这个词,所以他没有把它列出来)。但是,可以从一些单词中得出有趣的推论。例如:表达雨衣这个概念就有很多词:蒙古语——daqu、波斯语——barani、土耳其语——yagmurlug……但是在阿拉伯语中,却没有相对应的单词——这一点也不奇怪!”

“你是说,因为天热、降水稀少,他们不需要雨伞,所以这个词本身也没有存在的必要?”

然而,这些事实让我有多惊讶和有多开心,也就让我有多伤心:

“但是,多年来,我一直在找这种来自类似历史时期的五种语言平行字典,这对我来说,是非常重要的,尤其是,如果它是真的,那么除了(奥斯曼)土耳其语、波斯语、阿拉伯语和拉丁语外,还可以找到古老的塞尔维亚语。到目前为止,我运气都不太好。要么是,有这本字典的传说不真实;要么就是,我不太擅长寻找和发现,所以它不断从我手边溜走。”

必须承认,这样的事实,非常重要。他们远远不是出于安慰的需要,也不是过分强调某一特定文化的需要。相反,这些事实是谈论别的文化的,而那些文化,由于各种原因,忘记了“那些已经被遗忘的”文化。

Chapter 28

第二十八章

“我什么时候曾有过一个创造者的感觉?”巴伊察很纳闷,想起了他成为穆罕默德那段时期。想起了希南,他感觉很不安,因为这不断地使他想起希南对待摧毁所具有的不可调和的态度。无论他怎么努力,他都无法停止对希南建筑能力的嫉妒之心,他真诚地感受到了这一点,但是没有任何的恶意。几乎是孤注一掷,他在脑海里迅速过了一遍那些年来他身后的事情,在创造性工作方面,寻找一根他能抓住的稻草。眼下,他已被任命到一个很高的职位上任职,为什么他又要用这个他通常成功压制的问题开始折磨自己呢?嗯,准确地说,是因为他已经成为国务大臣委员会的一员,对个人生活所有重大事项要做出决定,直接管理整个帝国!由于他从不隐瞒自己的责任,在遇到这种情况时,他的责任感也不会消失。这迫使他要权衡目前的形势。但是从一个安全(很远)的距离去看这个国家的所有的行政组织,他得知他已经登上了一艘战舰,没有人自愿下船,除非指挥各舰队司令的总司令说他们已经到岸停泊在港口。这一航程似乎很长,从船上跳入水中并不可取。船上的人,不管多么重要,只能被扔入水中。只要通过投上一票。

水再次帮助了他。他想起他曾经是一个创造者!嗯,那时,人们对于水上战斗知之甚少。就是在那时,巴巴罗萨·海雷丁去世,他是个具有传奇色彩的希腊人,曾经是海盗,当时也是奥斯曼帝国海军总司令。在他去世后,巴伊察继位成为舰队总司令,履行总司令的职责,做出点事情。后来,他确实为奥斯曼帝国和苏丹本人做了很多事情:他新建了一个造船厂,就在几个月内,就及时造出了一支完全崭新的舰队。他证明了自己知道如何为一切做好准备,从舰船的制造,到整个舰队的重组,一切为了在关键时刻进行征战或者防御的需要。但是,他把战斗本身交给了那些比他更有经验、更擅长作战的人去负责。可能是在那时,国王才看出在自己身边的是个怎样的人——即使当巴伊察眼里流露出害怕的目光,他也沉着镇定。正是从他的眼里,苏丹王看到了他那超越恐惧、更为坚强的个性:一种对于信任的责任。尽管这种责任是一种强加的责任!

现在,他终于心情更轻松,也少了嫉妒之心,他想起了希南提到的所有的工程师、技术工人和助手的名字。他们曾和他一起投身于建设或者仍然继续建设和完成他所开始的、已计划和规划的工作,或者建设和完成那些他只是提出一个简单设想的工程。他的总助管是希达耶特,他是唯一有着特许的助管,意味着希南在外时他对所有的工作负责,从专业技术到包括可能被称为艺术方面的那些事情所做出的决定。他的建筑师是穆罕默德·咤武士和穆罕默德·穆斯塔法。负责云石工的总管是卡西姆·麦尔迈里(他的姓甚至都是“云石”的意思)。和他一起工作的还有穆斯塔法·内比。哈慈·穆斯塔法负责玻璃方面的事务。塞非、艾哈迈德和阿里开工艺品商店;巴基是驯马师,也是地主,负责运输;侯赛因,另一位地主,负责普通工人的日常事务。还有其他一些人,如塔驰尔,他是一位商人,负责材料供应;希腊人乔治和塞尔维亚人西玛负责……保密事务。埃姆雷时常作为希南的另一位助手前来帮忙,纯粹是由于工作量积压的原因。

巴伊察想起了这些人的名字,并不只是因为在他们的交谈中约瑟夫经常提到他们,而是因为一个非常特别的原因:他有一种愿望,在他的身边有一群可依赖的专家,为了一个良好的共同目标,彼此联系在一起,充分发挥出每个人的优秀才华。那毕竟是一个人把他所信任的人团结在他的身边的最可靠的方法。然而,在他的道路上,还会应用到某些别的法则。既然提拔是依据战时所取得的胜利(顺便说一句,这里所取得的胜利是指在战斗中缴获别人的东西,无论是从活着的人还是阵亡的人的手中),征服的概念就已经融入进参加战斗的战士性格之中。这样的人把他们自己人也看成是可能的敌人,因此也以那种方式对付他们。统治别人和明目张胆地挥霍财富具有不可抵御的诱惑力,与这种感觉相关的是,政体的管理和服兵役似乎就像一个被巧妙隐藏的战场。在这个战场上,就像在各种战役中一样,人们使用不同的方法做出了相同的不公正和恶劣的行为。唯一的区别是这种恶行发生在了这里,发生在了自己人中,而且这种恶行发生之前,并没有相互残杀,只有阴谋、干涉和诽谤性的谎言。事实上,偶尔,整个诡计也会导致某人的死亡。说句老实话,在所有这些问题上,那些忠诚的职业官员们、高级职员们对于这样的行为都是有可供效仿的角色,如最近在苏丹自己家中所发生的事。

除了他的秘书斐丹以外,巴伊察现在还有几个儿子在身边。也许他的邻居阿玛蒂会成为他真正的中流砥柱,在他看来,就像约瑟夫从他对年迈的诗人赛尔·穆斯塔法·切莱比越来越多的拜访中发现了类似的台柱一样。赛尔·穆斯塔法·切莱比在安德伦学校曾经是苏丹巴耶塞特二世的老师。目前在位的苏丹·苏莱曼也未能免于他的影响，因为，像巴耶塞特一样，他也支持诗人和艺术家。他甚至以笔名穆希巴创作了一些诗歌，并与切莱比讨论他的诗歌创作。阿玛蒂和切莱比比首席工程师和第三维齐尔年龄大得多。他们经验丰富，似乎对穆罕默德和希南在他们的工作中努力保持清新和实用的风格，真的具有重要的意义。另一方面，这两个智者认为巴伊察和约瑟夫是交谈中所能选择的最好的同伴，因为他们与别人不同，他们俩都想学习！

然而，穆罕默德并不能像希南那样把所有的他想接近的人都放在身边。他所尊敬的人，也没有那么多，他们所做的工作类型多样，工作性质彼此也没有关联。他想，这样的一种亲近必须是长期认真追求的结果。所以，他开始更为仔细地观察，不过，在他的一生中，他一直都是这样。他仔细观察着他觉得值得注意的那些人的知识结构、行为举止、人生经验、兴趣诱惑和人生目标，他慢慢地开始制订计划，把他们安排在他的身边工作。这又一次意味着，从那一刻开始，他不得不更加实际地审视自己和他需要做的一切。这意味着他要对事件的发生施加影响，而不能对一切抱着侥幸的心理，不能以旁观者的身份行事。这并不需要专门树立起新的理想或者改变一个人的个性特征。这也不意味着以一种新的焦点去观察，去行动，会偶然提醒他，他的行动会对他的未来产生影响。有两个事实会有助于这一切。第一个事实是，对于一个具有最高权势的人来说，以巴伊察的行动为基础——这一点很清楚，他目前已对巴伊察的品质进行了很好的评价，对他新岗位的任命只是证明了这一点。苏丹的善意和情感显而易见：可以看出，苏丹以何种的恒心和执着，任命他到各种新的岗位上任职，以此对巴伊察进行奖赏——在几乎三十年的时间里，巴伊察一直在苏丹的身边工作。对他的提拔，按部就班，虽然慢，但是巴伊察从未受到阻碍、惩罚或者降级。他的晋升持续了很久,对他的奖赏是一步步地进行,没有一步迈得很大,也没有一步被跳过,尤其是那些地位较低的职位。每一次新的提拔,他都当之无愧,因为他为此付出了艰辛的努力。在这方面,苏丹对时间表现出了令人奇怪的轻松的态度,就好像他很肯定他们俩都能活到一百岁似的!

在他的新家,巴伊察安然地坐着。在他总结已经完成的所有的事情中,他看到了一条很长,但是笔直的发展路线。现在该是他考虑要做点什么把他的过去,尤其是将来能与更大的确定性和安全性联系起来。

他得出了一些结论。这个联系就是他与他的家族更广泛的联系。索科洛维奇家族,尤其是这个家族中的较为年轻的成员。那些还留在家中的亲人!他们应该来到这里。因为当他们都来到这里,他们就会站在我们一边。当他们都站在我们一边,他们就会变得强大。这就是他的想法。

现在,他已经在奥斯曼帝国第三维齐尔的职位上,在他办公室名字前边的那个数字应该有着某种意义。他并没有忘记他已经跳过的那些数字。但是他也必须考虑在他前边的那些数字。也许,它们中的有些数字也会注定属于他的。

他立即开始执行计划,把他的儿子和所有的男性,老的,少的,都从波斯尼亚和塞尔维亚带到了伊斯坦布尔和埃迪尔内,他的计划被证明不仅是明智的,而且也很实际。当在君士坦丁堡听到谣言的传播,有更多的索科洛维奇家族信奉阿拉的基督徒要来到这里,巴伊察注意到,这件事在王宫中引发的新的骚动以及对他不断升级的恐惧。虽然他对此并不高兴,他接受了这一新的事态,因为这会确保他心情的安逸:人们与他接近并不容易,把他和他的工作分割开来,没有必要。他的身边都是他的亲戚,这对别人来说,穆罕默德似乎竖起了一堵墙,而在这堵墙的背后他在为未来的权力打下新的基础。在他生命中即将到来的,确如暴风雨般的年代中,他们帮助了他,这一点很快就清楚地看出。

他所有的闲暇时间都是与穆夫提·阿玛蒂一道在海边散步,和他一起讨论国家的体制、法律、未来、与欧洲和波斯的关系……但是他们也会兴致勃勃地谈论关于艺术家和诗人的一些话题,尤其是关于希南在建设奥斯曼帝国方面所做出的具体贡献。有时,他们会一起沿着高原地区散步,为了苏丹王的荣耀,那里建起了一幢又一幢的高楼,一个大众食堂,一家医院(有一个药房,一个浴池和一个面包房),一个旅店,一个公共浴池和四所学校,一个为苦行僧而建的寺院……在它的中部高傲地矗立着一座清真寺,即将竣工。在高度上超越这高大建筑的唯一的东西是四个光塔。从高原看去,可以一直看到整个伊斯坦布尔港和博斯普鲁斯水域那边的于斯屈达尔。

“苏莱曼尼亚”清真寺竣工的临近开始引起苏丹内心新的紧张。统治家族中的新的事件更为严重地干扰了他的正常行为。他的妻子罗克塞拉娜,现在是重病缠身,预感她大限已临,加速推行她的妄想:她想看见比他的哥哥赛利姆似乎更有能力的她的小儿子巴耶济德继任奥斯曼帝国的王位。然而,法律站在她大儿子一边。她的大儿子拥有继承王位的无可辩驳的权利。那就是赛利姆。然而,王后为此感到不安,通过赞扬小儿子,鼓励他争夺王位使弟兄俩产生矛盾。她的女婿鲁斯坦·帕夏,她的女儿米赫丽玛赫的丈夫,这次,接受了他最近那次的经验教训,并没有参与到家庭新的矛盾之中。然而,这也为别人卷入整个事件,追逐他们自己的利益留下了空间。拉拉·穆斯塔法·帕夏雄心勃勃,他是德里·哈兹维·帕夏的弟弟,穆罕默德·帕夏·索科洛维奇的远亲,在埃迪尔内，从巴伊察那学到了各种技能，并得到巴伊察的保护。从苏丹家庭所有这些矛盾中，他看到有机可乘。苏丹很久前支持鲁斯坦·帕夏，当他的兄弟还是大维齐尔时从他那里拿走了国玺，导致德里·哈兹维之死，无论他是否仍然为此感到愤怒，或者无论为了什么别的原因，拉拉·穆斯塔法·帕夏都成了罗克塞拉娜王后阴谋的关键人物。结果没有人认为他是为他的兄弟——前大臣复仇，鲁斯坦·帕夏前来寻求巴伊察的帮助。他尤其要求穆罕默德·帕夏能够待他如同亲人，给予他警示。巴伊察同意了他的请求，但是，他与阿玛蒂一起去见苏丹，他们俩向苏丹汇报了发生在他身后的阴谋。苏丹静静地听着这一消息，他以前爱着罗克塞拉娜，显然不想破坏他对她所留有的最后一丝的敬意。但是，后来他把他所有的愤怒都发泄到了他所喜爱的人——米玛尔·希南的身上！希南来到了两个邻居的面前，就苏丹不理智的行为向他们大倒苦水。他告诉他们，苏丹向他发出了死亡威胁，以及他许诺在两个月内交出“苏莱曼尼亚”清真寺的钥匙。此外，苏丹还命令(！)他为他的妻子许蕾姆和他自己完成陵墓的建设(球形陵墓)。然后，虽然苏丹并没有撤回威胁，但是情绪比以前略有镇静，他对希南说，他允许希南在紧挨着清真寺寺院的边上为自己建造一座陵墓，因为他可以清楚地看出，希南有资格拥有一座陵墓：它会是整个奥斯曼帝国所能见到的最美的清真寺。希南不会中计。当巴伊察对他说：“哇，你看，国王给予你多大的荣誉，允许你死后仍在他的身边，虽然是在他的脚下。你还担心他会杀了你！”他回答道：“那并不意味着什么。我可以在一个著名的地点为自己建一座坟墓，然后他仍然可以杀了我，把我体面地埋在那里！我并不肯定被体面地杀死会是什么样的，但是如果有必要，国王是可以做出来的。”

虽然他这样说只是开玩笑，但是这些话说明虽然苏莱曼行为古怪,但是在亚洲和欧洲他仍然是最强大的统治者。的确,希南在他承诺的竣工之日向苏莱曼报告了工程的完成。然后,国王大帝做出了另一件使人惊讶的行为。清真寺启用仪式规模盛大,君士坦丁堡从未见过如此庆典,在典礼上,当着王室所有臣仆和其他人的面,苏丹把清真寺的钥匙交给了科卡·米玛尔·希南,并叫他把清真寺的门打开。而且,在所有人的面前,他大声地问道:“你为什么没有把你的名字刻在清真寺上?”苏莱曼的语气很严肃。他想以一切可能的手段在大家面前赞扬希南,也许苏莱曼对希南的善行做得过了头。希南却不会因此而头脑不清:“我是谁,有什么资格把我的名字刻在阿拉之家上?”苏丹因有这样的臣仆心里充满了自豪。

Chapter XXIX

第二十九章

我已经记不清楚我去过土耳其多少次去收集这本书的素材。每当我与我的家人去那里旅行度假,除了尽情地享受那个很有特色、很美丽的国家给我带来的巨大快乐以外,几乎每次我都是忙里偷闲,利用给予游客片刻休息的时间,去寻找一些更多的素材。那些年来,我研究所得出的结论,有时是意料之外的结论。比如,在我生活的某一个阶段,我曾经失去了对文学的信仰,因为我发现我设法从事音乐工作更得心应手,音乐比文学似乎更具魅力。在我寻找主人翁的任务中,与我从书上获得的信息相比,常常是我亲眼所见的东西更能感染着我。除了科卡·米玛尔·希南,他是一位政治家(今天我们可以这样说),有幸的是,我书中的主要人物,是穆罕默德·帕夏·索科洛维奇,而不是一位作家,那时他已经回去。如果情况要是那样的话,那么今天,与一位建筑师相比,那位作家在这本书里一定境况很差。因为这些所建的楼房坚固地耸立在我的面前,它们有着不可思议的力量,但是也会令人信服地衰落下去,就像我,和其他人一样,会事后去描写它们。我会失败。因为语言对它们可能没有影响。我眼前的那些活生生的形象,不管他们的高矮胖瘦如何,与别的相比,如此壮观伟大,尤其是因为他们每个人都有着细腻的生活细节。也许,可视的东西和经历与某种我不知道的新的艺术相融合。一种不存在的艺术。一种由太多不同的媒体组成的,不可能被创造出的艺术。一个人怎么能从浴室中创造出新的东西呢?它不是照片形式的再现,或者是文字形式的描述。它仍然是艺术。

音乐,很特别,曾经使我放弃过写作,它没有那样的问题,因为音乐虽然是一种创新,但是,它是在自己艺术体系内的创新。虽然它也是由语言构成的,公平地说,不是笔头语言形式。可是,又能用什么呢?不存在!在二十世纪七十年代末,威尔斯作曲家,卡尔·詹金斯,在接受过古典音乐传统教育后,把完全崭新的元素注入当时为人熟知的、具有民族风格的现代音乐之中。每一个作曲家在创作音乐时技巧熟练,也有点精明,像他们一样,他知道也许能够打动心灵的最微妙的手法就是乐器的声音与人的声音的高度相似,如大提琴。他大手笔使用大提琴,也把人的声音融入其中。通过使用由非洲引入的女生合唱的传统,无器乐伴奏合唱,一种部落音乐形式,他在他所构建的音乐框架中对它进行改编,并加入了独唱的元素。他的意图是声音仅仅是用于歌唱,不是用于理解。以歌声形式在唱的语言或者文本是不存在的,是人为的。所以,由于担心有风险,在他的音乐创作中可能做不到完美,他像往常那样把听音乐和阐释音乐有机结合起来,使它们完全融入仅仅只是听的一门学问之中,而不采取标准的那种把听文本和阐释文本区分开来的做法。就我所知,实际上,也许因为他一生的音乐作品是为上帝而作:为了任何一个上帝,为了那一个共同的上帝,为了所有上帝中的每一位。“阿迪玛斯(Adiemus)”,作为一个单词,有一个拉丁词根,意为“我们向你靠近”。也许一个人会以某种方式能够看出传统在这位作曲家身上留有的背景痕迹。好吧,如果他已经把别的一切都归属于一个共性的本质，他至少有权那样去做。因为，正如所创作的歌曲的副标题所说的那样，那些歌曲是“圣地之歌”。他用了几年的时间，几卷的篇幅，发展了音乐（在这种情况下，得体的词汇应该是“工程”）。由于这一点，整个世界变得更为美好。即使世界没有更美好，至少我是。

就像卡尔·詹金斯站在某个上帝形象的面前一般，我站在了希南的高楼面前，完全陶醉了。我那孩子般的惊讶并没有由于我对所见到的一切有了详细的背景知识而减少。或许是研究本身使我越发激动，这种研究有时变成了一种真正的冒险。每当我在空旷之野突然看到建筑时，或者每当这些建筑掩映在其他建筑之中，从一个特别的视线角度须臾之间出现在眼前，我都会感到惊叹不已。尤其是我看到了多年来一直寻找无果的那些建筑。当我真的找到了一个这样的建筑……然而，找到这些建筑所带来的兴奋经常会转变为一个游客浅薄的行为：我会对这个“物体”拍照，实时实地用笔记录下一些东西，在时间和规则允许的前提下，尽可能地研究它们的细节内容，尽可能多地加以吸收，并不知道我是否能写出有智慧的东西来。随着时间的流逝，我自己变成了一个巨大的档案柜，太笨重，动弹不得。收集的事实堆积如山，这一狂热本身，仍然不用担忧。人最好使自己从档案柜中解脱出来，因为他很少使用柜子中的材料。对此，我很有经验。有些人会过分地说，那些成百上千的事实所发挥的作用就像汽车里的安全气囊，是为了保护我们免于失败或者无助时的打击。谢天谢地，作家是固执的，并不轻易屈服于失败或者无助。至少他会努力这样去做。

随着时间的流逝，我学会了像审视音乐那样审视建筑。我会完全使自己与现实隔离开来，然后我会审视音乐。当弦乐回荡（更不要说大提琴了），乐曲悠扬，复杂会变得单纯、简单——建筑就会在书架上找到自己的自然位置。档案柜会消失,文学创作会再次兴旺,自由自在。

不管希南是否那样想,由于那些建筑最为宏大,希南一直名气最高。这可以理解:这些寺院是与上帝沟通的地方,寺院最伟大的捐助人不是苏丹就是大维齐尔,他们是唯一卑微地向更伟大的事业供奉一切的人,这种供奉比他们本身还要重要。在埃迪尔内建设的不朽的"塞利米耶"清真寺和在伊斯坦布尔的"苏莱曼尼亚"清真寺无可争辩。整个帝国的知识、财富、技能都倾注在它们的建设中。因为它们是丰碑,代表着万物之结晶。是一个时代给予另一个时代的礼物。

此外,正如他那些寺庙联系起不同的时代,希南所建的桥梁把桥两边和两边的人联系了起来。在大约十年的时间里,他建造了两个完全不同的,但是同样辉煌的桥梁:一座在大切克梅杰,一座在维舍格勒。一座桥梁的建设是出于建设的必要性,苏丹·苏莱曼,从一次打猎返回托普卡帕宫的路上,与他的马一起掉入伊斯坦布尔边远地区的流入马尔马拉海的潟湖中,险些丧命。那个事件是建设桥梁的时机,但是真正的原因是这样的:当奥斯曼帝国在欧洲开展军事行动的时候,那是一条多年来奥斯曼军队所走的路。下一年的另一次行动已做了计划部署。还有凯旋之路。所以,由于迫切需要,希南由于苏丹的捐资,建造了一座"犹如高山的桥梁",这座桥梁的名字说明了为什么它与其他桥梁不同:"四个驴子的背"!四个拱桥,事实上,是四个独立的桥相互连接在一起,每一座桥都有供交通的路面,桥面的中间部位,微微隆起,然后向下倾斜到桥的边缘,每一座都一样。桥梁长六百六十多米,架在了二十六根拱形的桥墩上,这样一个卓著的桥梁,并不像别处其他的桥梁,乍看上去,比其他桥梁略逊色。(可能因为它看上去像四个驼起的背。)然而,它不仅是十六世纪建筑的奇迹,也是一座真正的,实质上很美的建筑,体现了创新、高雅和坚固。

位于波斯尼亚的维舍格勒大桥是大维齐尔穆罕默德·帕夏·索科洛维奇送给他家乡的爱的杰作,这种爱是他与他原先信仰东正教的朋友,米玛尔·希南,共同分享的爱。大桥的过去和现在,仍然具有特殊的意义,因为它不只是连接着德里纳河两岸,而且连接着世界两个部分。应该说,在战略地位上,这座桥梁对奥斯曼帝国来说从不重要。这座桥看上去更加坚固、更加结实、规模更大,它有着特殊高雅的线条,但是从桥梁的整体结构来看,这种线条美的精细度略显欠缺,就如德里纳河一样。

两座桥梁,以不同的方式,都留有桥梁建筑家的签名。一座桥梁大约由四百个结构组成(根据有些消息来源,有四百七十多个),这些结构来源分布于三大陆地,那里都留下了希南的名字,这一杰作的确就是大切克梅杰大桥。此外,他本人关于这座大桥的留言至今尚存:“这是我建的所有建筑中的杰出代表。”

在维舍格勒大桥上,他的朋友巴伊察·索科洛维奇替他留了言。大桥建成后,约瑟夫把接下的对这座大桥所做的肯定以及声望都归功于巴伊察,并隐退于后台。

同辈人和后来出生的人对他们俩一起所做的别的一切(一个是恩人和捐资人,另一个是建筑师和工程师)都很了解。这也是为什么去了解他们在哪方面想给世人留下些个人的印迹是件有趣的事情。还有一个地方引用了希南的内心思想,虽然,公正地说,这一点还有争论或者还没有有力的证据加以证明。这一内心思想,并不像有些人可能所想的那样,出现在他那个公开的文本《建筑宝典》(《希南:一位工程师的回忆录》)之中。这本书是希南口述,由他的诗人朋友,赛尔·穆斯塔法·切莱比记录,虽经几个世纪,却无人知晓，只是在最近才与公众见面。著作本身，无论是在内容上，还是外表上，都是一部真正的艺术作品。然而，我脑海里所想的引言是在一个同名作家赛尔·穆斯塔法·艾维利亚·切莱比的书中发现的。他是一位十七世纪著名的旅行家。他的游记中记载了在穆拉德四世统治下的奥斯曼帝国所有国家的事情，书名叫《游记》(Seyahatname)，这本游记是他大约四十年来一直旅行的成果！因此，游记有十本(卷)之多。切莱比的记录文本实际上也有一个问题，他有时觉得有必要“强化”事实，因此有些数字被夸大了或者两个名字搞混淆了，会有这样的事情发生。但是如果我们只是试图去想象或者更精确地计算出他旅行的公里数、他所见到的和记录下的地方和人，我们就不应把它看成是什么奇怪之事了。那本书是他对整个世界历史所做的贡献，因此，那种类型的错误，在本质上，并不能减少他的那本书的意义。

在这一游记中，希南谈到了他自己的作品——位于卡莱梅格丹城堡上城区的苏莱曼·罕清真寺，正是由于这本书对一两个事实做了微妙的改变，而且由于不存在其他有记载的信息来源，因此对书中关于希南的引言的真实性，人们还是有所保留的：“贝尔格莱德是匈牙利的首府城市，当清真寺的光塔在贝尔格莱德的日耳曼土地上亮起，我的建筑艺术达到了巅峰状态。这是一个非凡的技能。让其他工程师，如果他们有能力，以木为料建造出这样一个有艺术品位的光塔。”(而且还是根据哈兹米·夏巴诺维奇的译文。)人们再次有理由质疑：从各方面考虑，希南对贝尔格莱德属于哪个国家十分清楚，对哪个城市不可能是它的首府城市，非常了解。

切莱比本人也赞赏那个光塔，事实上是以一种非常新颖的方法：“那是一个清真寺，光塔典雅、高大、匀称，灯光辉煌，美不胜收，很神奇。”不管怎样，他的全文都充满了对他真心喜欢的贝尔格莱德的赞赏，他也多次回到贝尔格莱德。例如，他谈到了勾勒出贝尔格莱德城堡整体框架的五个高塔（库拉·内博伊沙塔、红塔、克尔瓦瓦塔、辛丹塔和沙辛塔），说“它们高耸入云”，它们“与君士坦丁堡的加拉塔高塔一样高”。比较这两个描述后，可以看到他那“诗人语言的破格”，这种破格显然不是为了排斥现实。对他而言，贝尔格莱德是“一个地球上天堂般的城市”。因此，很清楚，如果他夸张的话，那么他这样做并不是有人或者什么东西强迫他这样去做。他的夸张，极其委婉地说，是基于他对这座城市的高度的敬仰。

切莱比，事实上在一百年后，与我们的两个先辈穆罕默德和希南所做的如出一辙：他所留下的自己的标记，你可以看出，多数情况下与身份概念有关。通过这一标记，他获得了什么，或者至少他努力去获得什么？答案是显而易见的：他保护或者说一直在保护他自己的身份。

那也是他们俩建设客店的同样的原因。客店的建设好让那些走过不胜数的路，过过不胜数的桥的旅行者可以在那里歇歇脚。俩人都因此而尤为著名：在希南作为工程师和索科洛维奇作为资助人签名的三十一个著名的客店中，有许多客店是建在奥斯曼帝国从伊斯坦布尔到巴尔干征战的路上（绝大多数旅店一直建到贝尔格莱德），因此把中心城市连接了起来。在亚洲，一条商业之路（丝绸之路）由于旅店的建设得到了巩固，从里海，途径阿勒颇、布尔萨、伊斯坦布尔，一路到地中海北部。

穆罕默德·帕夏·索科洛维奇发现（又是在希南的工程技术的支持下），在大切克梅杰苏丹·苏莱曼大桥边上，建造一个那种类型的多功能客舍（紧挨着清真寺），很方便。他在他自己捐资所建的维舍格勒大桥的边上也建了客舍。没有建清真寺。虽然他有一个奥斯曼民族的名字,穆罕默德·帕夏·索科卢,但每当他在波斯尼亚或者塞尔维亚建设什么东西,他的行为举止都像巴伊察·索科洛维奇,他很聪敏:作为一个赞助人,一个资金的资助方,他没有在那里建任何清真寺。

另一方面,他所建的所有的客舍和旅店,他都倾注了同样的精力,使得旅行更为舒适,使得贸易、信息通报和更便捷的外交成为可能,而且也使战争成为可能。从工程专业技能角度来看,也许希南—索科卢这种合作关系(加上一位掌舵人,显而易见是哪位)在今天也会是最强大的旅馆连锁店的缔造者。老板?当然是他们的掌舵人,又能是谁?

Chapter 29

第二十九章

时间改变了速度。

就像卷入了无法阻挡的涡流,事件似乎接二连三地爆发——甚至更快,也是因为发生的事件更多,因为事件发生更为频繁,而且所发生的事件是重大事件……后来,他们开始去追赶潮流,去开拓进取,甚至被迫相互践踏。在那些年代,许多人无法站稳脚跟;他们被涡流吞噬,抛向一边,甩出涡流的中心,伤痕累累,伤疤未愈,有些人再也没有回来。

巴伊察觉得暴风雨来得非常及时。在他知识和观点允许的情况下,他做了充分的思想准备。在这样一种形势下,就那样的事情,他不能像别人那样依靠自己的经验行事,因为没有人经历过那样的形势。

希南为苏丹王后罗克塞拉娜修建了一个陵墓,这是他三思之后的决定,而且很快就建成了。她死了,没有能够看到她自己的贪婪所带来的结果:她两个儿子之间开展的整个奥斯曼帝国的内战,同一母亲两个兄弟之间的战争。更不要提两个王子战争所带来的后果!她确实活着看到了她的陵墓——紧挨着壮观的"苏莱曼尼亚"清真寺,这是帝王捐资修建的最伟大的建筑。

无论聪敏的维齐尔们如何试图游离于帝国家庭纷争之外，他们选边站队的时刻还是到来。胡赛克·许蕾姆身为母亲，判断正确，确信她的小儿子巴耶济德更具有能力管理苏丹统治的领土。私下里，她的女婿也这样认为，大维齐尔鲁斯坦·帕夏和索科洛维奇也支持他。但是，在奥斯曼帝国，必须要遵守法律与秩序。因此，巴伊察，应该遵守这一秩序，选择了站在年轻帝王赛利姆一边。最高王位继承法毫无例外支持长子继承王位的原则。不管如何，尊重法律应该是最容易的解决办法。尽管，不幸的是，最终它经常也是最难的决定。

苏丹·苏莱曼给他儿子和平相处的机会。他选择了那时最为纯洁的下属，他有正义感，且很忠诚，这些不容怀疑。他很受宠，被证明办事果断，从不任性。他召见了第三维齐尔穆罕默德·帕夏·索科洛维奇和佩尔特夫·穆罕默德·帕夏，并立即任命佩尔特夫为第四维齐尔。他把调停或者用纪律约束他两个孩子的任务交给了他，如果有必要，可以处死他们中的一个。所以，这样一来，两个维齐尔，都有塞尔维亚背景，都不曾意识到整个奥斯曼帝国的命运掌握在他们俩手中。

在动身着手处理这一显然非常耗时的任务之前，索科洛维奇做了两件事情：他把他三个大侄子从波斯尼亚和塞尔维亚接了过来，改变了他们的宗教信仰，转而接受伊斯兰教，并把他们留在了托普卡帕宫的宫廷学校中读书。他们的主人是他的儿子哈桑和库尔德。他们俩在那里读书已有很长时间。

他所做的第二件重要的事情是与大穆夫提·阿玛蒂一起完成的：他们在散步时几次讨论了一个意见，这一意见，得到了阿玛蒂的全力支持，他们拿出了一个彻底的方案，对塞尔维亚东正教教堂开始有序地重新翻修，并保留某种类型的独立的风格，这一切都得到了苏丹的允许。在教堂内部，当然，还能看出它附属于君士坦丁堡，但是在塞尔维亚人眼里，它开始代表一种对已不复存在的国家的替代。现在，当然，无论是索科洛维奇，还是阿玛蒂，都不是完全依靠帝王的慷慨捐资。那会显得太幼稚。是的，他的良好的祝愿很有必要，看起来这是一个合适的可以利用的机会，因为苏丹期待着，在与他孩子有关的真实敏感的问题上，第三维齐尔(在第四维齐尔的帮助下)能够热情相助。除此之外，他已经批准了穆罕默德·帕夏的建议，悄悄把拉拉·穆斯塔法·帕夏放逐到帝国的边远地区，因为他参加了阴谋活动。从巴伊察劝说这位帕夏不要参与这些肮脏、薄情的事情的报告中，苏莱曼记住了这样一句话："你看，陛下，甚至在索科洛维奇家中，也有恶魔。我教导了他，帮助了他，他似乎由此而不喜欢我！"在这方面，苏丹王不仅喜欢这位维齐尔的诚实，而且也喜欢他说话时机的巧合，他说出这一事实的时机，正是苏莱曼对他自己儿子想要说同样事情的时机！

对于帝王来说，在被征服的人当中，最优秀、最多的军人是塞尔维亚人。他们参加了所有的奥斯曼帝国的军事行动，英勇作战。即使他们是站在对方，即敌方那边，他们作为勇士也赢得了尊敬。自从接替鲁米利亚贝勒贝伊职务以来，对他的赞扬，当之无愧。穆罕默德尤其深受塞尔维亚人的尊敬。他改变信仰，信奉伊斯兰教，并没有引发人们对他的敌对情绪。苏丹王默许了他对塞尔维亚人所做出的让步，更为重要的是，他尊重索科洛维奇的坦诚：他从不暗箱操作。他要做的所有的决定，都是公开做出、公开执行；对他认为尤其重要的决定——他会征得大维齐尔或者苏丹王本人的同意。

他和他的兄弟马卡里耶有着通信来往，他兄弟是阿多斯山上希勒德修道院院长，就对所有的塞尔维亚教堂和修道院进行翻建一事,他与他的兄弟进行协商,使他对这些新的任务做好准备。所有的准备性工作,波尔塔城都知晓,弟兄俩在伊斯坦布尔和贝尔格莱德的几次会晤,也是如此。

苏莱曼对塞尔维亚人做出了让步,这些让步逐渐合法化,他亲自与大穆夫提就此事进行了协商。这也是穆罕默德·帕夏和阿玛蒂就塞尔维亚教堂独立一事一起向苏丹王呈送计划的原因。

伊斯兰教法典权威不仅从法律和立法,而且也从穆斯林信仰的角度向苏丹阐释了这个思想。他在任何地方都没有见到有任何障碍阻止帝王对他的臣下表示谢意,给他们以如此重要的安慰,让他们安心膜拜神灵,有自己的信仰。此外,塞尔维亚人通过教堂会以各种方式更好地组织起来,更容易与土耳其迪万进行合作。在奥斯曼帝国,塞尔维亚是拥有基督徒数量最多的国家,塞尔维亚人也是接受伊斯兰教最多的民族。然而,人们一样尊重那些希望保持东正教信仰的人。甚至在同一个家庭中具有不同的信仰,也能容忍。如果同时进行两种信仰的宗教仪式,人们会视而不见,诚实地说,他们中的有些人是私下信仰某个宗教。奥斯曼帝国在统治大片领土时,需要塞尔维亚人,无论他们的信仰是什么,因为他们可以作为管理人员受雇于地方,因此大大减少对奥斯曼人的需求,不管怎么说,这曾经是个问题。事实上,塞尔维亚人完全或者不完全地行使着对他们自己国家部分地区的行政管理权,因此有着一种宽慰感,这很重要——他们掌握了他们自己的命运。

第三维齐尔以他的权威确保了协议和法律的执行。

的确,苏丹王立即命令阿玛蒂准备好所有的法律、立法和宗教文件及其解释说明交给大臣,这样他(苏丹)可以签发盖有印玺的诏书。巴伊察的兄弟马卡里耶[62]被选中,并被任命为塞尔维亚东正教教堂的大主教。在一个专门的圣旨中,批准了一笔数目可观的现金用于对教堂建筑的翻新修建,附件中说,塞尔维亚教堂和教徒继续为后续的修建工作进一步筹集资金。

苏丹王确信这一消息在整个鲁米利亚会引起清晰、强烈的共鸣,尤其是在整个欧洲信仰基督的帝国与王朝。在政治上,这是一个有益的举措。

遵照圣旨,穆罕默德·帕夏带上他军队的核心力量前往屈塔西亚,去见赛利姆亲王。佩尔特夫·穆罕默德·帕夏动身去见科尼亚和巴耶济德,做最后的努力说服他解散他征兵得来的库尔德人、土库曼人和叙利亚人组成的中队,并且要求他遵守法律。由于亲王拒绝了帕夏的建议,苏丹一怒之下,进入小亚细亚,以示他信守诺言,命令索科洛维奇率领他的部队动用炮火对他的儿子巴耶济德发起攻击。亲王甚至拒绝接受放下武器投降的最后通牒,所以维齐尔开始发动攻击。叛军在两天内就被击败,但是巴耶济德成功逃脱。索科洛维奇一路追击,把他逼到了波斯边境,并在边境前沿与他展开了战斗。这场战斗,亲王也以失败告终。阿亚斯·帕夏不喜欢索科洛维奇和赛利姆亲王,在阿亚斯·帕夏的帮助下,巴耶济德越过边境进入波斯国王塔赫玛斯普统治的地区。他暂时保住了自己的生命,但是阿亚斯·帕夏,埃尔祖鲁姆的贝勒贝伊,立即被抓捕,并受到了绞刑的惩罚。

巴伊察的另一位,也许是最危险的敌人,拉拉·穆斯塔法·帕夏,继续对他的远亲实施敌对行动;他利用赛利姆亲王对他的同情,以各种可能的方法继续参与苏丹儿子的阴谋。赛利姆甚至提拔他为蒂米什瓦拉的贝勒贝伊,然后把他派回亚洲,委任他为凡城的行政管理。

与波斯国王的谈判持续了很久,但是最终谈判成功:一千多名亲王最为忠实的追随者立即被处死,之后亲王的保护者以四十万块金币的代价出卖了亲王和他的孩子。巴耶济德与他的四个儿子同时被处死。甚至他第五个儿子,年仅三岁,也因他祖父的命令在布尔萨被扼死。迪万和王宫的残酷无可置疑:奥斯曼帝国的命运必须稳定、必须安全。

穆罕默德·帕夏·索科洛维奇肩负着这项工作的绝大部分任务,佩尔特夫·穆罕默德·帕夏把钱送往他们的敌方盟友也就完事。王位的继承人,赛利姆,对他俩人永远心存感激,尤其是对穆罕默德·帕夏。

利用保住了王位带来的益处,巴伊察回到君士坦丁堡王宫后,继续把他的家人带往首都。第一位他带来并在宫廷学校接受培训的人,他叔叔的大儿子,穆斯塔法,被他任命为主持波斯尼亚桑贾克行政事务管理,因此在他的故乡和他新的家乡之间搭起了一座永久、稳定的桥梁。他利用这一时间整理他的事务,筹划他第一笔捐资,把他属下尽可能多地任命到有影响的工作岗位上去,构建一个关系网,确保他统治期间的安全。后来,他和希南一直以来的保护者,大维齐尔鲁斯坦·帕夏,在他第二任期内因病去世。希南已经为他建造了一座陵墓,而且在埃迪尔内也建了一个商队旅舍,除了在泰基尔达所建的风格典雅的清真寺以外,在伊斯坦布尔建设的清真寺进展非常顺利……他以敬意报答了他。

约瑟夫利用这个机会向巴伊察展示了建造清真寺的计划,据他所说,这些清真寺已由技术娴熟的建筑工人在波斯尼亚莫斯塔尔开工建设,也是应穆罕默德·帕夏·卡拉久兹的请求而建。他对他说:

“无论发生什么,你都会是波斯尼亚下一位守护神。你看见了你的双脚是如何一步一步走向清真寺塔楼之巅的吗?”

确实是这样:首席大臣刚离世,他的位置立即由第二维齐尔塞米兹·阿里·帕夏接任,他是一位斯拉夫人。巴伊察接任第二维齐尔的职位。佩尔特夫·穆罕默德·帕夏提升为第三维齐尔。第四维齐尔是法尔阿德·帕夏(与苏丹的孙女鲁玛雅结婚,她是他最喜欢的儿子穆罕默德的女儿,此前穆罕默德已经去世),第五维齐尔由鲁米利亚贝勒贝伊穆斯塔法·帕夏·克孜尔·艾哈迈多维奇接任,他也具有塞尔维亚血统。

米赫丽玛赫进一步卷入了巴伊察的命运之中。她是大维齐尔鲁斯坦·帕夏的遗孀,苏丹王后罗克塞拉娜之女。她并没有她母亲的那种雄心;她与别人一起参与过一些早期有误的判断,搞得筋疲力尽,现在她对自己走的每一步都仔细选择。所以,她把自己工作局限于那些帝国重要的计划上,但是这些计划不那么直接。她盘算出在这个国家中谁对谁有益,在她盘算的基础上,她征得了她父亲苏莱曼的许可和她哥哥赛利姆的同意:组织了一次盛大的庆祝会。如此盛大的庆祝!在同一天,她安排了三场婚礼,用自己的钱把波尔塔最重要的人都请了过来!那天,王位的继承人赛利姆把他的两个女儿嫁了出去:伊斯米罕(艾斯玛罕)嫁给了穆罕默德·帕夏·索科洛维奇,另外一个女儿——格芙赫尔——嫁给了皮亚拉·穆罕默德·帕夏。除了他们以外,新军阿迦·阿巴杜科日慕娶了已被执行死刑的亲王穆斯塔法的女儿为妻。

婚礼也是巴伊察生活节奏的一部分。而且,这样的提议是不应该拒绝的,尽管年轻的苏丹女才十六岁,都可以当他的女儿,也许甚至可以当他的孙女。以她出生年份来算,她本来可能是他儿子哈桑和柯达的新娘,而这两个儿子就在婚礼现场的廷臣之中。艾斯玛罕的母亲是努尔巴娜,来自威尼斯的名望家族巴佛斯,也是未来的皇后。她也是苏丹王后罗克塞拉娜和苏丹·苏莱曼的孙女。有了这样的血缘关系,巴伊察未来的生命之线便被清晰地画出。对这一点,甚至没有更多的他可以质疑的地方。他没有埋怨的理由。他早就已经接受了这样的生命之路。那时,他仍然是有能力做些改变的。现在,他只能在自己的位置上尽可能地做好自己的工作。

成了现在和未来苏丹王的女婿,巴伊察以一切可能的方式尽可能地确保自己最大限度的安全。在奥斯曼帝国,只有一个人可以以他的命令或者决定去剥夺他的安全。不管那个人的圣旨如何为每一个人的生活量体裁衣,不管圣旨的做出是多么不可思议地轻松,还是不可思议地艰难,他不得不承认没有一个人的成就能够与巴伊察相比。但是,正因如此,他觉察到一个新的危险:某些身居高位的廷臣,无论是否出于嫉妒,还是个人伟大的抱负、不健康的思想或者纯粹是性格的肮脏,起初对索科洛维奇表示害怕,现在开始由害怕的心情转为不宽容,甚至是憎恶。当然,他们懂得索科洛维奇对他们那些卑鄙的行为的实施是一个最大可能的障碍所在,尤其是现在,作为统治家族的一员,他已经不受他们的势力影响。因此,他们以一种新的面纱——耍精明或多或少地掩盖起他们公开的敌意。一群奉承者围着穆罕默德转,这些人满脑子都是些空想和愚蠢的计划,为穆罕默德效劳,以莫须有的堂兄弟姊妹名义与他攀亲,诸如此类。他想到,他必须以一种他不曾有的个性来保护自己——狡猾。更为糟糕的是,在他的性格之中加入狡猾的特性并非易事。当他看到这些恶人用他们的阴谋企图引诱他进入洞房时,他放弃了改变自己的努力。他自言自语地说,只要他觉得值得,而且有能力,他会以已有的方式生活。他的妻子还非常年轻,他对她说,他并不想仅仅因为他的家庭决定使他们在一起,就强制她去爱他。他会尊重她,他不会卷入与其他妇女公开的丑闻之中。艾斯玛罕理解他的善意和诚实。她全身心地敬重他,甚至几乎已经到了爱上他的程度。当巴伊察听到这些,他为自己做出的以保持自己品行的一贯性的决定,并不后悔。

现在,穆罕默德·帕夏在帝国中全身心沉着应对他的敌人,没有做出戏剧性的举措。他需要提前为必然之事,为被任命为第一维齐尔时刻的到来,奠定基础。如果他不事先做好准备,静等此事的发生,那就会为时太晚。首先,他把重点放在了他的反对派身上。他情绪激昂,召见了拉拉·穆斯塔法·帕夏,坦诚地问他为什么没有任何明显的原因却要与自己对着干。拉拉·穆斯塔法·帕夏的回答,他认为是坦诚的,使他有些消气。但是他并没有表现出来。

"因为,穆罕默德·帕夏,我在你身上经常看到巴伊察的影子。我并不害怕你的双重信仰或者你对伊斯兰教的背叛,但是你坦然自若地与塞尔维亚人和奥斯曼人,与基督徒和穆斯林站在一边,我无法忍受。你公开帮助东正教堂的建设,同时又参加朝觐活动。每个人,甚至苏丹大帝自己,都会认为这不是宗教二元性的特征,但是对于每一个人来说,看上去却是。事实上,因为我生来是塞尔维亚人,我不理解怎么能成为一个阿拉的基督徒!你只能两者选一!"

"但是我不希望两者选一。我希望我就是我自己。由于我始终以真实的我出现在别人面前,因此,我有被惩罚的风险。阿拉之后的伟人们,国王和伊斯兰教法典权威们,那些阐释天地之法的人,他们从来不会去考虑你所想的事。他们任意摆布我:摆布我做的事情,或者是我的头颅,如果他们认为有必要砍的话。"

"但是,我想从那个双重信仰中摆脱出来!我不想再是过去的我。我想遗忘掉过去的我。可是你,在那里,与他们一起在前线,每个人都注视着你,因为在你身上,他们看见了你的未来和他们自己的未来,你不断提醒着我的过去!”

“我敢肯定,你不会忘记你是谁,即使我不在边上。你知道为什么吗?因为那不可能!就那一点,没人可以帮助你。然而,如果你能客观待事,你可以帮助自己。但是那需要惊人的力量。你必须知道你身上是否有这种力量。”

对话就这样结束了。巴伊察尊重拉拉·穆斯塔法的诚实,但是他意识到他不会与他交友,他甚至不会努力去改变他,让他放弃现在的他——一个敌人。好吧,如果他想不出别的,至少,巴伊察的影响越来越大,出于对他的恐惧,拉拉·穆斯塔法较少在公开场合或者高调鼓励别人反叛。即使拉拉不敢和别人说起他们谈话的内容,尤其是那些与他们有共同背景的人,但是每个人都知道他们之间进行了对话,这就够了。

最重要的是巴伊察猜想拉拉·穆斯塔法·帕夏心里想的问题的本质真相是什么:他不可能忘记巴伊察·索科洛维奇,那时如此年轻,在埃迪尔内学校所给予他的爱、关照和智慧。在那里,所有的一切,他都教他——从防止迷失方向的防护性知识,到他自己生命的人身保护知识。巴伊察实际上太喜欢出头露面,太显眼,他亲眼见过拉拉·穆斯塔法,事实上曾经也基本上是这样的人,这对拉拉来说十分不爽。这可能使他处于一种窘状,他感觉他就像一个随时因他的行为而受到谴责的人,而这些行为只有他——一个罪人——知道他自己曾经做过。

巴伊察从未责怪过任何人,比如,无论是否改变宗教信仰。他可能会因一个人在他们所做的事情背后隐藏有不纯的动机而批评他,但是不会针对行动本身。如果一个人撇开命运的安排,拒绝被迫改变信仰,那么会有一系列的理由、实例和方法。这些,奥斯曼人在对塞尔维亚人伊斯兰化的过程中使用得非常娴熟。那很奇怪,因为塞尔维亚人的反抗实际上最强烈、最执着。但是征服者认为通过和平手段而不是战争去争取尽可能多的信徒更加容易,代价更小。这一事实已被证实,通过让他们接受穆斯林教比使用武器,诉诸战争,更容易战胜塞尔维亚人。在这样的战争中,除了屠杀,可以采用一切手段:各种讹诈的手段——从物质的到精神的,收买人心——从贿赂到减税,从给予小恩小惠到高官高职。一旦改信另一个宗教,许多塞尔维亚人会把他们全家人和所有的朋友都拉入伊斯兰教。土耳其人知道事实上那些人吸引别人成为他们一员,更容易,更快捷,规模也更大,因为生活在他们中间,他们更清楚地知道如何去团结和分化别人。这一点非常适用于奥斯曼人:塞尔维亚人替他们做了这项工作,效果显著,他们能够拯救他们自己,仅留有必要的很少的土耳其人与他们共同生活。这一点适用于塞尔维亚人,因为他们生活在他们自己的土地上,至于什么叫"他们自己的",那是另一回事。他们中的许多人没有离开他们的土地迁往土耳其,他们认为他们现在的自己与改信伊斯兰教之前的自己没有两样。他们觉得与真正的奥斯曼人相比,对于那些没有改变自己宗教信仰的人,仍然是他们邻居的那些人,仍然更容易忍受。如果不说别的,在他们的记忆中,他们属于他们自己人。事实上,有许多那样坚强的塞尔维亚人,通过大小规模的移民,逃避改变信仰,信奉伊斯兰教,有时是个别行为,有时数字庞大。那是通过流浪对土耳其人的反抗。然而,尽管在塞尔维亚人内部,整个反抗形式多变,持续时间最长,另一边仍然是我行我素的执着。对奥斯曼帝国统治下的所有公民的伊斯兰化行动,在塞尔维亚人中间进行得最为彻底,无论他们生活在何处。这一点,可以理解。众所周知,在欧洲,塞尔维亚人受奴役的基督徒人数最多。

Chapter XXX

第三十章

我很关注这样一个问题,通过找到一本多语字典,我是否能够真的从中受益。我一度在想,这种多语字典只是我的假想之物。最为重要的是,在这本字典中,我能亲眼看到一个似乎是彻底被编造出来的东西,而且它也是一个壮观的、真实的,甚至具有学术价值的发现。成为这样一个史实的见证人情况又会是如何?能看出这一点,对我来说举足轻重。这种两极分化对我来说并不陌生:我早期也有这样的经历。我亲身的体验使我感觉到非职业行为不能被低估。

实例如下。

很久以前,当我入学研究南斯拉夫与世界文学时,当时是官方建立的学科,我自己对塞尔维亚中世纪文学的一种奇特的,对我来说又是出乎意料的爱,油然而生。由于教育的偶发原因,并非是我个人的选择,我是所谓的学习英语的学生之一。所以在塞尔维亚中世纪文学系,我遇到了一个严重的问题,因为我没有阐释原文所必备的语言教育的背景:为了能够正确地理解用教堂斯拉夫文写的原文或者用古塞尔维亚语(和俄罗斯教堂斯拉夫文)的某一变体所写的原文,所以我一个人不得不学习俄罗斯教堂斯拉夫语。为了做到这一点,最好能懂俄文。所有卡片堆积在那里,跟我过不去。但是我对阅读这些翻译成现代塞尔维亚语的古典文本(十二世纪和后期创作的)的业余爱好的热情并没有减低。我在乔尔杰·特里富诺维奇教授热情的支持下继续在这个领域接受着教育。我读着、研究着、写着这些文本,在某一瞬间——完全惊呆了!在我递交了我的论文,题目是《特德斯耶·希兰达拉克“圣萨瓦生命”的对话形式研究》,特里富诺维奇教授把我叫到他的办公室谈话。他是一位非常严格的老师,在这次谈话中,我敢肯定,他会对我的论文提出严肃的批评,或者,在最好的情况下,他会把论文交还给我,让我重写。但是,他没有这样做。他甚至都没有把论文带到办公室来!他邀我来他办公室就是为了告诉我,我的论文在塞尔维亚艺术和科学学院《语言和文学》编辑部,很快就要发表!但是并不是因为论文写得好,而是因为它具有革命性!但是如何具有革命性?嗯,因为论文中,就像他所说的,在论对话形式的创作上,我在塞尔维亚文学中发现了戏剧之源!我自己也不相信。尽管我还是个初学者,我不会那么幼稚。我那天问他的所有的问题中,我仍然记得有一个问题他没有回答——“但是,有那么多的无与伦比的专家研究古塞尔维亚文学,经过各世纪专家的研究,那怎么可能?”然而,当期刊正式出版,里边刊登了我的文章,我不得不相信我自己的研究发现。而且,我那时只有十九岁,那么多人拍着我的肩膀。当我毕业后被邀请作为助教留在系里工作时,我没有接受。但是,我确实仍然爱着这个研究领域,紧紧抓住从我的著名教授的作品中引言的权利、去阅读古代文学的权利、发挥我非职业的直觉能力的权利。

这是一个溯及既往的承诺。但是它有着这样一种作用,证明业余假设有时是可以接受的。甚至是我的假设。也许是在当酷爱和孩提般的天真还保留着自然的本色之时。我那停留在中世纪的身影会说——当你在黑暗的年代用心去歌唱,这一切就有可能。

故事继续。

我住的公寓是我用奥地利基金会提供的奖学金租住的。二〇〇八年一月,我坐在公寓里,写完了小说中关于塞尔维亚和土耳其共有历史时代的最后几章时,关于我寻找“我的”字典的故事已经沿着它独特的路径展开。仅仅现存的一本,不知怎么的,悄悄地从阿迦·索非亚图书馆移到了苏莱曼尼亚图书馆。似乎伊斯坦布尔不想立即让我知道它其中的秘密。嗯,别的不说,甚至帕穆克都没有回答我有关这本字典所提出的问题(他会知道有关字典的事吗?),这也是同时来自世界的另一边的问题。只有那个问题没回答。他回答了其他问题。

后来,从贝尔格莱德打来了几个电话。是萨瓦·安杰尔科维奇先生打来的。他是我的这一发现最大的功臣。他是另一个研究领域的专家,但是他爱上了伊斯坦布尔和这个故事。他把应该给我的一揽子旅游中的每一个行程报告都给了我:一份手稿先前在萨拉热窝丢失,然后“从原文”又复制了一份给我……他已离开了伊斯坦布尔,到了尼什……现在正坐在卡车的驾驶室里去往贝尔格莱德……(他担心未受过正规教育的卡车司机会把它放在发热装置的边上,导致CD的变形!)他应该在奥地利把它送给克雷姆斯汽车公司?不,我们只是交臂而过,并不见面。我很快就到达了贝尔格莱德。

最后……我们在特雷兹吉见了面,在“莫斯科”酒店的咖啡屋中(在那里,我把帕穆克留在了花园中,他在他绿色的笔记本中画起了这座城市和人的面部的素描)。我打开了桌子上我带的手提电脑,因为我急于赶回家去看我们的命运给我们带来的结果:我是第一次如此失望！这本多语字典中应该也包括塞尔维亚语！但是却没有。我看出了有阿拉伯语（优势语言）、波斯语、鲁米语（希腊语），然后又是阿拉伯语……但是没有塞尔维亚语。光盘中没有文本，甚至连它的档案的基本数据都没有。我感觉到一种以前从未有过的无助、失望、沮丧。我的密友也很泄气。另一方面……在那儿，就在我的面前，确实是都市语言学罕见的样本之一，生成于大约十四世纪和十六世纪之间，这在任何方面都不是普通的样本，当时不是，现在也不是。因为那里有几种语言并行阐释着同一个世界！一本有着语言亲缘关系的字典！那是这个世界开放的证据，力求团结而不是分裂的证据。或者至少也是努力去求团结，而不只是去分裂。

后来，我持续有了直觉的灵感。这套字典共四本，在其中的一本的第一百六十八页上，我看到了，在希腊语概念的边上（在这里用希腊字母书写）增加了阿拉伯语的概念，是后来加的，像"黑暗时代中的歌"，像誊抄者或者学生在书的空白处所做的评论。有人在那个地方（并不是故意为此而留的地方）写上了希腊语概念的阿拉伯语译文！就在事先被预见的那个地方的边上，在两列并行的语言结构的边上。这本字典就是以这样一种一致的并列结构构思而成的。这使我想到我没有看到我想要看到的东西，也许，因为它隐藏在另一种字母之中！

果然如此。米尔亚娜・马林科维奇，一位东方学学者，立即试图去阐释苏丹的印章和签名（唯一出现土耳其语的地方！），但是它们无法解码，太小，且已褪色。不同语言的颜色也没有记录下来，这些语言——原来，每种语言有一种不同的色彩，在这本黑白拷贝中，只呈现出不同深浅的灰色。系列字典中的最后一本，第四本，色彩最淡，最看不清楚。但是，看上去似乎是阿拉伯语（又是阿拉伯语)。我的那位研究东方学的朋友拿了一本我为她准备的字典,带回家更为仔细地研究。第二天,她打电话给我,非常激动,立即要过来见我。在其他语言中,她发现了“lugat servi”或者“lugat serfi”——塞尔维亚语言!是用阿拉伯字母书写的!所以它隐藏在一百六十页的每一页中(褪色最厉害)。现存的四本中最厚的一本。

内容比结构更有趣得多:它由概念(在最广的意义上)、短语、谚语、不完整句、对话片段组成……更像一种平行词汇列表,用于语言教学,而不像一本标准意义上的字典范例。所有这些,用四种语言表达!里边的内容选择很有趣:“因为我看见了你,所以我注视着你”“他们在这多久了?几天”“小时坐着”“你们在做什么?”“我说,我没说”“我从心里爱你”“许多我打中”“别哭,别哭,继续去哭”(译者注:原文中语言形式错误较多)……还有其他一些古怪的内容,都用塞尔维亚语书写。

这些语言为谁而写?嗯,我想是为那些作为贡品的牺牲品而写,他们也许在为新军和宫廷人员开设的学校中学习这些。又能是谁?嗯,也许是每个会哭,有爱,受到惩罚,被迫求助他人的人。男的,女的。征服者,被征服者。老的,少的。主人,奴隶。无论是谁,他们在这本字典的帮助下更有教养、更有财富。对他们自己和对别人,都更有用。

所有那些,在目前,也都是真的。

这是我对学术做出的又一次业余贡献。显然,我们的专家(似乎在这个世界上还有许多其他人)并不知道这本字典的存在。现在他们可以仔细研究它,在公开场合拿出来展示它。这样一来,我们的过去和现在会变得更为富有。

这使我对十五世纪以来的故事所做的非职业性的叙事或许逐

渐告一段落。但是幸运的是,还有别的故事插曲。在新近获得的事实(还有待全面的证实)中出现一个完全崭新的事。在阿迦·索非亚图书馆,存有两个历史时期相似的手稿,完全用塞尔维亚语所写,是用阿拉伯字母缩写,但是没有同时出现其他语言。可以这么说,这是塞尔维亚书籍。

现在我真的有些研究要做了!

然而,这仍然不是语言与字母有时荒唐组合的结束。一五六七年,在贝尔格莱德市编著的一本祈祷书中发现了一个极端的例子,把语言和字母以一种不可能的结合方式组合在了一起。一位来自杜布罗夫尼克殖民地的商人,玛拓·波拉·博日达洛维奇,收到了一本用拉丁字符书写的祈祷书,但是由于这位商人习惯了塞尔维亚文化,甚至它的语言书写符号,所以他让他的朋友马林·尼科利奇用西里尔字母把这本祈祷书誊抄复制了一份。这种语言有着不同的方言,这些方言的使用规则已不存在,如果这位誊抄者对此并没有迷失自己,作为一个"拉丁姆人"表现出如此的爱国程度,所有这一切都可以理解。所以,他把整本祈祷书用塞尔维亚语西里尔字母翻译了过来,包括书中所有的拉丁文本,但是并没有把它们译成西里尔文!所以,整个文本中,有完整的拉丁语句子,但是却是用西里尔语语符写出来的,就像这句:"Ано салутис новстере 1567..."("Ano salutis novstere 1567...")。

我可以想象出专家们不得不为这一切做好准备。

同时,我向另一个方向拓展。事实上,所有的方向都是敞开的。正是这样一种自由才对我的研究形成真正的挑战。也许,书中空白处所写的所有的东西,边上有我给自己强加的研究目的,那些东西向"主要"事件倾泻而来,也许它们是整个事件的核心本质。例如,那些卫兵们按照惯例(日夜)守护在华丽的(大大小小的)纪念碑边上,是如何在我形成新的真理的认识过程中起着重要的作用。

我记得我初次感受到位于埃迪尔内的塞利米耶清真寺之美。我从贝尔格莱德出发,每靠近它一米,我的心也越发激动,无法抑制。就像两个情人在公众场合见面一般。当我第一次站在它的面前,它如此宏伟典雅,可是天已经很晚了。我很晚到达那里,我不能自认倒霉,就此作罢。于是我立即横穿了一千米左右,越过三个国家的边境,被迫在一个地方等了很久,上帝知道在等什么。后来当我到达了目的地后,我已无法入内!我环绕清真寺的四周走着,就像一只猫围着它的牛奶在转,看看所有的大门,希望能发现有门还会开着。后来,在围墙的东侧,透过大门,我看到院子里有一个卫兵。我没有对他说什么。我只是站在那看着他。他看着我,然后走了过来。他站在我的对面,被一个如轮船上的锚绳一样粗的链条隔开,把我们俩隔离成两个世界。他紧紧地盯着我,一言不发。我盯着他的眼神一定向他传递了所有的信息,因为他解开链条,打开了大门,招手让我走了进来。他带我走到塞利米耶清真寺的后部,为我打开了门。

如果我试着打开门的话,我肯定不会成功,我不知道如何打开,我本应请求帮助的人也不会知道。

我被允许或者更确切地说——独自一人能够进入到它的美景之中。

几年后,在伊斯坦布尔,我遇到了另一件类似的事情。长时间地寻找对我来说很重要的细节,并没有降低我的热情。只是相反。由于有着热情,过了很久以后,我最终发现了希南“为他自己”所建的小清真寺的蛛丝马迹:这是一个供祈祷用的小屋,是他已经进入暮年后下令为他自己所建。因为一系列的情况,多年来,我没能成功地找到它。我甚至在想政府有意把它隐藏了起来。所以,我已经像一个偏执狂开始持有那样的想法。事实上,它很小,没有圆顶,也没有很高的光塔。它隐身于一个被称为科卡·米玛尔·希南大街的一些别的建筑之中。客观地说,也许它并不被人们认为是重要的建筑,但是对于我来说,它的重要性无与伦比。

我到达那里的时间也不好。门关了,里边没人,或者周围任何地方都没人。那天甚至连祈祷日都不是。我很无助,唯一能做的事情,就是像个孩子似的,透过窗户的玻璃往里看,能看到什么就是什么,以告慰自己我没有白来。但是,实情是,我很绝望。我相信,而且有足够的证据相信,这个不起眼的建筑证明了希南的生活和工作中极具价值的东西(我后边会详细地说)。在那儿,如果再次用猫作为比喻的话,我只能仅仅舔一舔盘子的外沿了。

后来,有人用土耳其语对我说了些什么,我意识到门卫一直从某个地方注视着我的行动,或许是从那个小屋开始到甚至有可能是他家的那一边。肯定他认为他很久没有见到过这么执着、这么伤神的游客——他对我起了怜悯之心。整个时间,他讲个不停,尽管,显而易见,我一个字也没听懂,他打开小清真寺所有的门,耐心地等在一边,让我在每个房间里想待多久就待多久。

普通人的善意,以他们看待世界特有的简单,能够看出一个人无法抗拒、无法满足的需求,使得整个世界变得更为美好。这也证明了每一个“为什么”问题的后边并不一定必须要有一个“因为”作为原因。有了这点,就够了。

Chapter 30

第三十章

与大穆夫提·阿玛蒂一起,巴伊察推测着奥斯曼帝国与欧洲问题以及与欧洲关系问题的发展趋势。不是军事问题,而是那些与帝国整个文化和文明的发展、停滞或者倒退有关的更广泛的问题。在国内,一场围绕对新旧世界理解的战斗已经隐现,迫在眉睫。一场维持现状还是参与变革的战斗。一场盲目无知与深谋远虑之间的战斗,退化与进化之间的战斗。

王子之间的战斗已经结束,战斗的结果——王位的继承人赛利姆和现有的统治者苏莱曼,他们俩都对穆罕默德·帕夏产生了好感,这一结果使得他有了一种安全感,他可以深入思考,长期规划奥斯曼帝国的道路。为到任大维齐尔职位所做的这些准备使他有了机会立即,至少是暂时阻止多数可能的敌人对他实施的敌对行动。因为对于这些人来说,所有的迹象表明这个人正在等着接任国家最高大臣的高位,当他接任这个位置时,他会在这个位置上任职很长时间:两个统治者同时如此热心支持一个人是很久以前的事了——现有的国王和即将继任的国王。可以肯定,巴伊察非常聪敏,不会考虑说了什么,做了什么,除非这些真的发生了。他经常目睹那些让人惊心、彻底令人始料不及的计划,有个人的,也有整个帝国的。他始终如一,谨慎言行,紧抓重点。

在大穆夫提的帮助下,在苏丹王默默的支持下,他参与制定了新的法律,尤其是对法律的合理解释工作。他利用了所有的地方和机会,使用了符合交际地点和交际对象的得体的语言形式,从教会学校到各种公开场合,去解释帝国不敢陷入的危险和帝国已经有趋势要滑入的危险:这个危险就是企图(故意或者非故意)误解教育的作用。也就是说,一些思想有落后倾向的王室臣仆、维齐尔、乌力马和其他公共服务人员开始大张旗鼓地,而且是错误地,把教育与宗教研究相提并论,而不是把它与学术研究相等同。这样的一边倒会把整个帝国积累的所有的成就拉入一场真正的灾难之中。所以,普通学术被宗教信仰的学术所替代,使得奥斯曼帝国不能取得新的科学成就,尤其是现在,欧洲强调知识的启蒙,证明知识启蒙是发展的主要动力。从这个已经可见的冲突中又产生了另一个冲突:不同的宗教狂热者开始联合形成教派,对信徒和军队施加影响,怂恿他们与各级所有所谓的持有异教信仰的人展开斗争,尤其是那些身居高官的人。在他们的阐释中,他们的概念十分混乱,模糊不清,这样的人甚至也会带来某些破坏。巴伊察和整个迪万都受到了哈姆扎教派的烦扰。这个苦修僧人,来自于波斯尼亚,一会要求他的信徒去做些不可能的事情,把基督和阿拉统一进同一个宗教中,一会又要求他们信奉极端伊斯兰东正教。有时,在他的信徒中有手艺人(有一段时期,都是一些生产刺绣花布的手工艺者),有时他们中多数是新军。他一会以什叶派教徒身份出现,效忠穆哈默德和他的家人,一会他又效忠他的波斯尼亚祖先。正是因为那种宗教和思想意识形态上的混乱,也因为他的影响迅速向奥斯曼帝国各个角落的蔓延,他变得尤其危险。当波斯尼亚伊斯兰祭司再也无法忍受时,他被逮捕,押往君士坦丁堡。虽然一五六一年，为避免公众的抗议，甚至可能引发的叛乱，他被秘密处死，但是那次秘密处死行动引发的后果比一次暴动还要更为糟糕，没有人想要的后果：由于被处死，他成了一名烈士，因此他获得了更多的信徒。

这些年来，教派成员几次去见巴伊察和穆罕默德·帕夏，根据他们当时对宗教的狂热程度，轮换使用他的名字。他们又是赞扬，又是诅咒。他们赞扬他，向他求助（要钱，要支持——公开地或者私下地），或者他们诅咒他，骂他是土耳其崽子，懦弱鬼，要求大家从他身边逃离，就像遇到瘟疫一般。巴伊察对这些从不往个人心里去，因为他理解他们是一个反复无常、思想混乱的教派，但是他丝毫没有低估这个教派信徒的力量。

他处理各项工作细致入微，这成了他显著的特点。他一直保持着这种他所养成的最宝贵的性格特征，正如过去已经很多次发生的那样，这一谨小慎微的个性，会在未来挽救他，使他免遭毁灭。他也经常使用这种个性特征拯救其他人。在接下来的几年里，他几次指挥了帝国军队的军事战役。他的一个儿子或者两个儿子以及索科洛维奇家族的其他成员与他一道并肩战斗，在国王的同意下，他的家族中许多其他成员被委以高官职位。与战斗成果相应的是，巴伊察在帝国各方面的生活都有了提高，从贸易、造船、立法到对诗人的支持，包括对最高统帅的支持。这些年来，他表现出的忠诚使他于一五六五年在奥斯曼帝国大维齐尔位置上即位成为必然。在与奥地利帝国进行第十三次、最大规模战役的前一年，苏莱曼·卡努尼大帝把国家的管理托付给他。一五六六年六月二十七日，苏丹王路过贝尔格莱德和泽蒙，这是人们在公开场合下最后一次见到他骑着马，因为，之后，因年迈，他更多地躺在临终的病床上，被抬在担架上，住在帐篷里接受照顾，不再是令人肝儿颤的统治者。对锡盖特的封锁载入史册,这要归功于巴伊察和他令人难以置信的智慧。封锁期间,苏丹王离世,是在九月五日到六日之间的深夜,就在锡盖特城镇沦陷一天之后。当时,锡盖特城镇在尼古拉·萨连斯基的指挥下进行了顽强抵抗。穆罕默德·帕夏仍然服从已故国王的指挥,既没有把国王去世的消息告诉身边的维齐尔们,也没有告诉军队人员。他这样做,成功地保持了士兵的士气,尽管他没有能够完成国王的梦想——征服维也纳,但是他赢得了这场战役的胜利。他在军队中对国王之死的保密和对遗体的保存达六个多星期之久(!),更确切地说,一直保密到一五六六年十月二十四日,那时,是他与他的部队返回伊斯坦布尔途中第四天,离到贝尔格莱德还有四个夜晚。当他确信在他报告国王之死和发出召见请求后,苏丹之子赛利姆会立即从亚洲火速赶往贝尔格莱德时,他才向外发布了国王去世的消息。(王子到达沉思之山需要十天的时间,奥斯曼人称之为贝尔格莱德城堡。)赛利姆在巴伊拉姆·贝伊家中等他来见。在贝尔格莱德城墙下,宣布了帝国新苏丹王的即位。新即位的国王同时宣布穆罕默德·帕夏·索科洛维奇为大维齐尔。因此,在两年内,巴伊察的大维齐尔头衔第二次被确定。

后来的日子证明了穆罕默德为接任掌控帝国大印职位所做的准备十分必要:在这个位置上,他不需要去适应什么特别新的或特别不同的东西,他事先已经有所准备,而且已经付之于实践。不管怎样,他在贝尔格莱德见到王位的继承人之后,从锡盖特一回来,他立即对他的两个亲戚进行了任命,所委任的岗位是鲁米利亚战略意义上最为重要的两个岗位:穆斯塔法·帕夏·索科洛维奇被任命为布达的行政长官,他的弟弟穆罕默德·索科洛维奇为波斯尼亚桑贾克贝伊。他成功地管理着整个帝国的事务,而且新即位的苏丹王并不急于统治国家，放心地把一切事务交给他去处理。

在赛利姆为苏丹王的八年里，巴伊察的统治无可争议。他拥有半个世纪以上为帝国效力的经验，他怎么会失败！那时，至少有一半的时间，他要做出各种决定。他为赛利姆二世效劳，获得了经验，并把这些经验应用到了对他儿子和一五七四年即位的新苏丹王穆拉德三世的服务上。尽管穆罕默德·帕夏的年龄已近七十，在国家的管理上，没有人能够超过他。穆拉德从一开始就不喜欢他，但是穆拉德也不想主动放弃他。至少现在不会。穆罕默德曾为苏莱曼·卡努尼的得力助手，但是无论是苏莱曼·卡努尼的儿子，还是他的孙子都不会以穆罕默德在那个年代的表现来评价他的经验和他对奥斯曼帝国最高统治者的效忠。他们会根据穆罕默德在苏丹王边上工作了所有五十年来的表现来评价他的能力。他们明白在苏丹王封予他的所有的头衔中，绝大部分都意味着他得离苏丹王很近，越近越好，几乎是至亲间的距离。显然，苏丹王想让他待在身边，为他选择的职位不会使他被派往很远的地方。即使在苏莱曼仍然活着的时候，根据苏莱曼的命令，他成了大维齐尔，为了能够尽可能地靠近苏丹王，他不得不搬到了托普卡帕宫殿脚下的阿眉詹王宫。对于巴伊察来说，离开他的好邻居，伊斯兰法典权威阿玛蒂，放弃他们一起静静散步的机会，是很难的选择。

这样一个忠诚的、乐于奉献的臣仆很久以来在任何国家都不曾见。因而当他连续被任命和重新任命为第三任苏丹王的大维齐尔时，这不正是他的国家所给予他的荣誉和信任吗？这样的荣誉与信任是迪万中任何人所没有过的。这一信息还不够清晰吗？

还有什么别的能让他渴求呢？

留下一笔固定的遗产。

在哪儿?

在他待过的地方。

After the End (Water)

结尾之后(水)

随着时间的流逝,希南与穆罕默德的关系发生了新的变化,略有疏远。由于他们地位很高,他们的责任和义务也成倍增加,因此在一起的时间也越来越少。另一方面,由于他们彼此十分了解,并不想在本质上削弱他们之间的友谊,他们只有服从于这一必然的结果,但是并不屈服于必然:即使他们不在一起,他们想出一个办法能够更多地在一起。用什么办法?嗯,通过在他们所制订的计划、所签订的协议框架里各行其是:巴伊察充当捐资人,约瑟夫充当建设者。最终,正如希南所预见的那样,穆罕默德有能力为他的想法出资。由于某种原因,他们意识到,在多数情况下,水把他们联系在了一起。水不仅是生命之源,是生命的养料,水可以大大影响到一个人的肉体和精神的纯洁。对他们来说,那也是为什么水似乎是连接他们共同生活的完美的结缔组织(希南称之为“黏合剂”),而且也是他们各自曾经拥有的生活和现在所有生活的结缔组织。

那时,在希南的帮助下,当穆罕默德·帕夏在贝尔格莱德中心建造喷泉时,巴伊察的浴室已经完工,仍然很新(仍然现存),他们把它命名为叶尼浴室[63]。一六五八年,不到一百年后,法国游记作家波利特以贝尔格莱德为例在试图阐释公共浴室的更加深层的含义时，创作了非常有趣的赞扬水的作品，而且赞扬了贝尔格莱德市民："黎凡特的水疗事实上是蒸汽浴，因为虽然仍然能够洁身，但是人并不是泡在水里。水疗展示的是这些人成功地完成了他们最喜欢做的事情，就洗浴而言，这些人的精神如此之微妙，我们很难去模仿他们。"（强调由作者所加）

波利特的话，实际上是下定义，具有哲学意义上的和谐，事实上发现了那时塞尔维亚人和奥斯曼人共有的特征之一：水以及水的使用对他们有着娱乐的作用。巴尔干人喜欢享受，水是巴尔干人真正享受生活的重要内容，（自我）满足的主题形式变化多端，十分微妙，在满足自己的欲望时，甚至可以达到受虐狂似的程度（从饮食开始，再向深度发展）。正如艾维利亚·切莱比在大约一六六〇年所说的那样："那些人都是些喜欢愉悦和欢乐的人，他们对陌生人很友好。吃饭时很好客，门都是开着的。"

希南和穆罕默德都很长寿，也很富有[64]。然而，即使当时在他们认为他们会长寿、会富有时，他们也没有放弃他们应该尽可能住得近一点的念头。就像他们在早年生活中住得那么近。住得近，他们更有机会建立更加紧密的"关系"。

我不得不把我的预设和可能的发现透露给奥尔罕·帕穆克。他非常客观公允；他对东西方非常了解，不会犯错误走极端倒向一边或另一边。

说到水，帕穆克提醒我这样一个事实：苏丹·苏莱曼安排希南在伊斯坦布尔修建供水系统。无论那听起来多么像是个实用主义的观点，由于没有一个长久的供水系统解决方案，就没有一个大城市能够幸存下来，所以苏丹王对水的观点非同一般。在对希南和他的国民的公告中，他说："我想这座城市的每一个地区都有水。在一切适合建喷泉的地方建上喷泉。在一切适合打井，甚至不适合打井的地方打上水井。让每个地方都有淡水喝。让我所有的臣民都能使用上水,听他们祈祷我统治的永恒。”不管怎么说,由于他们俩人的努力,首都城市有了下水系统:卡吉坦(1557)和柯克切什梅(1564),莫罗瓦和乌尊。说句公道话,也要感谢塞尔维亚贝尔格莱德的市民,在贝尔格莱德沦陷后,他们迁移到伊斯坦布尔,建设了早期的供水系统和下水系统。他们初到那里安置下来后,在伊斯坦布尔中部建起了他们自己的贝尔格莱德。他们的主人,可能为了纪念那些塞尔维亚人,给他们当地郊区的地方起了相似的地名:贝尔格莱德门,贝尔格莱德森林……

“他对阿迦·索非亚教堂所做的工作也涉及了水,”帕穆克接着我的故事往下说着,“希南加固了那栋大楼的支撑结构,这种结构是那时每个建筑师的梦想,因此都设法能在这个基督教—穆斯林用于祈祷的建筑中留下自己的痕迹,今天这栋建筑已成为一个和谐机构的所在地——博物馆,在这个整体的综合建筑中,他又引进了一些新的内容。如,苏莱曼的挚爱和妻子胡赛克·许蕾姆,早在那之前,于一五五七年就提出建议,在所有的地方中,希南应该在阿迦·索非亚教堂边上建造一个浴池,男女区域分开。她成功了!你能猜出为什么吗?”

“嗯,我有一个好主意。她利用了这个机会,这样一来,这一切是由一个(先前的)基督徒为她完成的,正像她还过着‘以前的生活’一般,直到不久前为止。那时,她是罗克塞拉娜,一位俄罗斯牧师的女儿。她离以前的一座拜占庭式的教堂很近,这有助于她与她的新生活保持着某种平衡。在所有的事情中,在一五七三到一五七四年间,希南/尤素夫/约瑟夫本人接到指令,或者更确切地说,被允许对阿迦·索非亚教堂进行非常认真的翻修复原工作,你认为这是一种偶然的巧合吗?除了加固支撑结构以外,他还建了两个光塔,甚至为苏丹·赛利姆建了一个陵墓。所有这一切,就是因为他最优秀?"

"他在整个帝国都建了浴室,这是真的。不过,我真的喜欢一五六五年他在埃迪尔内卡皮亚镇的学校边上为苏莱曼女儿米赫丽玛赫所建的浴室。"

"你知道,"我继续说道,"他在建设时从不会放慢自己的速度,这一点,我很喜欢。并不是因为在建设中很容易看出一个人的精力,而是因为他在任何地方搞建设都是那么轻松——无论是在首都,还是在各省。我在位于埃迪尔内和伊斯坦布尔之间的吕莱布尔加兹所见到的综合大楼如此之迷人,如此之朴实无华,它与拥挤的省会城市的环境非常协调。我想希南的秘密就在于他知道土木工程不只是单单建设一栋楼房,而是让建筑以一种尽可能美的方式去占据某个空间,使之成为那个环境真正的一部分。我以前从没有以那种方式来审视建筑,但是现在我从他那里学会了这些东西。这就像我很久以前所意识到的那样,雕刻并不非要通过增加材料去创作一个作品,而是通过真的去除材料去创作。"

"在他活到近一百岁这一事实中也有些给人以启发的东西。你可以确切地看出时间是如何允许他安乐自在地研究他想要研究的东西,只要他想研究的话。很久前,他在匈牙利作战时,我想他就懂得如何这样使用时间,向他自己和别人证明了他可以重新建设已经被摧毁的东西。作为一个工程师和王室官员,当他在巴纳特迅速完成了一座城堡的重建工作后(战役中一种众所周知的方法:为了占领某个东西而去摧毁它,一旦你占领后——立即去重建它),当指挥官在部队撤退后想要把他留下来负责前哨的工作时,他坚决拒绝了,冒着生命的危险,拒不服从命令。然而,他对自己的未来非常确信,他甚至从战场上一回来就去见大维齐尔,设法说服他撤销他的命令。几十年后，以同样的方式，通过观察和奉献，动用了一万四千多名工人，在仅仅六年里，成功建成了最美的清真寺——塞利米耶清真寺（比苏莱曼尼亚清真寺还要美）。清真寺的建设正是他对观察结果的实践。”

我又补充了些内容。

“我认为那是世界上最美的清真寺。为什么，你就看看那些光塔！在每个光塔中建三个楼梯，就是三个人同时往上爬也不会碰面，这样一种设计理念！而且，在我向你提起与那种美有关的东西时，我想要说的是希南养成了一种与阿迦·索非亚教堂竞争的精神。长期以来，他一直把他那种痴迷的想法隐藏在心中——要去建一个比他自己的清真寺的圆顶还要大的圆顶。当他于一五七五年在塞利米耶最终实现了自己的梦想时，虽然奥斯曼帝国，也许整个伊斯兰世界，从未见过比这更美的阿拉清真寺，但是那种胜利成果，直径也只比以前的大出几十厘米，对他来说比这些意义更大。”

但是帕穆克又增加了自己的观点。

“我认为他取得了他所可能取得的最大的成就。阿迦·索非亚教堂对于所有的后来信奉基督教的建筑师或者伊斯兰教的建筑师来说都是一个沉重的负担，很难再去建造一个超越它的建筑。历史给予希南的赞扬不可能会超越在土耳其广为接受的这句赞美之词，事实上，历史甚至都没有比较过它们：阿迦·索非亚教堂是太阳，塞利米耶清真寺——是月亮。”

“我想，你是要告诉我关于那种美的故事吗？”帕穆克问道。

“嗯，是的。有些人把塞利米耶清真寺比作阿格拉的泰姬·马哈陵。我现在提到它，并不是因为我们要比较它，而是因为我记得印度那个波斯建筑之瑰宝实际上是米玛尔·希南留下的遗迹！在世界七大奇观中，建造泰姬·马哈陵（1632—1648）这种奇迹的主要建设者中,有奥斯曼人和波斯人的名字:梅赫梅特·伊沙杰里、伊沙·穆罕默德·埃芬迪、乌斯塔德·伊沙——他们都是约瑟夫/希南的学生。”

帕穆克和我争论了起来。他给了我最后的一击。

“嗯,位于阿迦·索非亚教堂边上的著名的苏丹·艾哈迈德清真寺,以赛马场边的蓝色清真寺名字更是广为人知,它的建筑师也是穆罕默德·阿迦。他是希南的关门弟子!”

正当他认为他赢得了这场争论时,我用另一个事实击败了他。

“如果索科洛维奇当时没有介入的话,那么蓝色清真寺甚至不可能建在那了,至少不是在那个地点——赛马场[65](众所周知苏丹王要求蓝色清真寺建在那里)。”

帕穆克非常惊讶。他并不知道这一点。

“怎么会?”

“你看,因为就在那个地点坐落着索科洛维奇家族的宫殿,是他任职大维齐尔时亲自从苏莱曼那里获得的。在对待一位所有时期以来最伟大的大维齐尔的问题上,由于苏丹·艾哈迈德尊敬他的前辈们与一位苏丹中最伟大的人物之间的关系,他与穆罕默德·帕夏的儿子就他付给这个宫殿的赔偿价格进行了讨价还价。当他最终买下这个宫殿(花费巨大,价格没有任何优惠)——他立即把它给拆了,并且在他和穆罕默德·阿迦的同意下,在它的地基上建造了苏丹·艾哈迈德清真寺——是仿造希南的苏莱曼尼亚清真寺而建的。”

“还是让我们多谈点关于水的故事吧,”我建议道,“你知道我的两个朋友还有什么别的原因一起‘下水’的吗?由于巴伊察去麦加朝圣,多次在那些狂热的、半信半疑的穆斯林的眼皮底下赎罪,因此他让约瑟夫在麦地那圣城为他建一个浴池。不是一个清真寺，而是一个浴池！他还要求在康雅和卡拉皮那尔建浴池。”

我们分手了。帕穆克去了王子群岛。伊斯坦布尔很热，我待在了伊斯坦布尔，在热浪中完成我对希南遗愿的寻找工作。他会留在水边——如果我找到了我所寻找的东西，我会像获奖一样去接收他的遗嘱。

在路上，我上百次地走过加拉塔大桥（在它的北端，有热那亚人居住地——是个军事要塞，我总是从一个推车售货的小贩那里买手工榨出的橘子汁，味道是世界之冠）。这次，我记得，当苏丹巴耶塞特二世宣布他的计划，在金角湾建造一座桥梁时，这座桥梁由莱昂纳多·达·芬奇去建本应是多么容易。那时，威尼斯人提议达·芬奇在一五〇二年为他设计一个工程，这个工程，根据他所说，是世界上最大规模的——二百四十到三百五十米长，二十四米宽。苏丹王拒绝了这个计划，然后向另一个艺术家——米开朗琪罗发出了命令。米开朗琪罗对此不感兴趣，拒绝了这一提议。所以，这样一系列的拒绝使得大桥的建设推迟整整三个世纪。

现在，“我的”工程师的遗愿是建设一座我称之为伊斯兰教寺院的建筑，是个小清真寺，这个命令是由工程师希南提出，而由赞助人希南发出的。或者，正如要看到的，也许更精确地说——是由工程师希南提出，而由当事人约瑟夫发出的。或者是由神秘的建筑师约瑟夫提出，而由顾客希南发出的。这些都没有区别。

当我最终在城市中心人口密集的边缘地区的住宅楼中找到它的时候，我意识到为什么很难找到它的原因：它远不只是很朴素，很小。每一个清真寺两个最显著的符号之一在这个清真寺中根本没有，第二个符号也几乎没有。也就是说，清真寺顶部没有圆顶：四个拱顶组成的结构替代了清真寺的圆顶，就像到处可见的家庭住宅那样。一个没有圆顶的清真寺！无论它有多小，我都觉得那很奇怪。还有光塔！在那几乎没有。光塔如此之矮，起初我都没有认出来那是光塔。当然，我并不是寻找什么大的东西。我只是惊讶。在院子里，有长长的一排排水龙头用于洗礼，在它们的边上有另外一个院子，被树荫遮着，很惬意。在入口处的墙壁上刻有碑文“米玛尔·希南·买希第·瑟瑞飞1573”。在入口边上有一个木头鞋架。里边——有衡量一个男人所有的一切。事实上，就是它应该有的那个样子。不朽的结构有其他用途。这里，一个人向其他人发送信息，不是苏丹向全世界发送信息[66]。这一建筑，“是我的”，它选择了这样一种阐释方法。正当我要离开，拍一张照片的时候，我意识到它是用两种颜色的砖头水平交替砌成的。就像在拜占庭帝国一样。

这些就是他不愿意放手的二元信息吗？其中一面——是的，另一面——也是。但是两面合在一起——却不是。

后来，就在最近，我看了一部新闻纪录片，是在安纳托利亚希南——更为准确地说，是约瑟夫所住的村庄阿基纳斯拍摄的，在他那个时候，由希腊人居住。这部电影事实上不是在村子里拍摄的，而是在它的下边！这部电影展示了无尽的隧道和许多地下室，表面积达四千平方米（！），是二〇〇三年到二〇〇四年期间翻修一栋具有历史价值的房屋时被发现的。这栋小建筑，在它的下边却掩埋着整个一个村庄，是约瑟夫的出生地。他从这个房子走出，成了尤素夫·米玛尔·希南。

这越发使我觉得这一他脚下的地下世界（它的建设目的还没有被发现）决定了约瑟夫的命运和他的职业。

巴伊察/穆罕默德·帕夏商队旅舍的地基决定了我这本书的主题，它位于我建在多克尔建筑的地基之下，所以可以说，也正是在我的脚下。

The End of the End

结尾的结尾

希南的出生地，是他成长的地方，当他通过建筑，更多的是在开塞利和哈斯拉以及维泽地区建造喷泉(因为喷泉对普通人有着日常的使用价值)，开始低调地对自己的出生地表现出敬意时，穆罕默德也有了类似的思乡之情。他也低调，在贝尔格莱德上城区建造了一个喷泉，紧挨着苏莱曼清真寺的边上。他还在他的出生地索科洛维奇建造了一个喷泉。对于他较大的计划，为贝尔格莱德较长时间准备的计划，他会与希南商讨。毕竟，他们俩人多次在这座城市步行转过，多次一起测量过这座城市。

他对希南说出了他的想法。

“很长一段时间以来，我一直费心思考着很久以前你对我说起的那个故事:在伊斯坦布尔和卡莱梅格丹的金角湾的位置和形状都与它在贝尔格莱德的周围环境相似，让人感到奇怪。更确切地说:在伊斯坦布尔的托普卡帕宫以及它周围的围墙，就像在贝尔格莱德的上城区以及它的城墙一样，位于完全相同的位置！所以我有一种想法，它赋予这些相似性以意义，有你的帮助和信任——它给予我良机，能留给世人更加个性化、更加亲切的信息。”

希南很高兴。

“我很高兴你想到这些。我们留下的一些重要的标志与大多数别人所留的应该具有更深远的意义或者更严肃的信息。我就是要你去考虑所有的这一切。你的想法如何?”

当他听到这个主意,他目瞪口呆。

“我在卡德加发现一小块开阔地可以用以建清真寺。由于那个地方是丘陵地带,你要费心处理好斜坡,但是我想那对你来说是一个真正的挑战。因为,无论你如何整平那块地,仍然会有一处相对较陡的地方你不得不去利用。然而,当你从那里看到马尔马拉海的风景,你不会后退。尽管这块地不大,我还是喜欢你能在清真寺边上建一所学校。还有一个喷泉,当然,就在院子里。我把我所有的想法都交给你了,因为我知道你并不把我看成是一个放荡者,或者是个任性的伟人,所以你可以根据我的想法展示你我的稳健。我想要你做的唯一特殊的事情就是马赛克图案要呈蓝色——介于马尔马拉海和多瑙河以及萨瓦河之间的颜色。”

他大笑起来。

“来来来,你有更多的锦囊妙计！快点,说出来听听。”

“你还记得贝尔格莱德的东吉·多克尔,靠近拉丁居住区那个地方?嗯,就在那里,有一块开阔地,在很长的一条街道的边上,我想建一座商队旅舍和一个有顶棚的市场。我看到有许多旅行者和商人去那里,今后他们的数量还会越来越多,因为贝尔格莱德正在成为一座重要的城市……”

希南打断了他的话,问了他一个问题。

“为什么你不在那里建一个真主之家,就像你在这里建的一样?”

巴伊察皱着眉头看着他。

“你是和我开玩笑吗?为什么！我改变信仰皈依伊斯兰教,现在我公开邀请别人也这样去做,这难道还不够?不能那样,塞尔维亚人会一直生活在那里,信奉他们自己的上帝。我不会是改变那种状况的人。你难道看不出,我为了帮助塞尔维亚教堂付出了所有的努力,那会使我的努力都成了泡影,是一种时间的浪费。

“还有:你不认为那样做就像我在挖塞尔维亚人和其他基督徒的眼珠吗?不能那样,我所建的一切,对他们也一定是有用的。”

“可是我之所以这么说是因为我注意到你提议要建的那块地与伊斯坦布尔和贝尔格莱德很相似!”

“它们并不是相似,是完全一样!一模一样!那也是为什么我要这样做的真正的原因。我精确测量了所有的距离,然后我看见了它的意义所在:根据两座城市的场地,我要捐资在那里建的建筑与这里的完全一样!它们的南边与马尔马拉海,也就是说,距离多瑙河,是等距离。在东边,它们中的一个边上有海湾,另一个有萨瓦河……所有的距离都相等。但是就这一点,我还有一个请求。”

希南惊讶地看着他。这个想法太好了!

“是向我请求?什么事?”

“你制订所有的计划,开展所有的准备性工作,你两个建筑同时建造!”

希南一言不发。上帝呀,巴伊察事实上已经把他的新想法变成了一个杰作!

“了不起!即使我自己做不了,我也仍然同意这一想法。这一信息太棒了!”

这位工程师开始着手这项工作,积极性很高,他很快做好了准备性工作,花了两年的工夫,同时建起了两个建筑。一个是体积小,但是也不是太小的清真寺[67],十分华丽。它的入口是个陡坡,拱形结构,一直向上直通寺院,学校就在对面楼梯的上边。对陡坡间题的解决看上去很简单。清真寺使用的瓦呈蓝色,比所有现有的颜色都要胜出一筹。教室、寺院、清真寺顶部七个小圆顶,祈祷室内部——所有的一切看上去都很低调,但是寺院似乎就像是用爱,而不是物质材料建成的。

同时,希南的建筑师们,根据他的计划,在贝尔格莱德的反思之山的脚下建成了一个旅店和一个带顶棚的市场。虽然不够庄严,但是这些建筑在市里看上去就像两个新来的真正的美人一样,没有人的目光会从他们的身上移开。许多人的行为甚至比这更进一步。贝尔格莱德的居民在去往这些新的地点时开始会着装打扮:他们改变了市民们长期养成的在家比出外穿着要更好这一习惯。有了这两个美丽的建筑,他们克服了他们身上的傲慢态度,愿意把他们自己的美丽展现给奥斯曼人去看。现在他们想去展示这种美丽。他们积极利用这些建筑,也因此在整个欧洲闻名:没有一个外国游客不在他们的笔记、报道和游记中对它们进行描述(取决于他们是什么类型的旅行者和他们的写作目的)。

希南给穆罕默德购买了一份礼物,一块匾,与通往贝尔格莱德旅店上方所挂的匾完全一样,匾上的文字是由他的朋友以及诗人穆斯塔法·赛尔·切莱比所写。上边写着:“每一个在这家旅店过夜的人都已经走了。”

后来,巴伊察开始使用“城市”这个词来指贝尔格莱德,因此他嘲笑希南,因为希南爱和他争论,比如,村、乡村、城和镇之间有什么区别。现在,连他自己也使用“城市”这个词!

当工程完成后,希南问他:“你认为通过捐资在两个城市重复建设相同的建筑,你还得到了什么别的东西?”

对此,巴伊察准备了一个答复。

“现在,只要我高兴,我都可以到这里来看你的作品,然而却认为我在那里。反之亦然。你看,这难道不是很美好吗?”

“是很美好。但是如果那只是带来一种安慰感,那就不好。”

五年以后,他们又重复了他们的对话。

巴伊察请希南为他再建一座清真寺,比第一个要略大一些,地点在伊斯坦布尔的阿扎普卡皮。同时,在波斯尼亚,在维舍格勒的德里纳河上建设一座壮观的石桥。

准备性工作和工程的建设时间持续较长,足以使得人们看清这两个人见人爱的建筑,它们是这两位朋友思想、情感和艰苦的劳动的结晶[68]。

希南从没有见过他如此满足,他问巴伊察,在他看来,是否他像完成了他自己最想实现的愿望。

穆罕默德坚定地回答了他的问题,然后又问了一个问题。

“除了我的孩子,你是给我人生带来最大幸福的人。因为这一点,也算是你自己的过错,现在我要告诉你更多的关于我的秘密,你有责任替我保密。”

“从你和我说话的方式来看,我听出一种含义,难道你有什么凶兆?”

“的确是这样。我没能有好运早些出生,可是你有。我也没有运气能比你活得更长。虽然是这样,但是当我把我的寿命与你的相比,你比我们所有人的寿命都长,相比之下,我自己已经过了这么多年,我应该感到满意了。你已经九十岁了,看上去,你会长生不老!那是为什么你是为我保密的最好的人选。你知道我年轻的妻子艾斯玛罕,我称她为艾斯玛,是苏丹王赛利姆的女儿,是苏丹·苏莱曼大帝和王后胡赛克·许蕾姆的孙女。我称苏丹·苏莱曼大帝为世纪的主人,我称王后胡赛克·许蕾姆为罗克塞拉娜。嗯,艾斯玛很快就要孤身一人了。她是所有苏丹的亲戚,我走后,无论她多么安全,我都想知道我的一位朋友能时常去看看她。她仍然不可以有儿子,因为她是苏丹王赛利姆的女儿,如果她有儿子,那么他们会对王位构成威胁。然而,当她和我秘密生子后,我无法剥夺这样一个年轻新娘的母性。是的,我儿子活得很好,安然无恙,很久了。他和我们一起生活,装成我的仆人之一。他的名字是易卜拉欣,我叫他约梵。我只是想要你知道此事。即使他们发现了他是谁的儿子,也没有人会动他,但是不管怎样,有时你去看看他。这不会给你带来很大的麻烦。的确,你那么多孩子,五个女儿,两个儿子,还有两个不同的儿媳妇,你肯定非常擅长处理此事。库尔德和哈桑已经长大成人,我不用为他们担心。哦,对了,我称呼他们时也用别的名字。”

希南装出很惊讶。事实上,他并不惊讶。

“所以,看起来,你已经按时完成了一切。就我所见,你还活着,而且你留下了一笔非常珍贵的遗产——有孩子,有捐资所建的建筑,有胜利,有善举……说完了这些,我期待着你给我留下你的意愿和遗嘱。但是我必须承认,我并没有把所有的那些东西托付给你,这有点奇怪。”

“你喜欢开玩笑,但是我确实留下了几句话,在我不在时,你才应该去读。我知道你和赛尔·切莱比一起也在准备一本书,登记为你们的遗产,也许还附有遗嘱。你也有幸有一位文人朋友,所以他会对你一些不好的方面进行美化装饰。我会把我的一生交给别人去阐释。”

“好吧。我懂了。你嘲笑我不好的一面。可是我们为什么不能节省点时间,你直接把信中的内容告诉我?在你临终的床上,你不会有时间,或者我可能不在你边上。我不喜欢去读已故的朋友留下的信件。”

巴伊察仔细想了想，然后做出了决定。

“好吧。但是只有在你把这些句子理解成是我们一次对话中的另一部分内容。我会避开那些含有强烈情感的词汇，尽管我希望它们的使用至少是明智的。我会告诉你这些年来一直困扰我的一些想法，或者那些由于反思而得出的具有结论性的想法。

“例如，我知道我试图回避自己作为一个勇士而赋予我的极端的名气，因为我从来就不能忍受暴力和死亡。

“我喜欢见到自己更多地以一个智者的形象出现，对自己的言行谨小慎微，而不像一个政治家，对自己不愿说的话谨小慎微。

“我知道在我的内心一直为生存而不懈地斗争。我相信那是因为我是被迫离开自己的家。但是我的那一面使我擅长引导我自己和别人。我始终提高警惕，在内心我感觉到找到出路的两个不同的道路：一条内心所有的道路，另一条我自己也不明白的秘密之路。

“从我统治的所有苏丹和许多我身边的高职高官的经验来说，包括对我自己的统治，我意识到统治者可以分为两大类别：一类是用矛来统治，这样的统治者更多，数不清；一类是用盾来统治，这样的人很少。这样的统治者——用盾牌防卫的人——是塞尔维亚国王乌洛许·内曼季奇[69]。他实际上是我的角色的模范。也许，他本来就是那个样子，也许是环境致使他那样，也许还有些别的原因……事实上，我更倾向于认为那与他的妻子统治安茹的海伦皇后有关。她自觉自愿地放弃天主教，接受东正教。出于对她的信仰和对她丈夫的爱。因为看起来，他在盾与矛的选择上，爱的力量胜过别的原因。”

“现在，简明地说，用一个句子来表达，你所学到的，完全用矛来统治的那些人，他们的本质究竟是什么？”

希南并没有回避这个问题,给出了完整的回答。

这个回答很刺耳。

“他们中间几乎所有的人都结束了他们的统治,常常还有他们的生命,为他们的臣仆有意留下了一句没有明说的话语,但是它象征着那种类型统治的虚弱,也许甚至是它的失败:‘我命令你们要爱我!’”

Post Mortem：Statistics

死后：统计数据

Koca Mimar Sinan – aga

科卡·米玛尔·希南·阿迦

希南建筑的最终清单以及它们最终的数字很难精确确定。原因首先是他生活和工作所处的历史时期已经遥远，之后他所建设的许多建筑已经消失，不复存在，还有大量档案信息分散在各地，最后还有信息的可信度问题。最为精确，也许是最为精准的建筑是在以下信息来源中的三个列表中所列出的信息：

1. Tezkiretu'l-Bunyan（献给大维齐尔夏沃什·帕夏，1582—1584）

2. Tezkiretu'l-Ebniye（献给这两个文献的作者，以及作家穆斯塔法·赛尔·切莱比，死于 1595 年）

3. Tuhfetu'l-Mi'marin（作者匿名，这个文献可能是在十六世纪九十年代问世）

前两个文献被非官方认为是希南的自传，因为，据称，米玛尔·希南自己把它们献给了他的朋友赛尔·切莱比。除了切莱比的笔迹外，某些部分内容是别人的笔迹，所以它们被认为是希南本人所写。只是在最近，这两个文本才从苏莱曼尼亚清真寺图书馆走出，与公众见面，作为《建筑宝典》（《建筑师希南回忆录》）正式出版。

不幸的是,这三本文献中所列出的希南建筑的总数并不一样:把三个文献加起来看,共有四百七十七个工程。在这些工程中,有三百一十四个工程在三个文献中同时出现,有四十个工程在两个文献中出现,另有一百二十三个工程只出现在一个文献中。以下是按照建筑类型来分的另一个(第四个)清单(共三百七十个工程),据称里边的建筑都是希南计划和建设的:

※九十四所大型清真寺

※五十七所学院

※五十二所小型清真寺

※四十一个浴场

※三十五个宫殿

※二十二个陵墓

※二十家商队旅舍

※十七个小客店

※八座桥梁

※八个储物房或者粮仓

※七所《可兰经》学校

※六条高架渠

※三所医院

没有建成但是已规划的项目:

※开通苏伊士运河

※通过运河联通顿河和伏尔加河

Hajji Mehmed – pasha Sokolović the Tall

哈吉·穆罕默德·帕夏·索科洛维奇·高个

没有任何怀疑,奥斯曼帝国的巅峰时期发生在苏莱曼·卡努尼大帝统治时期(1520—1566)。由于他所创建的帝国,其规模的惯性作用,他的继承人继续管理这笔遗产:他的儿子赛利姆二世(1566—1574)和他的孙子穆拉德三世(1574—1595)。

在苏丹·苏莱曼持续四十六年的统治时期,共有十个大维齐尔上任,引人注目(更精确地说是九个,因为其中一人两次被任命到同一个岗位)。平均来说,每个人在这个总理大臣的位置上达四年半的时间(更精确地说是四年零六个月)。从一五二〇年到一五二三年,两个大维齐尔是由苏莱曼的父亲赛利姆一世任命,被苏莱曼继续留用。他们是仅有的两个有非斯拉夫背景的大维齐尔。接下的八个总理大臣中(事实上是七个),一直到他离世,都是斯拉夫人,是由他自己选择任命的。

1. 哈迪姆·苏莱曼·帕夏(帝国宫廷中白人宦官的后裔)
2. 皮日·穆罕默德(乌理玛成员)(? —1523)
3. 易卜拉欣·帕夏(1523—1536)
4. 阿亚斯·帕夏(1536—1538)

5. 鲁特菲・帕夏(1538—1544)

6. 鲁斯坦・帕夏・奥普科维奇(1544—1553)

7. 卡拉・艾哈迈德(1533—1555)

8. 鲁斯坦・帕夏・奥普科维奇(1555—1561)

9. 塞米兹・阿里・帕夏(1561—1565)

10. 穆罕默德・帕夏・索科洛维奇(1565—1579)

鲁斯坦・帕夏・奥普科维奇在大维齐尔职位上任职时间最长(两任,中间有中断,共十五年),然后是穆罕默德・帕夏・索科洛维奇(十四年)。接着是易卜拉欣・帕夏(十三年)。其余所有的大维齐尔任职期限都很短。

从苏莱曼・卡努尼大帝驾崩,到赛利姆二世之死,再到穆拉德三世的统治(1565—1579),共十四年期间,完全是属于大维齐尔穆罕默德・帕夏・索科洛维奇时期。在三任苏丹王的统治下,他是唯一一个受委托掌控国玺的大维齐尔(也因此,由于暴力,他的寿命和任期缩短)。

从一五七九年对他的暗杀(在他连续管理这个国家长达十四年之久后),到一五九五年苏丹王穆拉德三世之死,再到一六〇三年他的儿子穆罕默德三世的统治和离世,也就是在二十三年的时间里,共有二十三个大维齐尔,平均在任一年。

从一四五三年君士坦丁堡沦陷到一六二三年穆斯塔法一世(穆罕默德三世之子)统治结束(总共一百七十年的时间,对于奥斯曼帝国来说是最辉煌的时期),这一时期共有四十七位大维齐尔。平均每个大维齐尔在任三年半(更为精确地说,是三年零六个月)。穆罕默德・帕夏・索科洛维奇,在大维齐尔位置上任职长达十四年,比平均数几乎高出四倍。而且,他的这一任职的结束和剥夺是因为——暴力。

Notes

注　　释

1. 在实施壮丁征召制度(*devshirme*)时,非土耳其背景的孩子们从被征服的国家带到奥斯曼宫廷中,通过在那里接受强化教育,他们被培养成土耳其军队里的精英部队——新军,或者成为宫廷臣仆。

2. 在塞尔维亚语中,*estrada*(*Popular Stage*)这个单词(在这里翻译成"通俗舞台"),尤其是二十世纪九十年代早期以来,含有贬义,意指那个时期流行的俗丽的新的民间音乐和别的表演艺术,通过迎合最低级的美感和别的冲动来刺激听众。它们以一种民间艺术的假象出现,利用了模糊的事实,即它们遥远的历史根植于民间。那时的民族政治追随短视和平民化的目标,伴随着这样的目标,人们滥用起这一民间艺术。这一单词并不用来指当时所有排斥艺术的风格和作品,包括一些表演艺术。

3. 奴隶,仆人,奴仆。

4. 在土耳其,他以这个名字闻名(用土耳其语表达,叫"卡努尼",但是在欧洲,他被称为"大帝")。

5. 小帆船,有十六到二十个划桨。速度非常快的中型船只。

6. 用于海上运载重兵器的船只。

7. 意大利 *galeotto*（划桨者）必须要和 *galliot*（带帆的小型两排桨船）区分开来，虽然它们在词源上是有联系的。这里，单层甲板大帆船上的奴隶肯定还是有问题的。（比较注释5）

8. 奥斯曼帝国所有海军力量的总司令。他们先有巴巴罗萨·海雷丁，之后是穆罕默德·帕夏·索科洛维奇，现在是阿里·帕夏·米埃津札德。

9. 一位官方的外事口译和笔译人员，常常在土耳其从事外交使命。在这种情况下，最有可能被谈话的人是一位外交使者。

10. 一个 *ferman* 或者 *firman*，是一个苏丹王的盖有玺印的书面诏令（苏丹王的玺印：上边有他的名字和头衔）。

11. 在土耳其语中，*fiçir bayir* 的意思是“反思之山”。这是土耳其人称呼高原的名字，其上建有堡垒。

12. 在土耳其语中，*Kalemegdan* 的意思是城区（城区运动场），其中 *kale* 的意思是城市，*megdan* 的意思是场地。

13. 拉丁语表述，基督教前哨。

14. 塞尔维亚人斯拉夫部落，根据拜占庭帝国皇帝和历史学家康斯坦丁·普菲洛杰尼图斯，在七世纪初定居拜占庭帝国的新基东（*Singidon*）。塞尔维亚人称贝尔格莱德这个地方叫贝奥格莱德，“白色之城”，因为它位于白色的石灰岩山顶之上，因为他们发现那里的堡垒是用同样的地质材料和颜色建成的。

15. 这里用的是土耳其语。

16. 就像家住在奥斯曼帝国的希南一样，新军是完全从外籍孩子、被征服的基督徒和伊斯兰化的波斯尼亚人以及阿尔巴尼亚人中通过武力强行征召。

17. 索科洛维奇的确被称为“高个”（*the Tall*）（土耳其语，“*Tavil*”），主要原因是他身材瘦长，使他显得更高。

18. 来自土耳其语 *terazi*（意思是“秤[盘]”[“*scales*”]——既可以是物体，也可以是测量重量和比例的地方。重量和物体都是可以称的）。

19. *Page*（法语中，*page*，来自希腊语 *παιδίον*——小孩，小奴，年轻的奴仆；在新拉丁语中 - *pagius*；在意大利语中 - *paggio*）。早期的意义：一位准备成为爵士的年轻贵族或者伺候主人的年轻贵族，或一位提携贵族长袍袍裙的年轻人。

20. 贝勒贝伊（*beylerbey*）是一种行政长官，总管所有的贝勒贝伊地区（今天他类似于总管之类），在这种情况下，管理土耳其最大的军事、行政地区。

21. 塞拉斯克尔（*Serasker*）是在军事战役中被赋予的总司令的头衔。

22. 在土耳其语中，它被称为 *Meriç*，在塞尔维亚语和保加利亚语中被称为 *Marica*，在希腊语中，被称为 *Évros*。

23. 今天，它是保加利亚的斯维伦格勒。

24. 轻骑兵成员，由在巴尔干的土耳其人和当地穆斯林组成。这些组织完全是在奥斯曼帝国的边境地区建立的。他们的存在受到严格规则的限制。在没有大型战争的年代，他们的任务是不断跨境袭击，骚扰敌人。

25. 新军的一个单位。一个奥尔塔是四百人。

26. 这里指拉多万·萨马季奇，穆罕默德·索科洛维奇。

27. 用今天的语言来解释，*High Defterdar* 是中央政府的财政部长。除了在君士坦丁堡有财政官员以外，帝国在每个省份和帕夏管辖区（由帕夏管理的地区）也有地方财政官员。

28. *Çelebi*（*ya*）。虽然这个头衔是授予具有贵族血统受过良好教育的人，实际上是贵族的，但是随着时间的消逝，它也成为非正式文体,具有显示阶级的含义,指王子(prince)。后来,在某些情况下,感觉它带有个人姓名、姓氏的意义。

29. 哈里发(*The Caliph*)是所有穆斯林的宗教领袖。

30. 帕迪沙(*padishah*),波斯语,统治诸侯王和独裁统治者之王,是个集合同义词,可以指统治者、皇帝、君主、大苏丹(前土耳其苏丹的头衔之一)等。

31. 哈塞奇(*haseki*)在头衔上相当于新军阿迦。

32. 日卡布达(*Rikabdar*)是苏丹私人仆人的头衔,任务是帮助统治者骑上马,然后在苏丹王骑马上路时,一直跟着他走在他的边上。事实上再进一步紧挨着苏丹王黄袍边上行走是不可能的。这样一个似乎不重要的、几乎带有侮辱性质的宫廷角色所表示出的意义正好相反:统治者对他所委派此项角色的人有着无限的信任。

33. 考哈达(*çohadar*)的主要职责是照管好统治者的服饰。

34. 这位斯拉达·阿迦(*silahdar-aga*)是帝国盾牌持有者,职责是照料好统治者的个人武器。

35. 切斯尼格·巴沙(*çeşnegir – başa*)是负责餐饮的行政主管,给苏丹王吃的所有的食物、喝的所有的饮料都由他亲口品尝。

36. 在宫廷卫兵所有的指挥官中,论级别,高级卡匹兹·巴沙(*high kapidzi – başa*),年龄最大,资格最老。

37. 这里用 *katil – ferman* 是指一个法令或者命令,绞死或者处死一个臣仆。

38. 桑贾克(*sandzak*),这里指军事和行政事务办公室,几个桑贾克构成一个贝勒贝伊区(或者帕夏区)。

39. 最高级别的建设者/工程师/建筑师;表示这一职位的单词之一是——米玛尔。就希南而言,随着时间的流逝,米玛尔的第一个字母被大写,成为他的个人姓名的一部分。

40. 大型军事财产。

41. 其收入会用于宗教或者教育机构的维护,或者用于普通慈善,也就是,用于慈善目的。

42. 根据沙里亚特法或者一个慈善基金会章程(*vakufnami*),慈善基金会的行政主管。

43. 奥斯曼宫廷里的首席理发师具有正式理发师头衔。

44. 1548—1549 年期间。

45. 阿拉伊贝伊(*alaybey*)是桑贾克地区地主的领袖。

46. 这个地方很有意义,因为她的儿子由此命名,也因为这个名字,土耳其编年史作者易卜拉欣·佩切维(或者佩屈里),而闻名。

47. 意指苏莱曼著名的伟大的爱人,前奴隶罗克塞拉娜,一位俄罗斯东正教牧师的女儿。

48. *medresa* 这个单词表示各种类型的初高中学校,而 *mekteb* 专指小学。

49. *reis* 是指一艘军舰的指挥(或者商船的船长),或指一个舰队中一些军舰的指挥(或者整个舰队的指挥)。

50. 正是因为他出现在宫廷之中,起初是妇女,后来其他所有的人都开始称呼他为"高个"("*the Tall*"),他们常常加上"高个"作为他官方姓名的组成部分:穆罕默德·帕夏·高个。

51. 在土耳其帝国中的一位省级行政官员。

52. 一五二六年出版,书名是《匈牙利和尔德伊反叛的历史》。

53. 小清真寺(*musjid*),像清真寺一样是祈祷用的房子,但是意义和重要性不及清真寺。穆斯林所有的祈祷都可以个人进行,但是周五和节日除外,这些时候需要去清真寺共同祈祷。所以,在土耳其文明的土地上,*musjid* 是一些规模小的街坊里的清真寺,人们可以在里边作揖祈祷,但不是在周五或者节日。经常,这样的小清真寺甚至连光塔也没有。

54. 周五义务祈祷。

在这种情况下,在报道苏丹王苏莱曼与贝尔格莱德的战役的期刊中,其中的内容由苏莱曼自己口授。以下是期刊上刊登的关于这一事件的内容:“在上帝的帮助下,贝尔格莱德的堡垒今天被占领……城市宣礼员高声喊出晚祷告。”

它继续道:“星期五……光荣的苏丹王高兴地走过了新建的桥梁,进入了贝尔格莱德。他进行了星期五祈祷。他把低矮的教堂改造成一个清真寺。”

55. 正如鲁米利亚是奥斯曼帝国欧洲部分的旧时称呼,米斯尔(*Misir*)是对埃及的旧称。

56. 这里用 *Sebilhan* 或者 *sebilya*,指喷泉。

57. 我会把两者区分开来。前者,论埃及首都专著《千年开罗》;后者,小说《扎尼巴拉卡特》。

58. 他写了两本关于马赫福兹的著作。童年时代,他们住在同一条街上,相隔二十码,达几年时间(“我们沿着这条街一起散步,这是我们散过步的道路之一”)。正如他跟我说的,现在他是他的仍然在世的年纪最迈的朋友。

59. 在欧洲,这个职位常以“大穆夫提”(*Grand Mufti*)而闻名。他是(宗教的)法律的首席解释员。他主张司法优于军队,他个人为此做出了许多贡献。他对奥斯曼国家法律的改革导致乌理玛(学术知识和宗教知识)牢固地嵌入整个法律体系中。

60. 许多人认为他是所有年代中真正的最伟大的《可兰经》解释者。

61. 顶梁柱。

62. 在下一个三十年，佩奇宗主教区的元老，事实上是塞尔维亚东正教教会的领袖，无一例外会是索科洛维奇家族成员：马卡里耶（1557—1571）、安涕姆（1571—1575）、格拉西姆（1575—1586）和萨瓦（提耶）、索科洛维奇（1586）。

63. 新的浴池。

64. 希南只差一年就活了整整一个世纪，他活到九十九岁。穆罕默德当时充满活力，非常活跃，在七十四岁那年，如果不是被哈姆扎宗派一个狂热分子杀害的话，可能也会活到这一相似的岁数，或者至少年龄也会很大。

65. 这里用“*hippodrome*”，希腊语，意思是赛马场。在土耳其语中，与它近义的词是“*at meydani*”，其中“*at*”——马，“*meydan*”——场地。

66. 由于希南建了各种大大小小的，但是都非常重要的建筑，保存了长达五个世纪之久，奥斯曼帝国，伊斯兰文化，事实上整个世界文化都因此而感恩希南，希南得到了统治者慷慨褒奖。一五六三年苏丹·苏莱曼签发的一份 *vakuf*（文件——所有权确认法令）保存至今，根据这一法令，允许希南拥有的财产包括十八栋大楼、三十八家商店、九间房子、一块地、一家工厂、三个喷泉池、一座小清真寺和一所学校。列表中的“小清真寺”就是这个清真寺。

67. 位于卡德加的穆罕默德·帕夏·索科卢清真寺在一五七一年到一五七二年间完工。位于多克尔的有顶棚的市场和旅店也是在此期间竣工。

68. 位于阿扎普·卡皮的穆罕默德·帕夏·索科卢清真寺于一五七七年至一五七八年间竣工。波斯尼亚的维舍格勒桥（德里纳河上的大桥）也在此期间建成。

69. 他从一二四三年到一二七六年间统治塞尔维亚。

本部作品系塞尔维亚当代文学精选系列之一,翻译得到了塞尔维亚文化部的翻译资助。此系列是安徽文艺出版社与乔治波蒂卡出版社的合作项目。

安徽文艺出版社社长朱寒长代表中国出版方热忱促成本系列的中文版翻译出版工作。